Cristina Caboni

Die Honigtöchter

Cristina Caboni

DIE HONIG-TÖCHTER

Roman

Aus dem Italienischen
von Ingrid Ickler

blanvalet

Die Originalausgabe erschien 2015 unter dem Titel
»La custode del miele e delle api« bei Garzanti Libri, Mailand.

Verlagsgruppe Random House FSC® N001967

1. Auflage
Copyright der Originalausgabe © 2015 by Cristina Caboni
Vermittelt durch Laura Ceccacci Agency
Copyright der deutschsprachigen Ausgabe
© 2016 by Blanvalet in der Verlagsgruppe Random House GmbH,
Neumarkter Str. 28, 81673 München
Redaktion: Angela Troni
Umschlaggestaltung: © www.buerosued.de
Umschlagmotiv: © Getty Images/Julia Khusainova
kw · Herstellung: kw
Satz: Uhl + Massopust, Aalen
Druck und Bindung: GGP Media GmbH, Pößneck
Printed in Germany
ISBN 978-3-7341-0277-6

www.blanvalet.de

Eine Biene setzt sich auf eine Rosenblüte,
sammelt den Nektar und fliegt dann davon.
Wie viel Glück liegt doch in den kleinen Dingen!

Trilussa

Gewidmet meinem Mann Roberto und meinem Sohn Davide.
Beide haben das Herz am richtigen Fleck und
kennen die Schönheit der Bienen.

Die goldenen Bienen
suchten den Honig.
Wo wird er sein?
Im Blau
einer kleinen Blüte
auf einer Knospe
des Rosmarins.

Federico García Lorca

Prolog

Die salzige Meeresbrise, vollgesogen mit Feuchtigkeit und Erinnerungen, zieht die Klippe herauf. Margherita Senes schlägt die Augen auf und schaut auf den azurblauen Himmel über ihr.

Sie ist müde.

Seit einigen Monaten bleibt ihr immer öfter die Luft weg, und ihr Herz setzt für ein paar Schläge aus.

»Wir haben es fast geschafft«, murmelt sie in Richtung Horizont.

Dann lächelt sie.

Ihr Rock schleift über die Treppenstufen, als sie sich langsam darauf niederlässt. Er ist weiß, denn die Bienen lieben die klaren Farben des Tageslichts und der Sonne. In ihrer einst starken und entschlossenen Hand hält sie einen Strohhut, an dem ein Schleier befestigt ist. Sie trägt ihn zwar seit Jahren nicht mehr, aber sie hat ihn immer dabei.

Ihre Bienen sind friedlich, sie arbeitet achtsam und geduldig und erntet nur den Honig, den die Tiere nicht als Nahrung brauchen. Die Bienen wissen das und haben mit Margherita einen Pakt geschlossen, schon vor langer Zeit, als sie noch ein Kind war.

Margherita, die neue Honigtochter.

Das beruhigende Summen hüllt sie ein. Es ist wie eine Melodie, die immer mal wieder leicht anschwillt, hin und wieder mischt sich auch das Rauschen des Quellwassers darunter und erzählt ihr Geschichten aus längst vergangenen Zeiten. Sie steht auf.

Ihr Atem geht jetzt wieder regelmäßig, und das Herz schlägt im stetigen Rhythmus.

»Los!«, sagt sie leise zu sich selbst. Dann geht sie zur Schlucht zurück, die die Bienen gegen die Wucht des Mistrals schützt. Sie schaut ihnen noch einen Moment zu, fasziniert beobachtet sie die heranfliegenden Arbeiterinnen, die voller Blütenstaub in den Stock zurückkehren. Sie lächelt, und ihr Blick verliert sich im angrenzenden Wald.

Da ist er, sie kann ihn trotz der Entfernung erkennen. Ein jahrhundertealter Olivenbaum, geformt von der Glut der gleißenden Sonne und mondhellen Nächten. Ein würdevoller König, umgeben von seinem Gefolge aus smaragdgrünen Flechten und Moos. Seine Wurzeln reichen tief in die Erde, bis hinunter zu dem sauberen Grundwasser. Die mächtigen Äste sehen aus, als würden sie den Himmel streicheln. Margherita streckt die Hand aus, als ob sie ihn berühren wollte. Nur einen Moment, dann wendet sie sich wieder in Richtung Pfad. Sie ist glücklich. »Der Rückweg ist leichter«, flüstert sie.

Jetzt gibt es nur noch eines zu erledigen. Sie ist bereit, sie spürt es in ihrem Herzen: Der Zeitpunkt ist da. Sie muss es tun. Damit sie und ihr Werk in Erinnerung bleiben.

Dieser Gedanke begleitet sie auf dem Nachhauseweg und auch danach, während sie einen Brief schreibt, ihn anschließend in einen Umschlag steckt, den sie verschließt und auf den Tisch mit den Spitzendeckchen legt. Neben dem Umschlag steht ein Porzellanteller mit einer perlfarbenen Bienenwabe, die den betörenden Duft des ersten Frühlingshonigs verströmt.

1.

Rosmarinhonig (Rosmarinus officinalis)
Mild-aromatisch und zart. Der Honig des Neubeginns und der Klarheit. Er verleiht Mut zur Veränderung, und sein Geschmack erinnert an den Duft der Blüten, aus denen er gewonnen wird. Dieser Honig ist fast weiß und von cremiger Konsistenz.

Sonnenaufgang, ihre liebste Tageszeit. Wegen der Farben, der Stille und der Gerüche. Und wegen der ungeahnten Möglichkeiten, die einem der gerade erst beginnende Tag eröffnet.

Angelica Senes hatte schon viele Sonnenaufgänge erlebt. Alle gleich und doch so verschieden. In Spanien zum Beispiel bringt die aufgehende Sonne den Himmel zum Brennen, in der Luft hängt ein Geruch nach Tränen, aber auch nach Freiheit und Unendlichkeit. Die Sonnenaufgänge im Norden sind gleißend hell und kalt, zielgerichtet und effizient. In Griechenland durchbricht die Sonne ganz plötzlich die Dunkelheit wie bei einem Feuerwerk.

Und dann gab es da noch die Sonnenaufgänge ihrer Kindheit. Wie aus Kristall, ein grenzenloses Blau, in dem sich die eigene Seele spiegelt.

Die Spuren der schlaflosen Nacht noch in den Augen, stieg Angelica aus dem Campingbus, in der Hand ein Werkzeug, das wie ein Metallhaken aussah. Er schmiegte sich perfekt in ihre Hand, sie kannte jede Unebenheit auf dem ansonsten glatten Metall. Nach vorne spitz zulaufend, leicht und dennoch robust genug, um die vollen Honigwaben anzuheben. Der Haken war ihr verlängerter Arm.

In jenen Momenten, in denen sie geduldiger und nachsichtiger mit sich war, empfand Angelica dieses Werkzeug als ihr Markenzeichen. Miguel Lopez hatte es für sie angefertigt, der Verwalter des spanischen Imkerbetriebs, in dem sie die ersten Jahre gearbeitet hatte, nachdem sie von zu Hause weggegangen war. Über dem Landgut spannte sich ein tiefblauer Himmel, die Erde der umliegenden Hügel war rot, ideale Standortbedingungen für Rosmarin, dessen silbrig grüne Blätter in der Sonne glänzten. Damals hatte Angelica nur wenig gesprochen, was der alte Imker sehr geschätzt hatte. Deshalb hatte er sie auch auf seine Kontrollgänge zu den Bienenstöcken oder bei der Suche nach neuen Standorten mitgenommen.

Miguel hatte schnell erkannt, dass sie die Sprache der Bienen verstand. Eine äußerst seltene Gabe. In seinem ganzen Leben hatte er noch nie jemanden wie Angelica Senes getroffen. In dieser jungen Frau steckte etwas Besonderes. Etwas Ererbtes aus alter Zeit.

Er hatte sie heimlich beobachtet. Sie redete nicht nur mit den Bienen, sie sang auch. Sie sang für die Tiere. Wenn ihre glockenreine Stimme über den blassblau schimmernden Rosmarinfeldern aufstieg, spürte Miguel, wie sein altes Herz schneller zu schlagen begann. Ein intensives Gefühl rief ihm Dinge ins Gedächtnis, die seit Jahren vergraben waren. Als er Angelica nichts mehr vermitteln konnte – sie wusste mehr über Bienen als irgendjemand sonst –, beschloss er, ihr etwas zu schenken, das sie nicht besaß: einen handgefertigten Wabenheber.

Ihr verlängerter Arm.

Er hatte den Haken aus einem Hufeisen geschmiedet, mit unendlicher Geduld, Schritt für Schritt, für schmale Finger und besonders leicht. Genau richtig für eine Frauenhand.

Seit jenem Tag trug Angelica den Metallhaken immer bei sich. Auch jetzt, während sie zum zweiten Rosmarinfeld hinüberging, hatte sie ihn dabei. Mehr brauchte sie nicht, um die Bienenstöcke zu kontrollieren. Die Felder erstreckten sich, so weit das Auge reichte, als wären sie ein blaugrünes Meer. Auf den von Tau bedeckten schmalen Blättern spiegelte sich das noch schüchterne Morgenlicht, die aufkommende leichte Brise trug den intensiven Geruch weit ins Land.

Rosmarin. Aus dem Nektar seiner Blüten wurde ein heller, fast weißer Honig, der innerhalb weniger Tage feinkörnig kristallisierte. Aromatisch-süß und cremig-mild. Ihre Lieblingssorte.

Die Feuchtigkeit der Nacht stieg empor, eine opalisierende Wolke, die sich nach und nach auflöste. Ein schokobrauner Mastino erwartete sie vor ihrem alten Campingbus, in dem sie schon seit Jahren lebte. Die wachen dunklen Augen folgten jeder Bewegung seiner Herrin. Als sie ihm mit der Hand ein Zeichen gab, stürmte ihr der riesige Hund entgegen.

»Komm, Lorenzo, Zeit zu gehen«, sagte sie und streichelte ihm den Kopf.

Auf dem Weg nach unten plante sie ihr weiteres Vorgehen. Hin und wieder drehte sie sich um und sondierte die Umgebung. Dabei schnupperte sie immer wieder, denn die meisten Gefahren lauerten in der Luft. Vor allem aber musste sie die Bienenstöcke selbst gesehen haben, bevor sie beurteilen konnte, welches Problem François Dupont hatte. Er hatte sie eine Woche zuvor engagiert, um herauszufinden, was mit seinen Bienen los war.

Angelica war Wanderimkerin, solche Probleme zu lösen war ihr Job.

Sie wusste alles über Bienen, das Summen der Tiere war Musik in ihren Ohren, eine Sprache, die sie perfekt beherrschte. Außerdem war sie in der Lage, Düfte, Geräusche und Umwelteinflüsse treffend zu analysieren. Sobald sie die Probleme der Bienen gelöst hatte, verschwand sie wieder.

Sie war eine Honigtochter, die letzte noch lebende Bewahrerin einer alten Kunst, die nur unter Frauen weitergegeben wurde.

Plötzlich stand sie vor der Einflugschneise. Alle Gedanken lösten sich auf, wie immer, wenn sie in diese Welt eintauchte, in ihre Welt. Alles um sie herum wurde unscharf. Die Bienen flogen an ihr vorbei und verschwanden, begleitet von einem melodischen Summen. Sie folgte ihnen mit dem Blick und entdeckte die Stöcke. Sie standen am Feldrand, dicht vor einer Hecke und damit gegen den Wind geschützt. Eine gute Entscheidung. Nichts war so schädlich für einen Bienenstock wie stürmischer Wind, und in dieser Region Frankreichs konnte der Mistral sogar Bäume entwurzeln.

Sie ging näher, wobei sie auf jedes Detail achtete. Als ihr Blick auf die dicht aneinandergereihten blauen Kästen fiel, wunderte sie sich.

»Nicht das kleinste Zeichen, keinerlei Markierungen an den Kästen. Die Luftzirkulation muss unglaublich sein«, murmelte sie, während sie alle Eindrücke in sich aufnahm. Dann schüttelte sie den Kopf. »Wie sollen sich die armen verstörten Bienen denn orientieren, Monsieur Dupont? An der Hausnummer etwa?«, fragte sie Lorenzo, der ihr hinterhertrottete. »Ein kleines Zeichen reicht, es muss ja nicht gleich die Sixtinische Kapelle sein«, murmelte sie kopfschüttelnd.

Sie war zwischen den Zweigen hindurch auf die Rückseite der Bienenstöcke gegangen. Aus dem Augenwinkel sah sie, dass der Hund es sich unter einem Busch bequem gemacht hatte. Es war wie immer: Er blieb so lange an ihrer Seite, bis sie sich den Bienen näherte, ab da hielt er den Sicherheitsabstand ein.

»Du bist mir ein schöner Imkerhund, du solltest dich schämen«, sagte sie leicht vorwurfsvoll, aber mit einem Lächeln auf den Lippen.

Angelica streckte den Arm aus und schob den Metallhaken unter die Abdeckung des ersten Kastens. Mit einer fließenden Bewegung aus dem Handgelenk lüftete sie den Deckel und wartete, bis die Bienen hinausgeflogen waren. Sie schwirrten dicht an ihren Fingern vorbei. Angelica beobachtete ihr Verhalten aufmerksam. Die Bienen glänzten und wirkten gut genährt, mit ihren goldgelben und ockerfarbenen Streifen sahen sie wunderschön aus. Den Haken noch immer in der Hand, hob sie den Deckel vorsichtig ganz ab.

In diesem Moment begann sie zu singen. Die klare, harmonische Melodie schien über dem Feld zu schweben. Sie schloss die Augen, während der Liedtext durch sie hindurchströmte und ihr wie von selbst über die Lippen kam. Sie spürte den Rhythmus und die Sanftheit der Melodie auf der Zunge. Die Kraft floss von ihrem Herzen in die ausgestreckten Finger und von dort weiter zu den Bienen. Sie sang noch immer, und als ihr das heitere Summen der Bienen als Antwort entgegenschallte, schien sie mit ihnen zu fliegen.

Das Erste, was sie spürte, war die Wärme, die ihr wie ein Sommerwind aus dem Bienenstock entgegenströmte. Ein beruhigendes Gefühl, ihre Haut begann zu kribbeln. Ganz langsam legte sie den Deckel auf die Seite, bedächtig und hochkonzentriert. Einen Moment später begann sie wieder zu singen.

Die Nisthöhle, die ein großes Volk beherbergte, schien in Ordnung zu sein. Die Bienen flogen heraus und drängten sich alle im ersten der Stöcke zusammen, um den Eindringling neugierig zu beobachten. Die schweren, perlmuttfarben schimmernden Bienenwaben dufteten nach Honig, unter den sich schwacher Rauchgeruch mischte.

Vorsichtig hob Angelica den ersten Wabenrahmen an, schätzte den Bestand und begutachtete die Nisthöhle. Sie hatte sich einen schweren Rahmen ausgesucht, auf dessen sechseckigen Zellen die Arbeiterinnen umherliefen. Nachdem sie die dünne Wachsschicht durchbrochen hatten, mit der die Wabenzellen verschlossen waren, krochen die neugeborenen Bienen langsam heraus, noch von einer dünnen Schmierschicht bedeckt. Sofort wurden sie von den Arbeiterinnen empfangen, die sie mit ihren Antennen und Beinen liebkosten, während sich die Flügel der Jungen zum ersten Mal entfalteten.

Ein magischer Augenblick. Die Geburt eines Lebewesens war immer etwas Besonderes. Angelica war fasziniert, sie schien genau das zu erleben, was die Bienen auch erlebten, und das zu spüren, was die Bienen auch spürten, als wäre sie ein Teil des Volkes. Sie beobachtete die Arbeiterinnen, die nach ihrer Rückkehr in den Stock im Kreis zu tanzen schienen, während andere den heruntergefallenen Blütenstaub aufsammelten oder Nektartropfen aufsaugten und sie in die Waben transportierten.

Alles war perfekt organisiert, jede einzelne Biene hatte ihre Aufgabe und kannte ihren Platz im Volk ganz genau.

Ein Gedanke raubte Angelica den Atem. Sie schloss die Augen und atmete tief durch, um ihn zu vertreiben. Sie konzentrierte sich erneut auf den Bienenstock und nahm die einzelnen Waben nacheinander heraus, bis zur letzten. Sie arbeitete mit großer Sorgfalt, inmitten summender Bienen, im Schatten der großen Zistrosenbüsche, die das Rosmarinfeld säumten. Zum Summen der Arbeiterinnen gesellte sich das Piepsen der Finken, sie erkannte weiße Schmetterlinge… Wie hießen sie noch? Kohlweißlinge, fiel es ihr ein, als sie ihrem Flug mit dem Blick folgte. Mit ihnen schwirrten noch einige andere Schmetterlinge durch die Luft und ließen sich dann auf den Blüten nieder.

Je intensiver sie sich umschaute, desto mehr wirkte die Umgebung auf sie. Inmitten dieser Welt aus Geräuschen, vielfarbigen Insekten und der vergehenden Zeit versank sie in einem Paralleluniversum. Hier konnte man sich in einer Art Meditation verlieren oder in der Sonne verharren, nur weil sich ihre Wärme so gut auf der Haut anfühlte. Einfach so, weil man es wollte, ohne dass es irgendeinen Grund dafür gab.

Für Angelica war das ein Moment absoluter Freiheit, in dieser Welt konnte sie sie selbst sein. Ein Moment, der sie mit tiefer Freude erfüllte. Ein Moment außerhalb von Raum und Zeit, ein perfekter Moment.

Die Welt der Bienen.

»Steig auf in den Himmel, goldene Biene, steig auf, du Königin der Blüten. Du hütest das Leben, du achtest auf das, was sein wird ... «

Sie beendete die Kontrolle des ersten Bienenstocks. Alles schien in bester Ordnung zu sein. Die Bienen glänzten und flogen lebhaft umher, sie sammelten Blütenstaub und Nektar. Die Vorratsspeicher waren gut gefüllt. Sie hatte nichts entdeckt, was auf Krankheit oder Verwaistheit hindeuten könnte, von der starken Luftzirkulation einmal abgesehen. Die Bienenkönigin war jung und stark und hatte die Eier gleichmäßig in den dafür vorgesehenen Wabenzellen abgelegt. Und die hölzernen Wabenrahmen hatten genügend Abstand voneinander.

Nach dem immer gleichen Ablauf öffnete sie einen Stock nach dem anderen, mit wachem Blick, vorsichtig und hochkonzentriert. Erst zur Mittagessenszeit beendete sie ihre Arbeit. Sie wartete, bis die Bienen, die sich auf ihr niedergelassen hatten, davongeflogen waren, und ging dann, gefolgt von Lorenzo, den Weg wieder hinauf. In der Nähe einer Tiertränke blieb sie stehen. Der Hund steckte die Schnauze ins Wasser und trank. Auch Angelica erfrischte sich. Während das Wasser von ihr abperlte, wirbelten ihre Gedanken in alle Richtungen durcheinander wie die Bienen. Die Sonne schien kraftvoll, bald würde sie den Hut aufsetzen müssen.

Ein Bild formte sich in ihrem Kopf: Margherita, ihre geliebte Jaja. Die Frau, die ihr diesen Gesang beigebracht hatte, hatte immer einen Hut bei sich. Einen Moment lang blickte sie wehmütig in Richtung Horizont, ehe sie sich an den Aufstieg machte.

Genug Zeit, um noch einen anderen Bienenstock zu kontrollieren, dachte sie, weiter unten im Tal, Richtung Meer. Vielleicht sollte sie dort hinfahren.

Sie verstaute die Ausrüstung im Campingbus und wollte den Motor starten. Er hustete, das war aber auch alles. Angelica schloss die Augen und betete, dann drehte sie erneut den Zündschlüssel und warf der getigerten Katze einen Blick zu, die sich auf dem Armaturenbrett zusammengerollt hatte. Pepita, das neue Mitglied ihrer seltsamen Familie.

»Halt dich gut fest, meine Schöne.«

Die Katze warf ihr einen gelangweilten Blick zu, gähnte und schloss die Augen. Als der Motor endlich startete und der Bus einen Satz nach vorne machte, seufzte Angelica erleichtert auf.

2.

Akazienhonig (Robinia)

Duftet nach Vanille und frischem Gras. Wenn man die Augen
schließt, meint man ein weißes Blütenmeer vor sich zu sehen.
Er gilt als Honig des Lächelns und schenkt Lebenskraft.
Sein Geschmack ist mild und unaufdringlich, die Kristalle
sind sehr klein.

Am nächsten Morgen verließ Angelica das Gut von Monsieur Dupont bereits sehr früh. Sie hatte ihm einige wichtige
Hinweise gegeben und war für ihre Arbeit bezahlt worden.
Vor allem hatte sie ihm geraten, die Bienenstöcke zu markieren, am besten in den Lieblingsfarben der Bienen: Gelb,
Blau und Grün – und zwar abwechselnd. Auch wenn die
Bienen immer in ihren Stock zurückfanden, war es wichtig,
ihnen eine Orientierungshilfe zu geben, besonders in windigen Regionen wie dieser. Danach war sie gegangen, ihre
Aufgabe war erledigt. Aber sie empfand weder Freude dabei
noch Melancholie. Sie empfand überhaupt nichts.

Sie starrte auf das Auto vor ihr und dachte an längst vergangene Zeiten.

In der letzten Nacht hatte sie wieder diesen Traum gehabt, in dem Jaja, die sie wie eine Mutter aufgezogen hatte,
nach ihr rief. Angelica lief ihr entgegen, aber es gelang ihr

einfach nicht, bei ihr anzukommen. Sie musste ihr dringend etwas sagen, ihrer innig geliebten Jaja, sie wiederholte es mehrmals. Nur was?

Angelica schloss für einen Moment die Augen, dann konzentrierte sie sich wieder auf die Straße. Das Gefühl von Enttäuschung und Verlust war so groß, dass es fast körperlich wehtat. Absurd! Sie seufzte. Langsam hatte sie wirklich die Nase voll.

»Pass auf bei Träumen in der Morgendämmerung«, murmelte sie, ein typischer Ausspruch ihrer Mutter. Ihre Gedanken kehrten wieder zu Jaja zurück.

»Die Bienen sind die Wächterinnen der Blüten, mein Kind. Sie sind sehr klug und wissen alles über uns. Sie ernähren uns, sie heilen uns, sie übermitteln uns ihr Wissen. Man muss ihnen nur zuhören. Du darfst keine Angst vor ihnen haben.«

»Ja, Jaja.«

»Gut. Dann kannst du jetzt mit dem Lied beginnen. Erinnerst du dich an den Text?«

Angelica hob den Blick und nickte. Natürlich erinnerte sie sich. Die Worte waren ihr wie ins Gedächtnis eingebrannt. Schlicht und klar.

»Ja, natürlich. Steig auf in den Himmel, goldene Biene ...«
Dann richtete sie ihre Aufmerksamkeit auf die Wiese vor ihr, wo neben dem Affodillfeld zehn Bienenstöcke aufgereiht waren. Die Blüten wiegten sich sanft im Wind wie ein schneeweißer Mantel, von dem ein ursprünglicher, intensiver Duft aufstieg. Angelica war fasziniert, sie spürte die Wärme, roch den Duft und hörte das Summen der Bienen. Sie wusste, dass sie alles genau beobachten musste, das war die Grundregel, die ihr Jaja beigebracht hatte. Und sie

hatte keine Angst. Aber sie nahm auch das süßliche Gift in der Luft wahr, Verheißung und Warnung zugleich. Im Winter hatte sie das aufgewühlte Meer gesehen, die gewaltigen tosenden, dunklen Wellen mit den weißen Schaumkronen. Wunderschön, aber auch erschreckend. Hier und jetzt empfand sie genau so. Sie schluckte, ihr Hals war trocken, die Lippen waren ausgedörrt, doch sie wollte nicht aufgeben. Sie musste achtsam sein und Respekt haben. Ganz behutsam nahm sie den Hut mit dem Schleier vom Kopf. Jetzt gab es nichts mehr zwischen ihr und den Bienen. Sie begann wieder zu singen, anmutig und sanft. Plötzlich gesellten sich zu ihrer hellen Kinderstimme die tiefen, melodischen Töne der Frau an ihrer Seite, die sie zum Weitermachen ermunterte.

Sie streckte ihre kleine Hand aus, genau wie Jaja es ihr beigebracht hatte.

»Jetzt kannst du die Wabe berühren.«

Angelica riss die Augen auf. Ein goldener Tropfen perlte über das weiße Wachs. Die Bienen flogen darauf zu, und nur Sekunden später hatten sie den Tropfen aufgesogen. Sie flogen davon und gaben Angelica Gelegenheit, das zu tun, was sie vorhatte.

Langsam drückte das Mädchen mit der Fingerkuppe in das weiche, warme und duftende Wachs. Der Honig umhüllte ihre Fingerspitze. Sie führte sie an die Lippen und probierte. Der Honig war aromatisch-süß und schmolz auf der Zunge. Sie lächelte, tauchte den Finger erneut hinein und ließ den zähen Saft in die gewölbte Innenfläche der anderen Hand fließen wie in ein Gefäß.

»Bist du bereit? Sie kommen zurück...«

Da kamen sie auch schon. Vorsichtig setzten sich die

Bienen auf ihre Hand, eine nach der anderen. Es war ein Augenblick puren Glücks. Die Beinchen tanzten auf Angelicas weicher Haut und kitzelten sie. Ihr Lachen wurde fortgetragen, über das Land bis zum Meer, wo es sich mit den Wellen des smaragdgrünen Wassers mischte. Das Lied kam ihr in den Sinn.

»Steig auf in den Himmel, goldene Biene. Steig auf, du Königin der Blüten. Du hütest das Leben, du achtest auf das, was sein wird. Das Wasser machst du süß, die Worte und den Gesang...«

»Siehst du? Sie haben dich willkommen geheißen. Auch du bist jetzt eine Honigtochter, mein Kind.«

»Eine Honigtochter?«

»Ja. Ab jetzt bist du, Angelica Senes, eine Honigtochter.«

»Genau wie du, Jaja?«

Stille, dann ein leichtes Lachen wie ein Seufzen des Windes.

»Ja, genau wie ich.«

Während der Fahrt erwachte die Landschaft zum Leben. Gewaltige Traktoren mit riesigen Rädern kamen Angelica entgegen, aber auch alte Fuhrwerke, von Pferden oder Eseln in rotem Zaumzeug gezogen. Am Straßenrand hatten die Bäume Gebäuden Platz gemacht: einfachen Hütten, hauptsächlich kleinen und einigen größeren Häusern.

Das Handy klingelte, und sie steckte sich den Kopfhörer ins Ohr. »Ja?«

»Ciao, ich bin's.«

Angelica konzentrierte sich wieder auf die Straße. »Ciao.«

»Ist es gerade ungünstig?«

Sie kniff die Lippen zusammen. »Wie geht's, Mamma?«

Pause, dann ein kurzes Auflachen. »Habe ich dir nicht beigebracht, dass man Fragen nicht mit Gegenfragen beantwortet?«

Sie ging nicht darauf ein, aber ein leichtes Lächeln umspielte ihre Lippen. »Ja, Mamma.«

»Wo bist du gerade?« Marias Stimme klang samtweich.

»In Frankreich. Habe ich dir das nicht gemailt?«

»Ich lese meine Mails nur selten, das solltest du inzwischen wissen.« Wieder eine Pause, diesmal länger. »Kommst du demnächst nach Italien?«, platzte es dann regelrecht aus ihr heraus, als hätte ihr diese Frage schon lange auf der Zunge gelegen.

Angelica reagierte verblüfft. »Wie ausgemacht, nächsten Monat. Warum?«

»Ich überlege wegzufahren.«

Komisch. Allein der Gedanke, in einen Zug zu steigen, war ihrer Mutter zuwider. Und Flugreisen machten ihr eine Höllenangst. »Wo willst du denn hin?«

Erneut Stille, als suchte sie nach Worten. »Das weiß ich noch nicht genau. Nachdem Gennaro ... Ich habe viel Zeit. Zu viel.« Ihre Stimme brach.

Selbst zwei Jahre nach dem Tod ihres zweiten Mannes Gennaro Petri trauerte Maria Florinas immer noch. Dieses Geständnis wunderte Angelica. Es passte gar nicht zu ihrer Mutter.

»Mamma, was ist los? Muss ich mir Sorgen machen?«

»Ach was. Wir haben einen neuen Priester, Don Pietro, der Reisen organisiert. Klöster und Kirchen besichtigen ...« Wieder hielt sie inne. »Dafür gibt es sogar einen Fachbegriff, wusstest du das? Sakraltourismus. Ich habe mich entschlossen mitzufahren. Deshalb rufe ich an ...«

Angelica überlegte. Auch das hatte ihre Mutter ihr beigebracht. Einen Gedanken weiterzuspinnen, die Stimmlage zu analysieren und auch das Unausgesprochene zu erspüren. Oft verbargen sich gerade darin die wahren Hintergründe. Sie wusste das, nur zu gut wusste sie das. Ihre Mutter sagte ihr nicht die Wahrheit. Einen Augenblick lang war sie versucht anzuhalten und der Sache auf den Grund zu gehen. Aber nachdem sie kurz vom Gas gegangen war, beschleunigte sie wieder. Wenn Maria sich einmal entschlossen hatte, dann konnte nichts sie davon abbringen. Sie konnte also nur warten.

»Bist du sicher?«

»Ähm, ja. Es geht ja auch nicht gleich los. Vorher muss ich noch etwas erledigen.«

»Was denn?«

»Nichts Wichtiges, mach dir keine Sorgen.«

»Mit anderen Worten, es geht mich nichts an.«

»Du kannst ganz beruhigt sein, ich geb dir Bescheid, ja? Du rufst nicht an, ja?«

Angelica zog die Augenbrauen hoch. »Was? Warum?«

Es war typisch für ihre Mutter, Distanz zu wahren und Grenzen zu setzen. Daran sollte sie sich inzwischen gewöhnt haben. Im Grunde war es schon immer so gewesen. Auf der einen Seite war ihre Mutter, die entschied. Auf der anderen sie, die sich anpasste oder es jedenfalls versuchte. Aber hier stimmte etwas nicht. Nachdem sie die erste Enttäuschung überwunden hatte, wurde ihr klar, dass da wirklich etwas aus dem Ruder lief.

»Ich möchte nicht, dass du dein Geld aus dem Fenster wirfst.«

Die Antwort kam spontan und beruhigte sie ein wenig.

So kannte sie Maria. Angelica schüttelte den Kopf, ein leichtes Lächeln trat auf ihre Lippen. Ihre Mutter war eine sprunghafte Frau voller Widersprüche, das war nun mal so. In ihr vereinten sich sanfte Geigenmelodien mit dröhnenden Trommeln. Sie war rau, scharf und dennoch liebenswert.

»Gut, dann warte ich deinen Anruf ab, ja?« Sie wollte gerade auflegen, als sich ein Satz in ihren Gedanken formte, der ihr spontan über die Lippen kam. »Ich hab dich lieb.«

Die Spannung war jetzt mit Händen zu greifen, und Angelica bereute die vier Worte, kaum dass sie ausgesprochen waren. So etwas mochte ihre Mutter gar nicht, es war ihr ausgesprochen unangenehm. Sie wollte gerade hinzufügen, dass es ihr leidtat, dass sie sich hatte gehen lassen, dass sie sich seit einiger Zeit merkwürdig fühlte und nicht schlafen konnte, als Maria ein Schluchzen zu unterdrücken versuchte.

»Was hast du?« Angelicas Stimme war nur noch ein Flüstern, und sie umklammerte das Handy so fest, dass ihre Knöchel weiß hervortraten.

»Ich … Es ist schwer, unendlich schwer.«

»Was denn, Mamma?«

»Weißt du, manchmal frage ich mich, ob ich eine gute Mutter war, ob ich es hätte besser machen können.«

Wieder Stille, voller Schatten und Düsternis. Angelica zwang sich, sie zu ignorieren.

»Fang nicht wieder damit an, Mamma. Hör auf damit. Ich mag mein Leben, wie es ist.«

»Ja, aber warum musstest du weggehen?«

»Musste? Schluss jetzt.« Ihre Reaktion war schärfer als gewollt, aber dieser weinerliche Ton machte sie aggressiv. So kannte sie ihre Mutter gar nicht.

»Ich hab dich auch lieb, mein Kind. Worte sind Schall und Rauch, vergiss das nie, mein Mädchen«, fuhr Maria fort. »Es sind die Taten, die wirklich zählen. Ich rufe dich an, wenn ich wieder zu Hause bin. Hab Geduld. Du wirst sehen, alles wird gut.«

Angelica wollte noch etwas erwidern, aber das Gespräch war beendet. Sie starrte auf das Handy, fuhr auf den Seitenstreifen und hielt an. Dann wählte sie die Nummer ihrer Mutter. Es klingelte, wieder und wieder. Plötzlich erlosch der Bildschirm. Verdammt! Sie versuchte, das Handy noch einmal einzuschalten, aber keine Reaktion. Ungeduldig steckte sie das Ladekabel in die Buchse. Sie würde Maria später anrufen. Und zwar genau deshalb, weil ihre Mutter es nicht wollte. Sie würde sie anrufen, weil sie wissen wollte, was hinter diesem letzten Satz steckte. Um welche Worte, um welche Taten ging es? Wo zum Teufel fuhr sie überhaupt hin? Und vor allem, was würde gut werden?

Aber was ging sie das alles an? Ihre Mutter konnte tun und lassen, was sie wollte, genau wie sie auch. Sie waren erwachsene Menschen, und jede war für sich selbst verantwortlich.

Maria hatte ihr Nomadenleben nie akzeptiert. Sie hatte ihre Getriebenheit nicht begreifen können. Gennaro hingegen, ihr Vater, oder vielmehr ihr Stiefvater, hatte sie verstanden und unterstützt.

»Wenn sie jetzt als junge Frau die Welt nicht sieht«, hatte er gesagt und versucht, zwischen ihnen zu vermitteln.

Lange hatte Angelica sich bemüht, Maria ihr Bedürfnis nach Freiheit zu erklären, doch die Mutter hatte sie nie verstanden, sondern sehr darunter gelitten. »Du hast doch alles, was man sich wünschen kann.« Diese Worte setzten jeder Diskussion ein Ende, noch bevor sie begann.

Angelica hatte sich entschieden: Sie tat genau das, was sie wollte. Immer neue Sonnenaufgänge, immer neue Sonnenuntergänge, immer neue Orte. Sie liebte es, ihren ganzen Besitz in einem Rucksack zu verstauen und einfach loszufahren. Sie brauchte niemanden. Nicht mehr.

Die Worte ihrer Mutter ließen sie nicht los. Was hatte sie dieses Mal vor? Diese Frau war ihr ein Rätsel. Sie atmete tief durch, so lange, bis der Druck auf ihrer Brust nachließ. Warum wunderte sie sich eigentlich noch? So war Maria eben.

Sie lächelte bitter. Im Grunde war es ein Wunder, dass sie ihr überhaupt von der Reise erzählt hatte.

Gut, sollte Maria tun und lassen, was sie wollte. Sie würde ihren eigenen Weg gehen.

Sie hatte die Bienen, Pepita und Lorenzo. Und immer wieder neue Sonnenaufgänge.

Angelica fuhr sich mit den Fingern durchs Haar. Ihr Gesichtsausdruck war jetzt entschlossen.

Als sie rasant anfuhr, wirbelte der Campingbus eine Staubwolke auf. In ihrem Kopf wechselten sich Erinnerungen ab, in rascher Folge und immer bedrohlicher. Sie versuchte das Chaos in ihren Gedanken zu ordnen, vergebens. Zurück blieben nur Angst und Leid. Die Dunkelheit einer mondleeren Nacht, während der Wind an den Fensterläden rüttelte. Sie begann zu zittern.

3.

Erdbeerbaumhonig (Arbutus unedo)
Eine bittersüße Rarität. Er gilt als Honig der Kraft, der bei
schwierigen Entscheidungen hilft. Er schmeckt nach Bittermandeln und edlen Hölzern, aber gleichzeitig auch süß,
mit Röstkaffee- und Kakaoaromen. Seine Kristalle sind
sehr fein, die Farbe ist haselnussbraun.

Angelica war sechs Jahre alt.

Eine schmallippige Frau in einem hellblauen langen
Rock mit weißen Muscheln und roten Schmetterlingen
darauf hatte sie besucht. Sie hatte es ihr gesagt! Mit ernster Stimme, den Finger auf sie gerichtet, als ob es etwas
Schreckliches wäre, sechs Jahre alt zu sein.

»Ich bin Signorina Pintus, Clelia Pintus, die Schuldirektorin.«

»Schule?«

»Ganz genau, Schule.« Die Frau hatte einige Schritte auf
sie zu gemacht und dabei die Lippen noch fester zusammengepresst. »Wo ist deine Mutter?«

Angelica hatte sie mit weit aufgerissenen Augen ange-
starrt. Schule? Davon wusste sie nichts. Hektisch hatte sie
in ihren Erinnerungen gekramt und alle Regeln aufgerufen,
die ihre Mutter ihr eingeschärft hatte.

»Nicht alleine das Haus verlassen, nicht bei Margherita um Geld betteln. Das Bett machen, den Teller nach dem Essen abwaschen. Die Haare zweimal am Tag kämmen. Das Gesicht gründlich waschen, ebenso gründlich die Zähne putzen, Zahnärzte kosten nämlich ein Vermögen, und ich mache mich schon genug krumm. Den Boden fegen und den Dreck in den Mülleimer schütten. Das Basilikum, die Tomaten und den Rosmarin gießen. Wenn du den Herd anmachst, pass auf, dass du dich nicht verbrennst. Und sprich mit niemandem.«

Jede einzelne dieser Regeln hatte sie befolgt, abgesehen von ihren Besuchen bei Jaja, die waren eine Ausnahme. Ausnahme war ein Zauberwort. Es bedeutete, dass eine bestimmte Regel nicht galt. Sie liebte Ausnahmen.

Die Direktorin hatte wieder zu sprechen begonnen, deshalb musste Angelica sich auf ihre Worte konzentrieren, um sogleich wieder an die Regeln ihrer Mutter zu denken.

Nein. Von Schule hatte sie nichts gesagt.

Die Frau mit den kirschrot angemalten Lippen und den hellen Augen starrte sie weiter an, so durchdringend, dass sich ihr der Magen zusammenzog. Angelica betrachtete den Milchkaffee vor ihr, das auf dem Kamin geröstete Brot und den Honig, den Jaja ihr geschenkt hatte. Der Hunger war ihr vergangen.

»Also? Willst du wohl antworten? Du bist wirklich ungezogen«, echauffierte sich Signorina Pintus und stemmte die plumpen Hände in die Hüften. Ihr Blick war bedrohlich geworden.

In diesem Moment fing Angelica an zu zittern, und eine fürchterliche Angst stieg in ihr auf. Eine kalte düstere Angst, so düster wie die mondleere Nacht ohne Sterne, als ihre

Mutter nicht zu Hause gewesen war und sie sich unter dem Bett versteckt hatte.

Auf einmal kam ihr dieses seltsame Wort in den Sinn, das ihre Mutter so häufig verwendete: Konsequenz. Konsequenz bedeutete, dass jemand etwas machte, und genau weil er es gemacht hatte, passierte etwas anderes. Fast immer etwas Schlechtes.

Sie hätte nicht gehen und sich bei Jaja Milch holen dürfen. Wenn sie die Regel ihrer Mutter befolgt hätte und zu Hause geblieben wäre, dann hätte die Frau sie nicht gefunden.

»Meine Mutter ist nicht da«, hauchte sie, während Verzweiflung in ihr aufstieg. Sie musste etwas tun, diese Frau wegschicken, die den gleichen stechenden Blick wie ihre Mutter hatte, wenn sie die Geckos fixierte, die kopfüber die Decke entlanghuschten. »Mamma kommt bald zurück, sie ist bloß einkaufen«, fügte sie hinzu und versuchte dabei, überzeugend zu wirken.

Aber die Frau schien zu ahnen, dass es eine Lüge war. Lügen waren erfundene Dinge. Sie dienten dazu, Störenfriede zu vertreiben. Auch das hatte ihre Mutter ihr beigebracht. Störenfriede und Nervensägen waren schlecht. Sie konnten eine Menge Ärger machen und dafür sorgen, dass man an einem schrecklichen Ort eingesperrt wurde, wo Kinder ohne Vater landeten. Kinder, deren Mütter arbeiten mussten, so wie ihre.

Deshalb sagte sie lieber nichts mehr. »Nicht mit Fremden sprechen, die nehmen dich sonst mit.« Die Mahnung tönte dem Mädchen in den Ohren, genau wie an jenem Tag, als Maria Florinas ihre Tochter davor gewarnt hatte, was passieren würde, wenn die Institutionen herausfanden, in welchen Verhältnissen sie lebten.

Angelica wusste nicht, wer oder was »die Institutionen« waren. Nicht weil Maria es ihr nicht erklärt hätte, aber »Institutionen« waren zu viele Sachen auf einmal, und das hatte sie nicht verstanden. Sie wusste nur, dass sie im besten Fall in einer Fürsorgeanstalt, im schlimmsten Fall in einem Waisenhaus landen würde.

Fürsorgeanstalt, Waisenhaus. Schreckliche Wörter. Maria hatte sie ausgesprochen, als wären sie ein Sumpfloch. Einmal hineingefallen, kam man nie wieder hinaus. Und selbst wenn man es doch schaffte, klebte der Dreck auf einem. Vor nichts auf der Welt hatte Angelica mehr Angst. Nicht einmal vor dem Sturm, der vom Meer kam, oder vor dem Blitz, der den Nachthimmel erhellte.

»Meine Mutter kommt bald zurück«, hatte sie wiederholt und dabei versucht, noch überzeugender zu wirken.

Aber Signorina Pintus schien ihr gar nicht zuzuhören. Angelica sah sich verzweifelt um. Was konnte sie nur tun?

Die Direktorin war einfach reingekommen. Dabei durfte doch kein Fremder ins Haus, das war eine andere Regel. Wie hatte sie das nur vergessen können?

Mit zusammengepressten Lippen und indem sie gegen die aufsteigenden Tränen ankämpfte, war das Mädchen hinter der Frau hergelaufen. »Nichts anfassen. Mamma möchte das nicht.«

Warum wollte diese Frau das nicht verstehen? Angelica riss ihr die Dinge immer wieder aus der Hand und stellte sie an ihren Platz zurück.

Sie erinnerte sich an den Tag am Strand, als sie den großen ockerfarbenen Hund gesehen hatte. Sie hatte Angst vor ihm gehabt, vor den langen Zähnen, dem Knurren, weshalb sie die Augen fest zusammengepresst und sich ganz klein gemacht hatte. Als sie die Augen wieder geöffnet hatte, war der Hund verschwunden. Vielleicht funktionierte das auch mit dieser Frau? Wie damals presste sie die Augen fest zusammen und öffnete sie dann wieder. Aber die Direktorin war immer noch da und hielt den Eimer und den Schrubber in der Hand, mit dem Angelica den Boden gewischt hatte. Das Mädchen rannte auf sie zu und riss ihr beides aus den Händen.

»Das gehört meiner Mamma«, schrie sie.

»Na hör mal, als ob ich euch was stehlen wollte!«, rief die Frau empört.

Angelica musterte sie misstrauisch und setzte sich dann wieder auf ihren Platz. Signorina Pintus nahm nach kurzem Zögern neben ihr Platz. Sie lächelte. Das war fast schlimmer als schreien.

Musste sie jetzt noch mehr Angst haben?

»Also, meine Kleine, wo ist denn deine Mutter? Du kannst es mir ruhig sagen, du musst keine Angst haben.«

Angelica hatte aber Angst. Und zwar so sehr, dass ihre Zähne klapperten und ihre Unterlippe zitterte. Sie mochte diese Frau nicht. Sie spürte, wie der Blick der Fremden auf ihr lastete. Sie wusste, was die Aufgabe einer Direktorin war: zu kontrollieren. Das bedeutet, eine Sache mit den Händen, den Augen oder den Gedanken zu überprüfen. Auf alle Fälle etwas Bedrohliches. Ihre Mutter tat das auch immer, wenn sie nach Hause kam. Und wehe, sie fand einen Kratzer oder einen blauen Fleck, dann gab es Ärger.

»Meine Mamma ist nicht da, aber sie kommt bald.« Noch eine Lüge. Dieses Mal war sie ihr sogar ganz leicht über die Lippen gekommen, als Tochter der Angst.

Signorina Pintus musterte sie erneut, als ob sie den falschen Ton der Lüge gespürt hätte. Zuerst betrachtete sie ihr Kleid, um sie dann abzutasten. Und schließlich das Gesicht zu verziehen.

»Du bist ja nur Haut und Knochen.«

Angelica schwieg. Sie konnte nichts tun, während die Frau mit ihren strengen Fingern ihre Arme und Schultern betastete. Aber als die Fremde versuchte, ihr den Mund zu öffnen, biss sie zu. Das konnte sie gut, doch die Frau zog die Hand gerade noch rechtzeitig weg, verpasste ihr eine Ohrfeige und zog sie so fest an den Haaren, dass ihr die Tränen kamen. Sie weinte trotzdem nicht oder schrie gar. Sie biss sich auf die Lippen, mehr nicht.

»Nun ja, immerhin bist du ordentlich gekämmt.«

Angelica funkelte die Schuldirektorin empört an. Natürlich war sie das. Sie trug einen Mittelscheitel und auf beiden Seiten einen Zopf. Ihre Mutter hatte ihr das Flechten diesen Sommer erst beigebracht, und sie war stolz darauf, es ganz alleine zu können. Bloß durfte sie das niemandem sagen. Signorina Pintus umfasste ihren Kopf und drehte ihn nach rechts und links. Zum Glück hatte sie am Abend zuvor gebadet, dachte das Mädchen, als ihr die Frau hinter die Ohren schaute. Und das Kleid war neu. Ein bisschen zu groß, aber neu.

»Sauber scheinst du ja zu sein, gut. Sobald deine Mutter zurückkommt, sagst du ihr, dass die Schule begonnen hat. Wenn du dich nicht bald dort blicken lässt, komme ich wieder, dieses Mal mit der Polizei.«

Polizei? Angelicas Herz hämmerte in ihrer Brust. Dieses Wort kannte sie nicht. Was war das, die Polizei? Das Wort wickelte sich um ihre Zunge, lähmte ihre Lippen. Als sie es zumindest in Gedanken aussprechen konnte, fuhr die Direktorin bereits fort.

»Hast du mich verstanden?«

Das Mädchen nickte, weil es nicht wusste, was es sonst hätte tun sollen. Sie wusste zwar nichts über diese Polizei, aber sie war sich sicher, dass es etwas Böses war. Böse und furchteinflößend. Wie die Störenfriede und die Fremden.

Dann war die Frau endlich gegangen. Angelica hatte die Luft angehalten, bis Signorina Pintus hinter der nächsten Ecke verschwunden war. Sie hatte die Tür abgeschlossen und war ins Bett gekrochen, das sie sich mit ihrer Mutter teilte. In die hinterste Ecke hatte sie sich gedrückt und sich mit wild klopfendem Herzen und Tränen in den Augen dort versteckt.

Und jetzt? Was konnte sie tun? Ihre Mutter würde so schnell nicht wiederkommen. Sie hatte noch eingekauft, bevor sie das Haus verlassen hatte, was bedeutete, dass sie mindestens eine Woche lang weg sein würde, das wusste Angelica. Sie musste arbeiten, hatte Maria ihr erklärt, denn nur durch Arbeit verdiente man Geld und konnte sich etwas zu essen kaufen.

Jaja. Der Name tauchte in ihrem Kopf auf. Sie musste zu Jaja gehen, die würde wissen, was zu tun war. Fest entschlossen, rannte sie die Treppe nach unten und aus dem Haus. Barfuß. So schnell sie konnte, hastete sie den steinigen Pfad entlang bis zu ihrer Patin.

»Jaja! Jaja!«

Sie klopfte fest an die Haustür, aber niemand machte auf. Jaja war nicht da! War sie auch weggegangen, genau wie Maria? Panische Angst ergriff von Angelica Besitz. Sie war so verzweifelt, dass sie mit beiden Fäusten gegen die Tür hämmerte und immer lauter den Namen ihrer Patin schrie.

Plötzlich hielt sie inne und riss die tränenüberströmten Augen auf. Die Bienen. Jaja war bestimmt bei den Bienenstöcken oben im Wald. Wieder rannte sie los, das trockene Gras raschelte unter ihren nackten kleinen Füßen. Es stand so hoch, dass sie an manchen Stellen kaum darüberschauen konnte. Völlig außer Atem blieb sie irgendwann stehen, schloss die Augen und lauschte. Da! Das Summen der Bienen und das Rauschen des Baches wiesen ihr den Weg. Sie lief weiter bis zu der Lichtung mit dem uralten Olivenbaum. Darunter stand Jaja. Sie drehte ihr den Rücken zu.

»Hilfe, Hilfe!«, brüllte sie.

»*Ite dimonui*. Was ist los?«

Margherita Senes, ihre Jaja, drehte den Kopf, und als sie das Mädchen erkannte, ging sie mit ausgebreiteten Armen auf es zu, während Angelica ihr entgegenstürmte. Die Bienen waren aufgeflogen und schwebten wie eine drohende schwarze Wolke über ihr.

»Bleib stehen. Ich komme. Beweg dich nicht.«

Die Warnung erreichte das Mädchen jedoch nicht. Die Bienen sammelten sich aufgeregt. Angelica kümmerte sich nicht um die bedrohlichen Geräusche, sondern warf sich in Jajas Arme und brach in Tränen aus. Mit ihren kleinen Fingern umklammerte sie verzweifelt den Stoff des langen Rockes.

»Die Polizei. Die Schuldirektorin. Sie bringen mich weg.«

Margherita beugte sich nach unten und drückte das Mädchen fest an sich. In diesem Moment schwärmten die Bienen aus und flogen auf sie zu, aber statt das Mädchen anzugreifen, formierte sich der Schwarm neu und bildete einen Schutzwall um die beiden.

Margherita wirkte überrascht. Auf ihrem Gesicht erschien ein geheimnisvolles Lächeln, ein zufriedenes Lächeln, in das sich auch ein wenig Stolz mischte. Zärtlich strich die alte Frau über Angelicas Kopf. Ein letzter Blick auf den goldenen Schwarm, der weiter um sie herumsurrte, dann zog sie das Mädchen an die Brust.

»Beruhige dich, hör auf zu weinen. Das hilft nichts, mein Kind.«

Angelica wischte sich mit der einen Hand übers Gesicht, während sie mit der anderen weiterhin fest Jajas langen Rock umklammerte. Das Schluchzen hatte nicht aufgehört, es war nur tiefer geworden.

»Gut. Jetzt gehen wir zurück nach Hause.«

Angelica hielt Jajas Hand fest umklammert. Sie bemerkte nicht, dass die Bienen einen Korridor gebildet hatten, durch den sie hindurchgehen konnten. Nachdem sie ins Haus gegangen waren, schloss Margherita die Tür hinter ihnen, und die Bienen flogen zu ihren Nisthöhlen im Olivenbaum zurück.

»Ich habe Kekse gebacken, die mit Honig. Magst du welche?«

»Ja, Honig ist lecker.«

»Komm, lass uns in die Küche gehen.«

Behutsam schob sie das Mädchen vor sich her. Ihr Gesicht war angespannt, ihre Lippen nur ein Strich. Sie wusste, dass es früher oder später passieren musste, das hatte sie auch der Mutter gesagt. Sie hatte versucht, Maria davon zu überzeugen, das Mädchen bei ihr zu lassen. Dann wäre es in Sicherheit. Aber dieser Sturkopf hatte ja nicht hören wollen. Stolz, Verantwortungslosigkeit und Dummheit. Diese drei Charaktereigenschaften vereinte Maria Florinas in sich.

Aber auch wenn Margherita mit ihrem Versuch gescheitert war, für Angelica tat sie alles.

»Solange ich lebe, wird dir keiner etwas tun, *ninnia*. Du musst keine Angst haben, meine Kleine, ich bin immer für dich da.«

Dieses Versprechen hatte sie gehalten. Jaja kaufte ihr Hefte, Bücher und eine Schürze. Sogar mit Schleife, in Rosa. Angelica war überwältigt. Die Schürze war an der Taillennaht gekräuselt, die Farbe erinnerte an Rosenblütenblätter und den Himmel bei Sonnenaufgang. Sie war wunderschön, das Schönste, was sie jemals besessen hatte. Angelica roch daran und führte sie dann mit geschlossenen Augen an die Lippen.

Am nächsten Morgen brachen sie früh auf. Jaja zeigte ihr die Schule. Sie war gar nicht so schlimm. Und erst die vielen Kinder! Angelica kam aus dem Staunen gar nicht mehr heraus. Jaja redete mit Signorina Pintus, und die beiden begleiteten sie in ihre Klasse. Die junge Lehrerin war eine hübsche Frau, genau wie ihre Mutter, nur dass Signorina Adele braune Haare hatte, während Marias Schopf fast schwarz war. Angelica konnte nicht verstehen, was Jaja mit den beiden Frauen besprach, aber mitten im Gespräch wurde Signorina Pintus rot wie eine Tomate aus dem Garten ihrer Mutter, und Adele ging auf sie zu und umarmte sie.

Ab diesem Augenblick waren alle richtig nett zu ihr gewesen. Jaja hatte sie nach der Schule wieder abgeholt und sie fest an der Hand genommen. Sie hatte ihr ein Bett im Turmzimmer hergerichtet, dem schönsten Raum im ganzen Haus.

»Das hier wird immer auch dein Zuhause sein, *ninnia*. Vergiss das nie.«

Vom Turm aus konnte man in klaren Nächten die Sterne und das Meer sehen. Es gab nichts Schöneres für Angelica, als mit den Sternen zu sprechen und zu erleben, wie sich bei Sonnenaufgang der türkisblaue Himmel glutrot färbte.

4.

Lavendelhonig (Lavandula spp.)
Mild und heilsam. Gilt als Honig der Ruhe und hilft, das innere Gleichgewicht wiederzufinden. Er duftet nach Blüten und Wildkräutern. Charakteristisch ist seine leichte Weihrauchnote im intensiven Nachgeschmack. Er ist elfenbeinfarben und hat hauchzarte Kristalle.

»Komm schon, geh dran«, murmelte Angelica und zählte die Klingeltöne.

»Guten Tag, hier ist der Anrufbeantworter von…«

Mit einer ungeduldigen Geste beendete sie den Anruf und warf das Handy auf das Armaturenbrett. Das war nun schon das dritte Mal, dass sie versuchte, ihre Mutter zu erreichen. Warum ging sie nicht dran? Sie versuchte die diffuse Angst abzuschütteln, die sie seit ihrem letzten Gespräch begleitete. »Ich probier's später noch mal«, murmelte sie mit Blick auf das Handy.

Angelica sah sich um. Sie hatte Agde erreicht. Die kleine, am smaragdgrünen Meer gelegene Stadt war ein Juwel inmitten naturbelassener Wälder. Angelica fuhr langsam, den Blick starr auf den Verkehr gerichtet. Eine neue Straße, ein neues Abenteuer. Nach einem Abstecher nach Avignon würde sie nach Arles weiterfahren, wo sie an einem Kongress teilnehmen würde. Sie plante ihre Route genau und organisierte die Etappen im Vorfeld.

Als sie nach ihrer Wasserflasche suchte, bemerkte sie, dass sie eigentlich gar keinen Durst hatte, und ließ es wieder sein. Unvermittelt tauchte eine Haltebucht vor ihr auf, und sie bremste ab.

Wasser, so weit das Auge reichte. Das tiefblaue, an manchen Stellen sogar violett leuchtende Meer. Angelica blieb einige Minuten stehen. Die Sonne hatte sich hinter einer vorbeiziehenden Wolke versteckt, und wieder nahm das Meer eine andere Farbe an, jetzt war es silbern. Sie neigte den Kopf und schaute zu Boden. Dieses Meer war es nicht, das sie im Herzen trug. Nicht dieses…

Ihr Meer war saphirblau, und wenn die Sonne am höchsten stand, konnte man es kaum vom Himmel unterscheiden. Ihr Meer war aber auch grün, mit türkisfarbenen Sprenkeln und golden und orangefarben, wenn die Sonne unterging. Ihr Meer roch nach Salz und klang nach Lachen.

Zuerst war es Jaja, jetzt war es das Meer in Abbadulche, jenem Dörfchen auf der kleinen Insel vor Sardinien, wo sie aufgewachsen war, das in ihren Erinnerungen auftauchte und sich mit Macht in ihre Gedanken drängte.

Als ihr bewusst wurde, wie sehr sie sich danach sehnte, wurde sie ganz starr. Als ob der Ort ihrer Kindheit auf einmal nach ihr rufen würde. Aber das war unmöglich, so ging das nicht. Es gab dort nichts mehr, das für sie von Bedeutung war. Das hatte sie vor langer Zeit beschlossen.

Lorenzo hatte sich auf der Fußmatte zusammengerollt, den Blick fest auf sie gerichtet.

»Hör auf, mich so anzustarren. Ich weiß auch nicht, was mit mir los ist, okay?«

Während Angelica den Motor wieder startete, überlegte sie weiter. Sonst gab sie sich doch auch nicht so leicht irgendwelchen Sentimentalitäten hin. Sie fuhr sich durch die Haare. Wahrscheinlich hatte sie in letzter Zeit zu viel gearbeitet. Sie war einfach müde, das war es. Deshalb lastete die Einsamkeit so sehr auf ihr.

»Es ist bloß die Müdigkeit«, wiederholte sie.

Vielleicht hätte sie die Einladung von Monsieur Dupont doch annehmen sollen. Das Angebot, noch einige Tage zu bleiben, war ebenso unmissverständlich wie seine Absichten. Der erste Kuss war eine Verheißung. Ein interessanter Mann. Und obwohl sie beide ungebunden waren: besser die Finger davon lassen.

Angelica machte eine Handbewegung, als wollte sie den Gedanken verscheuchen. Sie war nicht geblieben, hatte das Bett nicht mit ihm geteilt und sein Angebot abgelehnt. Sie war in ihren Campingbus zurückgekehrt und hatte die ganze Nacht wach gelegen.

Warum? Die Frage stand nach wie vor im Raum, klar und deutlich. Genau wie die Antwort. Sie sehnte sich nicht nach flüchtigen Augenblicken der Leidenschaft, sondern nach einer festen Beziehung. Das hatte sie inzwischen verstanden. Sie sehnte sich nach Beständigkeit.

Unterwegs gelang es ihr nicht, die Müdigkeit abzuschütteln, die sie in den letzten Monaten immer öfter überfiel. Sie dachte eine Weile darüber nach, bis ihr klar wurde, dass das Wort Müdigkeit das Gefühl nicht treffend beschrieb. Sie war gar nicht müde, sie war leer. Und das schmerzte sie.

Schließlich kam das Bewusstsein und mit ihm die Angst. Eine Angst, die so tief ging, dass Angelica erzitterte. Wie lange schon war das Leben an ihr vorbeigezogen? Sie tastete nach Lorenzo und fand ihn an ihrer Seite. Obwohl es tröstlich war, das weiche Fell ihres Gefährten unter den Fingern zu spüren, begriff sie, dass es dieses Mal nicht reichen würde, um die Kälte zu vertreiben, die ihr wie eine Schlange unter die Haut kroch.

Der Hund jaulte und leckte ihr die Hand. Sie lächelte ihm zu, als ob sie ihn beruhigen wollte. Da tauchte Pepita neben ihr auf.

»Es geht mir gut. Wirklich. Macht euch keine Sorgen.«

Angestrengt konzentrierte sie sich auf die Schilder am Straßenrand, dann blinzelte sie ein paarmal hintereinander. Verdammt, sie konnte die Schrift einfach nicht lesen. Sie rieb sich die Augen, fuhr langsamer und blieb schließlich stehen.

»Das geht vorbei«, sagte sie sich, »es geht vorbei.«

Wie lange war es schon her, dass sie in einem richtigen Bett geschlafen hatte? Sie überlegte einen Moment und lächelte dann. Sie konnte sich nicht erinnern. Ihr Zuhause war der Campingbus, und das nun schon seit so langer Zeit, dass sie sich gar kein anderes vorstellen konnte. Geschweige denn einen festen Wohnsitz.

In Wahrheit war der Bus etwas ganz anderes: ihre Art, Probleme zu lösen. Dank ihm konnte sie allem ausweichen, was ihr unbequem war. Einfach alles hinter sich lassen. Ohne jemandem etwas erklären zu müssen. Ihr ging es gut dabei, oder etwa nicht? Nur ganz wenige Menschen waren ihr wirklich wichtig. Echte Freunde? Kaum. Die Einsamkeit hatte ihre Vorteile.

Angelica konzentrierte sich auf das, was vor ihr lag, fest entschlossen, die in ihr aufsteigende Melancholie zu vertreiben. Das war es, was sie quälte, das und die Träume. Jaja, die ihr zeigte, wie man den Honig aus den Waben löst, ohne sie zu beschädigen. Jaja, die ihr erklärte, wie die Königinnen ihre Eier in die verwaisten Wabenzellen legen. Jaja, die ihre Hand hielt, während sie gemeinsam sangen und die Bienen um sie herumschwirrten, bis aus ihrem Lied und dem Summen eine Melodie wurde. Jaja, die sie jedes Mal zur Mole mitgenommen hatte, wenn die Sonne unterging, wo ihr Schäferhund Omero wartete. Neben ihm kauerte eine in sich zusammengesunkene Frau mit leerem Blick. Das passierte oft, mit wechselnden Frauen. Manchmal hatten sie auch Kinder dabei. Jaja nahm die Kinder in den Arm, küsste sie zärtlich auf die Wangen und segnete sie, indem sie das Kreuz auf ihre Stirn zeichnete. Sie schenkte ihnen ein Glas Honig, und wenn das Boot sich langsam von der Mole entfernte, folgte sie ihm mit dem Blick, bis es am Horizont verschwunden war. Dann erst ging sie mit Angelica an der Hand langsam davon.

»*War das auch deine Schwester, Jaja?*«

»*Alle Frauen sind meine Schwestern,* ninnia. *Sie sind alle meine Schwestern.*«

»*Und die Kinder?*«

»*Sind meine Kinder. Die Kinder aller Frauen.*«

»*Wie bei den Bienen?*«

»*Wie bei den Bienen.*«

Die Erinnerung löste sich langsam auf, während Angelica in die Realität zurückkehrte. Eine tiefe Sehnsucht nach der verzauberten Welt ihrer Kindheit überkam sie, aber sie wischte sie beiseite. Warum musste sie ständig an Jaja denken? Warum träumte sie so intensiv von ihr? Und vor allem: Was wollte Jaja ihr sagen?

Als das Telefon klingelte, nahm sie sofort ab.

»Hey, Herumtreiberin!«

Der zärtliche Klang in der Stimme ihrer Freundin Sofia linderte die Enttäuschung, dass es nicht ihre Mutter war.

»Ciao.«

»Wohin verschlägt es dich diesmal?«

»Nach Avignon.«

»Du kommst zu mir? Ein Überraschungsbesuch?«, rief Sofia begeistert.

Angelica biss sich auf die Unterlippe. Eigentlich hatte sie nicht vor, Sofia zu besuchen, doch sie fand nicht die richtigen Worte, es ihr zu sagen. Sie wollte die Freundin nicht enttäuschen. Sofias Freude wirkte ansteckend, und sie erwischte sich dabei, dass sie sogar ein wenig lächelte.

»Ich ...«

»Komm schon, bei mir bist du doch so gut wie zu Hause. Zumal es dein Eigentum ist.«

»Bitte fang nicht wieder damit an, ich bin nicht in der Stimmung«, seufzte Angelica, während sie erneut eine Haltebucht ansteuerte.

»Du bist nie in der Stimmung, wenn es darum geht, dir das Geld zurückzugeben. Ehrlich gesagt geht mir das ziemlich auf die Nerven.«

»Behalte es. Ich brauche es sowieso nicht. Gib es mir zurück, wenn du kannst.«

Sofia wollte etwas erwidern, entschied dann aber, dass es wenig Sinn hatte, diese Diskussion am Telefon zu führen. Bei einem Teller Lasagne und einem Glas Weißwein wäre dazu eher Gelegenheit, entschied sie. Obwohl mit Leib und Seele Griechin, hatte sie von Angelicas Mutter gelernt, wie man Pasta machte. Maria war eine hervorragende Köchin.

Ihrer Lasagne konnte keiner widerstehen, dachte sie zufrieden.

»Okay, wann kommst du?«

»Heute Abend.«

»Ich freu mich.«

»Mach bloß keine Lasagne. Und keinen Wein auf. Die Antwort ist und bleibt nein.«

»Auf was?« Sofia gab sich ahnungslos.

»Auf alles, was du im Sinn hast.«

»Besteht vielleicht die vage Hoffnung, dich doch noch zu überzeugen, mit einem Nachtisch zum Beispiel?«

Angelica lachte. »Willst du mich etwa verführen?«

»Ich bin nur eine gute Köchin.«

Sie lachte wieder. »Und eine wunderbare Freundin, deshalb werde ich auch immer für dich da sein. Du schuldest mir nichts.« Dann seufzte sie, und ihre Stimme wurde traurig.

»Was ist los, Angelica?«

»Ich weiß es nicht. Wirklich nicht.« Der heitere Tonfall war umgeschlagen, die Lust auf Scherze vergangen.

»Das erzählst du mir am besten in Ruhe. Ich kaufe Wein, eine Kiste dürfte reichen. Beeil dich bitte, aber nicht zu sehr. Dieses Ding, mit dem du unterwegs bist, scheint mir von nichts als den Gebeten deiner Mutter und zwei Rollen Klebeband zusammengehalten zu werden.«

»Ich habe ihn gerade erst durchchecken lassen, der Mechaniker meinte, er tut es noch ein paar Jahre.«

»Ach, wirklich?«, spottete Sofia und rollte mit den Augen. »Das beruhigt mich aber! Ich richte dein Zimmer her. Diesmal gibt es keine Diskussion. Du schläfst in einem richtigen Bett. Kuss, bis bald.«

»Spürst du ihn? Gleich kommt er. Lass ja nicht los.«

Angelica hielt den Atem an und umklammerte Jajas Hand. Ihr langer Rock bauschte sich wie eine Glocke und hob sich. Sie griff danach und lachte. Auch Angelica lachte. Etwas schlug ihr ins Gesicht, doch sie spürte keinen Schmerz. Es war eher wie ein Kitzeln. Man nannte diesen Wind Mistral. Er konnte zu einem orkanartigen Sturm werden, deshalb musste man sehr vorsichtig sein. Wer mit dem Boot auf dem Meer unterwegs war, geriet schon mal in große Schwierigkeiten.

Die Höhle lag hinter ihnen, aber um dem Wind zu lauschen, musste man hier stehen, auf dem Felsen, der den Strand überragte. Unten sah sie die weiße Gischt der Wellen auf dem sonst azurblauen Meer, das heute silbergrau schimmerte. Auch das war ein Zeichen. War das Meer grau, hieß es besonders vorsichtig sein. Die Wellen reißen dich mit und tragen dich davon. Hinaus aufs offene Meer.

»Du darfst keine Angst vor dem Wind haben, er erzählt dir von den fremden Orten, die er besucht hat. Hör zu, was er dir zu sagen hat.«

Angelica kniff die Augen fest zusammen. Konzentriert lauschte sie, doch nach einer Weile verlor sie die Geduld. »Ich verstehe es aber nicht.«

Ein leises Lachen, dann legten sich die Finger der Frau auf die des Kindes.

»Streck die Hand aus, spüre den Wind, rieche ihn. Er spricht nicht wie ein Mensch mit uns, das wäre ja auch komisch, oder? Der Wind besteht aus Luft, und die Sprache der Luft sind die Gerüche. Wenn du verstehen willst, was er zu dir sagt, dann musst du riechen.«

Angelica riss die Augen auf, hob das Gesicht und atmete

tief ein. Einmal, zweimal, dann grinste sie. Der Wind kam vom Fischteich.

»Ja, sehr gut. Jetzt setz dich da drüben hin, und rede weiter mit dem Wind.«

Während die alte Frau zu den Bienenstöcken hinter dem Felsen ging, rannte Angelica zur Höhle. Sie schlang die Arme um den Körper. Der Wind war kalt, er stemmte sich ihr entgegen und drängte sie zurück. Sie musste lachen und ging mehrere Male vor und zurück. Ihr Lachen war bis zu Margherita gedrungen, die ihr einen nachsichtigen Blick zuwarf und sich dann wieder an die Arbeit machte.

Da war der Eingang zur Höhle. Da sie die Dunkelheit fürchtete, setzte sie sich neben den Eingang. Mit einem Mal fühlte sie sich stabiler. Sie mochte dieses Wort, es gab ihr Sicherheit. »Stabilität« war ein komplizierter Begriff, er hatte viele Bedeutungen. Stabilität hieß, dass Jaja ihr zulächelte, dass das Abendessen pünktlich auf dem Tisch stand und dass die warme Decke auf dem Bett lag. Dass Jaja ihr den Fluss zeigte, der gluckernd über die Steine floss und die Geheimnisse des Waldes preisgab. Sie hatte dieses Gluckern nie verstanden, Jaja hingegen schon.

Angelica dachte darüber nach, und ihr Blick hellte sich auf. Die Worte des Wassers waren wie die Worte des Windes und die der Bienen. Wie die der Sonne und der Katzen, der Hunde und der Schafe.

Zufrieden und stolz stand Angelica auf und rannte zu Jaja hinüber. Sofort war sie von Bienen umhüllt, sie sang und hüpfte. Dann hatte sie Jaja erreicht.

»Aber wie soll ich das alles kapieren?«

Margherita hob den Blick. »Du musst nur zuhören, ninnia.«

Anrufbeantworter.

»Mamma, nimm ab!«

Entnervt legte Angelica auf und starrte auf das Handy. Und wenn sie schon abgereist ist?, dachte sie. Vielleicht ist sie in einer Kirche oder einem Kloster mit dicken Mauern, an irgendeinem einsamen Ort. Das könnte ihr Schweigen erklären. Mit eingeschaltetem Handy betrat man keine Kirche. So etwas würde Maria nie machen. Sie biss sich auf die Lippen. Dann legte sie das Telefon auf das Armaturenbrett.

Sie hatte in ihrem Leben schon viele Orte gesehen, einsame und weniger einsame. Dabei hatte sie auch stets das Umfeld kennengelernt. Den Boden, die Pflanzen, das Essen, die Menschen. Und die Bienen.

Die Bienen waren für sie der Spiegel des Ortes, an dem sie lebten und wirkten. Sie sammelten Pollen und Nektar und gaben beides als Honig zurück. Sie befruchteten Blüten, damit Früchte entstehen konnten. Selbst ihr Tod war nützlich für die Gemeinschaft, denn er zeigte an, dass etwas im Ungleichgewicht und die Umwelt immer häufiger verschmutzt war. Die Bienen waren sozusagen die Hüter der Natur.

Angelica fragte sich oft, wieso der Mensch sich selbst und die Natur vergiftete, allein aus rücksichtsloser Profitgier. Ist es wirklich erstrebenswert, dreckiges Wasser zu trinken und Früchte zu essen, die mit Pestiziden besprüht werden, damit sie größer und schöner werden? Sie erinnerte sich noch genau an den Geruch eines Bienenstocks, den der vergiftete Blütenstaub eines Sonnenblumenfeldes zerstört hatte. Nachdem er erkannt hatte, dass er selbst für den Tod seiner Bienen verantwortlich war, war der Imker in Tränen ausgebrochen. Er hatte nicht gewusst, dass die Sonnenblumensamen mit einem neuartigen Pestizid behandelt worden waren, das erst in die Pflanzen und dann in die Blüten gewandert war und so seine tödliche Wirkung an die Bienen weitergegeben hatte.

Naiv war Angelica nicht, sie kannte die gewinnorientierte Welt nur zu genau. Sie wusste, dass die Ursache in der Illusion lag, mit dem Versprühen einer Chemikalie wie von Zauberhand alle Probleme lösen zu können.

Einfach so und zugleich so einfach, dass der Gedanke unwiderstehlich war. So konnte man auf einen Schlag jeden Zweifel, jedes Hindernis aus dem Weg räumen. Das Problem waren die Menschen, die keine Zeit und keine Geduld mehr hatten. Die alles wollten, und zwar sofort. Die keine Wege mehr beschreiten, sondern nur noch Ziele erreichen wollten.

Jedes Mal wenn sie einen Bienenstock überprüfte, richtete sie ihr Augenmerk vor allem auf die Umgebung sowie die Boden- und Luftqualität. Sie versuchte, die Imker von ihren Methoden der biologischen Schädlingsbekämpfung zu überzeugen. Natürlich versprach sie keine Wunder, bot jedoch zumindest eine Alternative zur chemischen Keule an. Ihr Studium der Zoologie und der Verhaltensforschung, das sie mit Auszeichnung abgeschlossen hatte, war also doch zu etwas nütze gewesen.

Seit jeher waren die Natur, der Erdboden, der Wind und das Wasser ihre Weggefährten. In ihrer Gesellschaft fühlte sie sich wohl. Mit der Zeit war Angelica Senes ein Teil der Welt geworden, die sie vor so vielen Jahren kennengelernt hatte. Die Welt der Bienen.

Es gefiel ihr, durch die Lande zu ziehen und sich um Bienenstöcke zu kümmern. Sie mochte keine festen Bindungen, keine langfristigen Verpflichtungen. Keinen Mann, auf den sie bei ihren Entscheidungen Rücksicht nehmen musste. Niemand, der sich einmischte oder ihre Gedankengänge missverstand. Niemand, dem sie Rechenschaft ablegen musste.

Sie lenkte den Blick auf die blausilbern glänzenden Lavendelfelder links und rechts der Straße. Ein unbeschreibliches Schauspiel: Kobaltblau und Saphirblau mit lila Sprenkeln. Und erst der Honig! Sie liebte das mild-würzige Aroma des Lavendelhonigs.

Der Besuch bei Sofia würde ihr guttun. Für ihre Freundin war Honig ein Allheilmittel. Abgesehen von Jaja hatte sie noch keinen Menschen mit einer solchen Leidenschaft für Honig kennengelernt.

Aber an Jaja wollte sie nicht denken, nicht jetzt. Stattdessen rief sie sich Sofia und ihr ansteckendes perlendes Lachen ins Gedächtnis, das alle düsteren Gedanken vertreiben konnte. Ihre Freundin war mit jeder Faser ihres Herzens ein positiver Mensch. Die Griechen waren nun mal ein ganz besonderes Volk. Sie hatten die Gabe, jeden Moment des Lebens intensiv wahrzunehmen. Und sie hatten Träume.

Vor ein paar Jahren hatte Sofia eine baufällige Mühle entdeckt, sich sofort in sie verliebt und das alte Gebäude nach und nach wieder aufgebaut. Zuerst hatte sie dort nur gewohnt, aber bald wurde die Mühle zum Mekka all jener, die nach besonderen Honigsorten suchten.

Sofia importierte Honig aus der ganzen Welt, sogar Manukahonig aus Neuseeland. Angelica erinnerte sich noch genau an den wunderbaren Anblick der Manukawälder, die sich an steilen Hängen in Richtung Meer erstreckten. So etwas hatte sie nie zuvor gesehen. Der betörende

Duft der Neuseelandmyrte, die Farbnuancen der Blütenblätter von Reinweiß bis Dunkelrosa, all das würde sie nie
vergessen. Sie wusste, dass im Grunde jeder sorgfältig ge-
imkerte und kalt gepresste Honig von hoher Qualität sein
konnte, doch sie wusste auch, dass jede Blüte ein charakte-
ristisches Aroma hatte, das die Bienen aufnahmen und wei-
tergaben. Deshalb war jeder Honig etwas Besonderes, hatte
seine ganz eigene Note.

Nach dem Studium war sie durch Neuseeland und Australien gereist, um den Kopf freizubekommen. Der Campingbus war damals noch ein Wunschtraum gewesen. Danach hatte sie mit etlichen Imkern zusammengearbeitet, mal
mehr, mal weniger intensiv.

Man kannte ihren Namen in der Imkerwelt. Vielleicht
war es ihre ganz spezielle Art zu arbeiten, die den Menschen
im Gedächtnis blieb. Vielleicht aber auch ihr mädchenhaf-
tes Wesen, ihr melancholischer Gesichtsausdruck, ihre zarte
Schönheit. Oder die introvertierte Distanz, mit der sie die
Welt betrachtete. Viele erinnerten sich an ihr Lächeln, aus
dem nie ein Lachen wurde, ebenso an ihre Freundlichkeit
und ihre offene Art, Probleme anzusprechen.

Angelica war ein sensibler Mensch, der auch Untertöne
wahrnehmen konnte und Grenzen respektierte.

An eines jedoch erinnerten sich alle, die mit ihr zu tun gehabt hatten: ihre Vertrautheit mit den Bienen, die sich auf
sie setzten, sobald sie zu singen begann. Ihr Ruf verbreitete
sich still und leise. Immerhin war die Imkerei eine Wissen-
schaft und kein Hokuspokus.

Auf einem akademischen Kongress würde natürlich
niemand zugeben, dass Angelica Senes die Bienen besser
kannte als jeder Entomologe, aber ihren Namen kannten

alle. Wenn jemand elementare Probleme mit seinen Bienen hatte, dann gab man ihm ihre E-Mail-Adresse. Deshalb war sie all die Jahre ruhe- und rastlos durch die Lande gezogen, ohne dabei einen Ort zu finden, an dem sie bleiben wollte. Angelicas Name hatte auch ihrer Freundin alle Türen geöffnet. Dank ihr konnte Sofia ihren Kunden Honigraritäten aus aller Welt anbieten.

»Gleich sind wir da«, sagte sie zu Lorenzo, als sie auf die Straße einbog, die zur Mühle führte.

Sie schätzte diesen Ort, genau wie die Gesellschaft ihrer Freundin. Lorenzo drängelte sich ungeduldig winselnd an die Tür des Campingbusses, und einen Augenblick später parkte Angelica auf dem gepflasterten Hof und stieg aus. Sofia stürmte ihr entgegen.

»Endlich!«, sagte die Freundin und nahm sie in die Arme.

Angelica schloss die Augen, während Sofia sie fest an sich drückte. Dann schob sie sie sanft von sich und blickte sie einen Moment lang schweigend an.

»Du bist genau wie meine Mutter! Hast du irgendwo eine Lupe versteckt? Ich bin unversehrt, nicht ein Kratzer.«

Bei ihren Worten schüttelte Sofia nur den Kopf, ohne darauf einzusteigen. »Ich bin so froh, dich zu sehen! Komm, lass uns reingehen. Also, wie ist er, dieser Franzose?«

Angelica zwang sich zu einem Lächeln. »Lange Haare, Verführerblick. Einer, der die Frauenherzen höher schlagen lässt.«

»Wie im Film?«

»Genau! Bei ihm zu bleiben wäre ein katastrophaler Fehler gewesen.«

»Das mag ich so an dir, du siehst immer das große Ganze. Und in die Zukunft.«

Angelica musterte sie kritisch. »Ich nehme das mal als Kompliment.«

Dann erzählte Sofia von ihrem Geschäft und von Martin, dem Eigentümer der Mühle. Ein Hemmschuh für ihre Pläne. Angelica hörte ihr zu und fühlte sich so wohl wie schon lange nicht mehr. Trotzdem blieben Sofia die dunklen Ringe unter ihren großen braunen Augen ebenso wenig verborgen wie die Melancholie, die sich darin spiegelte und sie noch tiefgründiger und geheimnisvoller erscheinen ließ. Ihre Gesichtszüge wirkten härter als bei ihrem letzten Treffen. Sie hatte weiter abgenommen, war jedoch immer noch eine attraktive Frau, wenn auch nicht auf den ersten Blick. Man musste schon mehrmals hinsehen, um ihre Schönheit zu erkennen. Das Geheimnis war ihr Mund. Weich und zart, so wie alles an ihr. Wenn er sich zu einem Lächeln öffnete, hatte man den Eindruck, die Sonne gehe auf.

»Warum trägst du die Haare nicht offen?«, fragte Sofia.

»Ich hab's gern praktisch, das weißt du doch.«

»Als ich dich kennengelernt habe, hast du sie immer offen getragen. Das steht dir besser.«

Angelica zuckte mit den Schultern. Sie hatte die Haare so getragen, weil sie es jemandem versprochen hatte. Doch dann hatte die Zeit alles mit sich genommen, auch das Versprechen, das sie so leichtfertig gegeben hatte. Der Gedanke überraschte sie, und noch mehr überraschten sie die tiefen Gefühle, die er in ihr auslöste. Sie bemühte sich, ihn schnell wieder zu vergessen. Diese Intensität war geradezu absurd, völlig unangemessen. Aber in diesen Tagen kam ihr vieles unangemessen vor.

Sofia wartete auf eine Antwort, die nicht kam. »Du bist so still«, sagte sie nach einiger Zeit.

Ein leises Lächeln stahl sich auf Angelicas Gesicht. »Das war ich schon immer. Deshalb magst du mich doch.«

Die Freundin schloss die Augen. »Du hast recht. Komm rein, das Abendessen ist fertig.« Damit ging sie voraus. Dieser gezwungen heitere Ton gefiel ihr überhaupt nicht. Angelicas Worte hingen in der Luft, genau wie ihr aufgesetztes Lächeln.

»Hier ist es wunderschön.«

Sofia hielt inne und blickte auf die Natursteinfassade. »Ja, das ist es wirklich.«

Angelica hob den Blick und nahm sich Zeit, genauer hinzusehen. Das altehrwürdige Gebäude stammte aus dem siebzehnten Jahrhundert. Die Mühle mit dem immer noch funktionstüchtigen Mühlrad stand direkt neben einem Bachlauf, dessen grünlich schimmerndes Wasser zähflüssig wie Erdöl wirkte. Sie war in einen Felsen gebaut, der direkt in den Himmel zu wachsen schien, umgeben von Haselnusssträuchern, wildem Lavendel und Akazien.

Ein in das Gestein geschlagener Gang verband Sofias Lebens- mit dem Arbeitsbereich. Von hier gelangte man zur Eingangstür des Honiggeschäfts, das nur aus einem Raum bestand. Die Decke war aus unbehauenen Baumstämmen, von Rundbögen getragen, die auf steinernen Pfeilern lagen. Sofia hatte behutsame Renovierungsarbeiten vornehmen lassen, die unverputzten Wände hatte sie allerdings gelassen, wie sie waren. Die Einrichtung bestand aus massiven Regalen und einem Verkaufstresen, alles aus Holz. Ihre Wohnung war in hellen Farben gehalten, die Fensterläden gelb, die Wände weiß gestrichen. Die Möbel waren ebenfalls weiß, genau wie die übrige Einrichtung. Es hatte den Anschein, als würde das Licht hier wohnen. An den Außenwänden rankten Bougainvilleen empor, zwischen den smaragdgrünen Blättern blitzten fuchsiafarbene und violette Blüten hervor.

Selbst jetzt, als die Sonne ein letztes Mal grüßte, ehe sie blutrot unterging, kam Angelica das Haus vor wie ein Ort voller Licht und Frieden. Mit einem Seufzen folgte sie Sofia in die Küche.

5.

Eukalyptushonig (Eucalyptus spp.)
Aromatisch und balsamartig. Dieser Honig reinigt die Atemwege und schärft die Gedanken. Er duftet nach Wald, Pilzen
und gekochtem Zucker. Der bernsteinfarbene, leicht salzig
schmeckende Honig kristallisiert schnell.

»Also, was ist los?«

Angelica hob den Kopf. »Nichts, warum fragst du?«

»Ich rede seit einer halben Stunde, und du wirkst, als
wärst du ganz woanders.«

»Wirklich?«

»Ja, wirklich.«

»Entschuldige.«

»Ich will keine Entschuldigung, ich will wissen, was los
ist. Mir kannst du es ruhig sagen.«

Einen Augenblick lang trafen sich ihre Blicke.

»Nichts, alles in Ordnung.«

Sofia deutete auf den Tisch. »Warum isst du dann
nichts?«

Wie konnte eine Frau eine so samtweiche Stimme haben
und gleichzeitig so verärgert sein? Angelica lächelte. Diese
natürliche Freundlichkeit war etwas, das sie an ihrer Freundin besonders schätzte. In ihrer Nähe fühlte sie sich gebor-

gen, egal was passiert war. Erst jetzt wurde sie sich der Stille bewusst, die in der Küche herrschte.

»Hast du Martin davon überzeugen können, dir das Grundstück zu verkaufen?«, fragte sie und wechselte das Thema.

»Nein, er schwankt noch. Es gibt Tage, da scheint er fest entschlossen zu sein, dann ändert er wieder seine Meinung.«

»Der Pachtvertrag läuft ja noch ein paar Monate, du hast also noch Zeit.«

»Stimmt, aber ich fürchte, es klappt nicht. Besser, ich fange irgendwo anders noch mal neu an, zum Beispiel in Avignon. Etwas Besonderes mit einem schön dekorierten Schaufenster. Honig für jeden Geschmack. Was meinst du?«

»Sag doch so was nicht. Der Laden, das Haus ... Du hast da so viel Arbeit reingesteckt.«

Sofia schloss die Augen und legte den Kopf schief. »Echt komisch, dass gerade du das sagst.«

Die gespannte Atmosphäre, die schon den ganzen Abend zwischen ihnen herrschte, wurde erdrückend.

»Ich mag mein Leben, so wie es ist. Glaub bloß nicht, dass ich nicht ... zufrieden bin. Du bist eben anders.«

Sofia schnaubte, legte die Gabel auf die Serviette und blickte ihr tief in die Augen. »Wirklich? Na los, erzähl mir mal, wie glücklich und zufrieden du bist.«

Angelica öffnete den Mund, schloss ihn wieder und wandte den Blick ab.

»Du kannst es nicht, oder?«

»Es ist nicht, wie du denkst ...«

»Hör doch auf! Du hast deine Lasagne von rechts nach links und wieder zurück geschoben und fast nichts gegessen. Du bist nervös. Du kannst nicht mal ruhig sitzen, so sehr wünschst du dir, in deinen verdammten Campingbus zu springen und wieder zu verschwinden.«

»Ich bin einfach müde und habe keinen Appetit. Das ist alles.«

Sie hatte versöhnlich klingen wollen und hoffte, dass Sofia sie in Ruhe lassen würde. Aber als sie den Kopf hob, bemerkte sie, dass ihre Freundin nur die Klingen wetzte, um sie erneut anzugreifen.

»Was quält dich? Du kannst mir alles sagen, das weißt du doch.«

Der geduldige Tonfall brachte Angelica erst recht auf, und sie fühlte sich gemein und undankbar. Zum Teufel! Sie schob den Teller zur Seite und stand auf. Dann ging sie zum Fenster und zog den Vorhang auf. Es war Wind aufgekommen. Die Freesien am Wegesrand schwankten. Kurz kniff sie die Augen zusammen, dann löste sie die geballte Faust. Der Vorhang bauschte sich und versperrte ihr den Blick.

»Ich weiß nicht …«

»Du musst doch irgendeine Idee haben?«

Ja, eine Idee hatte sie durchaus. Noch wirr, aber sie war da. Darüber sprechen wollte sie jedoch nicht. Sie ging zum Tisch zurück und begann abzuräumen. Dabei spürte sie Sofias Blick auf sich ruhen. Wahrscheinlich war die Freundin der einzige Mensch, der sie wirklich verstand. Trotzdem wollten ihr die Worte nicht über die Lippen kommen.

Sie würde es alleine schaffen, sie brauchte keine Hilfe.

Bei diesem Gedanken durchzuckte Angelica ein kurzer Schmerz. Sie hob den Kopf. Sofia saß da, mit einem Lächeln auf den Lippen, in ihrem Blick lag Zuversicht. Die Gläser klirrten, aber sie achteten nicht darauf.

Angelica griff nach der Wasserkaraffe. Ihr Mund war trocken, ihr Magen in Aufruhr. Ein Glas Wasser würde auch nichts nutzen, es würde ihre Angst nicht vertreiben.

Denn was da in ihr rumorte und ihr die Lippen versiegelte, war eine tief sitzende Angst aus vergangenen Zeiten, die auf Versäumnisse, Schweigen, Erkenntnis und Einsamkeit beruhte. Sich jemandem anzuvertrauen würde bedeuten, ihre Seele zu offenbaren. Sich dem Urteil der Freundin auszusetzen. Das hatte sie schon lange nicht mehr getan. Sollte sie es wirklich riskieren? Sie blickte zur Tür.

»Ist das, was dir passiert ist, so schlimm, dass du selbst bei vorsichtigem Nachfragen die Flucht ergreifen willst?«

Ruckartig wandte Angelica sich um. »Nein. Es ist nichts passiert. Es ist nicht, wie du denkst.«

»Dann erkläre es mir.«

»So einfach ist das nicht.«

»Es ist nie einfach, wenn uns etwas nicht loslässt. Wenn wir uns in unser Schneckenhaus zurückziehen, bleibt das Problem unser Problem. Wir brüten darüber, wir pflegen es, es nährt unsere Ängste und wird immer größer und immer furchteinflößender.«

Schlagartig wurde Angelica klar, dass Sofia recht hatte. Während sie über ihre Worte nachdachte, gewann der Instinkt die Oberhand über den Stolz und die Angst.

Sie forschte in ihrem Inneren, sie grub und hoffte. Während sie nachdachte, wurden ihre Gedanken deutlicher und nahmen Kontur an. Das, was sie bisher nur geahnt hatte, war mit einem Mal klar.

Nur wie sollte sie Sofia erklären, dass die Erinnerungen an die fast vergessen geglaubte Vergangenheit sie immer öfter quälten und die Realität überlagerten? Sie nicht mehr in Ruhe ließen? Angelica hatte sich verboten, daran zu denken. Die Gedanken weggeschoben. Sie waren zu intensiv, zu bewegend. So ausdrucksstark, dass selbst die Zeit sie nicht aus dem Gedächtnis zu streichen vermochte.

Sie raubten ihr den Atem.

Erinnerungen sollten dergleichen nicht tun. Sie hatte ihr Leben noch vor sich und damit keine Zeit für die Vergangenheit. Sie wollte die Vergangenheit nicht in ihrem Leben und auch nicht in ihrer Zukunft haben, die sie sich mit so viel Mühe aufzubauen versucht hatte.

Hatten die Erinnerungen sich etwa deshalb ihrer Träume bemächtigt?

Dieser Gedanke überraschte sie. Sie führte ihre Hand an die Augen, dann fuhr sie sich über die Nasenwurzel.

»Ich träume.«

Sofia runzelte die Stirn. »Albträume?«

Sie schüttelte den Kopf. »Nein, nein.«

Wenn es wenigstens Albträume wären. Von denen hätte sie erzählen können, das war etwas Normales. Sie dagegen träumte von goldgelb leuchtenden Feldern, von einem violetten Blütenmeer, von Bienen, von türkisblauem Wasser, in dem sie schwamm und glücklich war. Und von Jaja, ihrer geliebten Jaja, die nach Honig und Zitrone duftete und wunderbare Lieder sang. Sie rief nach der alten Frau, doch die konnte sie nicht hören, verstand ihre Worte nicht. Obwohl sie alles tat, um Jaja zu erreichen, gelang es ihr nie.

Es war auch gar nicht möglich, denn Jaja war gestorben, als sie noch ein kleines Mädchen war.

Angelica schob die Trauer beiseite, die ihr die Luft abschnürte und ihre Augen mit Tränen füllte. Seitdem war viel Zeit vergangen, warum musste sie gerade jetzt so leiden?

Ein sehnsuchtsvoller Seufzer. Sie spürte sie aufsteigen, die Erinnerung. Sie schwappte über sie hinweg wie eine Welle. Diesmal gab sie den Widerstand auf, sie war zu erschöpft.

Zuerst sah sie die Bilder, die Farben, dann nahm sie die Gerüche wahr und hörte die Geräusche. Das Blau des Meeres, der feuerrote Himmel, der Wacholderduft, der tosende Wind. Sie trug dieses Land in sich, ihre Heimat, die sich ihr von Tag zu Tag tiefer einprägte. Als sie diesem Ort den Rücken gekehrt hatte, hatte sie auch einen Teil ihrer Seele zurückgelassen.

Sardinien.

Der ersten Erinnerung folgten weitere und daraufhin wieder andere. Dann kamen die Gefühle.

Sie war überglücklich gewesen. Das Meer hatte sie sanft gewiegt, wie oft war sie hinausgeschwommen oder in ihrem kleinen Boot unterwegs gewesen. Sie war gerne zu den Felsen vor der Küste gefahren. Und sogar noch ein bisschen weiter, wo das smaragdgrüne Wasser eine dunkelblaue Farbe annahm und ihr die Angst den Magen zusammenpresste, eine Mischung aus Beklemmung und Faszination, die sie immer wieder herausforderte.

Jaja hatte sie nie von den Ausflügen erzählt. Sie wusste, dass die alte Frau ihr nicht erlaubt hätte, so weit aufs Meer hinauszufahren. Es war ihr Geheimnis geblieben.

Er wusste es natürlich. Nicola Grimaldi, mit dem sie ein paarmal zusammen hinausgefahren war. Ihm hatte sie alles erzählt.

Plötzlich versteifte sie sich und versuchte, sich auf etwas anderes zu konzentrieren, doch Nicola beherrschte weiterhin ihre Gedanken.

Damals hatte er alles für sie bedeutet. Er war ihr Freund,

ihre große Liebe. Nicht dass es für sie einen Unterschied zwischen beidem gegeben hätte. Vielleicht war es nicht einmal richtig, von Liebe zu sprechen. Immerhin waren sie fast noch Kinder gewesen. Nur was war dann das richtige Wort für das Gefühl, das sie miteinander verband? Denn Angelica hatte sich niemals so verstanden, so geliebt gefühlt wie an seiner Seite. Es reichte schon, wenn sie Hand in Hand gingen, dann lief ihr Herz vor Freude fast über, und wenn ihr kalt wurde, hielt er sie ganz fest. Eng aneinandergeschmiegt, hatten sie auf dem Felsen gesessen und den Wellen Namen gegeben, die sich an der Küste unterhalb von Jajas Haus brachen. Plötzlich hatte sie ganz ohne Grund wie verrückt zu lachen begonnen. Aus reinem Glück.

Mit der Erinnerung kamen die Emotionen. Am Meer zu leben, frei und unbeschwert, zu tauchen, bis sie den Sand am Boden mit den Händen greifen konnte, dann wieder nach oben zu kommen – einfach unbeschreiblich. Das war Freiheit, als würde man das Schicksal fest in den Händen halten.

Da war noch mehr gewesen. Versprechen, zarte Küsse und ein vor Glück fast zerspringendes Herz in dieser kleinen Welt, in der es nur sie beide gab. Aber daran wollte Angelica nicht denken. Sie hatte in dem Moment damit aufgehört, als sie eine klare Linie zwischen der Vergangenheit und der Zukunft gezogen hatte. Zwischen dem Vorher und dem Danach.

Und daran, dass alles ein Ende hatte.

Ihr Blick verdüsterte sich. »Träume, schöne Träume. Es ist schwer, aufzuwachen und die Realität zu sehen.«

»Oft sind Träume verdeckte Wünsche, Zeichen, die wir beachten sollten«, sagte Sofia mit ernster Miene. »Irgendwo habe ich mal gelesen, dass unser Geist auf diese Weise versucht, unsere Wünsche zu verwirklichen. Jedenfalls diejenigen, die uns besonders wichtig sind.«

Angelicas Blick wurde noch düsterer, sie wirkte abwesend. »Wenn ich aufwache, will ich nur noch weinen. Und dann vermischen sich die Träume mit meinen Erinnerungen.«

»Mit welchen genau?«

Sie würde Sofia nicht von Nicola erzählen. Wie hätte sie auch diese weit zurückliegende, fast irreale Liebe beschreiben sollen? »Natursteinmauern, eine Frau... Meine Jaja, erinnerst du dich?«

»Die Verwandte deines Vaters, die sich um dich gekümmert hat, als du klein warst? Natürlich erinnere ich mich.«

Angelica nickte. Eigentlich war Jaja ebenso ihre Mutter gewesen wie Maria, vielleicht sogar noch mehr. Denn Maria konnte oder wollte ihr keine Liebe geben, aus welchem Grund auch immer. Sie war stets auf Distanz geblieben, hatte keine Zärtlichkeiten zugelassen und Härte gezeigt.

»Ja. Ich träume, dass sie singt und mich ruft. Nur leider verstehe ich nicht, was sie sagt. Außerdem sind da noch Bienen, unzählige Bienen, die um mich herumschwirren und sich auf mich setzen. Dazu ein Gefühl von Verlust. Als ob ich plötzlich alles verloren hätte, es ist nichts mehr da, wo ich bleiben könnte. Es scheint so, als würde sie mich nicht mehr erkennen, nicht mehr wissen, wer ich bin.«

»Jaja ist ein seltsamer Name.«

»In Wirklichkeit hieß sie Margherita.«

»Warum dann Jaja?«

Angelica zuckte mit den Schultern. »Keine Ahnung.

Mamma hat sie manchmal so genannt, wahrscheinlich deshalb. Sie ist gestorben, kurz nachdem ich nach Rom gegangen bin.«

Sofia sah die Freundin nachdenklich an, dann reichte sie ihr ein Glas Wein. »Du musst deine Realität ändern. Deine Träume sind ein Ventil, die unscharfe Grenze zwischen Fantasie und Wünschen.«

Angelica seufzte wehmütig. »Stimmt. Aber das ist alles so verwirrend, und nichts davon ist logisch. Du denkst jetzt sicher, ich bin verrückt.«

»Deshalb? Auf keinen Fall!«

Sie lachten, und Sofia servierte den Nachtisch.

Angelica schaute nun schon zum dritten Mal auf ihr Handy. Das passt gar nicht zu ihr, dachte Sofia. Normalerweise hatte sie es nicht einmal dabei.

»Erwartest du einen wichtigen Anruf?«

»Wie bitte? Nein, nein. Meine Mutter hat sich neulich gemeldet und erzählt, dass sie verreisen will. Das Gespräch war seltsam, so als wollte sie mir ausweichen. Sie wollte mir weder sagen, wo sie hinfährt, noch, wann es losgeht und wann sie wiederkommt. Seitdem habe ich mehrmals versucht, sie zu erreichen, aber es springt immer nur der Anrufbeantworter an.«

»Komisch.«

»Eben.«

»Ist es immer noch so schwierig zwischen euch?«

Angelica wandte den Blick ab. »Unverändert, würde ich sagen.«

»Wenn jeder sich bloß hinter seinem Schutzwall verschanzt, ist eine Beziehung nie einfach, das weißt du selbst.« Sofia sah die Freundin prüfend an.

Die wurde prompt unruhig. Der Verlauf, den dieses Gespräch nahm, gefiel ihr gar nicht.

»Nein, da hast du recht. Aber man kann nicht immer nur Kompromisse eingehen. Irgendwann muss man auch mal eine Entscheidung treffen, und das bedeutet, dass man auf bestimmte Dinge verzichten muss. Entweder man geht in die eine oder in die andere Richtung. Beides funktioniert nicht. Ich habe diese Entscheidung getroffen.«

In diesem Moment klingelte das Handy. Angelica nahm sofort ab.

»Mamma!«

»Ciao, Angelica.«

Sofort verwandelte sich ihre Erleichterung in Ärger. »Ich habe gut ein Dutzend Mal versucht, dich zu erreichen. Du hättest ruhig zurückrufen können.«

»Bist du noch in Frankreich?«

Die trockene Reaktion ihrer Mutter brachte sie aus dem Konzept. Genau wie ihre Stimme. Sie klang seltsam. Angelica konzentrierte sich auf den Tonfall und die Geräusche im Hintergrund. Sie hatte den Eindruck, Gesang zu hören und Glockenläuten.

»Ja. Alles in Ordnung?«

Stille, dann ein unterdrücktes Schluchzen.

»Mamma, was ist los?«

Wieder Stille, kurz darauf Geräusche, die sie nicht zuordnen konnte. Der schwere Atem ihrer Mutter ließ Angelica nicht los. »Mamma, sag doch was«, drängte sie, so sanft sie konnte. »Geht es dir gut?«

»Hör mir zu, mein Kind. Hör gut zu.«

»Jetzt sag schon.« Das Herz schlug ihr bis zum Hals.

»Du musst nach Hause kommen.«

Überrascht riss Angelica die Augen auf. »Oh mein Gott, Mamma, was ist los? Bist du krank?«

»Nein, nein. Aber ich muss dir etwas sehr Wichtiges sagen.«

»Ich reise sofort ab.«

»Nein, noch nicht. Es reicht am Wochenende, Sonntag passt gut. Ich mache Ravioli und Caschettas, sofern ich den richtigen Honig auftreiben kann.«

»Sag mir, was los ist.«

»Das werde ich, versprochen, nur nicht jetzt. Bitte tu, was ich dir sage, wenigstens dieses eine Mal.«

Angelica presste das Handy ans Ohr, und auf einmal hörte sie es ganz genau.

»Mamma, warum weinst du?«

Maria antwortete nicht gleich. Während der entstehenden Pause hatten Angelicas Ängste genügend Zeit, um sich auszubreiten und sie in Schrecken zu versetzen.

»Ich hab dich lieb, *filla mia*.«

6.

Erikahonig (Erica arborea)
Der nach Äpfeln und Birnen duftende Honig gilt als Honig
der Schönheit und hilft, das innere Gleichgewicht wiederzufinden. Er schmeckt frisch und wirkt energetisierend.
Seine Farbe erinnert an Bernstein, und er kristallisiert rasch.

Als Angelica das Haus ihrer Mutter in Rom betrat, drang
ihr der stechende Geruch von Haushaltsreiniger in die Nase.

Sie hatte sich entschieden, doch früher zu kommen, denn
Marias Tonfall, die langen Pausen und das unterdrückte
Schluchzen am Telefon hatten sie zutiefst beunruhigt.

»Mamma, ich bin da!«, rief sie und schloss die Tür.

Lorenzo rollte sich sofort auf dem Teppich im Flur zusammen. Pepita miaute. Angelica holte sie aus dem Trans-
portkorb und streichelte sie.

Dieser ätzende Geruch gefiel ihr gar nicht. Er erinnerte
sie an jene Tage, an denen Maria nur geschwiegen, dafür
aber das ganze Haus geputzt hatte. Kaum war sie fertig und
alles glänzte, hatte sie wieder von vorne angefangen.

Außer dem Geruch fiel ihr vor allem die Stille auf. Kein
Geräusch, außer ihrem eigenen Atem und dem Ticken der
Uhr. Sie sah sich um, stellte die Tasche ab und begann zu
suchen. Zimmer für Zimmer.

»Mamma, ich bin wieder dahaaa!«

Nichts. Alles war aufgeräumt, überall war es kalt. Angelica ließ sich auf einen Stuhl sinken. Ihr Blick irrte umher, genau wie ihre Gedanken, und sie fuhr sich mit den Fingern durchs Haar. So würde sie die Antworten auf ihre Fragen gewiss nicht finden. Sie ging in das kleine Wohnzimmer zurück, wo sie ihre Sachen abgestellt hatte, und trug sie in ihr ehemaliges Zimmer. Hatte Maria alles unverändert gelassen? Sie blieb kurz stehen, ehe sie die Tür öffnete. Ein Sonnenstrahl fiel auf den Teppich mit den Schleifen. Sie hielt erneut inne und fixierte die kitschigen Pastellfarben.

Dieser Raum war ihr immer ein bisschen unheimlich gewesen, vor allem die Puppen. Sie hob den Kopf und schaute zur Wand. Dort standen sie in Reih und Glied auf einem Regal. Originalverpackt. Eingeschlossen in ihre Gefängnisse aus Pappe und Plastik, schienen die Puppen sie mit ihren starren Augen und strahlendem Lächeln zu beobachten.

Alles blitzte vor Sauberkeit, alles war aufgeräumt, der Kühlschrank war leer, die Wäsche lag frisch gewaschen in den Schränken. Maria hatte sogar die Pflanzen gegossen und auf den Treppenabsatz gestellt, damit die Nachbarin sich leichter darum kümmern konnte.

Nachdem sie Lorenzo und Pepita die Futternäpfe gefüllt hatte, ging Angelica in die Küche und setzte Wasser auf. Als sie das Pfeifen des Kessels hörte, nahm sie die bunteste Tasse aus dem Küchenschrank, setzte sich an den Tisch und spürte den unbändigen Wunsch, wieder zu verschwinden. So war es immer, wenn sie hier war.

Während sie den Duft des Tees einatmete, versuchte sie sich das Gesicht ihrer Mutter vorzustellen und an das zu denken, was sie am Telefon gesagt hatte. Konnte man gleichzeitig hassen und lieben?

Oh ja, das ging. Sie wusste es nur zu gut. Der Hass, der Groll und die Liebe waren Gefühle, die nah beieinanderlagen, zu nah. Plötzlich kam Angelica sich wieder vor wie ein Kind, wie damals, als sie jeden Abend auf die Tür gestarrt und gehofft hatte, ihre Mutter möge hereinkommen. Dass gerade dieser Tag der besondere Tag sein würde, an dem Maria zurückkehrte. In den Stunden des sinnlosen Wartens war die Hoffnung stetig geschwunden und die Wut immer größer geworden und damit die Ablehnung. Sie fuhr sich über das Gesicht, als wollte sie mit dieser Geste auch die Erinnerungen wegwischen.

Eines Tages hatte Jaja ihr den Rat gegeben, lieb und nett zu ihrer Mutter zu sein.

»Der Schmerz tötet, *ninnia*. Deine Mutter ist ihm schon zu oft zu nahe gekommen. Schmerz verändert die Menschen, lässt sie hart wie Stein werden. Bitte hör nicht auf das, was Don Piludu sagt. Er weiß nichts von der Verzweiflung, die einen packt, wenn man mutterseelenallein ist. Deine Mutter hat nie aufgegeben. Sie hat… alles getan, damit du bei ihr bleiben kannst, damit du etwas zu essen und zum Anziehen hast. Ich sage nicht, dass sie alles richtig gemacht hat, aber du solltest versuchen, es zu verstehen, Angelica. Es ist so leicht, jemanden zu verurteilen. Denk daran, dass wir die anderen sind. Und dass eine Frau einer anderen immer zur Seite stehen muss, weil alle Frauen Schwestern sind.«

Angelica hatte ihre Mutter nie verstanden. Jedenfalls nicht wirklich. Deshalb hatte sie sich darauf beschränkt, Maria zu lieben. Auf ihre Art, um ehrlich zu sein. Zwischen ihnen gab es einfach zu viele Hindernisse. Angelica war nie eine gute Lügnerin gewesen. Außerdem hatte Maria seit jeher die besondere Gabe gehabt, die Gedanken anderer lesen zu können, vor allem die ihrer Tochter. Deshalb waren die unausgesprochenen Dinge und die Geheimnisse, die sie beide in sich trugen, größer und größer geworden, hatten sich die feinen Risse Zug um Zug vertieft, bis sie zu einem unüberwindlichen Graben geworden waren. Bis heute bestand dennoch ein Band instinktiver Liebe zwischen ihnen, ein unterbewusstes Gefühl, das Kinder an ihre Eltern bindet und umgekehrt. Etwas Atavistisches. Ohne Vernunft oder Überlegung.

Als sie ihren Tee getrunken hatte, öffnete Angelica das Fenster.

Die kleine Terrasse sah noch genau so aus, wie sie sie in Erinnerung hatte. Umgeben von einem hohen Holzgeländer, standen in der Mitte ein Tisch und in der Ecke ein Sessel, flankiert von zwei Zitronenbäumchen. Weiß blühender Jasmin rankte sich die Wände empor. Der intensive Duft weckte Erinnerungen. Angelica setzte sich in den Sessel, zog die Knie an und stützte das Kinn darauf.

Das war ihr Lieblingsplatz gewesen, und Maria hatte ihn unverändert gelassen.

Nach einer Weile ging sie in die Wohnung zurück, wusch die Tasse ab und brachte die Küche wieder in Ordnung. Danach packte sie ihren Koffer aus. Die wenigen Kleidungsstücke hängte sie in den Schrank, dann streckte sie sich auf ihrem Bett aus und starrte an die Decke. Sie hatte diesen Raum immer gehasst. Er war wie eine Puppenstube mit der bunt gemusterten Tapete, den Kissen, den Vorhängen und der kitschigen Tagesdecke. Als sie das Zimmer zum ersten Mal gesehen hatte, war es ihr wie eine riesige Torte vorgekommen. Überzogen mit Zuckerguss, der einem im Hals stecken bleibt.

Maria hatte den Raum damals vor ihr betreten und die Schranktüren geöffnet. »Schau nur, das Kleid hier, ist es nicht wunderschön? Dein Vater hat es gekauft. Er hat alles hier drin gekauft.«

»Gennaro ist nicht mein Vater«, widersprach sie leise.

Maria versteifte sich. »Du weißt genau, dass dein Vater gestorben ist, als du noch ganz klein warst. Gennaro ist ein guter Mann.«

Angelica wollte etwas entgegnen, als Maria sich wieder entspannte und ihr zulächelte. »Du wirst dich daran gewöhnen, mein Kind. Es ist nicht weiter schwer, sich an Wohlstand und Glück zu gewöhnen.«

Dann zeigte sie ihr all die schönen Kleider, ebenso die Blusen und Schuhe, die sie für sie gekauft hatte. Alles neu, sagte sie mit Stolz in der Stimme. »Vor dir hat sie noch niemand getragen.«

Aber was spielte das überhaupt für eine Rolle, dass alles neu war? Wenn die Kleider einmal gewaschen und gebügelt waren, war das doch sowieso egal. Maria wirkte verändert. Angelica hatte ihre Mutter noch nie so glücklich gesehen.

Daraufhin hatte sie sich angestrengt, ebenfalls glücklich zu sein, sie hatte wahrlich alles versucht. Die Sachen, die Maria ihr gekauft hatte, waren wunderschön. Wirklich. Doch je länger sie die Kleider betrachtete, desto stärker wurde ihr bewusst, dass ihr das alles nichts bedeutete. Auch jetzt nicht. Das beklemmende Gefühl, das sich schleichend in ihr breitgemacht hatte, seitdem sie Sardinien verlassen musste, war mit einem Mal übermächtig.

Sie vermisste Jaja, ihre Ausflüge zu den Felsen und das Gefühl der Freiheit, das sie gespürt hatte, wenn sie mit dem Wind um die Wette gelaufen war und dabei den intensiven würzigen Duft von Zistrosen und Wacholder eingeatmet hatte. Ihr fehlte die über ihr zusammenschlagende Gischt, wenn sie vom Felsvorsprung ins Meer gesprungen war. Der Geschmack des Salzes auf der Zunge und das prickelnde Gefühl auf der Haut. Die Welt, die sich ihr dabei eröffnet hatte, während sonst alles still gewesen war. Eine magische Welt. Ihr fehlte auch noch etwas anderes. Etwas, das einem Versprechen gleichkam, weiche Lippen, sehnsuchtsvolle Seufzer, ein süßer Schmerz im Herzen. Die Küsse und die Blicke, die Nicola Grimaldi ihr geschenkt hatte. Sie vermisste ihn. Sie vermisste ihn trotz der letzten Worte, die er ihr entgegengebrüllt hatte. Danach war es anders gewesen als nach ihren bisherigen kleinen Streitereien, die sie nur noch enger zusammengeschweißt hatten. Diesmal hatten sie sich nicht wieder versöhnt, kein »Es tut mir leid«, keine Umarmung, keine Tränen, kein Lächeln, kein Versprechen. Nicola war alles für sie gewesen, und mit einem Schlag war alles weg.

Als sie spürte, wie ihre Augen feucht wurden, setzte sie sich ruckartig auf. Was sollte das eigentlich? Es fehlte gerade noch, dass sie wegen einiger Kindheitserlebnisse zu weinen anfing! Sie ließ den Blick umherschweifen, ohne ihre Umgebung wahrzunehmen. Es waren die Erinnerungen, die Vergangenheit, die sie einfach nicht zur Ruhe kommen ließen.

Wie war es möglich, dass diese Gefühle so intensiv, so lebendig waren? Vielleicht lag es ja an diesem Raum? Es kam ihr vor, als wäre dieser Ort damit getränkt. Mit den Schmerzen. Mit den traurigen Erinnerungen. Energisch wischte sie die Gefühle beiseite. Sie hatte wahrlich Wichtigeres zu tun, als sich selbst zu bemitleiden.

Die Nacht schien nicht enden zu wollen. Die Fragezeichen wurden immer größer, bis sie fast unerträglich waren. Angelica grübelte und grübelte, die Augen starr an die Decke gerichtet.

Am nächsten Morgen ging sie zur Kirche. Sie hatte keine Ahnung, wann die erste Messe gefeiert werden würde, und wartete an der Straßenecke, das Portal fest im Blick. Als ein Priester es öffnete und gen Himmel blickte, nahm sie ihren Mut zusammen und ging ihm entgegen.

»*Buongiorno*, Padre, wissen Sie vielleicht, wann Don Pietro mit seiner Reisegruppe nach Rom zurückkommt?«

Der Mann sah sie neugierig an, dann lächelte er. »Ich wusste gar nicht, dass ich verreist bin.«

Verblüfft riss Angelica die Augen auf. »Wie bitte? Das verstehe ich nicht.«

»Ich bin Don Pietro. Kann ich Ihnen helfen?«

Sie war wie gelähmt. Mehrfach fuhr sie sich mit der Zunge über die Lippen und schüttelte dann den Kopf. »Meine Mutter, Maria Florinas, wollte mit der Kirchengemeinde einen Ausflug machen. Sakraltourismus«, schob sie leise hinterher.

»Ah!« Der Priester strich sich das Gewand glatt. »Ihre Mutter ist eine sehr nette Frau. Wir schätzen ihr Engagement für die Kinder der Gemeinde sehr.« Sein Lächeln wurde breiter. »Selbst die Erwachsenen sind von ihren Märchen begeistert. Sardinien ist voller faszinierender Geschichten.«

»Sardinien?«

»Ja. Ihre Mutter kommt einmal in der Woche ins Gemeindehaus und erzählt den Kindern wunderschöne Geschichten von Riesen, Feen und Türmen aus Stein.«

Angelica hätte nicht überraschter sein können, wenn der Priester ihr erzählt hätte, ihre Mutter würde moderne Tänze unterrichten. »Verstehe ich Sie richtig, es gibt überhaupt keine Reise?«

»Ja«, sagte er und deutete auf das Kirchenportal. »Warum gehen wir nicht hinein? Dort können wir in Ruhe sprechen.«

Gegen Mittag war Angelica wieder zu Hause. Sie hatte den Campingbus auf einem Parkplatz in der Nähe abgestellt, Lorenzo ausgeführt und Pepita versorgt. Nun stellte sie die Einkaufstaschen auf dem Küchentisch ab. Das Gespräch mit Don Pietro hatte ihr ein völlig neues Bild von ihrer Mutter vermittelt. Hatte sie sich etwa so in Maria getäuscht?

Klar war nur, dass ihre Mutter gelogen hatte. Sie war zwar verreist, jedoch nicht mit der Kirchengemeinde. Angelica setzte sich und starrte auf den Boden. Als sie das Handy klingeln hörte, blickte sie auf das Display und nahm dann ab.

»Ciao, Sofia.«

»Ciao. Und?«

»Hier weiß niemand etwas, und die Kirchengemeinde hat gar keine Reise geplant. Oder besser gesagt, geplant schon, und meine Mutter hat sich auch angemeldet, aber die Tour findet erst im Sommer statt.«

»Wo könnte sie dann sein?«

»Keine Ahnung. Ich habe gerade erfahren, dass sie einmal in der Woche im Gemeindehaus ist und den Kindern dort Geschichten erzählt. Unglaublich!«

»Ihre Vergangenheit… Das könnte ein Hinweis sein, überleg doch mal. Vielleicht ist sie nach Sardinien gefahren.«

»Machst du Witze? Sie hasst Sardinien. Nein, unmöglich.« Noch während sie den Satz aussprach, wurde ihr jedoch klar, dass das gar nicht stimmen konnte. Wenn ihre Mutter Sardinien wirklich so sehr hasste, warum erzählte sie den Kindern dann Geschichten über die Insel?

»Angelica, denk nach. Deine Mutter ist auf der Insel geboren und hat ihr halbes Leben dort verbracht. Meiner Meinung nach ist es durchaus möglich, dass sie noch einmal hingefahren ist. Vielleicht besucht sie jemanden.«

»Wen denn? Die einzigen Menschen, die sie mochte, waren mein Vater und Jaja. Und beide sind lange tot. Zu allen anderen Familienmitgliedern hat sie keinen Kontakt mehr. Sie haben Maria nie akzeptiert.«

»Sonst gibt es keinen?«

Angelica durchforstete ihre Erinnerungen, versuchte sich Gesichter vorzustellen, Namen, stieß jedoch auf niemanden, der das Verhalten ihrer Mutter hätte erklären können.

Die Stunden schlichen dahin. Angelica quälte sich aus dem Sessel, in den sie sich zurückgezogen hatte und auf dem sich schon die Konturen ihres Körpers abzeichneten, und ging in die Küche, um sich etwas zu essen zu machen. Es dauerte eine Stunde, bis sie die Pasta, und eine weitere, bis sie die Füllung fertig hatte. Sie arbeitete ohne Pause.

Sie blickte auf den gedeckten Tisch. Auf der einen Seite stand der Teller ihrer Mutter, auf der anderen ihr eigener. Sie hatte das gute Geschirr genommen, die Gläser, die Maria so gern mochte. Und es gab ihr Lieblingsessen.

Es stimmte nicht, dass sie nichts von ihrer Mutter wusste.

Sie wusste zum Beispiel, wie sehr Maria schöne Dinge schätzte, feines Geschirr mit Blümchendekor, edles Kristall, kunstvolle Stickereien und zieliertes Silber. Teller, Tassen, Besteck und sogar kleine Figuren. Ihre Schätze bewahrte sie in einer Vitrine auf und pflegte sie mit besonderer Sorgfalt, ja fast mit Verehrung. Das war ihr Reichtum, das war es, was sie sich so viele Jahre gewünscht hatte und sich nach ihrer zweiten Heirat auch leisten konnte. Alles Geschenke von Gennaro.

Schon als kleines Mädchen hatte Angelica ihre Mutter beobachtet. Jeden Blick, jede Geste, alles hatte sie förmlich aufgesogen und in ihrem Herzen verwahrt. Sie hatte alles so gemacht, wie es Maria gefiel. Auf diese Weise war sie ihrer Mutter nah.

Alles war fertig. Um sie herum herrschte Stille. Lorenzo und Pepita waren auf der Terrasse. Angelica senkte den Blick auf den Tisch, auf die Schüsseln und die Teller, ihre Kehle war wie zugeschnürt. Auf einmal fühlte sie sich einsam.

Schließlich gab sie etwas Pasta auf ihren Teller und begann zu essen.

Das Klirren des Bestecks mischte sich mit einem anderen Geräusch.

Angelica hielt inne, stand auf und eilte zur Eingangstür. Als Maria die Tür öffnete, trafen sich ihre Blicke, und einen Augenblick später warf Angelica sich in ihre Arme.

»Mamma!«

Maria war völlig überrascht. »Was machst du denn hier? Wann bist du angekommen?« Sie schaute sich um, dann heftete sie den Blick wieder auf ihre Tochter.

Völlig überwältigt stand Angelica da. Sprachlos starrte sie ihre Mutter an, ungläubig und verwirrt.

Die dunklen Ringe unter den Augen ließen ihr Gesicht nach blasser erscheinen. An beiden Mundwinkeln hatten sich tiefe Furchen eingegraben.

Erst runzelte Maria die Stirn, dann schüttelte sie den Kopf. »Du dummes, dummes Kind«, sagte sie unvermittelt. »Wir hatten Sonntag ausgemacht, hast du das vergessen?« Sie löste sich und ging mit schweren Schritten auf den Garderobenschrank neben der Eingangstür zu. Dann hängte sie sorgsam ihren Mantel auf.

»Warum bist du so wütend? Freust du dich denn nicht, mich zu sehen?«

Maria wich einen Schritt zurück. »Red keinen Unsinn.« Sie strich sich den Rock glatt, dann schaute sie in Richtung Küche. »Ich bin nicht wütend, warum sollte ich? Ich bin überrascht. Ich hatte nicht mit dir gerechnet. Ich bin einfach nur überrascht, das ist alles.«

Angelica schlug die Augen nieder, unter die Gefühle mischten sich quälende Erinnerungen. Und da war noch etwas anderes, ein dumpfer Schmerz. Ein Schmerz, der aus der Vergangenheit kam. Als wäre sie wieder Kind. Damals fürchtete sie, ihre Mutter nie mehr wiederzusehen. Im Laufe der Zeit hatte sie diese Angst überwunden, hatte nach Ursachen gesucht und war gegangen, um ihren Platz zu suchen. Irgendwo auf dieser Welt.

Sie hatte ihn nicht gefunden.

Mit dem Rücken drückte sie sich gegen die Wand, die Arme schlaff neben dem Körper. Dann hob sie den Kopf und suchte den Blick ihrer Mutter. »Du bist nach Sonnenuntergang immer verschwunden, nachdem du mich ins Bett gebracht hattest. Kein gemeinsames Gebet, keine tröstenden Worte. In dir war nur Hass, gegen alle und jeden, Heilige und Engel eingeschlossen.«

Maria erstarrte. Schweigend ging sie zu einem Stuhl und stützte sich auf der Lehne ab.

»Eines Abends habe ich Schreie gehört. Deine Schreie, Mamma.« Keine Reaktion. »Als ich zu dir gerannt bin, hast du im Sand gekniet, den Kopf in den Händen vergraben. Du hast geweint und dich gewiegt.«

»Ich dachte, du schläfst«, sagte Maria und fuhr sich mit der Zunge über die Lippen.

»Nein, Mamma, ich habe nicht geschlafen.«

»Schon damals hattest du deinen eigenen Kopf.« Ein scheues Lächeln umspielte Marias Lippen.

»Warum, Mamma, warum?«

Schweigen.

Angelica sah ihre Mutter eindringlich an. Noch immer ließ die Erinnerung an jenen Abend sie erzittern, obwohl er schon so lange zurücklag. Die Schreie hatten sie aufgeschreckt, sie war aus dem Bett geklettert und mit nackten Füßen den Weg hinuntergerannt. Ihre Mutter war allein gewesen und hatte sich vor und zurück gewiegt, als hielte sie ein Kind in den Armen. Jaja hatte ihr am nächsten Morgen erklärt, dass dies oft der einzige Weg war, um zu überleben. Sich an das zu klammern, was einem am meisten bedeutet hatte, auch wenn es noch so wehtat. Trotzdem hatte sie es nicht verstanden. Warum sollte man sich an etwas klammern, das wehtat? Es gab da noch etwas, das sie nicht verstand. Wenn es doch das Meer gewesen war, das ihren Papa mit sich genommen hatte, warum war ihre Mutter dann böse auf Gott?

»Es hat keinen Sinn, die Vergangenheit wieder hervor-zuholen.« Maria drehte sich um. Sie wirkte jetzt ruhig und entschlossen, lächelte sogar. »Also, wann bist du angekom-men? Wie geht es dir? Hast du Sofia besucht?«

»Mamma, wo warst du? Tu doch nicht so, als wär nichts, und beleidige mich nicht mit deinem Gerede über belang-loses Zeug. Warum hast du neulich am Telefon geweint?«

Auch diesmal antwortete Maria nicht, sondern sah sie einfach nur an. Angelica blieb nicht verborgen, dass ihre Lippen zitterten, und sie erkannte die Verzweiflung im Blick ihrer Mutter.

Sie hatten die gleiche Figur und die gleiche Augenform, nur die Farbe war unterschiedlich. Nur die Haare hatte Angelica von der Familie ihres Vaters geerbt. Sie konnte sich nicht an ihn erinnern. Vielleicht ganz vage, an sein Lä-cheln, an das Boot und das Meer, das im Licht der Mittags-sonne glitzerte. Für sie war Gennaro Petri ihr Vater. Maria hatte ihn geheiratet, als sie noch ein kleines Mädchen war. Der freundliche Mann hatte sie in seinem Haus aufgenom-men und sie zärtlich geliebt, wie ein eigenes Kind.

»Also?«

»Was meinst du?« Maria wandte erneut den Blick ab. »Ich hab dir doch gesagt, dass ich unterwegs bin, ich hab dich deshalb sogar angerufen.«

»Sprichst du von dieser Reise mit der Kirchengemeinde, von der keiner weiß? Selbst der Priester war ziemlich über-rascht. Ich war bei Don Pietro.« Angelica sprach leise, ihr Tonfall war wütend.

Maria hielt einen Moment lang inne, dann zuckte sie mit den Schultern. »Reg dich nicht so auf. Ich weiß, was ich tue«, entgegnete sie. »Ich habe dir gesagt, dass ich etwas zu erledigen hatte… und jetzt bin ich wieder da.« Sie deutete auf das Wohnzimmer. »Ich muss mich einen Moment setzen.«

»Was hast du in Sardinien gemacht? Denn dort bist du doch gewesen, oder?«, fragte sie leise, während sie ihrer Mutter folgte. Warum stellte sie überhaupt diese Frage? Wohl aus einem Gefühl heraus, ganz instinktiv.

Maria hob überrascht den Blick und fixierte dann einen Punkt hinter ihr. »Lass uns in die Küche gehen, ich mache uns einen Kaffee.«

Wieder folgte Angelica ihr, sie wusste nicht, was sie sonst hätte tun sollen. Sie setzte sich und beobachtete, wie ihre Mutter mit dem Finger über ihr Lieblingsgeschirr mit dem Goldrand fuhr. »Das hast du gut gemacht, das sieht richtig lecker aus. Ich wusste gar nicht, dass du Ravioli machen kannst.«

»Du hast sie früher immer gemacht, und ich habe dir dabei zugesehen.«

Während Maria das Kaffeepulver abmaß, murmelte sie: »Ich frage mich, warum du nie auf mich hörst. Ich hatte etwas Persönliches zu erledigen. Du solltest dir keine Sorgen machen.«

»Lüg mich nicht an, Mamma. Ich habe mehrmals versucht, dich zu erreichen, du hättest zurückrufen müssen.«

»Jetzt beruhig dich mal! Was glaubst du, wie ich mich fühle, wenn du irgendwo in der Welt unterwegs bist und ich nicht mal weiß, wo?«

»Das ist mein Job.«

»Ach, wirklich? Job hin oder her, jetzt weißt du wenigstens, wie sich das anfühlt.« Marias Gesichtszüge wurden weicher. »Reg dich nicht auf, das bringt doch nichts.« Sie strich Angelica über die Hand. »Das hast du schon als Kind gemacht, jedes Mal wenn ich nach Hause kam, hast du geschrien und geweint. Ich sollte dir versprechen, für immer bei dir zu bleiben. Aber das konnte ich nicht, ich konnte nicht…«

Ruckartig hob Angelica den Kopf, ein wütendes Funkeln in den Augen. »Lügen, nichts als Lügen. Etwas anderes als lügen kannst du nicht.« Die Sätze kamen ihr über die Lippen, bevor sie darüber nachgedacht hatte. Als sie bemerkte, wie das Blut aus Marias Gesicht wich und ihre Miene erstarrte, hätte sie die Worte am liebsten zurückgeholt. Aber ihr Blick blieb herausfordernd.

»Ich musste Geld verdienen. Dein Vater war tot, seine Familie hatte uns sogar das Haus weggenommen. Wir standen vor dem Nichts. Du warst ein vernünftiges Mädchen und konntest auf dich selbst aufpassen.«

Angelica kannte die Rechtfertigungen zur Genüge. Doch das dämpfte den Schmerz nicht, den sie seit damals in sich vergraben und der Spuren in ihrer Seele hinterlassen hatte.

»Eines Tages bin ich vom Felsen gestürzt. Als ich wieder zu mir kam, war alles voller Blut, die Sonne hatte mir schon das ganze Gesicht verbrannt. Ich habe nach dir gerufen, so lange, bis ich keine Stimme mehr hatte. Wenn Omero nicht gewesen wäre…« Sie führte den Satz nicht zu Ende, das musste sie auch nicht.

Bleierne Stille legte sich über die kleine Wohnung. Angelicas Vorwürfe wogen schwer. Zum allerersten Mal hatte sie es ausgesprochen.

»Ich weiß. Und es tut mir sehr leid.«

Angelica zwang sich, ruhig sitzen zu bleiben, die Hände

zu Fäusten geballt. Ihr Gesichtsausdruck war eiskalt, fast maskenhaft. »Mamma, wo warst du?«

Mit den Fingerspitzen fuhr Maria über den Stoff der Tischdecke. Sie war wieder blass geworden. »Ich hätte es dir schon noch gesagt«, flüsterte sie, »ich wollte nur die richtigen Worte finden. Ich habe noch etwas Zeit gebraucht.« Sie hob den Kopf. »Ich weiß nicht, wie du es herausgefunden hast, aber es stimmt. Ich war in Sardinien. Auf einer Beerdigung.«

»Das verstehe ich nicht. Auf welcher Beerdigung?« Die Sekunden des Schweigens wurden zu Minuten, die Zeit schien stillzustehen. Schließlich verlor sie die Geduld. »Also? Mamma, antworte! Wer ist gestorben?«

Maria starrte auf ihre Hände, dann wieder zu ihrer Tochter. »Margherita Senes.«

Einen Moment glaubte Angelica sich verhört zu haben. Sie versuchte in den Augen ihrer Mutter einen Hinweis zu finden, der dem Ganzen einen Sinn geben könnte. »Sprichst du von einer Gedenkfeier, um an ihren Todestag zu erinnern?«

Statt einer Antwort wandte Maria den Blick ab.

»Ich komme nicht ganz mit. Jaja ist seit … wie lange tot?« Sie rechnete in Gedanken nach. Zehn, zwölf Jahre? Sie war noch ein Kind gewesen, so viel war klar. Alles andere verwirrte sie zutiefst.

Es dauerte eine ganze Weile, ehe Maria wieder zum Leben zu erwachen schien. »Ich sollte es dir damals so sagen. Wir dachten, es wäre das Beste für dich.«

»Wer?« Sie verstand es immer noch nicht. »Wer?«

»Margherita und ich.«

Angelica war wie vor den Kopf geschlagen und sprang

auf. Ein schrecklicher Gedanke machte sich in ihr breit. »Du hast mich belogen?« Die Worte waren nur ein Flüstern.

»Margherita ist vor drei Tagen gestorben. Ich bin nach Sardinien gefahren, um ihr in den letzten Stunden beizustehen und für ihr Begräbnis zu sorgen.« Maria streckte die Hand nach ihrer Tasche aus und suchte etwas darin. Dann reichte sie ihrer Tochter einen Brief. »Der ist für dich. Es gibt auch ein Testament. Ich habe mich schon darum gekümmert, es fehlt nur noch deine Unterschrift beim Notar. Du bist Margheritas Erbin, sie hat dir alles vermacht.«

7.

Kastanienhonig (Castanea sativa)
Intensiver, leicht bitterer Geschmack. Er gilt als Honig der
Konstanz und verleiht Mut bei Veränderungen. Der fast
schwarze Honig duftet nach frischem Holz und Kamille,
er kristallisiert grob.

Von smaragdgrünen Wellen umspült und begrenzt durch die
von Mistral und Schirokko glatt geschliffenen weißen Felsen,
liegt die Insel Sant'Antioco, die durch einen Damm mit der
Hauptinsel Sardinien verbunden ist. Die ersten Bewohner waren laut Legende die Nuraghen, die die steinernen Turmbau-
ten errichtet haben, deren Überreste noch heute überall auf
Sardinien zu finden sind. Die gleichnamige Stadt wurde von
den Phöniziern gegründet. Das Seefahrervolk war von der
wilden Schönheit Sardiniens so fasziniert, dass es dort sesshaft wurde. Die Männer widmeten sich der Glasbläserkunst
und der Sternenkunde, um die Navigation zu perfektionie-
ren. Die Phönizierinnen schenkten den sardischen Frauen mit
den tiefgründigen dunklen Augen glänzende Stoffe aus Muschelseide und purpurfarbenes Leinen. Die Sardinnen entwickelten daraus ihre eigene Tradition der Stoffherstellung und
gaben ihr Wissen von Generation zu Generation weiter, von
der Mutter auf die Tochter, von Frau zu Frau.

In diesem Städtchen am Golf von Palmas wurde Angelicas Vater geboren. Das Meer hatte ihm Wohlstand gebracht, bis es ihn eines Abends im September aus dem Leben riss. Seine blutjunge Frau Maria und ihr Kind blieben allein und verzweifelt zurück.

Der schrille Schrei einer Möwe ließ Angelica zusammenzucken. Sie schaute dem Vogel nach, wie er über die Bucht schwebte, dann wanderte ihr Blick zurück zur Hauptinsel, die sich gegen den Horizont abhob. Die Gefühle, die in ihr aufstiegen, waren mit Worten kaum zu beschreiben. Aufgewühlt und neugierig, vor allem aber besorgt. Die innere Zerrissenheit ließ sie nicht zur Ruhe kommen. Doch schon bald hatte sie der Zauber der Landschaft gefangen genommen.

Die Straße auf dem Damm war breit, auf beiden Seiten sah man das Meer. Die Eindrücke verschwammen für einen kurzen Moment, um dann anderen Platz zu machen. Alles war so, wie sie es in Erinnerung hatte, und doch ganz anders. Die Gebäude waren höher, die Farben strahlender. Selbst das Blauviolett des Meeres wirkte fremd.

Seit ihrer Ankunft in Cagliari fühlte sie sich zurückversetzt in eine Zeit, die schon lange Vergangenheit war. Kaum waren die Formalitäten beim Notar erledigt, hatten Erinnerungen sie überwältigt, die sie bisher nicht wahrgenommen hatte. Verwirrende Erinnerungen, ungestüm und fordernd, die so gar nichts Freundliches an sich hatten. Wut stieg in ihr auf, eine Wut, die sie so noch nie erlebt hatte.

Je näher der Campingbus dem Städtchen kam, desto größer wurden die Gebäude. Angelica hätte nicht sagen können, was sie am meisten faszinierte, sie versuchte alle

Bilder in sich aufzunehmen, als befürchtete sie, etwas zu verpassen. Moderne Häuser wechselten sich mit in die Jahre gekommenen Bauten aus schwarzem Basalt ab. Mit roten Ziegeln gedeckte Dächer, Schornsteine und Mansardenfenster, von Natursteinmauern umsäumt, wie überall in der Umgebung, nur höher. Alt und neu, alles bunt gemischt. Anders als früher, als die Häuser schlicht und schmucklos gewesen waren. Heute bot sich ihr ein faszinierendes Bild. Selbst die mehrere hundert Jahre alten Gebäude kamen ihr schöner vor, obwohl sie auf den ersten Blick wirkten, als habe man beim Bau unter Zeitdruck gestanden und deshalb eher auf Funktionalität als auf Schönheit geachtet. Während sie die Eindrücke in sich aufnahm, schlug ihr das Herz bis zum Hals. Das Atmen fiel ihr schwer.

Angelica wollte zu Margheritas Haus, das nicht auf Sant'Antioco stand, sondern auf einer benachbarten kleinen Insel, zu erreichen mit einer Fähre, die nur zweimal am Tag verkehrte. Das Dörfchen, in dem sie gelebt hatte, hieß auf Sardisch Abbadulche, *acqua dolce*, was »Süßwasser« bedeutet. Es lag direkt am Meer, dahinter erhob sich eine Hügelkette, die die Felder vor dem Mistral zu schützen schien.

Unruhig rutschte Angelica auf dem Fahrersitz hin und her, dann öffnete sie das Fenster. Die frische salzige Luft verdrängte die Hitze, die sich im Bus gestaut hatte. Erneut blickte sie auf die Karte.

Margherita Senes, die sie immer nur Jaja genannt hatte.

Der stumme Schmerz in ihrem Herzen begann wie eine Wunde zu pulsieren. Sie hatte gedacht, ihre Jaja sei tot, jene Frau, die ihr gezeigt hatte, dass die Welt ein Ort voller Freude und Glück war. Aus dem Gefühlschaos in ihren

Gedanken kristallisierte sich ein Hauch Hoffnungslosigkeit heraus.

»Ich hatte versprochen, ihr zu schreiben, sie jeden Tag anzurufen ... «

Sie hatte es nicht getan. Es gab nichts Schönes aus Rom zu erzählen, nichts, was sich hätte in Worte fassen lassen.

Nur ein tief sitzendes Gefühl der Desorientierung, der Entfremdung, sonst nichts. Die neue Schule, die komische Aussprache. Sogar Maria hatte anders gesprochen als sonst. Jeder Augenblick schien geprägt vom Warten auf den nächsten, auf den übernächsten und den überübernächsten, eine Abfolge von belanglosen Momenten, die keine Bedeutung für sie hatten. Es war nicht die Gefühlskälte gewesen, mit der die italienische Hauptstadt und ihre Bewohner sie empfangen hatten, jedenfalls nicht in erster Linie. Daran war sie gewöhnt, Nicola einmal ausgenommen. Auch in Abbadulche war sie eine Außenseiterin gewesen, deshalb war sie nicht überrascht, dass es in der römischen Schule genauso war.

Das war unwichtig.

Es waren die ruhe- und rastlosen Menschen, der fremde Geruch, das fremde Licht, die fremde Sonne. Außerdem gab es keine Bienen.

In Abbadulche hatte Angelica tun und lassen können, was sie wollte. Wenn sie Lust auf Schwimmen gehabt hatte, war sie einfach zur Klippe gegangen und ins Wasser gesprungen. Sie hatte mit Omero auf die Weide gehen können, wann immer sie wollte, oder mit dem Boot zu ihren Lieblingsfelsen fahren können. Das hatte sie natürlich nur dann gemacht, wenn Maria nicht da war, denn ihre Mutter war schon in Panik geraten, wenn sie sich dem Meer nur genähert hatte.

Rom war der Anfang vom Ende ihrer heilen Welt gewesen und auch das Ende ihrer Freundschaft zu Nicola. Er hatte weder auf ihre Anrufe reagiert noch geschrieben.

Aus dem anfänglichen Gefühl der Verwunderung waren Enttäuschung und schließlich heftiger Schmerz geworden, der sie noch tiefer in die Isolation getrieben hatte.

In Rom hatte sie alles gehabt, was sich ein Mädchen in ihrem Alter wünschen konnte, aber das, was wirklich zählte, hatte sie verloren. Obwohl Maria und Gennaro alles versucht hatten, um sie glücklich zu machen, war sie nie heimisch geworden. Deshalb hatte sie sich einen Plan zurechtgelegt.

Ihrer Mutter ging es in Rom gut. Angelica hatte sie noch nie so gut gelaunt und strahlend erlebt. Gennaro war ein netter Mann und ein guter Mensch, das konnte man an seinen Augen erkennen, an seiner Art zu sprechen, an seiner Freundlichkeit. Auch ihr gegenüber bemühte er sich sehr. Trotzdem wollte sie nichts anderes als nach Abbadulche zurück und bei Jaja wohnen. Dann würde sie Nicola wiedersehen und in ihr altes Leben zurückkehren.

Sie musste nur den richtigen Moment abwarten, um es ihrer Mutter zu sagen. Angelica hatte die Idee schon eine Weile, hatte alles bis ins kleinste Detail durchdacht und war dann zu dem Schluss gekommen, dass sie mit Maria sprechen musste, um ihr Vorhaben in die Tat umsetzen zu können.

»Warum isst du nichts? Du bist ja nur noch Haut und Knochen«, hatte Maria beim Essen gesagt. An diesem Abend hatte sie sich besonders angestrengt und Angelicas Lieblingsgericht gekocht, es standen sogar Blumen auf dem Tisch. Rosen, rote Rosen. Aber nicht die Rosen von Jaja, die so wunderbar dufteten.

Seitdem sie in Rom angekommen waren, hatte ihre Mutter sie wie eine Prinzessin behandelt. Jeden Tag waren sie gemeinsam unterwegs, und wenn Maria keine Zeit hatte, begleitete Gennaro sie. Ihre Mutter kämmte ihr die Haare und flocht ihr Zöpfe, obwohl sie das längst alleine konnte. Sie umarmte sie bei jeder Gelegenheit und kaufte ihr Kleider, Blusen, Hosen, Hefte, Bücher und sogar ein Parfüm.

»Jetzt bist du eine junge Dame«, sagte sie und drückte ihr den Kristallflakon in die Hand.

Doch all das hatte nicht geholfen, den Kloß in ihrem Hals zu lösen, der ihr die Luft zum Atmen nahm.

»Ich gehe wieder nach Hause, zu Jaja.« Bei diesen Worten hatte sie den Blick nicht von ihrem mit Ricotta-Ravioli gefüllten Teller abgewendet, sie hatte keinen Bissen angerührt. Dann hatte sie ihre Mutter angesehen. Nicht Gennaro, der hatte hiermit nichts zu tun.

Maria war blass geworden, die Lippen fest zusammengepresst, die Finger in die Tischdecke gekrallt. »Das ist unmöglich.«

»Doch. Ich gehe zu Jaja zurück, und du kommst mich besuchen.«

»Sie ist tot. Margherita ist tot. In Abbadulche gibt es niemanden mehr, der sich um dich kümmern kann.«

Angelica kehrte in die Gegenwart zurück, zwinkerte mehrmals, atmete tief ein und konzentrierte sich wieder auf die Straße. Ihre Mutter hatte sie damals belogen, ihr in die Augen gesehen und dabei gelogen.

»Wie hast du nur so etwas Schreckliches erfinden können? Du hast dich nie um mich gekümmert, und wenn Jaja nicht gewesen wäre ... Ohne sie wäre ich längst tot!« Angelica war außer sich vor Wut. Sie hatte Maria vertraut und

Jajas Tod nie angezweifelt. Jaja hatte kein Telefon gehabt, aber eine Adresse. Wenn sie ihr wenigstens geschrieben hätte, wie sie es versprochen hatte, wenn sie doch nur auf ihren Instinkt vertraut hätte!

Die Gefühle schlugen wie Wellen über ihr zusammen: Schmerz, Enttäuschung, Wut. Aber auch Entfremdung und Abscheu. Im Mittelpunkt ihrer Vorwürfe stand jedoch nicht ihre Mutter, sondern sie selbst. Sie war auch nicht besser.

»Margherita und ich haben die Entscheidung gemeinsam getroffen. Das war das Beste für dich und dein Leben, deine Zukunft lag in Rom.«

»Lügen, nichts als Lügen!«

Maria hatte sie an den Schultern gepackt und kräftig geschüttelt. »Hör auf, sei nicht kindisch. Du weißt genau, dass es richtig war. Du hast einen Schulabschluss gemacht, du hast studiert. Du lebst dein eigenes Leben«, hatte sie ihr entgegengeschrien. »In diesem verlassenen Nest in Sardinien wärst du mein Untergang gewesen.«

»Untergang? Was meinst du damit, Mamma?« Sie hatte nur geflüstert, eine unendliche Müdigkeit hatte ihr alle Kraft genommen. Trotzdem hatte sie dieses böse Wort, mit dem die Bewohner von Abbadulche ihre Mutter beschimpft hatten, nicht ausgesprochen. Das würde sie niemals tun.

Maria hatte nie mit ihr darüber gesprochen, ihre Zweifel nie ausgeräumt, ihr nie eine Antwort auf ihre Fragen gegeben. Angelicas Unwissenheit war immer größer und schließlich zu einem unüberwindlichen Hindernis geworden.

Sie hatte einen Moment gewartet, ob Maria doch noch antworten würde, aber dann begriffen, dass sie es nicht tun würde. Ihre Mutter hatte die Frage einfach ignoriert. Dieser Kloß im Hals war unerträglich.

»Ein Studium, ein Beruf, der mir gefällt, sind das wirklich die Dinge, auf die es ankommt? Ich habe all das. Schau mich an, Mamma, bin ich glücklich?«

Maria hatte die Lippen zusammengepresst, ihr Gesicht war vor Wut rot angelaufen. »Du solltest Gott dankbar sein für das, was du hast. Du weißt nicht… Du kannst dir nicht einmal vorstellen…«

»Was? Was weiß ich nicht?«

Wieder keine Antwort, wie so viele Male zuvor, nur ein vorwurfsvoller Blick aus eiskalten Augen und mit versteinertem Gesichtsausdruck.

»Es gibt Dinge, die ich tun musste, ich hatte keine Wahl. Dinge, für die ich mich unendlich schäme. Aber du, mein Kind, du hattest die Möglichkeit zu wählen, vergiss das nie. Und du hast dich entschieden.«

Angelica hatte den Kopf geschüttelt. »Nein, Mamma, du hast mir keine Wahl gelassen.«

Sie hatte ihren Koffer genommen, ihre wenigen Sachen hineingeworfen und war gegangen, zusammen mit ihrem Hund und ihrer Katze. Ihrer Familie. Seitdem hatte sie nicht mehr auf Marias Anrufe reagiert.

Angelica nahm die Abfahrt und bog auf eine Straße ab, die teilweise nur noch einspurig war. Bald musste sie anhalten. Eine Schafherde kam langsam, aber unaufhaltsam auf sie zu. Alles war im Fluss, genau wie ihre Gedanken.

Sie steckte die Hand in die Tasche, griff nach Margheritas Brief und hielt ihn fest.

»Ich komme, Jaja.«

Plötzlich verlor die Welt ihre Konturen und verschwamm. Verärgert wischte sie sich über die Augen und fuhr weiter.

»Achte auf die Farbe. Jeder Honig sieht anders aus, genau wie sie alle verschieden schmecken.«

Angelica nickte und kniete sich neben die Honigschleuder, aus der die klebrige Masse wie ein goldenes Band in den Glasbehälter floss. Die Versuchung war übermächtig, rasch streckte sie den Finger aus und hielt ihn hinein. Als sie den Honig probierte, konnte sie die ganze Vielfalt der Natur schmecken. Außerdem hatte er ihr viel zu erzählen.

»Wie kommt der Honig eigentlich aus der Wabe?«

Margherita deutete auf einen Edelstahlzylinder, in den sie die Holzrahmen mit den Waben gestellt hatte.

»Wenn die Zentrifuge sich dreht, wird der Honig herausgedrückt, erinnerst du dich noch an die Waben?«

Angelica schloss die Augen. »Na klar, das sind die vielen kleinen Lagerzellen.«

»Sehr gut. Der Honig fließt heraus und sammelt sich am Boden der Honigschleuder. Dann wird er in einem Behälter geklärt. Weißt du noch, was dieses Wort bedeutet?«

»Ja, das Wachs steigt nach oben, und der Honig bleibt, wo er ist.«

Margherita lächelte. »Genau.«

»Dann füllst du ihn in Gläser, und alle Leute aus Abbadulche kommen zu dir, um den Honig zu kaufen. Aber da sie fast nie Geld haben, geben sie dir Sachen, die du in den Schuppen stellst. Das nennt man dann tauschen.«

Angelica erkannte die Gegend ihrer Kindheit sofort wieder. Die niedrigen Steinmauern, die über und über mit Blumen bewachsen waren. Die Gerüche, die sich in den Fluss ihrer Erinnerungen mischten. Je näher sie kam, desto intensiver wurde das Wiedererkennen.

Sardinien gilt allgemein als trockene, karge Landschaft, aber durch die Windschutzscheibe des Campingbusses bot sich ihr ein ganz anderes Bild. Steile Berge, weiße Felsen, die in der Sonne strahlten, Wälder, die sich bis in die Gipfelregionen zogen, windschiefe Bäume. Der Mistral hatte der Landschaft seinen Stempel aufgedrückt. Ebenso die Farben der Macchiabüsche: Glutrot, Ockergelb, Smaragdgrün. Dann tauchten wie aus dem Nichts das Meer und der breite Damm vor ihr auf, der Sardinien mit der Insel Sant'Antioco verbindet. Damit kam zu all den Farben noch Azurblau hinzu.

Alles war so strahlend hell, dass es ihr fast den Atem nahm. Angelica war schon immer empfänglich für die Leuchtkraft der Farben gewesen, aber hier wirkten sie noch satter und ursprünglicher. Allmählich wuchs die Neugier in ihr, und sie fragte sich immer öfter, wohin ihre Reise sie wohl führte. Ob sich Jajas Haus verändert hatte, ob es ihr Zimmer noch gab? Und die Bienen?

Es war sehr warm geworden, ein feuchter, salzgeschwängerter Wind schlug ihr entgegen.

Hier hatte sie alles gehabt, was ihr wichtig war. Jaja. Nicola. In Rom hatte sie sich immer einsam gefühlt, das war nicht ihre Welt gewesen. Nicht ihre Heimat.

Eines Tages war Maria bei Margherita aufgetaucht und hatte sie mitgenommen. Zumindest hatten das alle gedacht. Der wahre Grund war jedoch ein anderer gewesen. Nur einen Moment lang, einen einzigen schrecklichen Moment lang, war Angelica der Versuchung erlegen mitzugehen.

Dafür hatte sie bezahlen müssen. Sie hatte ihre Zauberwelt verloren und mit ihr den einzigen Freund, den sie je gehabt hatte.

Danach waren die Bücher ihre Freunde geworden, die Bienen waren es geblieben. Als sie ihr Studium an der Landwirtschaftlichen Hochschule aufnahm, fand sie auf dem Gelände vier vernachlässigte Bienenstöcke vor, denen sie ihre gesamte Freizeit widmete. Eines Tages überraschte der Zoologieprofessor sie dabei, wie sie inmitten eines Bienenschwarms stand und sang.

»Was zum Teufel machst du da, Senes? Bist du verrückt geworden? Sie werden dich stechen.«

Sie drehte sich zu ihm um und ließ dann die Arme sinken. »Nein, das werden sie nicht. Ich singe für sie, damit sie wissen, dass ich ihre Freundin bin.«

Der Professor schüttelte den Kopf. »Red keinen Unsinn. Das sind Insekten, die über keinerlei Intelligenz verfügen. Sie erkennen nur ihre Königin und ihre Artgenossen.«

Angelica richtete sich auf. Die Bienen hatten sich auf sie gesetzt, auf ihre Haare, ihre Schultern. Binnen weniger Minuten war sie über und über mit Bienen bedeckt. Der Professor wurde blass und ganz still. Stocksteif vor Angst stand er einfach nur da. Was sollte er tun? Dann hob Angelica eine Hand und sang ganz leise eine weitere Strophe. Die Bienen flogen auf und kehrten in ihren Stock zurück.

»Meine Güte, wie hast du das gemacht?«

Angelica dachte kurz darüber nach, ihm zu erzählen, dass sie eine Honigtochter sei, entschied sich dann aber anders. Er hätte es nicht verstanden. Die Menschen verstanden nur das, was sie kannten.

Die Vernunft stand über allem. In dieser nüchternen, von Rationalität und Regeln geprägten Welt gab es für unlogische oder unerklärliche Dinge keinen Platz. Selbst damals in Abbadulche hatte man sie für verrückt gehalten, obwohl die Leute dort die Magie der sardischen Traditionen kannten. Was würde dann erst in einer Weltstadt wie Rom passieren? Nein. Wie Jaja ihr geraten hatte, sollte man manche Dinge nur den Menschen erzählen, die sie auch verstehen konnten. Deshalb entschied sie sich, ihrem Professor eine Erklärung zu liefern, die er akzeptieren konnte.

»Das war ein Trick, den mir Ja… eine alte Dame beigebracht hat. Eine Imkerin. Man braucht nur ein paar Pheromone der Königin, und das war's.«

»Beeindruckend«, sagte er. »Wenn du dich so gut mit Bienen auskennst, warum kümmerst du dich dann nicht um die Stöcke hier am Institut? Ich selbst habe nur wenig Zeit, und von den anderen Studenten scheint keiner wirklich Lust auf so etwas zu haben. Wenn du Erfolg hast, wird das selbstverständlich in deine Abschlussnote einfließen.«

Angelica hätte tanzen können vor Glück. »Oh ja, das mache ich gerne.«

So fügte sich eins zum anderen. Angelica Senes kümmerte sich um die Bienenvölker der Hochschule. Danach folgten die Spezialisierung und der Master sowie Aufenthalte in Spanien und Frankreich, wo die Imkerei einen hohen Stellenwert hatte. Schließlich Australien und Neuseeland. Hochschulabschluss, Traumberuf, ein Leben in Freiheit. Sie hatte sich entschieden und das gemacht, was sie wollte.

Aber war sie wirklich glücklich?

Sie wusste nur eins: Sie war immer allein.

Wie eine Biene ohne Volk.

8.

Distelhonig (Galactites tomentosa)
Würzig und blumig zugleich. Gilt als Honig der Reinigung,
Regeneration und Stärkung. Sein Duft erinnert an Zimt, Curry
und Chrysanthemen. Er ist bernsteinfarben und kristallisiert
im Laufe eines Jahres.

Er würde das Boot nicht an Land ziehen können. Nicola
Grimaldi stand breitbeinig auf dem Holzsteg des kleinen
Fischerhafens und beobachtete das Meer. Die tosenden Wellen hatten die Farbe von flüssigem Blei. Sie bäumten sich
auf, weiße Gischt auf dem Kamm, und brachen sich dann
an den Holzplanken. Er konnte das Vibrieren in den Beinen spüren, während die Gischt gegen seine Wachstuchjacke spritzte. Die salzige Luft kitzelte ihn am Gaumen, das
Tosen des Meeres war eine dumpfe Warnung.

Es hatte eine Zeit gegeben, in der er das Meer vergessen
und seine Welt nur aus Stahl, Glas, Hochhäusern und Meetings bestanden hatte. In diesen Jahren hätte er nicht im
Traum daran gedacht, bei solch starkem Seegang ein Boot
festzumachen. Er hätte sich einfach ein neues gekauft. Aber
das war vorbei. Inzwischen lagen die Dinge anders, die
Welt war anders, seine Prioritäten waren andere, seine Sicht
hatte sich gewandelt, genau wie seine Beziehung zum Meer.

Jetzt würde ihn der Sturm nicht aufhalten. Das Meer war wieder Teil seines Lebens geworden. War es in Kindertagen eher Abenteuer gewesen, war sein Umgang mit dem Meer nun von kühler Kalkulation und Souveränität geprägt. Er war erwachsen geworden.

Rasch schätzte er die Entfernung ein, dann sprang er auf die Leiter. Der Katamaran tanzte auf den Wellen. Er umklammerte den Handlauf und spürte, wie die sich aufbäumende Welle das Boot anhob. Er wartete ab, bis die Welle brach, dann schlang er ein dickes Tau unten um den Mast und ein zweites um das Steuerruder. Danach vertäute er das Boot am Pfeiler der Mole. War es ausreichend gesichert? Dass das Meer keine Fehler verzieh, wusste er, das hatte ihm seinerzeit der alte Omero beigebracht.

Nicola hob den Blick und bemerkte, dass die Wolkendecke endlich aufriss. Ein Sommergewitter, nur kurz, aber heftig. Salzwasser lief ihm übers Gesicht. Es hatte zu regnen aufgehört, er zog die Wachstuchjacke aus und versuchte, sie im Rucksack zu verstauen.

Er war gerade dabei, sich umzudrehen und nach unten zu steigen, als ihm ein Mädchen auffiel, das sich links von ihm gegen die Felsen drückte. Ihr gelbes T-Shirt hob sich deutlich vom bedrohlichen Bleigrau des Meeres ab. Er erstarrte kurz, dann rannte er auf sie zu. Die nächste Welle würde sie mitreißen.

»Bist du wahnsinnig?«

Das Mädchen rappelte sich hoch. Die Welle war bedrohlich nah. Nicola hatte das Gefühl, als ob alles Blut aus ihm weichen würde. Ohne nachzudenken, sprintete er los. Sein Verantwortungsgefühl ließ ihn alle Vorsicht vergessen. Kurz bevor das Wasser über ihm zusammenschlug, sah er, wie sich das Mädchen behände an der Sperrwand hochzog und verschwand.

»Du Satansbraten«, murmelte er keuchend, die Hände auf die Knie gestützt.

Dann wischte er sich mit dem Ärmel des Pullovers übers Gesicht und drehte sich um. »Mist!«, fluchte er. Der Steg war von weißer Gischt bedeckt, der Rucksack samt der Wachstuchjacke verschwunden.

Das matte Licht der hinter den Wolken untergehenden Sonne verschwand allmählich ganz. Nicolas Gesichtsausdruck verdüsterte sich. Dann zuckte er mit den Schultern und ging auf sein Auto zu, das er in der Nähe geparkt hatte. Er würde später wiederkommen. Den Katamaran würde er gut vertäut in der Bucht liegen lassen, hier war er sicher, selbst beim schlimmsten Gewitter.

Er ließ den Kopf kreisen, um seine angespannten Nackenmuskeln zu lockern. Das Herz schlug ihm immer noch bis zum Hals. Wer zum Teufel war dieses Mädchen? Er wendete seinen Land Rover und fuhr langsam zwischen den Dünen hindurch, hinter denen er geparkt hatte.

Plötzlich tauchte in seinen Gedanken eine Erinnerung auf. Ein anderes Mädchen, ein Lied, das Meer, der Wind, der sie wiegte und willkommen hieß. Ein Lächeln, ein Kuss. Dann holte ihn der noch immer nicht ganz abgeflaute Sturm in die Realität zurück. Er schaute sich um. Da war nichts.

Er schaltete hoch und beschleunigte. Das Quietschen der Reifen mischte sich unter das Rauschen des Meeres.

Angelica wartete, bis die Fähre angelegt hatte. Die Überfahrt hatte weniger als eine halbe Stunde gedauert, und sie hatte jede Minute draußen verbracht. Während der Wind ihr durch die Haare blies, betrachtete sie die Berge, auf der Suche nach dem, was sie irgendwann zurückgelassen hatte. Eine innere Unruhe machte sich in ihr breit, die sie nicht unter Kontrolle hatte. Vom Hafen aus fuhr sie aufs Land, die für den Campingbus zu engen Straßen im Zentrum des Dorfes mied sie. Immer wieder hielt sie nach Punkten Ausschau, an denen sie sich orientieren konnte. Doch dann wurde ihr klar, dass diese Technik, die sie sich im Laufe ihres Vagabundenlebens angeeignet hatte, völlig unnötig war. Sie wusste genau, wo sie hinmusste. Sie konnte es kaum erwarten, Jajas Haus wiederzusehen, gleichzeitig hatte sie aber auch Angst davor.

Als sie schließlich am Ende der Straße eine Reihe alter, von Ziegelmauern begrenzter Häuschen bemerkte, stieß sie einen erleichterten Seufzer aus. Als sie näher kam, stellte sie fest, dass die Fassaden frisch gestrichen waren und am Fuß der Mauern rote Geranien, Basilikum und Rosmarin wuchsen.

Dann erkannte sie es wieder, und ihr Herz schlug schneller. Es war das Haus der Witwe Murru. Die Steinbank, auf der die alte Frau gesessen und gestickt hatte, stand immer noch am selben Platz unter ihrem Schlafzimmerfenster. Daran schloss sich der Innenhof von Anselmo Aru an, der mit Lehmziegeln gepflastert war. Ein Stück weiter kam der Zaun von Adelina Montis. Im Frühjahr blühten hier weiße Rosen mit üppigen Blüten und kräftigem Stamm, wie alle Blumen in Abbadulche. Diese Erinnerungen, die aus dem Nichts auftauchten, überraschten Angelica. Sie hatte sie vergessen, aber sie waren noch da, tief in ihr Gedächtnis eingebrannt, lebendig wie der Duft der Blumen.

Während sie sich umsah, verspürte Angelica Erleichterung und gespannte Erwartung. Sie wäre gerne schneller gefahren, hätte aufs Gas gedrückt, aber Geduld und Vorsicht waren bessere Ratgeber. Sie erreichte die gepflasterte Piazza, die von einem mächtigen, Schatten spendenden Baum beherrscht wurde, daneben eine eiserne Bank und ein kleiner Springbrunnen. Das Wasser plätscherte direkt aus den Steinen und sammelte sich in einem amphorenförmigen Tonkrug.

»Wie schön«, sagte sie leise und sah sich fasziniert um. »Dieser Ort ist wunderschön.«

Es hatte sich nichts verändert.

Sie beobachtete die Passanten, ihre Art zu gehen, sich zu bewegen, ihre Gesichter, auf der Suche nach etwas Vertrautem. Nach den Gesichtern der Menschen, die sie gekannt hatte und die Teil ihres Lebens gewesen waren.

Im Ortskern war einiges los. Es wimmelte von fotografierenden Touristen vor und in den Souvenirläden, Boutiquen und Lebensmittelgeschäften. Angelica erkannte den Schmuckladen von Giannella. Instinktiv griff sie an ihre Halskette mit dem schweren eingefassten Onyxanhänger. Sie hatte ihn schon als Kind getragen, ein Geschenk von Jaja zu ihrem zehnten Geburtstag. Er werde sie beschützen, hatte Jaja gesagt, als sie ihr die Kette um den Hals gelegt hatte. Gedankenverloren umfasste Angelica den Anhänger, während die Schreie der fußballspielenden Kinder sich mit dem Hupen und der Musik aus einem in der Nähe geparkten Auto mischten. In der Luft lagen Essensdüfte, der salzige Geruch des Meeres sowie Zistrosen- und Rosmarinaromen, alles vertraute Gerüche, die tief in ihr abgespeichert waren.

Sie bremste vor dem Zebrastreifen, um eine alte Dame über die Straße zu lassen, und als sich ihre Blicke trafen, versuchte sie sich daran zu erinnern, wer die Frau war. Aus ihrem Gesichtsausdruck schloss sie, dass es der Dame genau so ging. Angelica winkte ihr kurz zu. Als sie weiterfuhr, folgten ihr weitere Blicke. Hatten die Leute sie wiedererkannt? Der Gedanke machte sie nervös. Sie zwang sich zur Ruhe.

Es war ein sonniger Tag. Das blaue Licht des Himmels ergoss sich über die Dächer der Häuser und ließ sie leuchten. Es gab so viel Schönes zu sehen. Von Glücksgefühlen erfüllt, wurde Angelica bewusst, wie sehr ihr dieser Ort gefehlt hatte.

Sie bog von der Hauptstraße in eine Seitenstraße ab. Ein Schild gab es nicht, aber sie wusste, dass es die richtige Richtung war. Sie wusste es einfach.

»Warum fliegen sie weg?«

Vor dem Bienenstock standen Margherita und Angelica und beobachteten den Schwarm. Der zeitig einsetzende Frühling hatte die Bienen überrascht. Die unverhoffte Blütenfülle hatte den Schwarmtrieb früher einsetzen lassen. Margherita hatte neue Holzrahmen vorbereitet und sie mit Zitronenblättern und Kräutern bedeckt. Dann hatte sie gesungen. Sie vertraute darauf, dass einige Schwärme bleiben würden, die anderen würden wegfliegen.

»Haben sie sich gestritten?«, fragte Angelica mit trauriger Stimme.

Margherita strich ihr zärtlich über die Stirn. »Nein, sie haben sich nicht gestritten. Dieser Schwarm hier ist das Kind dieses Bienenstocks. Wie das Lamm das Kind des Schafs und das Küken das Kind der Henne ist.«

Ungläubig sah Angelica erst die Bienen und dann Jaja an. »Bist du sicher?«

»Natürlich.« Margherita lachte.

»Aber es sind abertausende Bienen. Wie können die ein Kind sein?«

»Du musst es dir so vorstellen: ein Kind, das aus ganz vielen besteht. Versuch's mal, es ist gar nicht so schwer.«

Als Angelica darüber nachdachte, fiel ihr ein, dass die Lehrerin ihrer Klasse einige Tage zuvor eine Zelle unter dem Mikroskop gezeigt und erklärt hatte, dass alle Lebewesen aus mehreren Millionen Zellen aufgebaut seien. Jetzt verstand sie, was Jaja meinte. Die Bienen waren genau wie diese Zellen. Zusammen bildeten sie etwas anderes.

Angelica schnaubte ungeduldig, weil sie schon wieder abbremsen musste. Der alte Citroën vor ihr bewegte sich nur im Schneckentempo vorwärts. Da wäre ich ja zu Fuß schneller!, dachte sie. An dieses Tempo musste sie sich erst wieder gewöhnen, in Abbadulche hatten es die Menschen selten eilig.

Sie spürte, wie ihr Atem ruhiger wurde, genau wie ihr Herzschlag, der den ganzen Morgen verrückt gespielt hatte. Zum ersten Mal spürte sie etwas anderes als die brennende Bitterkeit, die sie seit ihrer Abreise aus Rom begleitet hatte. Rechts und links der Straße standen immer weniger Häuser. Hinter Eisengittern und Steinmauern erstreckten sich Orangen- und Olivenhaine, jedes Haus hatte sein eigenes grünes Paradies.

»Wir sind da«, sagte sie zu Lorenzo und fuhr langsamer.

Pepita schlief wie immer in ihrer Ecke.

Auf der rechten Seite war eine rote Ziegelmauer aufgetaucht, überwuchert von mannshohen stacheligen Disteln. Die auf goldgelben Stängeln sitzenden violetten Blüten leuchteten so hell, dass Angelica für einen Moment die Augen schließen musste.

Sie hielt das Lenkrad mit beiden Händen umklammert und starrte geradeaus. Ihr Herz begann wie wild zu pochen. Dann stieg sie aus.

Der Citroën, der sie unterwegs aufgehalten hatte, parkte einige Meter vor ihr am Zaun. Angelica achtete nicht darauf, ihre Konzentration galt dem Schlüsselbund, den sie in Händen hielt. Ihre Mutter hatte ihr Margheritas Schlüssel übergeben, zusammen mit einem Brief.

Abbadulche, 8. Mai 2013

Liebe Angelica,

Tochter meines Herzens und meiner Seele,

alles, was ich besitze, was mir geschenkt wurde und was ich selbst erworben habe, gehört nun dir: das Haus, das Land und alles darauf, ohne Ausnahme. Ich gebe es an dich weiter, damit du es sorgsam hütest und in Ehren hältst. Deine Augen und deine Seele sind gut. Du bist die Richtige.

Mit ihnen kannst du den alten Baum erkennen, dessen neuer Trieb du bist. Und du kannst die Quelle reden hören, denn du verstehst ihre Sprache.

Suche danach. Wenn du sie gefunden hast, ist dein Weg zu Ende. Dann bist du am Ziel, du lebst deinen Traum.

Vergiss meine Worte nicht, denn eines Tages, wenn deine Stunde kommt, wirst du das Gleiche tun. Wie meine Mutter Elodia es vor mir getan hat.

Hüte das Wissen, pflege und vertiefe es, wo immer es geht, und gib es weiter.

Die Antwort liegt im Bienenstock

Die Antwort liegt in dir.

Alles, was du wissen musst, habe ich dir beigebracht, und das, was du noch nicht zu wissen glaubst, habe ich dir gezeigt. Im Haus findest du alles, was du brauchst.

Achte auf den Baum. Er wird dich beschützen. Lösche deinen Durst an der Quelle, aus der wir Honigtöchter stammen.

Nimm mein Erbe in Empfang, Angelica Senes, und hüte es mit Sorgfalt, mit Weisheit und mit Liebe.

Ich segne dich, mein Kind

Margherita Senes

Mit den Schlüsseln konnte Angelica das Eingangstor, das Haus, den Getreidespeicher und alle anderen Gebäude des weitläufigen Anwesens öffnen, wo sie als Kind gelebt hatte.

Sie atmete mehrere Male tief durch und steckte dann einen Schlüssel nach dem anderen ins Schloss des zweiflügeligen Tores. Als sie beim Drehen ein Quietschen hörte, stieg ein Lachen in ihr auf, ein nervöses Lachen, ohne jeden Grund, nur um nicht zu weinen. Sie legte die Stirn gegen das verrostete Eisen und schloss für einen Moment die Augen.

»Ich bin da, Jaja«, flüsterte sie und versuchte, ihre zitternden Hände unter Kontrolle zu bekommen.

»Wen suchen Sie?«

Angelica zuckte zusammen und drehte sich um. Der Mann aus dem Citroën stand nur wenige Schritte vor ihr.

Seine Stimme war unfreundlich, genau wie sein Blick. Seine Haut war wettergegerbt, wie bei jemandem, der viel Zeit an der frischen Luft verbringt, die grünen Augen hatte er misstrauisch zusammengekniffen. Noch etwas lag in seinem Blick, etwas, das Angelica nervös machte. Automatisch wischte sie sich mit den Händen über die Jeans.

»Ich … eigentlich niemanden.«

Er zuckte nicht mit der Wimper. Sein stechender Blick ruhte immer noch auf ihr, fast schon aufdringlich. Dann fragte er barsch: »Wer sind Sie?«

Einen Moment lang dachte Angelica darüber nach, ihn einfach zu ignorieren. Sie blickte sich um, hier war niemand in der Nähe, und Lorenzo war noch im Campingbus. Sie hörte ihn bellen und versteifte sich.

»Ich bin Angelica Senes, und Sie?«

»Was haben Sie hier zu suchen?«

Im Grunde ging ihn das nichts an. Angelica wollte ihm das auch gerade sagen, entschied sich dann aber, freundlich zu bleiben. »Meine Tante hat hier gewohnt.«

»Margherita?«, fragte der Mann kaum hörbar, als würde es ihn Mühe kosten, den Namen auszusprechen.

»Ja, genau. Margherita Senes«, antwortete Angelica.

Er senkte den Kopf. »Wir haben sie letzte Woche begraben.«

»Ich weiß.« In dieser Erkenntnis lag ein tiefer Schmerz, den man mit Worten gar nicht ausdrücken konnte.

Der Mann wurde vorsichtiger, als ob ihm eben erst klar geworden wäre, dass Angelica nicht zufällig hier war. »Woher wussten Sie …? Von Margheritas Tod, meine ich«, fragte er und schaute in ihr überraschtes Gesicht. »Hat jemand Sie verständigt?«

»Jemand? Wie meinen Sie das?« Was war denn das für eine Frage?

»Sie sind nicht von hier.« Das war eine Feststellung, keine Frage. »Woher wissen Sie, dass Margherita tot ist?«

»Meine Mutter war die letzten Tage bei ihr.«

»Und wie heißt Ihre Mutter?«

Was wollte dieser Typ? Warum stellte er ihr diese Fragen? Schön und gut, hier in Abbadulche wurden Feingefühl und Diskretion nicht gerade großgeschrieben, trotzdem ging er entschieden zu weit. Aber Angelica spürte seine innere Erregung.

»Maria Florinas«, flüsterte sie.

»Was?« Er ballte die Hände zu Fäusten und steckte sie in die Taschen.

»Dann sind wir verwandt, wie es aussieht«, murmelte er und zwang sich zu einem Lächeln.

Angelica runzelte die Stirn. »Ich verstehe nicht.«

»Ich bin Giuseppe Fenu, ein entfernter Cousin von dir.«

Er gab ihr nicht die Hand, und auch der Blick, den er ihr bei diesen Worten zuwarf, war nicht wirklich einladend. Angelica hatte bisher keinen Kontakt zur Familie ihres Vaters gehabt, da von deren Seite nie Interesse bestanden hatte. Außer von Jaja.

Dieser Giuseppe musste der Sohn eines Verwandten ihres Vaters sein. Beim näheren Hinschauen war durchaus eine gewisse Ähnlichkeit zu erkennen.

»Ah, verstehe.«

»Die Schlüssel«, fragte er und deutete auf ihre Hand, »von wem hast du die?«

Das Auftreten ihres Cousins oder Onkels oder Neffen, was auch immer er war, gefiel ihr ganz und gar nicht, genau wie sein Blick und sein Tonfall. Angelicas Nervosität stieg.

»Von Margherita.«

Giuseppe zuckte zusammen. »Was zum Teufel redest du da?«

Sie musste ihren ganzen Mut zusammennehmen, um vor der Feindseligkeit dieses Mannes nicht zurückzuweichen. Erst wollte sie Margheritas Brief aus der Tasche ziehen, doch dann überlegte sie es sich anders. »Entschuldige, aber gibt es ein Problem?«, fragte sie. Sie verstand nicht, was hier vor sich ging, aber instinktiv misstraute sie diesem Mann. »Ist mir irgendetwas entgangen? Gibt es etwas, das ich nicht weiß?«

Daraufhin drehte Giuseppe sich um und ließ sie einfach stehen. Er ging zu seinem Auto, stieg ein, knallte die Tür zu und fuhr mit quietschenden Reifen davon.

»Da habe ich ja was zu erzählen«, murmelte Angelica, die mit offenem Mund dastand. Ihr Blick folgte dem Citroën, bis er verschwunden war, dann wandte sie sich wieder Richtung Haus. Plötzlich war alles andere bedeutungslos. Giuseppe Fenu war wie aus ihrem Kopf gelöscht, und mit ihm alles andere.

Jajas Haus war genauso schön, wie sie es in Erinnerung hatte. Sogar noch schöner. Angelica ertappte sich dabei, dass sie lächelte, sie konnte den Blick gar nicht abwenden, und ihr Herz machte Freudensprünge.

Bis auf einen Turm hatte das Haus nur ein Stockwerk. Gebrannte Tonziegel und weißer Putz, der in der Nachmittagssonne leuchtete, an den Wänden rankten sich Kletterpflanzen nach oben. Ehemals dunkelblaue Fensterläden, deren Anstrich im Laufe der Jahre verblasst war. Das matte

Hellblau, das Grün der Beete, das Rot der Mohnblumen und das Gelb der Margeriten ergaben ein Bild voller Harmonie und zärtlicher Erinnerungen. Dazu die mächtige Glyzine. Wie oft hatte sie sich in den Zweigen versteckt? Wie viele Kränze aus den Blütenrispen geflochten? Es sah aus, als würde der mächtige Blauregen das Haus liebkosen und es mit seinen knorrigen Ästen beschützen. Der Wind war wieder stärker geworden und setzte das blauviolette Blütenmeer in Bewegung, wobei sich ein intensiver Duft entfaltete. Einen Moment lang glaubte Angelica die zärtliche Berührung der Blütenblätter auf ihrer Haut zu spüren, und es schien, als ob die Glyzine nicht nur das Haus, sondern auch sie umarmen würde.

Sie umfasste das schmiedeeiserne Gitter des Tores mit beiden Händen. Ihre Gefühle wurden immer stärker. War alles noch so wie früher? Hatte sich wirklich nichts verändert?

Als sie das Bedürfnis, diese Mauern unter den Fingern zu spüren, nicht länger zu unterdrücken vermochte, öffnete sie die beiden schweren Flügel des Tores, einen nach dem anderen. Sie konnte es kaum erwarten, das Haus zu betreten.

Schnell ging sie zum Campingbus zurück, den Blick auf die Umgebung gerichtet. Gab es vielleicht doch etwas Neues, was sie bisher übersehen hatte? Oder spielte ihr die Erinnerung einen Streich?

»Da wären wir«, sagte sie zu Lorenzo und Pepita. Ihre Stimme verriet ihre Rührung, genau wie ihre Augen.

Vorsichtig fuhr sie den Feldweg entlang. Sie hielt an und stieg aus. Ja, da war es, das Haus ihrer Kindheit. Direkt vor ihr, und es war ihr noch nie schöner vorgekommen! Sie musste sich konzentrieren, sonst würde sie es nicht einmal schaffen, die Tür zu öffnen.

9.

Mandelhonig (Prunus dulcis)
Erinnert an weiße Blüten und frisches Gras. Er gilt als Honig
der Heiterkeit, erfrischt den Geist und hebt die Stimmung.
Intensiv duftend, goldgelb, mit feinkörnigen Kristallen.
Eine Rarität.

»Hier bin ich, Jaja«, flüsterte Angelica.

Mit großen Augen starrte sie auf die mit Intarsien verzierte blaue Holztür und öffnete die Faust, mit der sie den
Schlüsselbund umklammerte. Während sie einen der Schlüssel ins Schloss steckte, zitterten ihre Finger kaum. Vorsichtig
drehte sie den Schlüssel und betete. Einen Moment später
hörte sie ein kurzes Knacken. Sie legte beide Hände gegen
die Tür und drückte sie auf.

Giuseppe Fenu trat aufs Gas. Die Räder des Citroën drehten ein paarmal durch, doch er brachte den Wagen rasch
wieder unter Kontrolle und hielt ihn sicher auf der Straße,
obwohl er dem Abhang in Richtung Meer ab und zu gefährlich nahe kam. Mit beiden Händen umklammerte er das
Lenkrad, den Blick starr geradeaus. Indem er eine Staubwolke hinter sich herzog, bog er in einen schmalen Weg ab.
Als er das Haus an dessen Ende erreicht hatte, waren seine

Lippen immer noch zu einem Strich zusammengepresst. Er parkte den Wagen und ging auf das massive Holztor zu, das deutliche Altersspuren zeigte. Als er bemerkte, dass er die Schlüssel im Auto vergessen hatte, hämmerte er mit geballter Faust gegen die Haustür und hörte selbst dann nicht auf, als er von der anderen Seite eine Frauenstimme hörte und ihm geöffnet wurde.

»Heilige Mutter Gottes, was ist denn los?«, rief Mirta Fenu, nachdem sie die Tür geöffnet hatte. »Du bist ja totenbleich, komm rein.« Seine Mutter zog ihn am Hemdsärmel ins Haus. »Also, was ist passiert?«

»Ich war bei Margheritas Haus.«

Mirta hob die Augenbrauen. »Ich habe dir schon mehr als einmal gesagt, dass ich da besser mitkomme. Aber du bist ja ein solcher Dickkopf. Ich nehme an, du hast den ganzen Plunder gesehen und kalte Füße bekommen? Das gehört fast alles in den Sperrmüll.«

Giuseppe wandte sich zu ihr. »Ich habe keinen Fuß ins Haus gesetzt.«

»Warum nicht, verdammt noch mal? Wir müssen uns entscheiden, was wir von dem Zeug behalten und was nicht. Und zwar heute. Bevor der Vertrag mit dem Bauunternehmer unterschrieben ist, der reißt nämlich sowieso alles ab.«

»Am Eingang war eine Frau.«

»Was für eine Frau?« Mirtas Stimme klang ungehalten.

»Angelica Senes. Du weißt, wer sie ist, oder?«

»Was?« Mirta war wie vor den Kopf geschlagen. Kurze Zeit später hatte sie ihre Sprache wiedergefunden. »Ich habe ihre Mutter bei Margheritas Beerdigung gesehen. Maria Florinas hat früher schon nichts als Ärger gemacht.«

»Warum zum Teufel hast du mir nichts davon erzählt?«, rief Giuseppe.

»Warum hätte ich es dir erzählen sollen, mein Junge? Sie hat mit uns nichts zu tun.« Mirta hielt inne, dann atmete sie tief ein. »Wir müssen uns keine Sorgen machen. Sie wird von ihrer Mutter von Margheritas Tod erfahren haben und wollte halt mal nachschauen.« Angewidert verzog sie das Gesicht. »Diese Aasgeier. Auf einmal taucht diese unverschämte Person wieder auf, davor kein Lebenszeichen in all den Jahren. Sicher will sie wissen, ob sie etwas abbekommt.«

»Machen wir nicht genau das Gleiche?«

Mirta wurde laut. »Vergiss nicht, wen du vor dir hast! So redet man nicht mit seiner Mutter, verstanden?«

Geringschätzig verzog Giuseppe den Mund. Seine Wut war förmlich zu spüren, das Geschwätz seiner Mutter interessierte ihn nicht.

»Reg dich nicht so auf, und vergiss nicht, dass das Recht auf unserer Seite ist. Wir sind die nächsten Verwandten von Margherita. Bei der da draußen weiß man nicht mal, ob sie wirklich Francescos Tochter ist, Gott hab ihn selig. Du kennst ja ihre Mutter. Alle wussten Bescheid, nur er nicht. *Maccosu* ... was für eine Geschichte. Diese Person hat keinerlei Ansprüche. Sie gehört nicht einmal zur Familie. Sie wird überhaupt nichts erben, glaub mir.«

»Was, wenn es ein Testament gibt? Nehmen wir an, Margherita hat ihr alles vermacht ...«

Seine Mutter schüttelte heftig den Kopf. »Und wenn mein Großvater nicht tot ist, dann lebt er noch ... So ein Blödsinn! Wie die Mutter, so die Tochter, der Apfel fällt eben nicht weit vom Stamm. Die Schlüssel habe immerhin ich bekommen.«

»Stimmt, die Schlüssel haben wir«, murmelte Giuseppe. »Aber sie hatte auch welche. Sie hat behauptet, sie hätte sie von Margherita.«

»Margherita hatte keine anderen Erben«, entgegnete Mirta. »Und selbst wenn diese Frau eine echte Senes sein sollte, bist du immer noch der nächste Verwandte. Das ist doch alles verrückt.«

»Wie eine Verrückte ist sie mir nicht vorgekommen«, sagte Giuseppe leise. Mit angespanntem Gesichtsausdruck ging er den Flur auf und ab. »Das Geld, das wir bekommen haben, damit wir verkaufen... Weißt du, was das heißt? Wenn sie im Recht ist und es irgendwas gibt, irgendein Papier, das beweist, dass Margherita ihr alles vererbt hat, dann ist das unser Ende.«

Mirta fletschte die Zähne. »Sie wird nicht bleiben, das garantiere ich dir.«

»Was genau willst du tun, um sie zu vertreiben?«, fragte Giuseppe misstrauisch.

Nach kurzem Zögern streckte Mirta die Hand aus und strich ihrem Sohn über die Schulter. »Das sehen wir dann. Außerdem haben wir das Erbe längst angetreten. Wie auch immer, sie kommt zu spät.«

»Aber sicher, na klar! Und wenn das Haus dann abgerissen ist, zeigt sie uns an, und wir verlieren alles.« Er fuhr sich mit der Hand übers Gesicht. »Wir dürfen es nicht verschweigen. Die anderen müssen Bescheid wissen, ohne Wenn und Aber. Das wird ihnen gar nicht gefallen. Das wird keinem gefallen. Dabei ist alles geregelt. Und jetzt kommt diese...«

»Verlier nicht die Nerven. Denk doch mal nach. Diese Person hat sich jahrelang nicht gemeldet, vielleicht will sie sich nur was unter den Nagel reißen, und dann verschwindet sie wieder dorthin, wo sie hergekommen ist.«

»Hoffen wir's«, sagte Giuseppe, »sonst stecken wir richtig in Schwierigkeiten.«

Ohne ihre Antwort abzuwarten, ging er und blieb auch nicht stehen, als sie ihm hinterherrief. Mit entschlossenen Schritten eilte er zum Auto, stieg ein und schlug mit der Faust auf das Armaturenbrett.

Wenn Margherita tatsächlich ein Testament aufgesetzt hatte, gab es nichts, was er oder seine Mutter tun konnte.

Das Erste, was Angelica spürte, war die angenehme Frische auf der Haut. Sie schloss die Augen und genoss den Moment. Als sie sie wieder öffnete, hüllte ein Gefühl von Wärme und Trost sie ein. Das Halbdunkel legte sich wie ein schützender Schleier über sie. Sie glaubte ein Haus zu betreten, in dem die Zeit stehen geblieben war.

Sie zwinkerte, damit sich ihre Augen an das diffuse Licht gewöhnten, und atmete tief ein. Ein sanfter Geruch nach Kräutern und Bienenwachs, urtümlich und erdig. Ein Windhauch strich ihr zart übers Gesicht. Ihr Herz schlug schneller, unvermittelt überkam sie ein Wohlgefühl, das jedoch sofort wieder abebbte. Sie zwinkerte erneut und fixierte die Umgebung, dann ging sie einige Schritte weiter.

Wie berauscht vor Glück betrat sie das geräumige Wohnzimmer mit den hohen Wänden. Die getäfelte Holzdecke wurde von massiven Balken getragen, die Möbel waren mit weißen Tüchern abgedeckt. Mattes Licht drang durch die Ritzen der geschlossenen Fensterläden herein und ließ die winzigen Staubpartikel glänzen, die wie von Zauberhand bewegt im Raum zu tanzen schienen.

Wie lange hatte sie von diesem Moment geträumt?

Dann brachen alle Dämme, ihre Gefühle überfluteten sie geradezu. Angst, Freude, Glück, Stolz, Bedauern. Die Bilder reihten sich aneinander wie in einem Film: Momentaufnahmen, Erinnerungen an Szenen, die sich in diesem Raum abgespielt hatten.

Ein Brief, ein Testament und ein Schlüsselbund. Das war alles, was ihr von Jaja geblieben war. Worte, Sätze.

Sie hatte ihre Schrift fast nicht wiedererkannt, eine Erkenntnis, bei der Verzweiflung sie überkam. Hatte Jaja gelitten? War sie schwer krank gewesen? Angelica wusste es nicht, sie hatte nicht mal von ihrer Existenz gewusst.

Die Gefühle wurden immer mächtiger, fast unerträglich. Sie ließen sich nicht länger verbergen, das war alles zu viel auf einmal. Nur nichts sehen, nichts hören. Angelica zwang sich, die Arme am Körper zu lassen, sodass sie den Stoff ihrer Jeans berührten. Sie steckte die Hände in die Taschen, in der Hoffnung, damit das Zittern unter Kontrolle zu bringen. Dann atmete sie mehrmals langsam ein und aus, bis sie sich wieder beruhigt hatte.

Hinter ihr stand die Tür weit offen. Die Sonnenstrahlen wärmten ihren Rücken und vertrieben die Ängste, die sie gepackt hatten. Ohne nachzudenken, wandte sie sich nach rechts und ging den Flur entlang, an dessen Ende im Dämmerlicht eine Holztür zu sehen war. Dort war Jajas Zimmer. Schritt für Schritt wagte sie sich näher. Sie lehnte die Stirn an den Türpfosten und schluckte schwer, ihre Kehle war wie zugeschnürt. Zögerlich öffnete sie die Tür.

Da war er, der Duft nach Zitrone. Sie konnte ihn auf der Haut spüren, so wie früher, wenn Jaja sie in den Arm genommen hatte. Mit Tränen in den Augen hielt sie inne.

»Ich habe es nicht gewusst, Jaja, wirklich nicht«, flüsterte sie kaum hörbar.

Der Schmerz verdrängte die unterdrückten Tränen, sie musste erneut schlucken. Dann fuhr ihr ein Windstoß durchs Haar, und Lorenzo stürmte bellend herein.

»Ich bin hier«, sagte sie »Ich bin hier, lass uns gehen.«

Sie ließ den Blick ein letztes Mal durch Jajas Zimmer schweifen, sie würde später wiederkommen.

Durch den Flur ging sie zurück in die Küche. Der lange Tisch stand immer noch an seinem angestammten Platz, genau wie der Küchenschrank und die Bank, selbst die Frühstückstassen waren dort, wo sie immer gewesen waren. Sie strich über die Stuhllehne, über der eines von Margheritas Küchenhandtüchern hing, als ob sie es dort vergessen hatte. Margherita hatte es selbst bestickt. Angelica konnte sie spüren, ihre Anwesenheit fast körperlich wahrnehmen. Alles war so, wie sie es damals verlassen hatte, sogar Jajas Schal hing über demselben Haken wie früher. Sie griff danach und hielt ihn sich vors Gesicht. Ihr Haus, ihr Duft, ihre Präsenz. Jaja war immer noch hier. Das Gesicht in dem Stoff vergraben, ließ Angelica ihrem Schmerz freien Lauf, während Lorenzo weiterbellte und Pepita verwundert dreinblickte.

10.

Zistrosenhonig (Cistus spp.)
Sein Geruch erinnert an Tomatenmarmelade. Er gilt als Honig
der Liebe und der Gefühle und befreit das Herz. Sehr ge-
schmacksintensiv, fast schon salzig. Der Honig ist bernsteinfarben, mit schillernden Schattierungen in Richtung Braun,
und kristallisiert rasch.

Ein Boot ist nur dann dein Boot, wenn du dir die Hände
daran schmutzig gemacht hast. Wenn du geschmirgelt, ge-
schliffen und lackiert hast, bis dir die Finger wehgetan
haben. Seit seiner Zeit in Mailand hatte sich einiges verändert. Damals hätte er sich einfach das beste und teuerste
Boot auf dem Markt gekauft. Dieser Katamaran hingegen
war sein Boot, bis zum letzten Holzsplitter.

Nicola Grimaldi hatte ihn mit Bedacht ausgewählt, er
war ideal für seine Fahrten übers Meer, das zu seiner Welt
geworden war, und für den Wind, der ihm immer und überall den Weg wies.

Noch in der Dunkelheit war er aufgebrochen, denn er
liebte die Einsamkeit der Nacht. Der Himmel glänzte seidig
schwarz, die Sterne funkelten, ihr irisierendes Licht spiegelte sich im Kiel des Schiffes. Nicola liebte das Risiko, er
setzte sein Leben gerne aufs Spiel, im Vertrauen auf seine

Fähigkeit, auftauchende Probleme ohne fremde Hilfe lösen zu können. Davon abgesehen liebte er den Wind und den Geruch des Meeres.

Als die ersten Strahlen der aufgehenden Sonne die Mole erreichten, hisste er das Großsegel, packte den Mast und löste das verknotete Seil. Die Planken unter seinen Füßen waren nass und glitschig. Das Segel flatterte im Wind, doch mit seinem festen Griff bändigte er es schnell. Er lächelte und wandte das Gesicht der Sonne zu. Seine Augen waren von dem gleichen Kobaltblau wie das Wasser, das gegen den Rumpf des Katamarans schwappte und Schlierenbilder auf das braune Holz malte. Er zog sein Hemd aus und warf es achtlos zur Seite. Der Wind peitschte seine Haut, seine Jeans waren mit Salzwasser getränkt, genau wie seine Haare. Dennoch fühlte er sich in seinem Element. Wind und Wasser waren seine Welt. So frei war er nur, wenn er den Katamaran steuerte. Dann fühlte er sich lebendig. Jeder Handgriff saß, wohlüberlegt und von höchster Präzision. Er wusste, was er tat und wie er es tat, und darauf war er stolz.

Bald würde er Cagliari erreichen.

Nicola schätzte die Strecke ab, die er noch zurücklegen musste, und atmete die kalte, salzgeschwängerte Luft ein, ehe er noch einmal seine Pläne für den Tag durchging. Erst in diesem Moment wurde ihm klar, wie angespannt er war. Das Angebot seines Bruders Claudio beherrschte seine Gedanken.

»Du musst Verantwortung übernehmen, Nicola. Ich brauche dich. Du musst dich entscheiden. Entweder du steigst in die Firma ein, oder du trittst deinen Anteil ab.«

Er hatte nicht gleich geantwortet. So einfach war die

Sache für ihn nicht. Er brauchte Zeit zum Nachdenken. »Ich überlege es mir.«

Unabhängig von seiner Entscheidung hatte er nach und nach einige Aufgaben in der Firma übernommen. Nichts Großes, aber immerhin.

An diesem Morgen sollte er wichtige Dokumente zur Bank bringen, die rasch unterschrieben werden mussten. Eigentlich hätte Claudio auch dabei sein sollen, doch im allerletzten Moment war ihm etwas Wichtiges dazwischengekommen.

Nach einem letzten prüfenden Blick auf den Mast und das Segel ging Nicola in die Kabine, wo der Ordner mit den Papieren auf dem Tisch lag. Er schlug ihn auf und begann zu lesen. Nach ein paar Minuten klappte er ihn wieder zu, schloss die Augen und dachte nach. Was hatte Claudio mit dem Kredit vor, den er bei der Bank beantragen wollte? Offensichtlich ging es nicht um eine einmalige Summe, sondern um langfristige Leistungen. Er rieb sich mit der Hand über die Stirn und versuchte seine Gedanken im Zaum zu halten. Die Missstimmung, die er beim Lesen empfunden hatte, verwandelte sich in Unbehagen.

Nachdenklich starrte er auf einen Punkt an der Wand. Er hatte einen sechsten Sinn für bestimmte Dinge, und Claudios Verhalten verhieß nichts Gutes.

Schließlich ging er wieder an Deck und startete den Motor. Er hatte den Kurs zwar schon mit dem Steuerruder bestimmt, aber vor dem Anlegen wollte er sich noch einmal vergewissern.

Nach dem Duschen zog er sich sorgfältig an und betrachtete sich im Spiegel. Einen Moment lang kam es ihm vor, als würde er in die Zeit zurückversetzt, in der Termine, Sitzungen und Konkurrenzdruck zu seinem Alltag gehört hatten. Er schwankte und versuchte das unangenehme Gefühl in der Magengegend zu vertreiben. Dann atmete er tief durch. Nachdem er seine innere Ruhe wiedergefunden hatte, ging er nach oben. Einen Augenblick später wählte er eine Nummer auf dem Handy.

»Greta?«

»Ciao, Nicola. Wie geht's?«

»Gut, und dir?«

Sie zögerte einen Moment, ehe sie sagte: »Nächste Frage?«

Nicola zog die Augenbrauen hoch. »Noch mehr Probleme?«

»Was verstehst du unter Problemen? Nein, antworte besser nicht.«

Einen Moment herrschte Schweigen, dann biss er die Zähne zusammen und erwiderte. »Du kennst meine Meinung dazu. Er ist mein Bruder, und ich liebe ihn, aber manchmal… Du könntest jeden haben, warum muss es ausgerechnet er sein?«

Greta seufzte. »Manchmal denke ich, dass ich mir den falschen Grimaldi ausgesucht habe. Du wärst die bessere Wahl gewesen.«

Dem war nicht so, aber das konnte Greta nicht wissen. »Wenn du etwas brauchst, du weißt ja, wo du mich findest.«

»Ich weiß.«

»Zu jeder Tages- und Nachtzeit, okay?«

»Ja gut.« Ein Zögern. »Ich hätte nicht gedacht, dass du dich da mit reinziehen lässt.«

Nicola versuchte herauszufinden, worauf sich die Freundin seines Bruders bezog, die auch seine Sekretärin war. Er reagierte instinktiv, denn etwas in ihren Worten alarmierte ihn. »Und warum?«

»Nun ja, ist nicht gerade dein Spezialgebiet. Vom Baugeschäft hast du nie etwas wissen wollen.«

So war es noch immer. »In der Tat…«, antwortete er vage und wartete darauf, dass sie ihm die nötigen Informationen lieferte.

»Ich nehme an, du hast dich zur Mitarbeit entschlossen, weil es dieses Mal um ein ganz besonderes Projekt geht. In Abbadulche hat dein Vater noch nie gebaut. Das wäre etwas Neues, besonders bei dieser Dimension.«

Wovon zum Teufel sprach sie eigentlich? In Abbadulche? Das Dorf, in dem er aufgewachsen war und in das er nun zurückkehrte, tauchte vor seinem inneren Auge auf. Die Vorstellung, dass dort in großem Stil gebaut werden sollte, gefiel ihm ganz und gar nicht. Darüber hätte sein Bruder ihn aufklären müssen, und zwar offen und ehrlich.

»Schickst du mir die Unterlagen?«, fragte Nicola. Er wollte so viel wie möglich über die Sache in Erfahrung bringen.

»Hast du sie denn noch nicht?«

»Ich bin gerade erst angekommen.«

»Die Sitzung ist heute.«

»Um zehn habe ich einen Termin mit der Bank«, sagte er knapp.

»Oh! Ich schick dir einen Fahrer.«

Nicola beendete das Gespräch und steckte das Handy in die Tasche. »Was zum Henker hast du vor, Claudio?«, murmelte er. Aber dann wischte er den Gedanken rasch beiseite. Damit würde er sich später befassen.

Wie schon so oft bemerkte er beim Anlegen, wie tiefblau

und glasklar zugleich Wasser sein konnte. Das Bild faszinierte ihn immer wieder.

Er kletterte die Treppe hinab und betrat das Hafengebäude. In den Hosentaschen suchte er nach den Zigaretten. Er zog das Päckchen heraus, schüttelte es, so wie er es immer machte, und steckte es dann zurück. Wenn er eine rauchen wollte, wäre eine da, ein gutes Gefühl, zu wollen und nicht zu müssen. Eines Tages konnte er sicher auch darauf verzichten.

Der Fahrer würde noch zehn Minuten brauchen. Nicola sah auf die Uhr, ging in Gedanken noch einmal den Tagesplan durch und fragte sich erneut, was sein Bruder im Sinn haben könnte.

Dann ließ er seinen Blick über die Stadt schweifen.

Cagliari war direkt ans Meer gebaut und hatte sich den dekadenten Charme einer Hafenstadt bewahrt. Entlang des Ufers reihten sich hochherrschaftliche Palazzi aneinander. Die Basilica di Nostra Signora di Bonaria mit ihren Arkaden und der gewaltigen Freitreppe auf der einen, die hohen Mauern der Burg und die spitzen Türme der Kirchen auf der anderen Seite. Und als Kontrast einige ultramoderne Gebäude aus Glas und Stahl sowie schnittige Yachten mit langem Kiel. Schroffe Gegensätze, aber für einen Sarden – Nicola war stolz auf seine Herkunft – erzählte das Ensemble eine lange Geschichte von Tradition und Innovation.

Gretas Worte kamen ihm wieder in den Sinn. Es gefiel ihm gar nicht, was sie erzählt hatte. Warum hatte sein Bruder ihn nicht in seine Pläne eingeweiht? Seine Verärgerung ließ seine Schritte schneller werden. Wie auch immer, in Abbadulche zu bauen kam nicht in Frage. Das hätte nicht einmal sein Vater getan.

Die Sonne war gleißend hell, Nicola setzte die Sonnenbrille auf und blickte zur Straße. Cagliari ähnelte vielen Großstädten, in denen er gelebt hatte, nur war diese Stadt schöner. Er hielt noch einen Moment inne, ehe er weiterging.

Nach dem Tod seiner Eltern hatte er viele Jahre alleine gelebt. Ein »einsamer Wolf«, wie ihn Claudio mit nachsichtigem Unterton immer genannt hatte. Er hatte es seinem Bruder nicht übel genommen, schließlich hatte er recht. Nicola war ein Einzelgänger.

Vor ihm kam eine schwere Limousine zum Stehen. Nicola kam dem Fahrer zuvor, der aus dem schwarzen Mercedes gestiegen war, um ihm die Tür zu öffnen.

»Lassen Sie es gut sein, das mache ich schon selbst.«

»Wie Sie wünschen.«

Mein Gott, wie er dieses steife Gehabe hasste. Er schaute ins Nichts hinter der getönten Scheibe und fragte sich, ob er bereit war, wieder in den Ring zu steigen und die ihm zugedachte Rolle im international operierenden Familienkonzern zu übernehmen. Dann fuhr er sich übers Gesicht und ließ den Kopf gegen die Polster sinken. Er war angespannt.

Wieder ein Stich, dieses Mal schwächer als sonst. Er atmete tief ein, um die Kontrolle zu behalten. Erst dann fiel sein Blick auf den Fahrer. Der Mann war noch sehr jung und mühte sich mit dem Gurt ab, seine Nervosität war offenkundig. Wer weiß, was sie ihm gesagt hatten. Dass er ihn entlassen würde? Nicola fluchte innerlich und schaute weiter durchs Fenster. Nein, das würde er ganz sicher nicht tun. Zum Glück waren diese Zeiten vorbei.

»Bringen Sie mich bitte zur Banco di Sardegna. Und tun Sie uns beiden einen Gefallen, und versuchen Sie sich zu entspannen.«

»Sicher, sofort, Signore.«

Nicola schloss für einen Moment die Augen. Nach dem Termin bei der Bank würde er mit seinem Bruder sprechen. Aber erst nachdem er seine Entscheidung getroffen hatte.

Angelica hatte sich im Haus umgesehen und alles betastet, was ihr unter die Finger gekommen war, sie hatte an den Dingen gerochen, mit ihnen gesprochen. Danach war sie nach draußen gegangen. Jajas Garten war schon immer ein besonderer Ort für sie gewesen, und sie konnte es kaum erwarten, ihn wiederzusehen.

Die großen Amphoren aus Terracotta, in denen früher das Olivenöl aufbewahrt wurde, waren mit roten Geranien bepflanzt, deren üppige Blütendolden fast bis auf den Boden hingen. An den schattigen Seiten des Hauses hatte Jaja blaue Hortensien gepflanzt. Angelica hatte ihr damals geholfen, die Stahlwolle zu vergraben. Hortensien waren seltsame Gewächse, sie brauchten Eisen, damit die Farbe der Blütenblätter nicht an Strahlkraft verlor. Die Pflanzen stehen noch immer am selben Platz, dachte Angelica gerührt. Die Hortensien mit ihrer opulenten Blütenfülle und ihrem zarten Duft waren bis heute ihre Lieblingsblumen.

Sie ließ den Blick über die Konturen des Hauses wandern, dann über die geschlossenen Fenster und Türen, bis sie an einem Punkt am Rand hängen blieb. Langstielige Schwertlilien wiegten sich im Wind, die violett und gelb geäderten Blütenblätter strahlten etwas Geheimnisvolles aus. Auch diese üppig blühenden Stauden mit ihrem intensiven Duft waren ihr in guter Erinnerung. Ihr Weg führte sie schließlich zu den Glyzinenbüschen, deren einzigartigen Geruch sie begierig einsog, eine Reminiszenz an Heimat und Glück. Sie konnte nicht länger stehen bleiben, sie wollte nicht, daher ging sie weiter in den von Natursteinmauern umgebenen Innenhof. Sie durchquerte ihn, bis sie zu einer Maueröffnung kam. Durch die Öffnung betrachtete sie die sich vor ihr ausbreitenden Felder, fuhr mit dem Finger sanft über die Ränder der Mauersteine und setzte ihren Weg dann fort. Schweigend und mit gesenktem Kopf ging sie an der Hecke entlang, wobei sie darauf achtete, sich nicht zu stechen. Das trockene Gras raschelte unter ihren Füßen. Hier draußen, das war ihre Welt. Das Herz schlug ihr bis zum Hals. Ein seltsames Gefühl überkam sie, das sie nicht richtig einordnen konnte. Aber es ging ihr gut, an diesem Ort sein zu dürfen erfüllte sie mit Glück.

Angelica biss sich auf die Lippen und bahnte sich ihren Weg durch das nun höhere Gras und die wilden Artischocken. Als sie ein fast zugewachsenes Gebäude erreichte, blieb sie stehen. Es ähnelte eher einem Holzverschlag als einem Haus. Hier bewahrte Jaja ihre Imkerausrüstung auf. Auf dem gepflasterten Platz davor erhob sich wie ein Monolith ein aus ebenmäßigen Steinen gemauerter Brunnen. Auf dem Eisenrad neben der mit einem Gitter verschlossenen Öffnung glänzte eine emaillierte Tonvase im Sonnenlicht.

Sie musste sich einfach über den Brunnen beugen. In dem schwarzen Spiegel des Wassers tanzte das schräg einfallende Sonnenlicht. Die kühle Feuchte, die aus der dunklen Tiefe aufstieg, kratzte im Hals, fühlte sich auf dem Gesicht jedoch angenehm und belebend an. Dieses Wasser war gut, das wusste sie, es war das beste Wasser, das sie jemals getrunken hatte, rein und frisch.

»Hast du Durst?«, fragte sie Lorenzo.

Einen Augenblick später griff sie nach einem flachen

Eimer, schob das Gitter zur Seite und ließ ihn an einem Seil hinunter.

So schwer hatte sie sich das nicht vorgestellt, aber sie gab nicht auf und versuchte es immer wieder, bis sie es geschafft hatte und den Eimer wieder nach oben ziehen konnte. Sie stellte ihn dem Hund hin und beobachtete ihn beim Trinken.

Erschöpft hielt Angelica sich zum Schutz gegen das grelle Sonnenlicht die Hand über das Gesicht. Als sie die in den Fels gehauene Bank entdeckte, beschloss sie, eine Pause zu machen. Ein alter Nussbaum spendete ein wenig Schatten. Sie setzte sich, Lorenzo an ihrer Seite. Dann ließ sie den Blick schweifen.

Plötzlich hörte sie ein Rascheln und hob den Kopf. Hinter dem hohen Gras erkannte sie ein Gesicht. Erschreckt sprang sie auf.

»Verdammt, nur ein Kind«, sagte sie erleichtert, während ihr Herz noch immer wild klopfte. »Ciao!«, sagte sie dann und winkte.

Das Mädchen mochte sechs, acht Jahre alt sein. Ein wenig verwahrlost, schwarze Haare, gelbes T-Shirt, der Rest im Gras versteckt.

»Ciao«, wiederholte sie und machte einen Schritt auf das Kind zu. Lorenzo trottete neben ihr her.

Das Mädchen fixierte sie einen Moment und riss die Augen auf. Abrupt drehte es sich um und verschwand in einer Maueröffnung.

Angelica hielt Lorenzos Halsband fest umklammert. »Wenn du ihr hinterhergehst, bekommt sie sicher Angst«, murmelte sie. »Aber ich verstehe nicht, warum. Sie hat kein Wort gesagt, und dieser Blick… Was meinst du, Lorenzo, hat sie uns überhaupt bemerkt?«, fragte sie verwundert.

Sie ging zur Bank zurück. Wer mochte das Mädchen sein? Lorenzo hatte mit wachsamem Blick den Platz neben ihr eingenommen.

»Du hast das Mädchen doch auch gesehen, oder? Das habe ich mir doch nicht eingebildet?«

Der Hund leckte Angelica über die Hand, als wolle er ihr zustimmen. Nach einer Weile fiel ihr Blick auf die gelbe Blüte einer immer blühenden wilden San-Giovanni-Rose, die sich gerade erst entfaltet hatte. Daneben standen verstreut weitere Rosenbüsche, von denen einer ihre Aufmerksamkeit erregte, vielleicht eine chinesische Sorte, die einen betörenden Duft verströmte. Angelica beobachtete, wie eine Biene die gelben Staubfäden umschwärmte und Pollen sammelte. Das geschäftige Summen war nicht zu überhören, und als sie bemerkte, dass es sich um eine Arbeiterin handelte, reckte sie neugierig den Hals. Auf ihrem Weg hierher waren ihr keine Bienenstöcke aufgefallen, aber das musste nichts heißen. Bienen hatten manchmal einen Flugradius von mehreren Kilometern, die Stöcke konnten überall sein. Waren es womöglich Jajas Bienen? Hatte sie sich trotz ihres fortgeschrittenen Alters noch immer um die Tiere gekümmert?

Die Pollensäcke an den Hinterbeinen der Biene waren voll, als sie losflog und im Gebüsch verschwand. Angelica verfolgte ihren Weg, dann widmete sie sich wieder den Rosen. Eine zweite Biene setzte sich auf eine Blüte, um gleich danach eine weitere anzufliegen. Angelica konzentrierte sich auf den vibrierenden Summton, und ganz allmählich überdeckte das monotone Geräusch alles um sie herum, und sie entspannte sich. Die mit Nektar und Pollen voll beladene Biene flog schwerfällig und langsam weiter, weshalb Angelica ihr ohne Mühe folgen konnte, Lorenzo an ihrer Seite.

Nichts war in diesem Augenblick wichtiger für sie als diese Biene. Nichts und niemand. Ihre Welt schien hier zu beginnen und hier zu enden, an diesem magischen Ort unter der strahlenden Sonne.

Diese Biene war nämlich eine goldene Biene, die es nur in Abbadulche gab.

Dann entdeckte Angelica sie, aufgereiht wie Wächter: die Bienenstöcke. Im Schatten eines mächtigen Feigenbaums standen zehn zylinderförmige Körbe, offensichtlich noch intakt, auch wenn man ihnen ihr Alter deutlich ansah. Angelica war sprachlos.

Jajas Bienen.

Langsam und behutsam näherte sie sich, etwas in ihrem Inneren ließ sie immer weiter gehen. Die Bienen umflogen sie, und sie folgte ihrem Tanz mit den Augen, dann streckte sie eine Hand aus und wartete. Ihr Herz schlug schnell, und sie hielt den Atem an, obwohl sie wusste, was gleich passieren würde. Die Handfläche geöffnet, wartete sie darauf, dass die Bienen sie erkannten, so wie früher, als sie noch ein kleines Mädchen gewesen war. Ihre Erinnerungen an damals wurden klarer, aus den tiefsten Tiefen ihrer Gedanken erklang eine Melodie, die ihr so vertraut war wie das Atmen.

Die Vergangenheit wurde zur Gegenwart, die Erinnerungen wurden zur Realität.

»*E tue, filla de chini sese?*«

Angelica fuhr herum. Die Biene, die sich gerade auf ihre Hand gesetzt hatte, flog unter protestierendem Summen davon. Lorenzo knurrte.

»Brav, komm her zu mir«, sagte sie und packte ihn am Halsband.

Einige Meter vor ihr stand eine schwarz gekleidete Frau undefinierbaren Alters, ein schwarzes Tuch um den Kopf geschlungen.

»Wie bitte?«

Die Alte kniff die Augen zusammen, ging einen Schritt auf Angelica zu und wiederholte ihre Frage. »Ich habe dich gefragt, wessen Tochter du bist. Verstehst du etwa kein Sardisch?«

In ihren Worten lag eine stumme Anklage. Angelica brauchte eine Weile, bis ihr klar wurde, was die Fremde von ihr wollte.

»Ich bin Memma Collu«, stieß die Frau hervor. »Und wer bist du?«

Dieses Mal hatte sie Italienisch gesprochen, langsam und betont, als ob sie mit einem kleinen Kind oder einem Schwachsinnigen reden würde. Angelica musterte die Frau aufmerksam.

»Ich heiße Angelica Senes, meine Mutter ist Maria Florinas. Meine… Eine Verwandte hat mir das Haus hier vererbt«, sagte sie.

»*Abbaida*… Schau an, aber ja doch! Diese Haare und die Augen.« Die Alte streckte einen knotigen Finger aus. »Die sind typisch Senes, du bist genauso klein wie Maria Florinas, und den Rest hast auch du von ihnen.«

Angelica hatte das Gefühl, dass die Alte sie und ihre Familie nicht mochte, und das irritierte sie.

»Wann bist du angekommen, *Angelichedda*?«

»Heute…«

»Wirklich? Warum hat man mir nichts gesagt?«, murmelte die Alte, und ihre Stimme klang vorwurfsvoll.

»Hätten sie das tun müssen?«

Memma antwortete nicht, sondern warf ihr einen durchdringenden Blick zu, dann drehte sie sich um und ging. Sie fackelt wohl nicht lange, dachte Angelica.

»Wenn du noch lange wie angewurzelt da stehen bleibst, verbrennst du dir die Fußsohlen«, sagte die Alte trocken. »Es ist früh heiß dieses Jahr. Komm, ich mach dir einen Kaffee, auch wenn du was Stärkeres gebrauchen könntest, so wie du aussiehst. *Unu biculu de abba ardente*, ein Gläschen Schnaps, am besten aus Honig, je süßer, desto besser.«

Angelica folgte der Alten und bemerkte, dass sie den gleichen Weg entlanggingen, auf dem sie gekommen war.

»Beeil dich, du hast nichts auf dem Kopf, die Sonne hier bringt dein Gehirn zum Kochen, aber das wirst du selbst schon noch merken.«

»Wohnen Sie in der Nähe?«

»Nein, aber ich gehe jeden Tag hier vorbei, um nach dem Haus zu sehen. Bewegung tut gut in meinem Alter«, sagte sie und verschwand plötzlich hinter einem Busch neben der Grenzmauer, die das gesamte Anwesen umzäunte.

Wer war diese Frau?

»Wir werden ihr wohl folgen müssen«, flüsterte Angelica Lorenzo zu, der ihr nicht von der Seite wich.

»Du hast ihre Haare, braun mit blonden Sprenkeln. Deine Mutter konnte sie nicht leiden...«

Angelica rutschte unruhig auf ihrem Stuhl herum. Memma Collus Augen waren fest auf sie gerichtet, und es war der alten Frau egal, ob sie damit aufdringlich wirkte.

»Von Ja... Sie meinen, von Margherita Senes?«, konnte sie sich gerade noch korrigieren.

»Von wem denn sonst? Reden wir nicht gerade von ihr?«

»Haben Sie sie gekannt?«

»Du hast wirklich keine Ahnung, was?« In Memmas Gesicht spiegelten sich Schmerz und Mitgefühl. »Natürlich weißt du von nichts, deine Mutter konnte Margherita schließlich nicht ertragen.« Memma seufzte und lächelte dann, doch es lag keine Freude darin. »Auch wenn sie damals bei ihr wohnen durfte, um die Wahrheit zu sagen. Und nur dank Margherita am Leben geblieben ist«, stellte sie fest.

Mehr sagte sie dazu nicht, aber Angelica meinte in ihren Augen das Bedürfnis zu lesen, noch mehr zu erzählen. Sie hatte den Eindruck, dass diese Frau ihre Mutter verachtete, sie zutiefst verurteilte. Was war nur geschehen? Sie wusste kaum etwas über Maria Florinas Leben als junge Frau in Sardinien. Sie hatten nie darüber gesprochen.

Der Ton der Alten missfiel ihr. Woher nahm sie das Recht, ihre Mutter zu kritisieren? Egal wie wütend sie auf Maria war. Es gab Dinge, die gehörten sich einfach nicht.

»Meine Mutter ist ein guter Mensch«, widersprach sie.

Memmas Meinung war ihr egal, sie kannte diese Person ja nicht einmal und würde sich ihre gehässigen Geschichten nicht länger anhören. Trotzdem blieb sie wie festgewachsen auf dem Stuhl sitzen.

»Habe ich etwa das Gegenteil behauptet?«

Das hatte sie nicht, doch ihr stechender Blick, ihre knotigen Hände und das Spinnennetz aus Falten auf ihrem Gesicht sprachen eine andere Sprache.

»Übrigens, was hast du da unter dem Baum mit den Bienen gemacht?«

»Ich? Nichts«, sagte Angelica ausweichend. »Gar nichts.«

Memma fixierte sie. »Einen Moment lang dachte ich,

du wärst Margherita. Sie hat immer genau das Gleiche gemacht.«

»Was denn?«

»Die Sache mit der Hand.« Die Alte hielt inne. »Und dann hat sie gesungen … Verstehst du, sie hat gesungen.« Ihr Blick wirkte nun abwesend, kehrte aber unvermittelt zu Angelica zurück. »Sie hat für die Bienen gesungen, wusstest du das? Die Bienen haben sie dann wie eine Wolke eingehüllt, sie in der Mitte, ohne Schleier. Bah! In Wirklichkeit haben sich die Bienen um Margherita gekümmert und nicht umgekehrt. Als ob sie die wahre Bienenkönigin wäre!«

Diese Frau hatte Jaja offensichtlich gut gekannt, auch wenn Angelica die beiden nie zusammen gesehen hatte.

»Ich habe früher bei Margherita gewohnt.«

Memma zuckte mit den Schultern. »Ich weiß.«

»Ich kenne Sie aber nicht.«

»Als ich hier gewohnt habe, warst du noch nicht geboren, und als ich zurückkam, warst du schon weg. Sie hat immer von dir gesprochen, weißt du. Sie sagte, du wärst ein ganz besonderes Kind, du könntest Dinge wahrnehmen, die andere nicht bemerken. Sie sagte, du wärst wie sie.«

Angelica hielt den Atem an und spürte, wie eine Woge der Zärtlichkeit sie einhüllte. Warm und sanft, wie eine Umarmung von Jaja.

»Hat sie Ihnen noch mehr erzählt?«

»Natürlich.« Die Frau hielt inne und sah Angelica aufmerksam an. »Was genau willst du wissen?«

Memmas Offenheit verblüffte Angelica. Einen Moment lang dachte sie darüber nach, nicht weiterzufragen, aber es war zu wichtig. »Das Erbe. Ich hätte nicht gedacht …« Sie brach ab, mehr wollte sie nicht preisgeben. »Bei meiner Ankunft war da ein Mann, ein gewisser Giuseppe Fenu. Er war nicht gerade begeistert, mich zu sehen.«

Memma kniff die Augen zusammen. »Margherita hat dir das Haus mitsamt dem Grund und Boden vermacht. Sie hat sich für dich entschieden, und das reicht mir, denn sie hat genau gewusst, was sie tut. Du musst keine Angst haben. Die Fenus können sagen und machen, was sie wollen, das Recht ist auf deiner Seite. *Ite lastima*, wie schade, dass ihre Pläne sich in Luft aufgelöst haben.«

Das war kurz und präzise. Memma hatte ihr Urteil gefällt. Angelica war erleichtert, ihre Zweifel hingegen vermochten diese Worte nicht ganz zu zerstreuen. »Haben sich diese Leute um Margherita gekümmert?«

»Ist es das, was dich quält, mein Kind?« Die Alte lachte und strich ihr über die Hand. Ihre Augen funkelten, und zum ersten Mal bemerkte Angelica so etwas wie ein Lächeln auf ihrem runzligen Gesicht. »Mirta Fenu ist erst bei Margheritas Beerdigung aufgetaucht«, fuhr sie fort. »Lass dir keine Flöhe ins Ohr setzen, die haben sich einen Dreck um Margherita gekümmert. Ihr Haus und ihr Land wollen sie allerdings gerne haben.«

»Das verstehe ich nicht.«

Memma ging nicht darauf ein, sondern zeigte auf die Tasse. »Trink deinen Kaffee, kalt schmeckt er nicht.«

Angelica wusste nicht, was sie sagen sollte. Sie wollte gerade ablehnen und gehen, als das Telefon klingelte und die lähmende Stille durchbrach. Sie stand auf, doch die Alte machte ihr ein Zeichen, sich wieder hinzusetzen.

»Das wird meine Nichte Giulia sein. Es dauert nur einen Moment, bleib ruhig da.«

Memma hielt das Gespräch kurz, sie redete schnell und

auf Sardisch, und obwohl Angelica die Worte vertraut vorkamen, verstand sie nicht alles. Die Alte ging beim Telefonieren auf und ab und bellte Kommandos in den Hörer wie ein General. Währenddessen stellte sie eine Schüssel mit Keksen auf den Tisch und ein kaum fingerhohes Glas mit einer durchsichtigen Flüssigkeit, das Angelica ganz sicher nicht anrühren würde.

»Da bin ich wieder«, sagte Memma, nachdem sie aufgelegt hatte. »Ich habe dir ein Zimmer hergerichtet. Natürlich kannst du auch bei Margherita wohnen, in dem Haus, das nun dir gehört. Aber bis du dich endgültig entschieden hast, bist du hier herzlich willkommen... Warum verziehst du das Gesicht? Was ist los?«

Angelica atmete tief durch. Memmas Angebot stellte sie vor eine grundlegende Entscheidung. Sie war spontan nach Sardinien zurückgekehrt, weil sie Margherita die letzte Ehre erweisen wollte. Aber bleiben? War sie bereit, ihr ungezwungenes Leben aufzugeben? Den Campingbus und alles andere auch?

»Ich weiß nicht...«

»Was weißt du nicht?«

»Ich weiß nicht, ob ich bleibe.«

Schweigen breitete sich aus, dann fuhr Memma mit der Hand durch die Luft.

»*Tontesas*, was für ein Unsinn! Du bist zurückgekommen, *filla*, und zwar um zu bleiben.«

11.

Götterbaumhonig (Ailanthus altissima)

Sein intensiv aromatischer Duft erinnert an Muskattrauben.
Er gilt als Honig der Widerstandskraft und der Hartnäckigkeit
und hilft dabei, den Mut nicht zu verlieren. Er ist leicht süß,
von goldgelber Farbe und kristallisiert gleichmäßig.

Als die aufgehende Sonne das Meer in feuerrotes Licht
tauchte, hatte Angelica bereits einen Spaziergang mit
Lorenzo am Strand hinter sich, ihre E-Mails beantwortet
und einige Aufträge verschoben. Nachdem sie sich noch
lange mit Memma unterhalten hatte, war sie zum Campingbus zurückgekehrt. Sie hatte sich auf eine Trittstufe gesetzt
und über die Worte der alten Frau nachgedacht, Margheritas Haus dabei fest im Blick.

Alles hatte sich verändert, nur sie und das Haus waren
gleich geblieben. Sie hatte dem Locken nicht widerstehen
können. Das Haus hatte sie gerufen. Gedanken, Empfin-
dungen und Sinneseindrücke waren in ihr aufgewallt, sein
Zauber hatte sie in seinen Bann gezogen. Mit dem Wind
waren Erinnerungen und Träume aus längst vergangenen
Zeiten zu ihr gedrungen. Sie war so überwältigt, dass sie
spontan in den Bus gestiegen war, ein paar Sachen zusam-
mengepackt hatte und ins Haus zurückgekehrt war.

In der Geborgenheit der altehrwürdigen Mauern waren alle Sorgen von ihr abgefallen, sie war glücklich und hatte sich sogar dabei ertappt, wie sie die Arme ausgestreckt und sich wie ein Kreisel um die eigene Achse gedreht hatte, wie damals als Kind.

Als die Welt aufgehört hatte sich zu drehen, hatte sie sich auf den Boden gesetzt, den Brief aus der Tasche geholt und ihn nochmals gelesen.

Tochter meines Herzens und meiner Seele, nimm mein Erbe...

Sie kannte den Brief in- und auswendig, hatte ihn so oft gelesen, dass der Text sich in ihr eingebrannt hatte. Er brachte ihr Margheritas Liebe, ihren Segen. Und zugleich den Schmerz des Bedauerns. Außerdem Worte, die sie nicht verstand, ein Geheimnis, das sie nicht entschlüsseln konnte, sowie eine dumpfe Verzweiflung, auf die sie keine Antwort fand und die sie nur schwer ertragen konnte.

Sie war auf dem Boden sitzen geblieben, den Rücken an die Mauer gelehnt, bis es Abend geworden war. Dann hatte sie sich aufgerafft. Die Müdigkeit lag wie ein schwerer Umhang auf ihren Schultern. Sie stieg die Treppe hoch, eine Stufe nach der anderen. Ohne es bewusst zu merken, kam sie oben an. Dort war ihr Zimmer, im Turm. Vorsichtig drückte sie die Tür auf und ging hinein.

Die Strahlen der untergehenden Sonne fielen durch das große Fenster aufs Bett. Ein Feuerwerk der Farben: Gold und Rot, Violett und Rosa, Blau und Grau.

Von hier hatte sie den schönsten Blick der Welt. Sie legte sich aufs Bett und schaute aufs Meer. Während die Farben verblassten und die Nacht kam, war Angelica das erste Mal seit Tagen in tiefen Schlaf gefallen.

»Sie sind alle gleich, alle gleich wichtig...«

Angelica betrachtete die Bienen, die an den Waben arbeiteten, und hörte Margheritas Erklärungen zu. »Aber die Königin ist am wichtigsten, oder?«

»Nein. Ohne die anderen Bienen würde die Königin keine drei Stunden überleben. Sie wärmen sie, wenn ihr kalt ist, sie halten sie kühl, wenn es heiß ist, sie geben ihr zu essen und zu trinken. Die anderen Bienen sind immer für sie da, schau nur. Wer weiß, was sie gerade erzählen.«

Das Mädchen folgte der Bienenkönigin und ihren Helferinnen mit dem Blick und lächelte. »Und was macht sie für den Bienenstock?« Sie kannte die Antwort, denn es war mit das Erste gewesen, was Jaja ihr beigebracht hatte, aber sie wollte es noch einmal hören. Es gefiel ihr, wenn Jaja von den Bienen, der Sonne und dem Meer erzählte.

»Die Königin legt die Eier ab, aus denen neue Bienen werden, Arbeiterinnen, Drohnen und neue Königinnen. Deshalb sind die Königin und alle anderen Bienen gleich wichtig. Das nennt man Gleichberechtigung.«

Angelica kannte dieses Wort und seine Bedeutung. Ihre Mutter hatte es ihr erklärt. Gleichberechtigung kam von gleich. »Das gilt aber nur für die Bienen, oder?« Ihr Blick verklärte sich, während sie sich in den Gedanken verlor, die ihr das Lächeln genommen hatten.

Margherita presste die Lippen zusammen. »Nein, das gilt für alle, die sich ihrer eigenen Bedeutung bewusst sind. Die anderen... also diejenigen, die glauben besser zu sein als andere, täuschen sich.«

Obwohl sie gerne mit Lorenzo spazieren ging, konnte Angelica es an diesem Morgen kaum erwarten, in Margheritas Haus zurückzukehren. Einen solchen inneren Drang hatte sie seit Jahren nicht mehr verspürt, ein seltsames Gefühl.

Als sie die Tür hinter sich schloss, umfing sie der Geruch des Hauses wie eine Umarmung. Lorenzo lief neugierig hin und her.

»Nichts anstellen, hörst du?«

Noch hatte sie sich nicht endgültig zum Bleiben entschlossen, das stimmte schon. Aber je länger sie darüber nachdachte, desto weniger Gründe gab es, die dagegen sprachen. Nicht einmal die Skrupel gegenüber den Fenus spielten noch eine Rolle. Sie könnte ja das Erbe mit ihnen teilen, auch wenn Memma von dieser Idee alles andere als begeistert war.

»Hätte Margherita diesen Leuten etwas hinterlassen wollen, dann hätte sie es gemacht, sie hat immer gesagt, was sie dachte. Tu mir einen Gefallen und vergiss das. Bitte lass sie in Frieden ruhen, das hat sie verdient.«

All das hatte Memma ihr auf dem Friedhof am Grab gesagt. Die Sardin hatte Angelica begleitet, als sie sich von ihrer Jaja verabschiedet hatte. Es war ein schwerer Gang gewesen.

Angelica wollte nicht ungeduldig sein. Es musste etwas Schwerwiegendes vorgefallen sein, weshalb Memma voller Misstrauen gegenüber den Fenus war. Aber sie wollte die alte Frau nicht bedrängen.

Wenn sie wenigstens mit ihrer Mutter sprechen könnte… Angelica blickte auf das Handy. Nein, sie konnte Maria nicht anrufen, nicht jetzt. Was ihre Mutter ihr angetan hatte, wog zu schwer und schmerzte noch immer.

Nachdem sie ihren Kaffee ausgetrunken hatte, begann sie

aufzuräumen. Es gab nicht viel zu tun, nicht einmal Staub wischen oder die Möbel polieren, alles war sauber und ordentlich. Deshalb ging sie in den Garten.

Angelica hatte Jajas Glyzinen immer geliebt, deren luftige Blütentrauben über dem Laubengang hingen. Wenn sie später von der Sonne gewärmt wurden, würde ihr Duft den ganzen Garten erfüllen.

Sie ging zum Tisch auf der Terrasse und setzte sich, dann blickte sie zur Straße, wo ab und zu Autos vorbeifuhren. Eines hielt an.

Sofort fuhr es ihr kalt über den Rücken. »Lorenzo, die Nachricht verbreitet sich schnell. Sie wissen, dass wir da sind.« Es hatte sie ohnehin erstaunt, dass bisher noch niemand Notiz von ihrer Anwesenheit genommen hatte. Das tiefe Knurren des Hundes riss sie aus ihren Gedanken. »Brav, komm her.« Sie packte ihn am Halsband und streichelte seinen Hals.

»Ciao.«

Als Angelica die Frau vor sich stehen sah, hätte sie fast aufgeschrien. Wo zum Teufel kam sie so plötzlich her, das Tor war doch zu?

»Guten Tag«, grüßte sie verwundert zurück.

Sie hatte die ein wenig plump wirkende Frau, deren graue Haare zu einem Zopf geflochten waren, noch nie zuvor gesehen. Die Fremde trug einen langen Rock, dazu Bluse und Schürze. Der mit spiralförmigen Motiven bemalte Terracottatopf, den sie in den Händen hielt, hatte offensichtlich schon bessere Tage erlebt. Als die Frau näher kam, fiel Angelica ihr Blick auf. Stechend scharf und gleichzeitig irgendwie abwesend. Die schwarzen Augen waren nicht direkt auf sie gerichtet, sondern huschten hin und her.

»Hier, halt mal fest. Wir gehen nicht weg.«

Angelica konnte gerade noch rechtzeitig nach dem Blumentopf greifen, den die Frau ihr entgegenstreckte. Dann drehte sich die Unbekannte um und verschwand.

»Moment!«, rief sie ihr hinterher, doch die Frau ging weder langsamer, noch blickte sie zurück.

Der Topf war schwer. Angelica betrachtete die Pflanze genauer. Es war eine orangefarbene Amaryllis, eines der schönsten Exemplare, das sie je gesehen hatte. Die üppigen Blütendolden schienen zwischen den schmalen grünen Blättern förmlich zu explodieren. Vorsichtig stellte Angelica den Topf ab und ging der Frau hinterher.

»Warte, wer bist du?«, fragte sie.

Der Faltenrock der Fremden streifte das hohe Gras, ein seltsames Bild, als wäre die Zeit zurückgedreht worden. Wer mochte das sein?

»Was ist hier eigentlich los?« Angelica blieb stehen, um wieder zu Atem zu kommen. Sie waren bestimmt immer noch auf Jajas Grundstück, überlegte sie, auf der Nordseite, die an einen Wald aus Steineichen und mediterranen Büschen grenzte. Ein herber, betäubender Duft wehte ihr entgegen. Sie erkannte ihn sofort wieder, und ihr Herz begann wie wild zu klopfen. Mit einem Mal wusste sie, wo die Frau hinging. Es war der Weg zu dem alten Häuschen, in dem Angelica als Kind mit ihrer Mutter gewohnt hatte. Sie ging jetzt schneller, die Frau war bereits verschwunden, aber das spielte keine Rolle. Sie kannte den Weg.

Als sie das Häuschen vor sich hatte, musste sie einen Moment innehalten. Der Anblick raubte ihr den Atem, Erinnerungen übermannten sie. So etwas hatte sie noch nie gesehen.

Vor ihr öffnete sich ein Blumenmeer, Dutzende von Katzen rannten herum. Angelica bückte sich, um sie zu streicheln. Die Blumen boten ein faszinierendes Bild in allen Farben des Regenbogens.

Am meisten verblüfften sie jedoch die bunt bemalten Mauern. Bäume, ein Sonnenuntergang und das Meer, aber auch Blumen, Muscheln und Menschen. Es wirkte, als hätte ein Kind die Mauern als Zeichenblock benutzt. Die Bemalung war bunt und einfallsreich, die Bilder integrierten sich harmonisch in die Umgebung. An vielen Stellen erkannte Angelica das Symbol, das sie schon auf Jajas handgewebten Teppichen und auf ihrer Wäsche gesehen hatte: ein Baum mit einer monumentalen Krone, die in einer Spirale endete.

»Komm!«

Die seltsame Frau tauchte in der Tür auf und gab ihr ein Zeichen, ihr zu folgen. Dann verschwand sie wieder im Haus.

»Wer ist das bloß?«, fragte Angelica sich, als sie in der Tür stand. Eine Welle von Erinnerungen überkam sie. Mit jedem Schritt riskierte sie, sich ihnen auszuliefern und darin zu versinken.

»Wer bist du? Warum willst du uns wegschicken?«

Die Stimme kam von der seltsamen Frau, die ihr die Pflanze geschenkt hatte. Angelica versuchte sie in der Dunkelheit wahrzunehmen.

»Wegschicken? Was redest du denn da? Warum sollte ich das tun?«

Die Unbekannte zuckte mit den Schultern. Sie hatte mandelförmige Augen, ihr Mund war leicht geöffnet. Doch ihr Gesichtsausdruck war wachsam und misstrauisch.

»Ich heiße Angelica Senes, und du?«

»Pina«, sagte sie, dann zeigte sie auf die alte Frau, die auf dem Bett neben ihr lag. »Und das ist Gigliola, meine Mutter. Gigliola, wie die Lilien.«

Pina lächelte ihrer Mutter zu, nahm ihre Hand und küsste sie. Dann setzte sie sich neben sie und ließ die nackten Füße baumeln. Angelica betrachtete sie. Sie hatte es damals genauso gemacht, als sie noch hier gewohnt und in diesem Bett geschlafen hatte, auch wenn es seinerzeit auf dem Dachboden gestanden hatte.

»Geht es ihr nicht gut? Sollen wir einen Arzt rufen?«, fragte sie und wandte sich Gigliola zu, die sie keinen Moment aus den Augen gelassen hatte.

»Der kommt nicht hierher«, keuchte die Alte. »Wir haben nichts anderes, bitte schick uns nicht weg.« Sie begann rasselnd zu husten.

Selten hatte Angelica so viel Mitleid mit jemandem gehabt. In Wahrheit nur ein einziges Mal. Und das war noch nicht einmal ein Mensch gewesen, auch wenn sie Lorenzo als ebenbürtig einschätzte. Sie spürte das Leid, das von dem mit einer Blumengirlande geschmückten Bett aufstieg. Mit einem Mal veränderte sich ihr Gefühl. Aus Mitleid wurde Fürsorge. Ein Beschützerinstinkt, der in einem aufkommt, wenn man ein kleines Kind oder einen Hundewelpen betrachtet. Aber war das nicht absurd? Die beiden waren erwachsene Frauen. Warum fühlte sie sich verantwortlich für Fremde? Was war nur mit ihr los?

Von Pinas aufmerksamem Blick verfolgt, ging sie auf das Bett zu. »Hast du Medikamente?«

Gigliola nickte. »Die habe ich schon genommen. Es ist nur eine Erkältung.«

»Fieber?«

Die Alte schüttelte den Kopf.

»Dann ruh dich aus, du brauchst keine Angst zu haben, du kannst bleiben, solange du willst.«

»Nein. Weg, weg von hier. Das hat sie gesagt. Alles Lüge!« Pinas Stimme schrillte durch den Raum, wehklagend wie die eines beleidigten Kindes.

Angelica war wie vor den Kopf geschlagen. »Aber ich bin doch gerade erst angekommen! Wir haben uns doch noch nie zuvor gesehen!«

»Sie hat gesagt, wir müssen weg. Sie haben das Haus verkauft. Margherita ist tot.«

Angelica schloss die Augen. »Wer hat das gesagt?«

Pina fuchtelte mit den Armen. »Die Herrin.«

»Das kann nicht sein. Ich habe so etwas niemals gesagt. Ich wusste noch nicht einmal, dass hier jemand wohnt.«

»Warum nicht?«

Die direkte Frage verunsicherte Angelica. »Ich habe doch gesagt, dass ich gerade erst angekommen bin.«

Pina kniff die Augen zusammen, so fest, dass sie hinter ihren Wangen zu verschwinden schienen. »Ich hab dir die Pflanze geschenkt. Wir bleiben hier.«

»Natürlich.« Angelica blickte sich um. Auf dem Tisch standen ein mit einer Serviette abgedeckter Teller, zwei Flaschen Wasser und einige Kekse.

»Bist du mit Margherita verwandt?« Gigliola hatte sich mühsam aufgesetzt, ihr Atem ging schwer.

»Ja, ich bin ihre Nichte.«

»Und du schickst uns wirklich nicht weg?«

»Nein! Ihr könnt bleiben, solange ihr wollt.« Was konnte sie sonst noch sagen, um Mutter und Tochter zu überzeugen? Gigliola schien ihr nicht zu glauben. Sie musste den beiden Zeit geben, um es zu verstehen, eine andere Möglichkeit gab es nicht.

»Ich gehe jetzt, aber morgen komme ich wieder, ja?«

Pina stand auf. »Warum kommst du wieder? Was willst du von uns?« Erneut dieser misstrauische Gesichtsausdruck.

»Willst du nicht ein bisschen Honig für deine Mutter?«

»Honig? Ja, ja. Wenn du Honig mitbringst, darfst du wiederkommen. Hast du ihn vom Baum?«

Von welchem Baum sprach sie?

Pina wollte nicht auf die Antwort warten. »Von diesem ganz besonderen, der die Träume bringt.« Dann griff sie Angelicas Hand und zog sie nach draußen. »Wir bleiben, wir bleiben, wir bleiben.«

Sie hatte zu singen begonnen und rannte durch den Wald, unbeschwert wie ein Kind. Obwohl sie eine erwachsene Frau war, jedenfalls dem Äußeren nach. Sie brachte Angelica zu dem Weg zurück, der zu Margheritas Haus führte.

Wenn das Ganze nicht so ernst wäre, hätte Angelica über die Ausgelassenheit dieser eigenwilligen Frau gelacht.

»Ciao, Pina, bis morgen.«

»Der Honig.«

»Klar, ich bringe dir welchen mit.«

Pina verharrte noch einen Moment, dann eilte sie davon. Sie ging schnell, ihre Füße schienen durchs Gras zu fliegen.

Nachdenklich machte Angelica sich auf den Heimweg. Jemand hatte Pina und Gigliola von hier vertreiben wollen? Wer nur? Und warum? Was sollte das überhaupt heißen, das Haus sei verkauft? Unmöglich. Sie war Margheritas Erbin. Das Testament war eindeutig.

Sie musste dringend mit Memma sprechen, die ihr bestimmt alles erklären konnte. Vor dem mächtigen Feigenbaum blieb sie stehen. Die Bienen waren gut gelaunt und schwärmten in alle Richtungen aus. Sie schienen Angelica willkommen zu heißen. Sie erwiderte ihren Gruß, indem sie den Arm ausstreckte und wartete, dass die Bienen sich auf ihre Finger setzten. Die Sonne flutete durch das Blätterdach und zauberte tropfenförmige Muster auf den Boden.

»Sie wollten die beiden loswerden. Sie haben behauptet, das Haus wäre verkauft«, murmelte sie. Vorsichtig hob sie den Finger und betrachtete die goldene Biene, die den gesammelten Blütenstaub in ihren Pollenkörbchen verwahrte. »Dazu wird es nicht kommen, das verspreche ich.«

Egal, was passierte, Mutter und Tochter sollten dort bleiben dürfen, wo sie waren.

Auf einmal sah Angelica die Dinge in einem anderen Licht, Fürsorge und Heimatverbundenheit schoben ihren Freiheitsdrang beiseite.

Die gefühlte Distanz zu dem Haus zwischen Wald und Wiesen, zu dem Dorf und zum Meer war verschwunden. Ein tiefes Empfinden für sich selbst und alles um sie herum war an ihre Stelle getreten. Angelica wollte diese Welt in sich aufnehmen, mit Leib und Seele. Sie wollte ein Teil davon werden.

Doch in diesem Moment wurde ihr klar, dass genau das bereits passiert war.

Die Biene bewegte die Flügel und flog auf, während Angelica auf den Lippen ihre Gedanken schmeckte. Sie waren süß und brachten ihr die Tage mit Jaja zurück, als sie bei den Frauen gesessen und ihren Geschichten gelauscht hatte. Geschichten, weniger mit Worten als mit Gestik und Mimik erzählt. Pina hatte nicht viel gesagt, aber Angelica hatte verstanden, welch außergewöhnliche Künstlerin sie war. Diese Frau hatte eine hohe Sensibilität für alles Schöne, sie konnte Dinge wahrnehmen, die anderen verborgen blieben. Sie hatte aus der alten Hütte ein Kleinod gemacht, sie mit Wärme, Farben und Blumen erfüllt. Angelica hatte ihren Augen nicht getraut, als sie vor den bemalten Mauern stand.

»Das hier ist etwas Besonderes. Dieser Ort ist anders als alles andere auf der Welt.«

Jeder Busch, jede Blume, jeder Grashalm kam ihr mit einem Mal einzigartig vor. Aus jeder Ecke dieses verwunschenen Gartens stieg ein aromatisch-süßer Duft auf. Die Bienen waren nicht die Einzigen, die ihn wahrnahmen, auch sie erfüllte dieser Duft mit Freude. Sie schaute sich um, lief zwischen den Bienenstöcken umher, umgeben von paradiesischer Natur, von Schmetterlingen und dem Summen der Bienen. Der Gesang ihrer Kindheit stieg in ihr auf, erfüllte die Luft, verzauberte Zeit und Raum.

Am Feldrand stand Giuseppe und beobachtete sie. Er wirkte wie erstarrt. Als Angelica ihn bemerkte, verstummte sie. Die Bienen summten weiter um sie herum.

»Du bist wie Margherita, oder?«

Angelica blieb stehen. »Ich verstehe nicht.«

»Du bist wie sie, du sprichst mit den Bienen.« Er wartete nicht auf eine Antwort, Angelica hätte ihm ohnehin keine gegeben. »Ich komme wegen des Hauses und der Felder.«

»Was meinst du damit?«

»Es gibt eine Firma, die alles kaufen will.«

Angelica verspürte einen Stich im Magen. Alles, was seit

ihrer Ankunft in Abbadulche passiert war, ergab nun einen Sinn. »Warum?«

»Fortschritt. Wohlstand. Arbeitsplätze.«

Ein Schauder überlief sie, dann schüttelte sie den Kopf. Glaubte Giuseppe wirklich, was er da von sich gab? Diese Parolen hatte sie schon tausendmal gehört und wusste, dass es nur hohle Phrasen waren, um brutale Eingriffe in Natur und Umwelt zu rechtfertigen.

»Hier leben Bienen.«

Giuseppe machte einen Schritt auf sie zu. »Man muss sie eben woanders hinbringen. Da wo die anderen sind.«

Wovon redete er? »Welche anderen?«

»Die anderen Bienenstöcke, oben auf dem Hügel, am Waldrand. Insgesamt einhundertfünfzig.«

»Woher weißt du das so genau?«

Giuseppe wandte den Blick ab. »Ich habe sie gezählt.«

»Warum?«

»Ich dachte … ich dachte, sie würden mal mir gehören.«

Angelica fuhr sich mit der Zunge über die Lippen. »Arbeitest du gerne mit den Bienen?«

Giuseppe nickte. »Ja, Margherita hat es mir beigebracht. Damals war ich noch ein Kind, aber ich erinnere mich gut.«

»Was genau hast du gemacht?«

»Bei der Ernte habe ich die Wabenrähmchen herausgenommen, die Ausrüstung getragen und den Honig in die Gläser gefüllt.«

Angelica schwieg einen Moment, dann sah sie ihrem Cousin in die Augen. »Such dir die Bienenstöcke aus, um die du dich kümmern willst. Und gib mir Bescheid, wenn du dich entschieden hast.«

Er drehte sich ruckartig um, sein zunächst überraschter Gesichtsausdruck verwandelte sich in Misstrauen. »Warum? Warum solltest du das tun?«

»Weil es richtig ist.«

Ohne etwas darauf zu erwidern, drehte Giuseppe sich um und ging den Weg in Richtung Hügel hinauf.

12.

Mispelhonig (Mespilus germanica)
Riecht nach Blumen, Blättern und Mandelmilch. Er gilt als
Honig der Freundlichkeit, sanft wie seine pastellgelbe Farbe.
Er beruhigt und stärkt zugleich. Sehr klar, hauchfeine Kristalle,
besonders cremig.

Angelica saß am Strand und beobachtete das Meer. Ein
lauer Wind war aufgekommen, es roch nach Salz und
Feuchtigkeit. In einer Pfütze in der Nähe ihrer Füße waren
einige Garnelen gefangen, sie zuckten und schwammen
hektisch umher, wobei sie den letzten Sonnenstrahlen aus-
zuweichen versuchten. Gedankenverloren folgte sie ihrem
Tanz. Dann fuhr sie mit den Fingerspitzen über die Wasseroberfläche. Lorenzo lag an ihrer Seite und hob verwundert
den Kopf. Das Handy klingelte.

»Ciao, Sofia.«

»Ciao, ich habe mir Sorgen um dich gemacht. Wie geht
es dir?«

Angelica seufzte und sah dann wieder aufs Meer hinaus.
»Ich habe heute eine Frau kennengelernt… und ihre Mutter. Sie hat mir eine Pflanze geschenkt.«

»Nett von ihr. Eine Nachbarin?«

Angelica lächelte leise. »Ich vermute, dass sie ein Tauschgeschäft im Sinn hatte. Sie denkt wohl, ich sei dankbar für das Geschenk und würde sie im Gegenzug nicht aus dem Haus werfen, in dem sie und ihre Mutter wohnen. Ein wahres Schmuckstück.«

Dieses Mal seufzte Sofia. »Süße, du sprichst mit jemandem, der so gut wie keine Fantasie besitzt. Kannst du bitte etwas deutlicher werden?«

Angelicas Lächeln wurde breiter. Mit den Fingerspitzen begann sie Figuren in den Sand zu malen. »Margherita hat den beiden das Haus auf dem Hügel überlassen, jenes Haus, in dem ich als Kind mit meiner Mutter gelebt habe. Jemand hat versucht, sie rauszuwerfen, und die Frau hatte mich in Verdacht. Deshalb hat sie mir die Blume gebracht, in der Hoffnung, bleiben zu dürfen.«

»Dir passieren echt komische Sachen. Was hast du vor?«

»Außer darauf zu achten, dass sie dort bleiben können und es ihnen gut geht? Keine Ahnung. Außerdem gibt es da noch die Fenus.«

»Die Fenus? Wer ist das denn nun schon wieder?«

»Verwandte von Margherita. Als ich angekommen bin, stand einer von ihnen am Tor, Giuseppe. Erinnerst du dich? Er war nicht gerade glücklich, mich zu sehen.«

»Erzähl weiter. Ich nehme an, diese Geschichte wird von Tag zu Tag spannender.«

»Als ich ihn vor kurzem wieder getroffen habe, hat er mir klipp und klar gesagt, dass er davon überzeugt war, das alles würde ihm gehören. Er hat wütend und verzweifelt gewirkt. Angeblich hat er schon Kontakt mit einer Firma aufgenommen, die das Haus und die Felder kaufen will.«

»Kein Wunder, dass er enttäuscht ist. Was willst du jetzt machen?«

»Das weiß ich noch nicht, ich lebe im Hier und Jetzt.«

»Du könntest das Haus vermieten, bis du dich endgültig entschieden hast.«

»Nein, das kommt nicht in Frage.« Angelica hatte zwar noch keinen konkreten Plan, aber sie wusste ganz genau, was sie nicht tun würde. Vermieten zum Beispiel.

Oder verkaufen.

»Ich bekomme den Gesichtsausdruck dieses Mannes einfach nicht aus dem Kopf. Ich habe tausend Fragen. Warum hat Margherita alles mir vermacht? Wollte sie ihr Hab und Gut nicht wenigstens teilen?«

»Meinst du nicht, dass sie ihre Gründe hatte?«

»Doch, aber das ändert nichts an der Sache.«

»An welcher Sache?«

Angelica seufzte. »Ich habe ihr nicht mal geschrieben.«

»Ich finde es ziemlich logisch, dass man Toten keine Briefe schreibt. Wer das tut, ist nicht ganz bei Trost, glaub mir.«

Sofia konnte schrecklich sein, wenn sie erst mal Feuer gefangen hatte. Angelica reagierte nicht und biss sich auf die Lippe.

»Du glaubst, dass du dieses Erbe nicht verdient hast. Und das quält dich.«

Ihre Freundin hatte es auf den Punkt gebracht. Natürlich hatte sie ein schlechtes Gewissen.

»Es ist alles so schnell gegangen.«

»Hör mal, Angelica, dieses Erbe und das, was da gerade passiert, ist vielleicht ein Zeichen. Hör auf zu grübeln, das bringt sowieso nichts. Ich weiß, dass du nie an Schicksal und höhere Mächte geglaubt hast, aber denk mal darüber nach. Du bist, warum auch immer, an einen Ort zurückgekehrt, den du sehr geliebt hast, plötzlich besitzt du ein Haus und deine eigenen Bienen. Vielleicht ist der Moment gekommen, sesshaft zu werden.«

»Vielleicht.«

»Pack die Gelegenheit beim Schopf. Das ist die Chance, dein Leben zu ändern, nutze sie! In Abbadulche hast du alles, was dich glücklich macht. Kehr zu deinen Wurzeln zurück, und fang noch mal von vorne an.«

»Glaubst du etwa, darüber hätte ich nicht schon nachgedacht?«

»Was ist dann dein Problem?«

Angelica streichelte Lorenzo übers Fell. »Ich habe das Gefühl, Margherita hat mir nicht nur das Haus, sondern eine ganze Welt hinterlassen.«

»Dann entdecke diese Welt für dich. Vielleicht gefällt sie dir, vielleicht ist das dein Schicksal.«

Die beiden unterhielten sich noch ein paar Minuten, dann legte Angelica auf. Sofias Worte geisterten ihr noch lange im Kopf herum. Die Sonne schien sich in flüssiges Gold zu verwandeln, Feuerzungen ließen den eben noch blauen Himmel glutrot leuchten. Sie neigte den Kopf, das Meer lag vor ihr und rief nach ihr.

Sie zog sich aus, erst die Bluse, dann den Rest. Am Ende streifte sie die Sandalen ab und blickte sich um. Sie war allein am Strand, ein schmaler Streifen Sand zwischen zwei Felsen, vor ihr der Steg, an dem Jajas Boot festgemacht war. Inzwischen hatte sie nur noch ihre Unterwäsche an und atmete die laue Luft tief ein. Das war ihre Welt, ihr Land und ihr Meer. Als sie auf den Steg hinauslief, fühlte sich das Holz unter ihren Füßen kühl an. Kopfüber glitt sie ins Wasser, paddelte mit den Beinen und sank immer weiter nach unten. In diesem Moment wurde ihr klar, wie sehr sie diese Welt vermisst hatte, wie sehr es ihr gefehlt hatte, sich treiben zu lassen, dort, wo man kein Gewicht mehr spürte, keine Gedanken und kein Gefühl für Raum und Zeit mehr hatte.

Sie tauchte auf, holte tief Luft und glitt dann wieder hinab. Immer und immer wieder. Beim Auftauchen streichelte ihr die Gischt jedes Mal über das Gesicht, kitzelte auf der Haut, liebkoste sie. Mit ausladenden Bewegungen schwamm sie weit aus der Bucht hinaus. Dann legte sie sich auf den Rücken, um wieder zu Atem zu kommen, und schloss die Augen. Sie war eine Alge auf der Wasseroberfläche, ein Schmetterling am Himmel, eine Biene auf einer Blüte.

Angelica ließ sich so lange treiben, bis sie zu zittern begann und sich daran erinnerte, dass es bald dunkel werden würde und das Ufer weit entfernt war. Sie drehte sich um, gab sich dem Spiel der Wellen hin und ließ sich von der Strömung ans Ufer tragen.

Der Katamaran erreichte den Steg. Wenige Minuten später hatte Nicola angelegt und warf den Anker. Er stieg die Leiter hoch, sprang an Land und landete sanft. Die eleganten schwarzen Hosen hatte er bis zu den Waden hochgekrempelt. Über dem weißen Hemd trug er einen Rucksack, unter dem Arm klemmte eine Aktentasche. Die Schuhe in der Hand, spürte er das raue Holz unter den nackten Füßen. Heute Abend würde er mit seinem Bruder die Abbadulche-Angelegenheit besprechen. Claudio würde ihm einiges erklären müssen.

Er war gerade losgegangen, als ein großer Hund vor ihm auftauchte.

»He, was…?« Er erstarrte, doch bevor er überlegen konnte, wie er reagieren sollte, war der Hund auch schon an ihm vorbei, ohne ihn eines Blickes zu würdigen. Er lief auf den Steg und wedelte mit dem Schwanz.

Nicola drehte sich stirnrunzelnd um. Von wo war der Hund so plötzlich aufgetaucht?

Und dann sah er sie. Erst den Kopf, dann die Haare, die auf den Schultern klebten, die langen Beine… und den Rest.

»Das kann unmöglich wahr sein«, murmelte er verblüfft. »Wer ist das denn?«

Angelica schüttelte sich das Wasser aus den Haaren, während Lorenzo schwanzwedelnd danebenstand.

»Braver Hund. Ja, ich weiß. Du hast Hunger. Wir gehen gleich nach Hause, und dann gibt's was zu essen.« Sie rieb sich mit den Händen über die Arme und Beine. Ihr war kalt, Schauder liefen ihr über den Rücken. Wo waren ihre Kleider? Suchend blickte sie sich um.

Und dann sah sie ihn. Der Mann stand mitten auf dem Steg und wirkte völlig perplex. Langsam ging er auf sie zu, und Angelica wich instinktiv einen Schritt zurück. Dann straffte sie die Schultern und suchte festen Stand. Der Hund spürte ihre Nervosität, schob sich an ihre Seite und begann zu knurren.

»Brav«, sagte sie und strich ihm übers Fell.

»Alles in Ordnung?« Die Stimme des Unbekannten war kühl, aber freundlich.

Sie nickte und schlang die Arme um sich, um ihr Zittern zu verbergen. Keine gute Idee, die Kleider so weit entfernt liegen zu lassen. »Ja, alles in Ordnung.«

Der Mann kam näher. Wenn er eine Krawatte getragen hätte, hätte man ihn für einen Banker halten können, der sich auf unbekanntem Terrain bewegte. Angelica starrte ihn an. Ein attraktiver Mann, hochgewachsen, muskulöser Körper, braune Haare. Und selbstbewusst, das war auf den ersten Blick zu erkennen.

Der Wind hatte aufgefrischt und strich ihm durchs Haar. Sie waren ganz allein.

Während Angelica ihn musterte, begann ihr Herz wie verrückt zu klopfen. Instinktiv ging sie einen Schritt auf ihn zu, dann noch einen, die Arme immer noch um den Körper geschlungen. Lorenzo folgte ihr wie ein Schatten.

»Haben Sie sich verlaufen?«

Nicola kniff die Augen zusammen und fuhr sich mit dem Handrücken über die Stirn. Er ging mit entschiedenen Schritten weiter, die anfängliche Überraschung war Ärger gewichen. Wie war diese Frau nur an den Steg gekommen? Das war praktisch unmöglich. Hier war überall Privatgelände. Geflogen konnte sie schließlich nicht sein. Er wandte sich zu dem mit Olivenbäumen bewachsenen Hügel um, der zum Besitz der alten Margherita gehörte.

Was trieb diese Frau hier? Bis zum Dorf war es weit. Bald würde es dunkel, und das unwegsame Gelände war schon für einen Einheimischen gefährlich, geschweige denn für eine Touristin, die sich in der Gegend nicht auskannte.

»Sie können hier nicht bleiben. Wie sind Sie überhaupt …?« Er hielt inne. Die Worte erstarben auf seinen Lippen. »Angelica?«

»Ciao, Nicola.«

»Was für eine Überraschung«, flüsterte er, ein leises Lächeln auf den Lippen. Er wusste nicht recht, was er sagen sollte.

Angelica lächelte zurück. »Allerdings. Wie geht's dir?«

Früher oder später hätten sie sich ohnehin getroffen, da auch die Grimaldis diesen Steg benutzten, schließlich lag er am Rand ihres Grundstücks. Eine Weile standen sie sich schweigend gegenüber, prüfend, jedes Detail in sich aufnehmend.

»Meinst du in diesem Moment? Keine Ahnung. Und dir?«

»Mir ist kalt.«

Nicola griff nach seiner Jacke und legte sie ihr um die Schultern. Sofort wurde ihr wärmer. Die Jacke roch nach Meer, nach Sonne, nach Männlichkeit. Angelica wollte sie wieder ablegen und hatte schon die Hand auf dem weichen Stoff, als ihr klar wurde, dass sie dann halb nackt vor ihm stehen würde. Und das wollte sie nicht.

»Danke. Entschuldige, dass ich hier so vor dir stehe, aber ich hatte nicht damit gerechnet, hier jemanden zu treffen. Schon gar nicht dich.«

Nicola antwortete nicht, sondern sah sie nur an. Angelica fühlte sich unbehaglich. Sie zog die Jacke enger um sich, die Situation war ihr peinlich, sie war verwirrt. Und das ärgerte sie.

Es war ewig her, seit sie sich das letzte Mal getroffen hatten. Vielleicht vor zehn, zwölf Jahren? Sie warf ihm noch einen Blick zu und ging dann zu ihren Kleidern. Nachdem sie sich die Bluse übergestreift hatte, gab sie ihm die Jacke zurück.

»Behalt sie.«

Sie schüttelte den Kopf. »Nein danke.«

»Du zitterst.«

»Macht nichts.«

»Ruiniert ist sie ohnehin schon, dann nimm sie wenigstens, um dich aufzuwärmen.«

»Nein danke. Ich wusste gar nicht, dass du so hartnäckig sein kannst.« Sie hatte den Gedanken laut ausgesprochen.

»Nein? Wie hast du mich denn in Erinnerung?«

»Freundlich.« Ihre Stimme zitterte ein wenig, und sie wandte sich ab.

Er ließ sich Zeit mit der Antwort. »Du irrst dich. Ich war noch nie freundlich, das ist völlig überflüssig und bringt einen nur in Schwierigkeiten.«

»Quatsch!«, stieß sie hervor. Und ob er freundlich gewesen war, meistens jedenfalls. Freundlich, liebenswert und vieles mehr.

Nicolas Augen funkelten. Er betrachtete die Jacke, die sie ihm hinhielt, griff aber nicht danach. »Wann bist du angekommen?«

»Vor ein paar Tagen.«

»Bleibst du länger?«

Sie fuhr sich mit der Zunge über die Lippen. »Warum willst du das wissen?«

»Muss es immer einen Grund geben?«

Schweigend zog sie sich weiter an. Ihr Herz raste.

»Du hast dich verändert.«

Angelica trat näher und schaute ihm dabei fest in die Augen. »Ich bin gewachsen.« Sie wusste auch nicht, warum sie so reagierte. Vielleicht weil er nicht mehr lächelte. Sein Gesichtsausdruck war hart geworden, genau wie seine Stimme.

»Das sehe ich.«

Sie spürte seinen Blick auf sich ruhen. Die Erinnerungen, die in ihr aufgestiegen waren, drohten sie mitzureißen.

»Du bist hier, weil Margherita gestorben ist, oder?«, fragte Nicola unvermittelt und trat ein paar Schritte zurück.

Sie nickte. »Margherita hat mir das Haus... und den Rest hinterlassen.«

Herrje! Warum hatte sie das nur gesagt? Angelica bedauerte die Vertraulichkeit sofort, schließlich war sie ihm keine Rechenschaft schuldig. Sie spürte den übermächtigen Wunsch wegzulaufen. Weg von ihm.

Nicola steckte die Hände in die Hosentaschen. »Das hättest du dir doch denken können. Sie hat dich sehr geliebt.« Er schüttelte den Kopf und lachte, aber es klang bitter.

Angelica versteifte sich.

Er lachte noch immer, doch sein Blick war kalt. Sie spürte Nicolas Missbilligung, konnte es in seinem Gesicht lesen. Dazu brauchte es keine Worte.

Ich habe Jaja nicht vergessen, ich dachte, sie sei tot. Die Rechtfertigung lag ihr auf den Lippen. Sie hätte sie aussprechen können. Und doch tat sie es nicht. Es hätte nichts geändert. Nicola war verärgert und hatte sich bereits für eine Seite entschieden, ohne Wenn und Aber. In dieser Hinsicht war der Mann, der heute vor ihr stand, nicht anders als der Junge von damals, an den sie sich erinnerte. Sie schloss die Augen und hatte ihn sofort vor sich. Als sie die Augen wieder öffnete, waren ihre Gefühle so stark, dass sie ihr den Atem raubten. Sie wandte sich ab.

»Margherita war sehr wichtig für mich.«

Mehr sagte sie nicht, auch wenn der Wunsch, sich zu rechtfertigen, überaus stark war. Nein, sie würde es nicht tun, es würde nichts ändern. Auch danach würde sie sich nicht besser fühlen. Es war ihr egal, ob Nicola schlecht von ihr dachte. Gleichzeitig wusste sie, dass es nicht stimmte. Natürlich war es ihr wichtig, auch wenn sie es sich nicht erklären konnte.

»Du hast eine seltsame Art, deine Verbundenheit zu zeigen. Du hast dich hier nie wieder blicken lassen.«

»Doch. Jetzt.«

»Ja, aber das liegt am Erbe. Oder?«

Angelica kniff die Augen zusammen. Die Empörung kochte in ihr hoch und hinterließ einen bitteren Geschmack auf ihrer Zunge. »Du weißt überhaupt nichts von mir!«, zischte sie und warf ihm einen flammenden Blick zu.

Sie zitterte noch immer, aber es gelang ihr, sich die Schuhe zu binden. Nicola war noch immer in der Nähe, aber Lorenzo hatte sich zwischen sie gedrängt.

»Da hast du recht.«

Das war eine Lüge. Er wusste alles von ihr. Niemand hatte sie je besser verstanden als er. Ihre heiteren und ihre dunklen Seiten, ihr Wunsch, sich im Meer zu verlieren, die Ausflüge in den Wald. Diese Einsamkeit in ihrem Herzen, die nur verschwand, wenn sie zusammen waren.

Angelica schob die Gedanken weg.

Der Zugang zum Strand, der in einer Landzunge endete, war auf beiden Seiten von Felsen gesäumt. Sie bildeten die Grenze zwischen den Anwesen der Grimaldis und der Senes'. Von hier führte ein Pfad über einen kleinen Hügel zur Straße. Angelica sammelte ihre restlichen Sachen zusammen, hob grüßend die Hand und ging.

»Wir sehen uns.«

Er folgte ihr. »Ich bring dich nach Hause.«

»Warum? Glaubst du, ich finde nicht alleine zurück?«

»Das habe ich nicht gesagt.«

Nicola hielt ihrem Blick stand. Mit ausdruckslosem Gesicht wartete er auf eine Antwort. Weder schien er es eilig zu haben, noch wirkte er beleidigt.

Angelica war müde und erschöpft. Sie brauchte jetzt Ruhe. »Das ist nicht nötig, in fünf Minuten bin ich bei Jajas Haus. Außerdem habe ich Lorenzo.«

Die Dämmerung war hereingebrochen, in wenigen Minuten würde es stockfinster sein. Tag und Nacht lagen hier dicht beieinander.

»Ich bringe dich trotzdem heim, es macht mir nichts aus. Dein Hund heißt Lorenzo? Schöner Name.«

»Ja.« Mehr sagte sie nicht. Sie hätte weiterreden können, leere Worte, hohle Phrasen, nur um den neu gesponnenen Faden zwischen ihnen nicht wieder abreißen zu lassen. Aber sie schwieg.

Nicola reichte ihr die Hand und half ihr über einen Felsblock. »Du hattest schon immer eine besondere Beziehung zu Tieren.«

»Wie kommst du darauf?«

»Ich habe dich selten ohne einen Hund oder eine Katze gesehen.«

»Jaja… Es waren ihre. Margherita hatte viele Hunde und Katzen.«

»Ausgesetzte Tiere, die sie bei sich aufgenommen hat.«

»So war sie eben.« Angelicas Augen leuchteten.

Schweigend gingen sie eine Weile nebeneinanderher.

»Weißt du, ich habe nicht angenommen, dass du jemals zurückkommen würdest.«

Nicolas Worte überraschten sie. Eine leichte Wärme breitete sich von ihrer Brust bis in die Wangen aus.

»Du hast an mich gedacht?«

Er biss sich auf die Lippen. »Du etwa nicht an mich?«

Langsam atmete Angelica ein. Oh doch, das hatte sie, die ganze Zeit. Während sie jetzt im Dunkeln mit Nicola an ihrer Seite auf das Haus ihrer Patin zuging, konnte sie spüren, wie wichtig er für sie gewesen war. Wie sehr sie ihn geliebt hatte. Er war ihr Ein und Alles gewesen, an ihm hatte sie alle späteren Männer gemessen. Vergessen hatte sie ihn nie.

»Das ist ewig her.« Ihr Flüstern verlor sich im Rauschen der Brandung.

Er hörte es trotzdem. »Das ändert nichts.«

13.

Sonnenblumenhonig (Helianthus annuus)
Duftet nach Heu und exotischen Früchten. Er gilt als Honig
der Leidenschaft und Sinnlichkeit, betört die Sinne und öffnet
das Herz. Seine goldgelbe Farbe verdankt er der Sonne, die
die Blüten der Blumen erstrahlen lässt, aus denen er gewonnen wird. Er kristallisiert fein.

Angelica begann zu singen, und als sie das feine Summen
der Bienen hörte, lächelte sie. Die Tiere umschwirrten sie
und setzten sich dann auf ihre ausgestreckten Finger, ihre
geöffneten Handflächen, ihre Arme. Sie kitzelten auf der
Haut, trösteten sie und hießen sie willkommen.

Nach einer Weile flogen die Bienen wieder davon, und sie
folgte ihnen zu den Stöcken. Die Krone des mächtigen Feigenbaums beschirmte die altertümlichen Bienenkörbe aus
Korkeichenrinde, die Heimat eines von Jajas Bienenvölkern.
Das nun ihr gehörte.

Während sie den Deckel des ersten Korbs anhob, begriff
sie, warum Margherita gerade Korkeichenrinde gewählt
hatte. Sie war leicht und luftdurchlässig und schützte die
Bienen gegen Hitze und Kälte. Aufmerksam beobachtete
sie das Verhalten der Arbeiterinnen, die emsig am Werk
waren, und den Tanz der Rückkehrerinnen, die den an-

deren auf diese Weise den Weg zu den Blüten, den Pollen und dem Nektar zeigten. Angelica war wie gebannt von dem geschäftigen Treiben der Bienen und dem intensiven Geruch nach Wachs, Blütenstaub und Honig, der sich mit dem Duft der Blätter und der Früchte des Feigenbaums vermischte. Heute würde sie die Bienen nur beobachten, entschied sie.

Sie tat es nur für sich, für das Glücksgefühl, das sie jedes Mal verspürte, wenn sie sich um die Bienen kümmerte, weniger weil eine Kontrolle nötig gewesen wäre. Alles war gut, die Körper der Bienen glänzten, die durchscheinenden, ebenmäßig geformten Flügel ebenso. Die Tiere wirkten gut genährt und machten einen zufriedenen Eindruck. Behutsam öffnete und schloss sie die Körbe wieder, einen nach dem anderen.

»Lass sie einen Teil von dir werden. Sie sind deine Freundinnen und geben dir Kraft. Beobachte sie, und lerne von ihnen. Die Bienen erkennen dich, sie weisen dir den Weg. Lass sie zu dir sprechen.«

»Aber sie können doch gar nicht sprechen.«

»In deinem Herzen schon, mein Kind. Lausche mit deinem Herzen, was sie dir zu sagen haben.«

Die kleine Angelica ging durch das weiche Gras auf den Bienenstock zu, das genauso würzig duftete wie der weiße Affodill, der am Wegesrand wuchs.

»Schau, sie trinkt gerade«, sagte Jaja und deutete auf eine Biene, die den Rüssel in einen Blütenkelch gesteckt hatte.

»Kannst du den Duft riechen? Das ist das Zeichen.«

»Das Zeichen?«

»Ja, mein Kind.«

»Hören die Bienen auch mit dem Herzen?«

Margherita lächelte und strich ihr übers Haar. »Nein, die Sprache der Blumen ist ihr Duft. Damit sagen sie den Bienen, dass sie bereit sind, ihnen ihren Nektar zu geben.«

An diesem Morgen hatte Angelicas erster Gedanke den Bienen gegolten. Nachdem ihr Maria, Nicola, Pina und Gigliola in den Sinn gekommen waren, um ehrlich zu sein.

An ihre Mutter zu denken tat weh, ein Schmerz, gegen den sie bald ein Heilmittel brauchte. Nicola dagegen… Das war eine ganz andere Sache.

Rückblickend, aus der Sicht einer Erwachsenen, war Angelica klar geworden, dass das, was zwischen ihnen gewesen war, mit der Realität nichts zu tun gehabt hatte. Es war die bedingungslose Liebe zweier Menschen gewesen, beide noch halbe Kinder, jene Liebe, die man nur einmal im Leben erlebt, wenn der Rest der Welt noch keine Bedeutung hat. Wenn es nur ihn und nur sie gibt und man von den Träumen, den schüchternen Küssen und dem zärtlichen Streicheln nie genug bekommen kann.

Obwohl sie all das wusste, änderte es nichts. Sie kam sich lächerlich vor, denn trotz aller Vernunft konnte sie ihre erste große Liebe nicht aus ihren Erinnerungen streichen, sie wurzelte fest in ihrem Herzen.

Angelica schnaubte. »Und das Ende auch«, murmelte sie.

Wenn ihre Mutter ihr damals Zeit gelassen hätte, sich richtig von Nicola zu verabschieden, dann hätte ihre romantische Liebe sicher nach und nach nüchternem Denken Platz gemacht. Die Zeit, die räumliche Distanz und das neue Umfeld hätten schon dafür gesorgt. Genau wie sie selbst. Sie wären erwachsen geworden, hätten neue Perspektiven entwickelt, neue Wege entdeckt, sich in andere Menschen verliebt.

Oder auch nicht.

Mit Nachdruck drängte sie diesen Gedanken beiseite. Sie musste sich konzentrieren, jetzt waren andere Dinge wichtig. Jetzt galt es, vernünftig zu entscheiden und zu handeln.

Pina und Gigliola waren kein großes Problem, das ließ sich leicht lösen. Nicola dagegen ...

»Wollen wir mal was trinken gehen?«, hatte er sie am Vorabend gefragt, ganz spontan, als sie vor der Haustür standen.

Sie hatte nicht gewusst, was sie antworten sollte, und war sofort auf den Punkt gekommen. »Warum?«

»Warum nicht?«

Wenn er nicht die Wirkung auf sie gehabt hätte, die er hatte, wenn sie ihre Verwirrung hätte besser verbergen können, hätte sie die Einladung annehmen können.

»Eher nicht.«

»Wie du meinst. Wir sehen uns.«

Angelica warf einen letzten Blick auf die Bienenstöcke und machte sich dann auf den Heimweg. Vor der Tür hielt sie kurz inne. Als sie dann die Hand auf den Türknauf legte, lächelte sie. Sie war glücklich.

Das gleiche Glücksgefühl, das sie verspürte, wenn sie mit Lorenzo über die Felder tollte oder Pepita davon zu überzeugen versuchte, sich kämmen zu lassen. Ein Gefühl wie in Kindertagen: ausgelassen sein, einfach so, sich über alles freuen.

Irgendwo hatte sie gelesen, dass es nicht viel brauchte, um sein inneres Gleichgewicht wiederzufinden. Man müsse sich nur daran erinnern, wie man als Kind empfunden hatte, als die Welt voller Magie war und es nichts gab, was zu schwierig oder gar unmöglich gewesen wäre.

So absurd das klingen mochte, es war tatsächlich so. Seitdem Angelica in Sardinien angekommen war, hatte sie sich verändert. Der beste Beweis dafür, dass es nur auf den Blickwinkel ankam, auf die Sicht der Dinge.

War es das? Hatte sie ihren Blickwinkel verändert? Oder war es nicht zuletzt Jajas Einfluss?

Bisher hatte sie Margheritas Welt als Zuschauerin erlebt, jetzt war sie die Hauptperson. Alles war wie immer und doch völlig neu. Wie die alten Fotografien auf der mit Intarsien geschmückten Kommode. Sie ging näher und betrachtete die blassen Gesichter, die Kleider, die vor vielleicht zwanzig Jahren modern gewesen waren. Die Aufnahmen zeigten Frauen, immer nur Frauen. Mal zwei, mal fünf, einmal sogar zehn. Jaja stand stets dabei. Wer weiß, wer diese Fotos gemacht hatte, denen sie einen Ehrenplatz gegeben hatte, als wären es Bilder ihrer eigenen Familie.

Angelica schaute sich um und entdeckte auch einige Fotos von Maria und ihr. Als sie die beiden langen Zöpfe und den wie mit dem Lineal gezogenen Scheitel sah, musste sie grinsen. Wie komisch sie damals ausgesehen hatte!

Je länger sie die schon leicht verblichenen Fotos betrachtete, desto dringender wurde das Bedürfnis zu erfahren, wer wohl all die Frauen gewesen waren, die in Jaja eine Freundin gefunden hatten. Und was Jaja für sie bedeutet hatte. Mit dem Finger fuhr sie über die Oberfläche der Fotos, und als sie glaubte, sich an etwas zu erinnern, roch sie sogar daran.

Waren das Frauen wie Pina? Wie Gigliola?

Mit jedem Schritt wurde das Gefühl der Vertrautheit, das Gefühl, hier ihre Heimat wiedergefunden zu haben, größer.

Als sie mit der Fingerspitze über die Stickerei eines Kissens strich, spürte sie, dass sie es schon einmal gesehen hatte. Oder besser gesagt, das blasse Bild einer lächelnden alten Frau entstand, die ein weißes Kleid trug.

Ein Lichtkegel erhellte das Wohnzimmer, die Frau saß in einem Sessel und bestickte einen grünen Leinenstoff, genau wie diesen Kissenbezug. Dabei sprach sie mit ihr. Jaja. Unter der weißen Haube, die ihre Haare bedeckte, war ihre wettergegerbte Stirn zu erkennen, darunter funkelte ein lebendiges Augenpaar, sanftmütig wie das Lächeln, das auf ihren Lippen lag, wenn Angelica ihr wieder mal voller Stolz einen selbst gewebten Stoff gezeigt hatte.

Zurück in der Küche, setzte sie den Wasserkessel auf. Als sie das Pfeifen hörte, bemerkte sie, dass sie Hunger hatte. Memma hatte ihr Kekse vorbeigebracht. Ah, hier. Sie hatte das Körbchen auf das oberste Bord im Küchenschrank gestellt. Sie stellte sich auf die Zehenspitzen und streckte den Arm aus. In dieser verkrampften Haltung drückte sich die ganze Anspannung aus, die sich in diesen Tagen aufgestaut hatte. Sie machte sich noch länger und zog mit den Fingerspitzen das Körbchen heraus. Als sie es fast in den Händen hielt, fiel ihr auf, dass sich etwas daran verheddert hatte.

»Verdammt«, fluchte sie.

Erst kam ihr ein Tuch entgegen, dem kurz darauf ein harter Gegenstand folgte. Sie stellte die Kekse auf den Tisch und bückte sich. Auf dem Boden lag ein abgegriffenes Buch, das sich durch den Aufprall halb geöffnet hatte. Es gehörte Jaja. Angelica sah sie vor sich, wie sie abends über das Büchlein gebeugt dasaß und ihre Rezepte aufschrieb. Komisch, dass sie sich gerade jetzt daran erinnerte, das Notizbuch hatte sie völlig vergessen.

Oberflächliche Verbrennungen. Kaltes Wasser, dann eine dünne Schicht Honig. Sauberer Verband aus weißem Leinen, mindestens zweimal täglich wechseln.

Sie griff nach dem Buch und legte es sich auf den Schoß. Es hatte einen roten Einband und konnte mit einem Lederriemen und einem Knopf verschlossen werden.

Honig und Ingwer. Verleiht Energie. Eine frische Ingwerknolle reiben und in einen sterilen Behälter geben. Mit Akazienhonig bedecken und verschließen. An einem kühlen, dunklen Ort aufbewahren. Gut gegen Magenschmerzen und bei Schwächeanfällen.

Angelica stand auf und ging zum Tisch zurück. Vorsichtig legte sie das Notizbuch darauf, und ohne den Blick davon abzuwenden, goss sie den Tee in die Tasse.

Pollen. Frühestens drei Tage vor der Blüte ernten. Dann den Bienenstock wechseln. Sorgfältig säubern und einfrieren. Aber Achtung! Die Pollen sind lebendig und müssen atmen können. Den richtigen Behälter wählen.

Gedankenverloren biss sie in einen Keks, klappte das Buch zu und schaute auf den Einband.

Margherita Senes. Das Honigbuch.

Neugierig schlug sie es erneut auf und blätterte Seite für Seite um. Während sie den handgeschriebenen Text überflog, tauchte sie in eine Welt aus Erfahrungen, Ironie und Gutherzigkeit ein.

In diesem Notizbuch steckte Jajas Welt.

Wie oft hatte sie Jaja sich über dieses Buch beugen sehen?

Das Klingeln des Handys ließ sie zusammenzucken.

»Na, wie geht es dir heute?«

»Ciao, Sofia. Alles in allem ganz gut. Und dir?«

»Wie immer. Ich habe eine umfangreiche Bestellung für

Erdbeerbaumhonig reinbekommen. Aber darüber können wir später reden, ich schreibe dir vorab eine Mail. Erzähl von dir.«

»Die Bienen sind kerngesund. Wenn du sehen könntest, wie ihr Chitinpanzer strahlt. Wie Goldtropfen!«

»Wie meinst du das? Sind sie etwa gelb?«

»Richtig, goldgelb mit fein abgestuften Schattierungen. So etwas habe ich noch nie gesehen, oder ich habe es vergessen. Die Honigwaben sind prall gefüllt. Als ob die Bienen das alles ganz alleine könnten, ohne menschliche Hilfe.«

»Das ist doch eine wunderbare Nachricht. Und sonst?«

Angelica wusste, was hinter Sofias Frage steckte, aber sie hatte keine Lust, darauf einzugehen. »Ich habe das Haus genauer inspiziert, so viele schöne Sachen… Geschirr, Gemälde, dazu jede Menge Fotos. Sogar meine Mutter als Kind.«

»Ich kann mir Maria gar nicht als Kind vorstellen.«

Angelica schaute in den Garten hinaus. Der Wind hatte aufgefrischt, die Oleanderbüsche wiegten sich hin und her.

»Ich weiß nicht, wie ich sie dir beschreiben soll«, sagte sie leise. Ausdruckslose Augen, abwesender Gesichtsausdruck, irgendwie verzweifelt. Zierlich, mager, mit zwei langen Zöpfen und einer Haut wie eine Zigeunerin. Wenn man der Verzweiflung ein Gesicht geben wollte, dann hatte der Fotograf genau das vor vielen Jahren treffend festgehalten.

»Ich habe nie ganz verstanden, in welcher Beziehung Margherita und Maria eigentlich standen.«

»Meine Mutter hat Margheritas Neffen geheiratet, dadurch waren sie verwandt.«

»Ja, das weiß ich. Aber da muss noch etwas sein, das ist

jedenfalls mein Eindruck. Meinst du, sie haben sich schon vorher gekannt?«

Die beiden mussten sich schon vorher gekannt haben. Memma hatte ihr unmissverständlich klargemacht, dass Maria Margherita ihr Leben verdankte.

»Ich glaube schon.« Angelica hielt inne. »Aber jetzt erzähl mir von dir. Hast du die Sache mit Martin geregelt?«

»Nicht wirklich.« Sofias Stimme hatte sich verändert und klang jetzt abwesend. Sie sprach stockend, machte immer wieder Pausen. Ihr Akzent klang auf einmal stark durch, was nur vorkam, wenn sie sich nicht unter Kontrolle hatte.

»Das musst du mir genauer erklären.«

Sofia schaute auf die Nussbaumallee, die auf das Haus zuführte. Die Sonne stand schon hoch, die Strahlen drangen durch die Zweige und zauberten Lichtreflexe auf den Rasen unter ihren nackten Füßen. »Ich fürchte, ich muss hier weg.«

»Also ist es schlimmer, als du dachtest.«

Sofia seufzte. »Er braucht den Laden und hat meinen Pachtvertrag nicht verlängert.«

»Was ist mit dem Laden, den du dir in Avignon angesehen hast?«

»Zu spät, ist bereits vermietet.« Sofia ging den Weg entlang.

»Kannst du denn nicht gegen die Kündigung klagen? Was du da alles reingesteckt hast für die Renovierung und ...«

»Ich werd's versuchen.«

Angelica ging nach draußen und ließ sich auf einer Steinstufe vor dem Eingang nieder, das Notizbuch hatte sie mitgenommen. Von hier konnte sie das Meer rauschen hören. Sie schloss die Augen. »Was willst du tun?«

»Wenn es schlecht läuft, muss ich meine Zelte hier abbrechen. Mir bleibt keine andere Wahl. Ich muss woanders neu anfangen.«

»Gib nicht auf. Rede mit diesem Mann, vielleicht lässt sich die Angelegenheit ja doch noch lösen.«

»Wir werden sehen. Aber jetzt Schluss damit, ich will nicht länger darüber reden. Erzähl mir von dir und diesem magischen Haus.«

Angelicas Miene hellte sich auf. »Jaja hatte ein Notizbuch, es ist voller Rezepte und Hausmittel.«

»Ein Tagebuch?«

»Nein, eher zu Papier gebrachte Erfahrungen. Handgeschrieben und mit Skizzen versehen.«

»Was ist daran so toll?«

»Es geht um Honig, Sofia. Dutzende Rezepte von Hausmitteln aus Honig. Für jede Honigsorte gibt es eine genaue Beschreibung über Aussehen und Geruch mit ergänzenden Anmerkungen zur Wirkung. Eukalyptushonig ist für Margherita der Honig des Atems, Rosmarinhonig der des Mutes, Akazienhonig der des Lächelns und so weiter.«

»Ergibt das deiner Meinung nach Sinn?«

Angelica zuckte mit den Schultern. »Warum denn nicht? Der Nektar ist der geheimnisvollste Teil einer jeden Blüte, in ihm steckt ihre Seele.« Sie blätterte durch das Notizbuch und stieß auf einen Umschlag mit Briefen und Postkarten.

»Was ist das denn?«, rief sie.

»He, was ist los?«, fragte Sofia.

»Ich habe gerade Postkarten und Briefe gefunden, sie haben in dem Notizbuch gesteckt.«

»Von deiner Mutter?«

»Nein, sie sind aus Portugal, Frankreich, Brasilien, Spanien, immer von einer anderen Frau.«

»Freundinnen deiner Patin vielleicht?«

»Keine Ahnung.«

»Es wird doch etwas draufstehen.«

»Ja, immer nur ein Wort: ›Danke‹.«

»Wie, ›danke‹?«

»Einfach nur ›danke‹. Warte, hier ist noch was.« Angelica zog ein eng beschriebenes Blatt aus dem Umschlag und überflog den Text. »Ein Rezept, Ricotta und Honig.« Sie klemmte sich das Handy zwischen Kinn und Schulter und blätterte weiter. »Da sind noch mehr.«

»Und was steht drauf?«

»Immer das Gleiche. ›Danke‹ und Rezepte mit Honig. Sie kommen aus aller Welt. Dieses hier ist von Lucia Mallus aus São Paulo in Brasilien.«

»Was hat deine Patin eigentlich genau gemacht?«

»Hm, ich nehme an, sie hat vielen Frauen in Notsituationen geholfen. Jetzt erinnere ich mich, in ihrem Haus waren ständig fremde Frauen. Und auch Kinder. Vieles bleibt trotzdem rätselhaft. In Jajas Brief steht manches, was ich nicht verstehe. Dabei ist es wichtig, da bin ich mir sicher.«

Sofia seufzte. »Träumst du noch von ihr?«

»Nein!«, rief Angelica überrascht. »Jetzt, da du mich daran erinnerst, nein. Seit meiner Ankunft in Sardinien nicht mehr.«

»Das ist ein gutes Zeichen.«

14.

Süßkleehonig (Hedysarum coronarium)
Riecht nach Blumen und frisch gemähtem Gras. Er gilt als
Honig der Tatkraft und des Mutes. Seine besondere Note
verdankt er den roten Blüten, aus denen er gewonnen wird.
Er ist elfenbeinfarben und kristallisiert zu einem hellen
Amberton.

Nicola wandte seinem Bruder den Rücken zu und öffnete
das Fenster. Die salzige Luft vertrieb nicht nur den Tabak-
rauch, sondern auch die aufgeladene Stimmung, die durch
ihren Konflikt, die Drohungen und die wütenden Worte
entstanden war.

Die beiden Grimaldis ähnelten sich, beide hatten den
muskulösen Körperbau ihres Vaters Guido geerbt. Aber
während man Claudio die norditalienische Herkunft ansah, hatte Nicola die dunklen Haare seiner Mutter Maria
Antonia, ihren durchdringenden Blick, ihren melancholischen Gesichtsausdruck und ihre Willenskraft.

Zu lange hatte Claudio im Schatten des Vaters gestanden, seine Gestik und Mimik angenommen, seine Aus-
drucksweise, seine Art, mit Menschen umzugehen. Claudio
war der Ältere von ihnen und sollte dem Vater als Chef des
Bauunternehmens nachfolgen. Auch wenn das viele als Pri-

vileg empfanden, Nicola hatte ihn deshalb nie beneidet. Er war sogar glücklich gewesen, dass er dadurch den nötigen Freiraum hatte, eigene Ideen zu entwickeln und umzusetzen und Entscheidungen zu treffen, die er für richtig hielt.

»Dachtest du etwa, du kommst ohne meine Unterschrift damit durch? Oder wolltest du sie fälschen?« Nicolas Stimme zitterte vor Wut. »Wie konntest du nur?«

»Schluss jetzt!« Claudios Faust donnerte auf den massiven Holzschreibtisch. »Ich habe mich all die Jahre für die Firma aufgeopfert, während du dich in der Weltgeschichte rumgetrieben hast. Ich hatte keine Zeit zu verlieren. Ich musste handeln, sonst hätten wir alles verloren.«

Nicola unterdrückte einen Fluch. Sein Bruder hatte nicht ganz unrecht. Nach dem Vorfall war er einige Monate abgetaucht, hatte jeden Kontakt vermieden, er hatte Abstand gebraucht. Er fuhr sich mit der Hand übers Gesicht, wandte sich ab und versuchte sich zu beruhigen.

»Ich habe x-mal versucht dich anzurufen, aber du hast nie reagiert.«

Nicola nickte, sein Blick ging ins Leere. Claudio redete weiter, zählte Vorfälle und Fakten auf, von denen er nichts wusste.

»Es mussten Entscheidungen getroffen werden, und ich habe sie getroffen.« Claudio hatte sich wieder beruhigt und lächelte ihn an. »Ich hatte nicht vor, dich zu hintergehen.«

»Das habe ich auch nicht behauptet. Aber du hast skrupellos gehandelt, ohne an die Konsequenzen zu denken, und das werfe ich dir vor.«

Claudio zuckte mit den Schultern. »Und du? Als du noch bei Tecnovit für das Personalmanagement zuständig warst, hast du da deinen Job nicht genauso gemacht, Brüderchen?

Hast du dich damals wirklich von möglichen Konsequenzen leiten lassen?« Spöttisch verzog er den Mund. »Ich dachte immer, du wärst vor allem deshalb so erfolgreich gewesen, weil du nicht nur genial, sondern auch skrupellos warst.«

Nicola presste die Lippen aufeinander. »Du weißt doch gar nicht, wovon du sprichst.«

Er hingegen wusste es sehr wohl. Dieses Gespräch regte ihn auf, und er entfernte sich vom Schreibtisch. Was wusste Claudio schon von ihm? Von den Entscheidungen, die er getroffen hatte, von den Konsequenzen, die ihn fast ruiniert und seine perfekte Welt zum Einsturz gebracht hätten? Nein, er hatte keine Wahl gehabt. Er hätte unmöglich so weitermachen können. Er hatte sich vor sich selbst geekelt.

Nur was hätte er tun sollen? Mailand verlassen und nach Sardinien zurückkehren? Es war eine Bauchentscheidung gewesen, er war schlicht einem Impuls gefolgt. Er hatte alle Brücken hinter sich abgebrochen und noch mal ganz von vorne angefangen. Die quälenden Gedanken waren allerdings geblieben.

Seine Vergangenheit konnte er nicht einfach zurücklassen. Es gab keinen Tag, an dem er nicht daran dachte. An seine Funktion, an die Konsequenzen seines Handelns. Er war ein Technokrat gewesen, ein Stratege der Zerstörung.

Die Tecnovit, das internationale Unternehmen, für das er tätig gewesen war, hatte ihn nach dem Studium als Praktikanten beschäftigt. Sehr schnell hatte das Management das Potenzial des jungen Ingenieurs erkannt, der frisch von der Technischen Universität Mailand kam, und ihn fest angestellt. Seine Berichte waren ergebnisorientiert, die Lösungen, die er vorschlug, effektiv und effizient. Alle Unternehmenszweige mit negativen Bilanzen, die man ihm anvertraut hatte, kehrten in die Gewinnzone zurück. Allein durch seinen Führungsstil und sein Charisma, ohne fremde Hilfe und ohne Finanzspritzen. Nicola Grimaldi war ein attraktiver Mann, zu dem man aufschaute, ein genialer Kopf mit fast schon hypnotischer Ausstrahlung. Er analysierte, kalkulierte, fand die Schwachpunkte und stellte sie ab. Und das Ganze mit natürlicher Autorität.

Claudio lächelte. »Verantwortlich für das Personalmanagement als jüngster Entscheider in einem der mächtigsten Konzerne der Welt.« Er hielt kurz inne. »Noch dazu der Beste, wenn es um Einsparungen ging. Unser Vater war so verdammt stolz auf dich.« Wieder ein Lächeln. »Ich war auch von dir begeistert, das muss ich zugeben.« Er stand auf, lockerte den Knoten der Krawatte und goss sich einen Drink ein. »Als du damals nach Mailand gegangen bist, hätte ich keinen Pfifferling darauf verwettet, dass du Erfolg haben würdest.«

»Warum?« Nicolas Stimme war kaum mehr als ein Flüstern. Er umklammerte die Stuhllehne.

Claudio atmete tief ein. »Du warst so ein verbohrter Idealist. Einer von diesen Weltverbesserern, die mit dem Kopf durch die Wand wollen. Immer schon. Mit mehr Bauch als Hirn.« Er hob mahnend den Finger und brach dann in Gelächter aus. »Wie damals, als du die Lämmer stehlen und im Wald verstecken wolltest. Wie alt warst du da? Sechs? Sieben?« Das Lachen verwandelte sich in ein Grinsen. »Du bist nicht mal bis zum Tor gekommen. Als Omero mir sagte, dass du sie gestohlen hättest, konnte ich es schier nicht glauben.« Er goss sich noch ein Glas ein und streckte es spontan Nicola entgegen. »Hier, du hast es nötiger als ich.«

Einen Moment lang war er versucht, das Angebot anzunehmen, doch dann schüttelte er den Kopf. Die Tage, als Alkohol das Einzige war, was ihn über Wasser hielt, waren vorbei. »Nein danke.«

Claudio zuckte mit den Schultern. »Wie du willst.«

Nicolas Gesichtsausdruck verhärtete sich. »Du bist mir noch eine Antwort schuldig. Wozu brauchst du das ganze Geld?«

»Das kannst du dir doch denken.«

»Ich will es von dir hören, und zwar bis ins letzte Detail.« Die Spannung zwischen ihnen war mit Händen zu greifen. Nicola ging auf Claudio zu, stützte sich mit beiden Händen auf den Schreibtisch und beugte sich vor, bis ihre Augen auf gleicher Höhe waren. »Die Landschaft zubetonieren ist nicht die Lösung, und ohne meine Unterschrift wirst du gar nichts tun.«

»Ich habe nicht vor, die Firma vor die Hunde gehen zu lassen.«

»Dann kürz die Ausgaben, und fang an zu sparen, wenn's sein muss. Strukturiere um. Konzentrier dich auf das, was Profit bringt.«

Claudio musterte ihn lange und schloss kurz die Augen. »Meine Arbeiter werde ich ganz sicher nicht entlassen. Lieber fahren wir die Sache gemeinsam an die Wand. Was das angeht, bin ich dir nicht ebenbürtig, fürchte ich.«

Nicola erstarrte, es kostete ihn eine unendliche Anstrengung, Claudios Blick standzuhalten, aber er schaffte es. »Ich nehme an, das habe ich verdient. Aber das ändert nichts daran, dass du ein Arschloch bist.«

Damit drehte er sich um und ging zur Tür. Ihm war hundeelend, er hatte das Gefühl, dass ihm jeden Moment der Schädel platzte. Auf der Treppe kam ihm Claudio hinterher.

»Geh nicht. Das sind doch bloß Worte. Bleib hier.«

Nein, das waren nicht einfach nur Worte. Es war die Wahrheit. Die verdammte Wahrheit. Claudios Hand umschloss seine Schulter. Er spürte das Gewicht, die Wärme, und zwang sich stehen zu bleiben. Sonst wäre er die Treppe hinuntergestürzt.

»Lass uns wieder reingehen.«

Nicola folgte seinem Bruder, es war ganz leicht, er musste nur einen Fuß vor den anderen setzen.

»Es ist nicht irgendein Feriendorf. Ich habe keine Lust, mich mit Touristenhorden rumzuschlagen. Es soll etwas ganz Besonderes werden, etwas Einzigartiges. Gib dir einen Ruck, und schau es dir an. Ich bin sicher, es wird dir gefallen.« Claudio breitete die Pläne auf dem Schreibtisch aus und beschrieb das Projekt in glühenden Farben. »Arbeitsplätze, Wohlstand.«

Die Stimme seines Bruders klang enthusiastisch. Aber Nicola war das egal. Ihm gefiel dieser Ort genau so, wie er war. Es war nicht allein das Haus, es ging ihm um die gesamte Insel. In den Monaten nach seiner Rückkehr war ihm klar geworden, dass sie nicht nur eine Zuflucht war, sondern ein Ort der Stille, ein Ort der Kraft. Das war seine Heimat.

»Du musst etwas für mich tun«, sagte Claudio.

»Was willst du denn noch?«

»Du musst deine Freundin Angelica davon überzeugen, an mich zu verkaufen.«

»Wie bitte? Was redest du denn da?« Nicola fiel aus allen Wolken.

Claudio wandte den Blick ab. »Nur ein Teil des Feriendorfes wird auf unserem Grund und Boden entstehen, wir brauchen dazu auch das Grundstück von Margherita Senes. Da die Alte tot ist, müssen wir mit den Erben verhandeln. Mit den Fenus war ich mir schon einig, aber ich habe die Situation wohl nicht ganz richtig eingeschätzt.« Er zuckte mit den Schultern. »So was passiert… Nur wer nichts tut, macht keine Fehler.«

Nicola war nicht in der Stimmung für die Weisheiten seines Bruders. »Komm bitte auf den Punkt.«

»Ganz simpel. Es existiert ein Testament zugunsten von Angelica Senes, von dem wir nichts gewusst haben. Giuseppe Fenu und seine Mutter sind stinksauer, aber was will man machen? So ist das Leben nun mal. Die Alte hat alles ihrer Nichte vererbt.«

»Also?«

Claudio räusperte sich. »Damit bleibt uns nichts anderes übrig, als Angelica ein Angebot zu machen, sonst droht der Deal zu scheitern. Du bist der ideale Verhandlungspartner. Ich erinnere mich, dass ihr euch mal sehr nahe gestanden habt.« Sein Bruder zeigte ihm ein Blatt Papier. »Das ist die Summe, die ich Giuseppe Fenu angeboten habe. Sie entspricht dem Verkehrswert. Du musst mir helfen, Nicola, ich bin dein Bruder. Du musst es für mich und deine Familie tun.«

Nicola kniff die Augen zusammen und griff nach dem Papier.

Es hatte den ganzen Morgen gedauert, den Garten vor dem Haus in Ordnung zu bringen. Zufrieden betrachtete Angelica die immer noch etwas zerrupft aussehenden Oleanderbüsche. Sie hatte die Beregnungsanlage angeschlossen, und das Sprühwasser bildete Nebelwölkchen, nach denen

Lorenzo schnappte. Sie grinste und strich das Eisengitter weiter. Da bemerkte sie die Frau wieder. Sie kam auf das Haus zu und zog einen Einkaufswagen hinter sich her. Auch diesmal trug sie einen langen Rock und ein Tuch, alles in Schwarz. Angelica ging ihr entgegen.

»*Buongiorno.*«

Die Frau zuckte zusammen. »Ah, *buongiorno*! Ich möchte drei Gläser Honig, große bitte.«

Drei Gläser Honig? Angelica wusste nicht, was sie darauf erwidern sollte.

»Du hast doch noch welchen? Von dem guten, bitte. Blütenhonig, Eukalyptus geht auch.« Angelica schaute zum Haus, dann wieder zu der Frau zurück. Und jetzt?

Jaja bewahrte die Honiggläser in einem dunklen Raum im Kellergeschoss auf. Das wusste sie noch, weil sie als Kind oft geholfen hatte, wenn Kundschaft kam.

»Ich weiß nicht, was noch da ist. Kommen Sie doch rein, möchten Sie einen Kaffee?«

Ein misstrauischer Blick, der schnell einer gewissen Neugierde wich. »Und dazu was Süßes?«

»Ja, natürlich.« Gut, dass Memmas Kekse noch da waren, dachte Angelica und trat zur Seite. »Nehmen Sie Platz, ich hole inzwischen den Honig. Der neue braucht noch einige Wochen.«

»Sehr gut, ich muss nämlich das Gebäck für die Taufe meines Enkels backen.«

Drinnen rückte Angelica einen Stuhl zurecht und deponierte das Körbchen mit Keksen auf dem Tisch. Dann stellte sie die Espressokanne auf den Herd, ging unter dem prüfenden Blick der Frau die Stufen hinunter und öffnete die Kellertür. Ihre Finger fanden den Lichtschalter sofort. Das

Licht war nur schwach, aber es genügte, um das wandfüllende Regal mit den aufgereihten Gläsern zu erkennen. Wie gebannt stand Angelica da. Hier war Margheritas Honigvorrat, alles, was sie mit ihren Bienen geerntet hatte. Das Brodeln der Espressokanne riss sie aus ihren Gedanken. Rasch griff sie nach drei Gläsern und stieg wieder nach oben.

»Das wurde aber auch Zeit! Ich dachte schon, du holst den Honig direkt bei den Bienen. Zeig mal her«, sagte die Frau, nachdem Angelica den Kaffee in die Tassen gegossen hatte.

»Wollten Sie diesen hier?«, fragte sie und zeigte auf eines der Gläser.

Die Frau besah es genauer. »Ja, genau.« Sie suchte in der Tasche ihres Rockes nach Geld. »Das genügt, oder?«

Angelica nickte.

»Gut. In diesen Krisenzeiten … Die Renten sind nun mal so, wie sie sind«, brummelte die Alte. »Aber lass dich ja nicht übers Ohr hauen, einen solchen Honig gibt's sonst nirgends.«

»Übers Ohr hauen?«

»*Eja*, übers Ohr hauen. Du musst hierbleiben. Margherita wollte das so, verstehst du?«

»Nein, tu ich nicht.«

Die Frau tunkte einen Keks in den Kaffee. »Klar verstehst du's, aber nur wenn du mir richtig zuhörst, und das machst du nicht.« Sie hielt inne. »Du weißt nicht, wer ich bin, oder?«, fragte sie nach einer Weile.

Angelica schüttelte den Kopf.

»Uiuiui, so alt bin ich geworden? Na gut, du warst ja noch eine *picciochedda*, als du weggegangen bist …«

Auf einmal wirkte das faltige Gesicht mit den glänzenden schwarzen Augen gar nicht mehr so fremd auf Angelica. »Zia Mirella?«

»Na siehst du! Geht doch.«

Mirella stand auf, zählte das Geld auf den Tisch, verstaute die Gläser in ihrem Wägelchen und strich Angelica über die Schulter. »Ich bin froh, dass du wieder da bist, *Angelichedda*.«

Auch das noch! »Danke.«

»Und vergiss nicht den Honig für die Taufe. Fünf Gläser, am Monatsende.«

»Versprochen.«

Damit verließ Mirella das Haus und zog ihr Wägelchen hinter sich her. Am Tor drehte sie sich noch mal um. »Ich hab noch was vergessen. Willst du auch den Honig am alten Baum sammeln?«

Angelica stutzte. »Welcher ist das?«

»*Eja*, der schwarze. Margherita hat ihn nur einmal im Jahr gesammelt, erinnerst du dich denn nicht? Dieser Honig ist etwas ganz Besonderes, sie hat ihn immer nur in kleine Gläser gefüllt.«

Schwarzer Honig von einem alten Baum? Welcher sollte das sein? »Ich muss mal nachsehen.«

»Mach das. Mit diesem Honig kann man gut schlafen. Und träumen.« Sie winkte ein letztes Mal.

Angelica sah ihr nach, bis die Sardin zwei andere Frauen traf. Sie zeigte ihnen ein Honigglas und dann in ihre Richtung.

Nach und nach kamen neue Kundinnen. Erst Gianna und Francesca Delogu, dann Barbara Aru, mit der sie zur Schule gegangen war. Verwundert stellte Angelica fest, wie viel netter sie nun zu ihr war. Nicht nur, dass sie freundlich mit ihr redete, sie lächelte sogar. Luigia Spanu hatte sich dagegen gar nicht verändert.

»Natürlich könnte ich auch woanders Honig kaufen, aber jetzt, wo du wieder da bist, kann ich dich ja ein bisschen unterstützen.«

»Wie nett«, antwortete Angelica nur, woraufhin Luigia selbstgefällig nickte und ging. Sie hatte drei Gläser gekauft.

»Anscheinend haben wir eine Geldquelle entdeckt. Hast du das mitbekommen, Lorenzo?«, fragte Angelica später, als sie überprüfte, was von Margheritas Vorräten übrig geblieben war. Die Saison hatte gerade erst begonnen, bald würde es neuen Honig geben. »Was meinst du, sollen wir die Sache mal ernsthaft angehen?«

Die Idee gefiel ihr und gab ihr neue Energie. Sie hatte nie etwas Eigenes gehabt, und nun stand es vor ihr wie ein gedeckter Tisch. Sie musste bloß die Hand ausstrecken und sich etwas aussuchen. Ein großartiges Gefühl, das ihr Herz mit Freude erfüllte. Bevor sie wieder nach oben ging, öffnete sie ein Glas, steckte einen Finger hinein und leckte ihn ab.

»Unglaublich!«, rief sie überrascht.

Der Honig schmolz auf ihrer Zunge und erzählte ihr dabei eine Geschichte. Sie sah blühende Wiesen und Hügel, die Abhänge, wo die Bienen den Nektar gesammelt hatten. Sie atmete die Gerüche ein, die der Wind von den besonderen Kraftplätzen zu ihr trug, die für sie gehütet worden waren. Der Honig sprach bis zum letzten Tropfen zu ihr, und selbst danach, als sie mit Sofia telefonierte, spürte sie ihn noch in ihrem Innern vibrieren. Er nährte ihre Seele.

Das Holz glänzte, und die Maserung hob sich deutlich von der glatten Oberfläche ab. Nicola fuhr mit der Hand darüber. Er war zufrieden, die Treppe war schön geworden. Er sah sich um. Die Wände des geräumigen Esszimmers hatte er weiß gestrichen, nur den Fußboden hatte er ausgetauscht, alles andere war geblieben, wie es war. Er kreiste mit den Schultern, um seine Muskeln zu entspannen. Den ganzen Tag hatte er konzentriert gearbeitet.

Sein Blick fiel auf das Fenster, das aufs Meer hinausging. Die Vorstellung, dort zu sitzen und den Sonnenuntergang zu genießen, tat gut. Oder den Sonnenaufgang. Am nächsten Tag würden die Handwerker kommen und die Scheiben erneuern. Wenn alles glattging, wäre er in vier Wochen mit der Renovierung fertig.

Er wusch sich die Hände und befreite sie von den Wachsresten. Dann nahm er sich ein Bier aus dem Kühlschrank und ging vorsichtig über den mit einer Plane abgedeckten Fußboden nach draußen. Dort atmete er tief durch und blickte aufs Meer. Die Wellen brachen sich an den Felsen, das salzgeschwängerte Wasser spritzte nach allen Seiten. Er beobachtete eine Möwe, bis sich ihr heiseres Kreischen in der Ferne verlor. Dann steckte er die Hand in die Hosentasche und umklammerte die Schlüssel des Land Rover. Nachdem er das Bier ausgetrunken hatte, brachte er die Flasche ins Haus und hängte die Schlüssel an ihren Platz. Es zog ihn ans Wasser.

Er ging den Weg bis zum Steg hinab, startete den Motor des Katamarans und fuhr aufs Meer hinaus. Als er die Bucht verließ, war der Horizont flammend rot. Ein Stück weiter drosselte er das Tempo und schaltete den Motor schließlich ganz aus. Er zog die Schuhe aus, ging an Deck, setzte das Segel, und als der Katamaran sich wieder in Bewegung setzte, grinste er. Mit dem richtigen Wind würde es nur eine halbe Stunde bis zu Margheritas Bootssteg dauern. Nein, korrigierte er sich, zu Angelicas Bootssteg. Sie war bestimmt öfter dort, jetzt, da sie zurückgekehrt war. Ein Muskel in seinem Unterkiefer zuckte. Er war nervös. Sein Handy klingelte. Nachdem er eine Weile auf das Display gestarrt hatte, nahm er ab.

»Ja?«

»Na, immer noch wütend?«

»Was willst du, Claudio?«

»Nichts. Ich will dich nur an unsere Abmachung erinnern.«

Nicola umklammerte das Telefon und widerstand dem Impuls, es ins Meer zu werfen. Ohne ein Wort legte er auf und steckte es wieder in die Tasche.

Angelica hatte in jedem Winkel des Kellerraums nach dem Honig gesucht, von dem Zia Mirella gesprochen hatte. Nichts.

»Der, mit dem man besser träumen kann«, murmelte sie vor sich hin. »Was könnte sie wohl damit gemeint haben, was glaubst du?«

Lorenzo stellte die Ohren auf und gähnte.

»Schwarzer Honig... von einer Kastanie vielleicht? Aber in Abbadulche gibt es keine Kastanien. Ich glaube ehrlich gesagt nicht, dass man mit Kastanienhonig besser schläft... oder träumt.«

Enttäuscht ging sie wieder nach oben und schloss die Kellertür. Von einem solchen Honig hatte sie noch nie etwas gehört. Wie schon so oft an diesem Nachmittag durchforstete sie ihre Erinnerungen, doch ihr fiel nichts ein. Trotzdem hatte sie das Gefühl, dass es um etwas sehr Wichtiges ging.

»Jajas Spezialhonig. Was könnte das für einer sein?«, fragte sie sich nachdenklich. Vielleicht ein Symbol? Ja, es musste etwas Symbolisches sein.

Sie nahm ihr Handy vom Küchentisch und tippte etwas ein. Fenster öffneten sich, und nach und nach präsentierte die Suchmaschine ihr die Ergebnisse. Sie wählte die vielversprechendsten aus und begann zu lesen. Nachdem sie die ersten zehn Einträge verworfen hatte, hörte sie ein Klopfen.

Lorenzo rannte zur Tür, sie stand auf und folgte ihm. Ihre Schritte waren langsam, ihre Gedanken hingegen rasten. Sie wusste genau, wer der Besucher war. Als sie die Tür öffnete, war sie dennoch überrascht, dass sie recht hatte.

»Ciao, Nicola.«

»Ciao.«

Eine Weile sahen sie sich schweigend an, als ob ihre Augen sich noch nicht an den Anblick des anderen gewöhnt hätten und erst noch mehr Beweise oder etwas Zeit brauchten.

Dann trat Angelica zur Seite. »Willst du reinkommen?«

Er schüttelte den Kopf. »Unser Wiedersehen neulich stand nicht gerade unter einem glücklichen Stern. Bitte lass es uns noch mal versuchen. Hast du Lust, mit mir essen zu gehen?« Nicola wirkte fast verlegen, die Hände tief in den Hosentaschen vergraben.

Das wäre keine gute Idee, sie sollte besser Abstand halten. Er würde ihr nur eine Menge Probleme bescheren, und davon hatte sie ehrlich gesagt schon genug. Kein Bedarf nach mehr. Ihre Gedanken rasten.

Nicola schluckte. Angelica bemerkte seine Nervosität, während er auf ihre Antwort wartete.

»Ja, gerne.« Ihre Stimme war nur ein Flüstern, wahrscheinlich hatte er sie gar nicht richtig verstanden.

Als Nicola sie anlächelte und ihr die Hand entgegenstreckte, versetzte es ihr einen Stich. Nicht wegen des Mannes, der vor ihr stand. Das war es nicht. Sondern wegen der stillen Freude, die sie in seinem Gesicht las. Diesen Nicola kannte sie nicht, der Nicola, den sie mal gekannt hatte, war ein anderer geworden. Aber irgendwo in ihm steckte er noch, ihre große Liebe.

Als Angelica sich eine Jacke griff und die Tür hinter sich zuzog, war ihr Herz von einem Glücksgefühl erfüllt, das ihr Angst machte.

15.

Rhododendronhonig (Rhododendron spp.)
Riecht nach Bergblüten, klarem Wasser und tiefen Tälern.
Er gilt als Honig der Stabilität und der Harmonie und beseitigt
alle Ängste. Seine Farbe changiert zwischen Elfenbein und
Bernstein, er kristallisiert fein und cremig.

»Als du von einem Abendessen am Meer gesprochen hast,
dachte ich an ein Restaurant an der Küste.«

Nicola reichte ihr die Hand. »Hier ist es besser. Komm,
ich helfe dir.«

Die Aussicht war atemberaubend. Die Isola Piana war
eine schwarze Linie, von der sich die Silhouetten der Häuser abhoben. Rund um das Boot spiegelte sich der dunkler
werdende Himmel im ruhigen Wasser.

»Erinnerst du dich?« Nicola stand hinter ihr.

Natürlich erinnerte sie sich. Wohin sie auch blickte, auf
Abbadulche, auf die Hügel, auf das Meer, sie erinnerte sich.
An das, was er gesagt hatte, was sie dort gemeinsam un-
ternommen hatten, an ihre Wünsche und Träume. Angelica
nickte. Wie hätte sie das je vergessen sollen?

»Und du?« Sofort bedauerte sie die Frage und den Tonfall, in dem sie sie gestellt hatte, aber es war zu spät. Sie
fragte sich, wie viel zu spät. Die Erinnerung an das, was ge-

wesen war, an das, was sie sich zurückwünschte, brachte sie ihm näher.

»Du bist und bleibst ein wildes Mädchen, ungezähmt und nicht zu fassen.«

Die Bemerkung ärgerte sie. So war sie nie gewesen. Jedenfalls nicht so, wie er es meinte.

»Und du? Gehst du immer noch für die anderen durchs Feuer? Hast du inzwischen die Welt gerettet?«

Nicola sah sie an. »Ich frage mich, warum die Welt nur die edlen Ritter sehen will.« Seine Stimme war hart geworden, genau wie sein Gesichtsausdruck.

Davon ließ Angelica sich jedoch nicht einschüchtern. »Findest du es denn nicht richtig, sich eine bessere Welt vorzustellen?«

»Sie sich vorzustellen, du hast es auf den Punkt gebracht. Deine Fantasie hat zur Folge, dass du Fehler machst, die du hinterher bereust.«

»Aber sie trägt mich auch durchs Leben.«

»Stimmt! Nur wenn du am Ende dein Ziel nicht erreicht hast, bist du am Boden zerstört.«

Zwischen ihnen hatte sich eine gewisse Spannung breitgemacht. Nicola drehte ihr den Rücken zu. »Kommst du? Ich bin kurz vorm Verhungern.« Ohne ihre Antwort abzuwarten, stieg er nach unten in die Kabine.

Versonnen blickte Angelica ihm nach. Dann sah sie sich um. Der nicht mehr ganz neue Katamaran strahlte einen ganz eigenen Charme aus. Als sie mit dem Finger über das Holz der Reling strich, spürte sie das Salz auf der Haut.

Am Horizont versank die Sonne im Meer, letzte Lichtstrahlen bahnten sich ihren Weg über das Wasser und erhellten den Strand.

Nicola tauchte wieder auf und hielt ihr ein Glas entgegen. »Es tut mir leid wegen gestern.«

»Ich weiß.« Sie wusste es wirklich, sie hatte es gespürt. Und das hatte ihr Angst gemacht. »Seltsam, wir sind älter geworden, haben uns verändert, trotzdem bleiben gewisse Dinge immer gleich. Ein Widerspruch, findest du nicht?«

»Das Abendessen ist fast fertig«, sagte Nicola nur. Einen Moment später war er wieder verschwunden.

Die Luft war kühl geworden und legte sich wie ein Schleier auf Angelicas Haare und ihre Kleidung. Sie entschied sich, ihm zu folgen. In der Kabine schauderte sie, trotz der Wärme, die sie umhüllte.

»Wo sind die Teller?«

»Dort oben, aber Vorsicht.« Nicola lächelte sie an, als ob das Gespräch von eben nie stattgefunden hätte. Mit einem Spaghetto zwischen den Lippen sah er wirklich komisch aus. Sie musste lachen, ob sie wollte oder nicht. Ohne den Blick von ihr abzuwenden, gab er ihr eine Nudel zum Probieren. »Du bist noch immer wütend.«

Sie kaute, dann schüttelte sie den Kopf. »Noch eine Minute, und nein, ich bin nicht wütend.«

»Bist du allein nach Abbadulche gekommen?«, fragte er sehr leise und schenkte sich ein Glas Wein ein.

Er war näher gerückt, und sie nahm den Duft seiner Haut wahr. Ihre Hand zitterte. »Was genau willst du wissen, Nicola?«

»Nichts. Ich habe dir nur eine Frage gestellt.« Er musterte sie kühl, den Kopf zur Seite geneigt, die Lippen aufeinandergepresst.

Angelica schluckte. »Ja, ich bin alleine hier.« Mehr sagte sie nicht.

»Kein Ehemann, kein Freund?«

Die Stille lastete wie Blei auf ihnen, doch er wandte den Blick nicht ab.

Angelica spürte, wie Ärger in ihr aufstieg. »Das habe ich doch gerade gesagt. Ich bin allein! Zufrieden?«

»Besser, wenn man weiß, woran man ist.«

Wie konnte er es wagen? Wie konnte er es nur wagen, sie in eine solche Situation zu bringen? »Hör auf, so mit mir zu reden.«

Nicola trat einen Schritt zur Seite. »Wie so?«

»So als ob du ein Recht auf eine Antwort hättest.«

Er zögerte. »Ist es wirklich das, was dich ärgert?«

»Wir haben uns bestimmt seit... zwölf Jahren nicht gesehen und kein Wort miteinander gewechselt. Was erwartest du von mir?«

Sie hatte recht, auf eine verdammte Weise recht. »Kannst du bitte den Salat anmachen?« Er hielt ihr eine Schüssel hin und drehte sich um.

Sie benahm sich wie eine Idiotin. Sie hatte nicht erwartet, dass er immer noch so leicht in ihr Inneres schauen könnte wie damals. Und dass sie immer noch dieselben Gefühle haben würde.

Für eine Weile arbeiteten sie schweigend, jeder in seine eigenen Gedanken versunken. Nebeneinander standen sie in der Kombüse, die gleichzeitig auch die Steuerkabine war. Sie war perfekt ausgestattet.

»Sieht aus wie eine Restaurantküche.«

Nicola goss die Nudeln ab, vermischte sie mit der Tomatensauce, garnierte das Ganze mit ein paar Basilikumblättern und hauchdünnen Scheiben frischer Peperoni. Nachdem er die Pasta auf den Tellern angerichtet hatte, zeigte er ihr seine Hände. Es waren starke Hände mit langen Fingern.

»Ich arbeite gerne mit den Händen, Kochen gehört dazu. Wollen wir draußen essen oder hier?«

In der Kombüse herrschte ein intensiver Geruch nach Salzwasser, feuchtem Holz und Tomatensauce.

»Lieber hier.«

Die Stille zwischen ihnen war nicht mehr so belastend wie zuvor, aber voller unausgesprochener Gedanken. Angelica spürte beim Essen Nicolas Blick auf ihr und ertappte sich dabei, dass sie ihn gerne erwidert und ihm die tausend Fragen gestellt hätte, die ihr auf der Zunge lagen.

»Ich habe nicht verstanden, was du machst.«

»Konntest du auch nicht. Ich habe es dir nicht gesagt.« Sein Blick war offen und entspannt.

Auf einmal war er wieder in seinem Element und strahlte die gewohnte Selbstsicherheit aus, als würde sich alles um ihn drehen. Erneut hatte Angelica das Gefühl, einen Fremden vor sich zu haben. Doch der Mann vor ihr war immer noch Nicola Grimaldi, der begehrteste Junge von ganz Abbadulche, derjenige, der sie einst auserwählt und ihr den ersten Kuss gegeben hatte.

Zugleich war er ein anderer.

»Ich erkenne dich kaum wieder.«

»Während du dich kaum verändert hast. Immer geradeheraus. Das habe ich schon damals an dir geschätzt.«

Angelica ließ sich nicht aus dem Konzept bringen. Er hatte begonnen, den Tisch abzuräumen. Auf die Pasta folgte ein mediterraner Salat aus Feldsalat, Sprossen, Mandelsplittern und Apfelspalten. Er füllte ihren Teller, dann griff er nach dem Rotwein und goss ihr ein.

»Stoßen wir an?« Er hielt ihr sein Glas entgegen und wartete, die Augen halb geschlossen, das Licht ließ seine Haare glänzen.

»Was willst du von mir, Nicola?«

Er fing an zu lachen, ihr dagegen war nicht nach Lachen zumute. Überhaupt nicht.

»Nicht jetzt. Es gibt Dinge, die gefeiert werden sollten, und deine Rückkehr gehört dazu. Hast du dich schon entschieden, ob du bleibst?«

Die spontane Antwort wäre »Ja« gewesen, aber Angelica hielt sich zurück. Diese Entscheidung wollte sie noch eine Weile für sich behalten. »Ich denke darüber nach.«

»Warum?«

Eine einfache und zugleich schwierige Frage. Angelica schluckte. »Ein Neuanfang birgt immer auch einen Verzicht in sich. Wenn ich hierbleibe, müsste ich mein Leben total umstellen.«

Nicola wirkte nachdenklich. »So ist das Leben nun mal. Es gibt nichts, was ganz und gar richtig oder ganz und gar falsch wäre. Abgesehen davon gibt es zwischen dem, was ist, und dem, was wir wollen, eine Fülle von Fragen, die beantwortet werden müssen.«

Angelica blickte zur Seite. Für einen Moment hatte sie den Eindruck, als wäre er mit seinen Gedanken ganz woanders, und fragte sich, was er wohl all die Jahre gemacht hatte. »Der Besitz ist riesig.«

Er spielte mit einem Zigarettenpäckchen. »Hast du Familie? Kinder? In diesem Haus kann man eine ganze Menge Kinder großziehen, und sie wären ganz sicher glücklich dort. Wir waren auch glücklich, erinnerst du dich?«

Wir? Angelica musste sich zurückhalten, um die scharfe

Antwort wieder runterzuschlucken. »Es hat kein Wir gegeben«, sagte sie dann.

Eine Abfolge von Bildern ging ihr durch den Kopf. Wie sie außer Atem herumtollte, kopfüber ins Meer sprang und tauchte. Fische, die sie mit den Fingerspitzen kitzelte, Nicolas Blicke, in denen Versprechen, Emotionen und Wünsche lagen. Sie hatte das alles nicht vergessen, sie wollte nur nicht mehr daran denken. Nun ließ sie diese Erinnerungen wieder zu, entdeckte die Gefühle und das Glück wieder, die in jenen Momenten gelegen hatten.

In Wirklichkeit hatte es dieses Wir sehr wohl gegeben.

Sie fühlte sich merkwürdig, fast ein wenig unbehaglich. »Außerdem habe ich dir die Frage schon beantwortet, wie mir scheint. Was ist mit dir? Frau? Kinder?«

»Wenn ich sie hätte, wäre ich nicht hier. In dieser Hinsicht habe ich mich nicht verändert, das kannst du mir glauben.«

Die barsche Abfuhr tat ihr weh. Dazu hatte er kein Recht. Er hatte einfach kein Recht, sie so zu behandeln. »Warum? Was tun wir überhaupt *hier*? Das ist doch völlig sinnlos.«

Nicola schwieg eine Weile, dann fragte er: »Warum bist du damals verschwunden?«

Diese Frage hatte er ihr gerade nicht wirklich gestellt. Das musste sie sich eingebildet haben. Über diesen Teil ihrer Vergangenheit wollte sie nicht sprechen.

»Das ist unwichtig.« Sie schüttelte den Kopf, um die Sache herunterzuspielen, und zwang sich zu einem Lächeln.

Nicola wartete jedoch weiter auf eine Antwort. Schweigend, mit düsterem Blick. »Hast du gefunden, was du gesucht hast?«

Einen kurzen Moment dachte sie erneut, sich verhört zu haben. Dann schnürte ihr die Gewissheit die Kehle zu. »Du hast es gewusst, oder? Du hast es immer gewusst.«

»Dass du bei deiner Mutter leben wolltest?«

»Ich habe keine Lust, darüber zu reden. Nicht jetzt.«

Nicola nickte. »Kaffee?« Er stand auf und ließ sie allein. Sie war dankbar für die Pause, ihre Hände zitterten, denn sie war aufgewühlt und kam sich lächerlich vor.

»Und du?«

Angelica hob den Kopf, ein fragender Ausdruck auf dem Gesicht.

Nicola hielt ihr die Tasse hin, aus der mit dem Dampf auch intensiver Kaffeeduft aufstieg. »Was machst du?«

Sie fuhr sich mit der Zunge über die Lippen. »Bienen. Ich arbeite mit Imkern, helfe ihnen bei Problemen und zeige ihnen, wie man mit den Bienen umgeht.«

»Schön«, sagte Nicola leise. »Hat dir Margherita das alles beigebracht?«

»Unter anderem.«

»Sie war eine seltsame Frau. Nicht wenige haben sie gefürchtet.«

»Margherita war ein guter Mensch.«

»Ich habe keineswegs das Gegenteil behauptet, oder?«

»Diese Andeutungen gefallen mir nicht!« Ihre aufgebrachte Stimme hallte durch die Kabine.

»Beruhig dich. Du weißt, dass ich keine Probleme damit habe, klar und deutlich meine Meinung zu sagen. So gut müsstest du mich doch kennen.«

Sie schüttelte den Kopf. »Früher vielleicht.« Dann legte sie den Kaffeelöffel auf den Tisch. »Du kannst nicht so tun, als wäre alles noch wie damals.«

»Du weißt nicht, was du redest«, zischte er, ohne den Blick von ihr abzuwenden.

Angelica merkte, dass sie zu weit gegangen war. Sie hatte zu viel in die Situation hineininterpretiert. Nicola hatte ihr nur ein paar Fragen gestellt, den Rest hatte sie sich wohl zusammengereimt. »Entschuldige, ich bin ziemlich nervös.«

Er lächelte. »Noch einen Schluck Wein?«

Angelica hob ihr Glas im selben Augenblick, als Nicola nachschenken wollte. Es klirrte. Ein scharfer Schmerz durchzuckte ihre Hand, und sie ließ das Glas los.

»Verdammt!«, rief Nicola. Entschlossen schob er sie zum Waschbecken, drehte den Hahn auf und hielt ihre Hand unter das kalte Wasser. »Keine Sorge, ich mach einen Verband drum. Ist bloß ein winziger Schnitt, keine große Sache. Bleib ganz ruhig.«

»Ich bin ruhig«, antwortete sie. Seine übertriebene Reaktion wirkte befremdlich auf sie, fast schon ein wenig peinlich. Ihre Hand schmerzte zwar, aber sie stand auf keinen Fall kurz vor einer Ohnmacht.

»Erst desinfiziere ich die Wunde, dann verbinde ich sie. Bleib einfach hier stehen, ja?« Er nahm ihren Arm, legte ihn auf den Rand des Marmorwaschtischs in dem kleinen Badezimmer, riss mit den Zähnen die Plastikverpackung einer Mullbinde auf und wickelte sie ihr um die Hand.

»Was ist denn nur in dich gefahren? Es ist doch bloß ein harmloser Kratzer.«

Nicola hob ruckartig den Kopf, er war blass, nach Scherzen war ihm nicht zumute. »Wer weiß.«

Angelica lächelte ihm beruhigend zu, aber er schien es gar nicht zu bemerken. Er zwinkerte, dann zog er sie an sich. Sie spürte sein heftig schlagendes Herz, so dicht stand er vor ihr. Auch ihr Herz klopfte. Was war hier eigentlich los?

Dann hörte sie einfach auf, sich Fragen zu stellen. Sie legte ihm die Arme um den Hals, erst zögerlich, dann immer fordernder. Sie schloss die Augen, saugte seine Wärme, seinen Duft in sich auf. Kurz darauf spürte sie Nicolas Lippen auf ihrem Hals.

»Es tut mir leid, ich wollte dir nicht wehtun.«

»Es war ein Missgeschick.« Sie versuchte zu lächeln, um das Gefühl der Leere zu verdrängen. Als es ihr nicht gelang, gab sie die Schuld ihren Gefühlen, die sie schon immer für diesen Jungen, diesen Mann gehabt hatte.

Er ließ sie los und half ihr aus dem kleinen Bad. »Entschuldige, das hätte ich nicht tun sollen.«

Dass er zurückruderte, verwirrte sie. Obwohl Nicola bald wieder zu seinem anmaßenden Ton zurückfand, bekam Angelica den ganzen Abend über seinen entsetzten Gesichtsausdruck nicht aus dem Kopf, als sie sich an dem Glas geschnitten hatte.

In der Nacht konnte sie nicht schlafen. Sie musste ständig daran denken, wie schön es war, so von einem Mann in den Armen gehalten zu werden.

16.

Affodillhonig (Asphodelus microcarpus)
Riecht nach Mandelblüten, Rosen und Zitronenschalen.
Er gilt als Honig der Unbeschwertheit und zaubert einem
ein Lächeln auf die Lippen. Schmeckt ein wenig nach Zucker-
watte und Mandelmilch, ist perlfarben und kristallisiert fein.

Es war Lorenzo, der Angelica aufweckte. Sein dunkles
Knurren hallte durch das Turmzimmer, dasselbe Zimmer und dasselbe Bett, in dem sie auch als Kind geschlafen hatte. Es war mitten in der Nacht. Sie setzte sich auf
und lauschte, den bitteren Geschmack der Angst auf der
Zunge. Sie lauschte weiter, bis ihr ein seltsames Geräusch
auffiel. Es klang nach einem Seufzen. Entschlossen stieg sie
aus dem Bett, streifte ein T-Shirt über und zog Socken an.
Lorenzo blieb vor der Tür stehen und rannte dann die Trep-
pen hinunter. Anfangs war es die Sorge, ihm könnte etwas
passieren, die sie dazu brachte, ihm zu folgen. Danach war
es die Wut, die sie antrieb.

Das Holz unter ihren Füßen fühlte sich glatt und angenehm warm an. Durch die Ritzen der Fensterläden sicker-
ten schüchterne Lichtstrahlen, sonst war es stockdunkel. Sie
tastete sich an den Wänden entlang und fühlte sich in ihre
Kindheit zurückversetzt. Damals hatte sie sich im Dunkeln

dieselben Stufen hinuntergeschlichen, um Jaja zu folgen, wenn sie nachts in den Wald ging.

Lorenzo knurrte erneut, dann begann er zu bellen. Angelica hastete ihm hinterher. Da knallte etwas gegen die Tür, und ein Schrei war zu hören. Sie knipste das Licht an. In dem hellen Flur konnte sie deutlich einen Schatten auf der anderen Seite des Fensters erkennen, der rasch verschwand. Nachdem sie das Schloss überprüft hatte, atmete sie auf. Die Tür war verschlossen. Wo war das Telefon? Sie musste Hilfe holen. Panisch rannte sie wieder nach oben und holte das Handy. Erst nach mehreren Anläufen hatte sie ihre zitternden Finger so weit unter Kontrolle, dass sie die richtige Nummer wählen konnte. Sie musste nicht lange warten, beim zweiten Klingeln nahm er ab.

»Kannst du bitte herkommen?«

Maria hatte die Nacht lieben gelernt. Nachts kam sie zur Ruhe, konnte nachdenken, handeln. Das war nicht immer so gewesen. Als Kind war die Nacht für sie ein Synonym für Angst und Schmerz gewesen. Sie drängte den Gedanken beiseite, sie würde sich jetzt nicht in ihren Erinnerungen verlieren, das wäre völlig sinnlos. Die Bilder gehörten zu einer Vergangenheit, die längst begraben war.

Mit einem Seufzen starrte sie an die Decke. Seitdem Angelica weggegangen war, konnte sie an nichts anderes mehr denken. Die Unvernunft ihrer Tochter machte sie einerseits wütend, andererseits verstand sie die spontane Entscheidung, denn sie hatte Angelica tief enttäuscht. Maria hatte ausgerechnet den Menschen, den sie mehr liebte als ihr Leben, im Stich gelassen.

»Ich bin hingefallen, ich habe nach dir gerufen…«

Angelicas Stimme war in ihren Gedanken und in ihrem Herzen. Am schlimmsten waren jedoch die Vorwürfe, die darin mitschwangen. Denn ihre Tochter hatte recht, mit allem. Sie hatte Angelica vernachlässigt, hatte sich nur um ihren eigenen Schmerz gekümmert und alles andere geopfert. Sogar ihr eigen Fleisch und Blut.

Sie wusste alles über den schrecklichen Unfall. Omero, der alte Schäfer, der die Herden der Grimaldis nahe der Hütte hütete, hatte die kleine Angelica zwischen den Felsen gefunden und zu Margherita gebracht.

Nachdem Maria bei ihrer Rückkehr feststellen musste, dass ihre Tochter verschwunden war, war sie außer sich vor Wut. Sie hatte dem Kind doch strikt verboten, bei Margherita betteln zu gehen. Das würde sie ihr nicht durchgehen lassen. Immerhin war sie inzwischen groß genug, um alleine zurechtzukommen. Herrje, als sie in Angelicas Alter gewesen war, hatte sie bereits ihr eigenes Geld verdient und regelmäßig gearbeitet. Die Wut juckte bis in ihre Finger. Sie würde dem Gör eine Lektion erteilen. Mit diesen Gedanken eilte sie zum Haus der alten Frau. Dort angekommen, reagierte Margherita jedoch gar nicht auf ihre Anschuldigungen. Sie sah sie nur schweigend an, die Lippen fest aufeinandergepresst, mit diesem geduldigen Gesichtsausdruck, den sie so hasste, weil er sie schier verrückt machte.

Maria hatte eine schwere Woche hinter sich. Die Frau, für die sie arbeitete, hatte ihr den Lohn um die Hälfte gekürzt, was bedeutete, dass sie sich eine andere Arbeit suchen musste. Vielleicht noch weiter weg. Sie schleuderte Margherita die ganze Wut entgegen, die sich in jenen Tagen in ihr aufgestaut hatte.

Diese verdammte Margherita Senes! Immer perfekt,

immer tüchtig. Eine Frau, die alles konnte. Die für jedes Problem eine Lösung hatte und jeder Situation mit einem Lächeln begegnete. »Lass die Finger von ihr, sie ist meine Tochter und nicht deine!«, schrie sie. »Hast du mich verstanden? Du sollst Angelica in Ruhe lassen. Sie gehört mir!«

Die Alte hörte ihr schweigend zu. Aber dann brach es aus ihr heraus, sie packte Maria, zog sie ins Haus und zerrte sie über die Treppe nach oben. »Ich zeig sie dir, komm, ich zeig dir deine Angelica!«

Das Kind lag im Bett, eine dünne Schicht Honig auf dem Gesicht. Unter der goldenen Hülle war die Haut tiefrot, an einigen Stellen fast schwarz. Ein Arm und ein Bein waren geschient.

Maria öffnete den Mund, doch der Entsetzensschrei blieb ihr im Hals stecken. Sie stürzte auf Angelica zu, wollte sie umarmen, berühren. Doch Margherita hielt sie fest. Sie befreite sich, wollte ihrer Tochter alles erklären, warum sie nicht da gewesen war und sie nicht hatte beschützen können, warum sie nicht auf die Kleine aufpassen konnte, wie es ihre mütterliche Pflicht gewesen wäre.

Als sie näher kam, legten sich die Tränen wie ein Schleier über ihr Gesicht. Ihre Tochter schaute sie nicht ein einziges Mal wirklich an. Sie weinte nur.

Mit schleppenden Schritten stieg sie die Treppe wieder hinunter. Margherita musste sie stützen, damit sie nicht zusammenbrach.

»Sie ist noch ein Kind, sie kann nicht alleine bleiben«, sagte die Alte.

Ein Kind. Diese beiden Wörter quälten sie, bohrten sich in ihren Kopf, so tief, dass ihre Seele blutete. Was hatte sie ihrer Tochter nur angetan?

Margherita versicherte ihr, dass die Wunden am Körper verheilen würden, auch die Verbrennungen, die das Mädchen sich unter der sengenden Augustsonne zugezogen hatte. Honig wirkte bei solchen Schäden Wunder, ein besseres Mittel für die Regeneration der Haut gab es nicht. Aber der Rest ... Maria wusste, dass es die Verletzungen der Seele waren, auf die es wirklich ankam. Angelica hatte schon zu viele davon. Das Bewusstsein, daran schuld zu sein, ausgerechnet sie, die ihr Kind mehr liebte als ihr eigenes Leben, war unerträglich.

Seit jenem Tag hatte Maria nicht mehr geweint, diese Zeiten waren vorbei. Weinen half nicht weiter. Aber sie hatte eine Entscheidung getroffen und noch am selben Abend die Koffer gepackt. Zwei Jahre später war sie verheiratet, und im Jahr darauf war sie gekommen, um Angelica zu sich zu holen.

Maria stand auf, sie würde ohnehin nicht schlafen können. Als sie sich den Bademantel überstreifte, zuckte sie zusammen und griff sich ans Herz. Der Schmerz war stark und nahm ihr fast den Atem. Durch die Fensterscheibe starrte sie in die Dunkelheit. Das war kein körperlicher Schmerz, sondern tief empfundene Angst.

Welcher Tag war heute? Sie ging in die Küche zum Kalender. Seit wie vielen Tagen war ihre Tochter jetzt schon in Sardinien? Ein Schauder überkam sie, und sie fasste sich mit der Hand an den Hals. Und wenn ihr etwas passiert war?

»Du hättest auf mich hören und nicht in dieses verfluchte Dorf zurückkehren sollen.«

Angelica schaute Nicola in die Augen. »Er hat die Tür eingeschlagen, er wollte, dass ich aufwache.«

Nicola fuhr sich durchs Haar und ließ sich dann auf den Küchenstuhl sinken, eine Tasse Kaffee vor sich, die nach Zuhause und nach Familie duftete. »Er hat keine Spuren hinterlassen, wahrscheinlich ist er über die Begrenzungsmauer auf und davon. Ich glaube nicht, dass er über den Strand gekommen ist. Ich habe mich umgesehen, Schäden gibt es keine. Ob er etwas mitgenommen hat, weiß ich nicht.« Er trank einen Schluck Kaffee. »Die Polizei untersucht den Vorfall noch. Du musst aufs Revier und deine Aussage unterschreiben.« Er machte eine Pause, damit ihr bewusst wurde, in welcher Gefahr sie geschwebt hatte. »Später kommt der Schlosser vorbei, um das Schloss auszuwechseln.« Er ging zur Tür, legte die Hand auf den Griff und wollte gehen.

»Wer könnte so etwas tun?« Angelica packte ihn am Ärmel. Ihr Klammergriff sagte mehr als Worte oder Blicke.

»Jetzt ist alles vorbei.«

Wer war dieses Schwein?, überlegte Nicola. Er hatte schon einen Verdacht, wer Interesse daran haben konnte, Angelica einzuschüchtern, doch er zwang sich, seine Vermutung zu verdrängen. Daran wollte er nicht denken, jedenfalls nicht jetzt.

Er konzentrierte sich wieder auf sie.

Ein Fehler.

Ihr Bemühen, das Zittern ihrer Hände unter Kontrolle zu bringen, das blasse Lächeln, das sie sich trotz ihrer offensichtlichen Bestürzung abrang, all das berührte ihn tief. Sie kämpfte.

Sie war immer schon eine Kämpferin gewesen.

Ihren Mut hatte er bereits als Kind an ihr bewundert, und jetzt als erwachsene Frau hatten sich Beharrlichkeit und Willenskraft dazugesellt. Aus einem mutigen Kind war eine konsequente Frau geworden.

Vorsichtig umschloss er ihre zur Faust geballte Hand. Unter seiner wettergegerbten Lederhaut wirkten ihre Finger noch heller. Sie sahen sich tief in die Augen. Wohlige Wärme, ein leichtes Zittern, dann zog sie ihre Hand zurück.

Nicola wandte sich ab, er wollte sie nicht ansehen. Wenn er es getan hätte, hätte er den Tatsachen ins Auge blicken müssen. Sie hatte sich verweigert. In diesem Moment war er zu überrascht, zu enttäuscht, und zwar aus vielfältigen Gründen.

Er hatte sich zu einer übertrieben sentimentalen Geste hinreißen lassen. Angelica brauchte keinen Trost. Fast hätte er laut gelacht. Er war es doch, der das Bedürfnis hatte, in ihrer Nähe zu sein. Wie von Sinnen war er nach ihrem Anruf losgefahren, während vor seinem inneren Auge schreckliche Bilder abgelaufen waren. Er hatte ein Problem, nicht sie.

Ohne ein Wort ging er in den Hof. Er brauchte Abstand, um wieder frei atmen zu können, dann nahm er das Handy heraus und wählte eine Nummer.

»Alles in Ordnung? Was ist los?«

Nicola konnte seine Wut kaum zurückhalten. »Was fällt dir eigentlich ein? Bist du völlig verrückt geworden?«

»Wovon redest du? Weißt du eigentlich, wie spät es ist?«

Nicola biss die Zähne zusammen, dann atmete er langsam ein und aus. Claudios Stimme klang verschlafen, seine Überraschung wirkte echt.

»Du warst es also nicht?«

»Was denn?«

»Jemand hat versucht, bei Angelica einzubrechen, und hat ihr auf der Tür eine Nachricht hinterlassen.«

Stille, dann ein kurzes Lachen. »Wohl eher kein Willkommensgruß, nehme ich an.«

»Nein. Das nicht.«

»Ich weiß nicht, wer das gewesen sein könnte, aber es hilft uns. Sie wird verängstigt sein, damit hast du einen Fuß in der Tür. Erhöhe unser Angebot, wenn es sein muss. Sie hat sich an dich gewendet, als sie Hilfe brauchte, das heißt, sie vertraut dir.«

Ja, sie hatte ihn angerufen, und das bedeutete ihm viel. »Du weißt, was ich davon halte.«

»Ich habe dir die Situation mehrfach erklärt, dieses Mal dürfen wir uns keinen Fehler erlauben.«

»Du machst dir keine Vorstellung, was du da von mir verlangst.«

»Da irrst du dich Nicola, aber das interessiert hier nicht. Wir sind am Ende, und ich brauche dich. Es geht um unsere Existenz, du kennst die Alternative.«

Angelica hatte das Zimmer immer geliebt. Von dem Turm aus konnte man das Meer sehen, den Himmel und die Linie, wo sich die beiden trafen. Eine magische blaue Welt, die sie mit Freude und Ehrfurcht erfüllte, doch in diesem Moment gab es nichts, was die Angst verdrängen konnte, die sie quälte.

Lorenzo hatte sich zu ihren Füßen zusammengerollt, Pepita lag auf dem Bett. Angelica schenkte den beiden einen kurzen Blick, konzentrierte sich dann aber sofort wieder auf das Meer und den Himmel. Der Eindringling hätte ihren Hund töten oder ihm Schmerzen zufügen können. Ein unerträglicher Gedanke.

Sie starrte weiter ins Nichts, dann öffnete sie das Fenster. Der Wind blies ihr die Gerüche ihrer kleinen Welt entgegen, salzig, rau und feucht. Sie lauschte, versuchte seine Botschaft zu verstehen, aber er hatte ihr nichts zu sagen.

Fassungslos und verwirrt saß sie da, fühlte sich ausgestoßen. Was sollte sie tun? Allein der Gedanke, dass ihrem Hund oder ihrer Katze etwas zustoßen könnte, erfüllte sie mit panischer Angst. Sie schlang die Arme um den Brustkorb.

Hau ab!

Die Worte hatte der Unbekannte mit blutroter Farbe auf die Tür gepinselt. Die Farbe war nach unten gelaufen und hatte Spuren hinterlassen, die aussahen wie geronnenes Blut. Wer konnte das gewesen sein?

Ihr Blick wanderte vom Horizont in den Hof zurück. Dort hatte sie den Campingbus geparkt, um besser ausladen zu können. Ihr ganzes Gepäck passte in eine Reisetasche und zwei Kisten. Es ins Haus zu bringen hatte weniger als eine Stunde gedauert. Würde das Einladen ebenso schnell gehen? In wie viele Kisten würde sie ihr Leben diesmal packen? Zwei, drei?

Die Ungeduld in ihr wuchs, dann gesellten sich Wut und Schmerz hinzu. Die Gefühle klebten auf ihrer Haut und in ihren Haaren, waren überall. Am liebsten hätte Angelica sie sich vom Körper gekratzt.

Wenn sie abreisen würde, hätte sie wieder ihre Ruhe, das wusste sie. So war es bisher immer gewesen.

Sie schätzte die Zeit ab, die sie zum Packen brauchen würde. Zehn Minuten, wenn sie sich beeilte, vielleicht noch weniger.

Die Menschen in Abbadulche wollten sie nicht hierhaben. Das war nichts Neues. Aber man hatte sie zum ersten Mal bedroht, jemand hatte »Hau ab!« auf ihre Tür geschrieben.

Nicola hatte die Tür neu streichen müssen, um die Warnung zu entfernen.

Wenn sie die Augen schloss, hatte Angelica die kleinen Farbkleckse wieder vor sich. Sie hatten ausgesehen wie Blut. Es hätte durchaus Blut sein können. Das von Lorenzo oder das von Pepita. Allein bei dem Gedanken drehte sich ihr der Magen um.

Sie stand auf und ging nach unten, ohne ihre Umgebung wahrzunehmen. Sie wollte nichts wahrnehmen, nicht die Fotografien, nicht die Bücher, nicht die Möbel. Warum nur hatte Jaja ausgerechnet ihr das alles hinterlassen? Sie wusste nicht, was sie damit anfangen sollte, sie war jemand, der weglief, der Menschen, Dinge, alles hinter sich zurückließ. Margherita hätte ihr Hab und Gut den Fenus hinterlassen sollen. Oder Memma. Auf alle Fälle nicht ihr, sie hatte es nicht verdient.

In der Küche setzte sie Wasser auf, ein Tee würde ihr guttun, sie beruhigen. Es ist ganz normal, Angst zu haben, dachte sie. Aber sie fühlte etwas anderes. Das Bedürfnis, alles hinter sich zu lassen. Wieder einmal.

Auf einmal regte sich Widerstand in ihr. Das war überraschend, denn sonst hatte sie niemals Zweifel gehabt, nicht die mindeste Unsicherheit verspürt. Sonst war da immer nur tiefe Erleichterung gewesen.

Ihre Gedanken kehrten in die Vergangenheit zurück. Es war nicht das erste Mal, dass sie versuchte, sesshaft zu werden. Nur irgendwann verlor jeder neue Ort an Farbe, an Struktur, sogar an Geruch, und sie spürte, dass es wieder mal Zeit für eine Veränderung war. Das hatte ihr Leben interessant gemacht. Der Wandel, neue Dinge, neue Menschen, neue Sprachen, neue Kulturen. Das Neue lenkte sie von dem ab, was sie quälte. Doch die Welt, die sie für kurze Zeit hinter sich gelassen hatte, tauchte wenig später wieder auf, als würde sie in einen Spiegel schauen. Was sie dort sah, gefiel ihr nicht, hatte ihr noch nie gefallen. Also flüchtete sie weiter.

Angelica fuhr sich mit der Hand übers Gesicht. Der Garten, die Bäume, das Meer. Sie wäre so gerne jemand, der etwas Bleibendes schafft, so wie Jaja, wie Sofia. Aber sie war wie ihre Mutter, von Zweifeln gequält, unruhig und allein.

Dieses Mal war es anders. Was auch immer geschehen war, an diesem Ort wollte sie bleiben. Sie hatte sogar Pläne geschmiedet, wie ihr Leben in Abbadulche verlaufen könnte. Sie hatte Nicola tief in die Augen geblickt und sich gewünscht, für immer an seiner Seite zu bleiben, ihm nach dem Aufwachen zärtlich den Nacken zu streicheln und gemeinsam die Sonne aufgehen zu sehen, Tag für Tag.

Sie goss sich eine Tasse Tee ein. Die Wärme tat gut, und sie ging damit zur Tür, wo Nicola gerade dabei war, dem Holz einen zweiten Anstrich zu verpassen. Jetzt war die Tür blau-weiß.

Sicher, wenn sie bleiben würde ...

Da drehte er den Kopf, und ihre Blicke trafen sich. Das Bedürfnis, auf ihn zuzugehen und in seine Arme zu sinken, war so groß, dass sie die Hände zur Faust ballen und die Arme rechts und links an den Körper anlegen musste. Er sagte etwas zu ihr, lächelte und winkte. Sie antwortete nicht, drehte sich um und ging wieder hinein. Sie wollte nichts hören.

Alles kam ihr auf einmal unerträglich vor, ein Gefühl der Enge lähmte sie. Die eingeatmete Luft kam nur mit Mühe in ihrer Lunge an, so schwer und dicht schien sie zu sein. Sie öffnete den Mund, um dem Erstickungsgefühl entgegenzuwirken. Sie war umzingelt, überall um sie herum war etwas, war jemand, der etwas von ihr wollte. Das Erbe, Jaja und Marias Lügen. Pina und Gigliola, alleine auf dem Hügel. Dann wanderten ihre Gedanken wieder zu dem Unbekannten, der in ihr Haus hatte einbrechen wollen. Und weiter zu Nicolas Gesicht. Zu seinen Augen. Seiner Präsenz.

Angelica ging in die Küche und von dort weiter in den Garten. Sie zwang sich, langsam zu gehen, obwohl sie am liebsten gerannt wäre.

Die Bienenstöcke waren nicht weit, noch ein paar Meter, und sie wäre in ihrer Welt. In Sicherheit. Sie breitete die Arme aus und fing an zu singen, noch bevor sie dort war. Die Bienen waren ruhig und friedlich. Sie schwärmten durch die Luft und verharrten kurz an Ort und Stelle, um dann auf sie zuzufliegen. Als wollten sie ihr etwas mitteilen. Seltsam. Angelica hörte auf zu singen und trat vorsichtig auf die Bienenstöcke unter dem Feigenbaum zu. Darunter lugte ein kleiner Fuß hervor, nackt und dreckig. Ihr stockte der Atem. Was hatte ein Kind unter einem Bienenkorb zu suchen?

Ein Schritt, dann noch einer. Ihr Herz raste, die Angst war jetzt körperlich spürbar. Wer war das? Was war geschehen?

Ein Rascheln, dann tauchten über dem Deckel des Korbs zwei Augen auf. Ein Augenpaar von einem so tiefen Grün, wie Angelica es noch nie gesehen hatte, unter zerzausten Haaren, voller kleiner Zweige und Blätter. Schlammverkrustete Finger umklammerten den Deckel. Das gelbe T-Shirt war völlig verdreckt. Die Bienen umschwirrten die Kleine, hin und wieder setzte sich eine auf ihren Kopf, bevor sie weiterflog.

Angelica hielt den Atem an, schluckte ihre Verblüffung herunter und lächelte. Ein tiefes Gefühl hatte alles andere verdrängt. Jetzt gab es nur noch sie und das Mädchen. Und die Bienen.

»Ciao. Wie heißt du?«

Das Mädchen antwortete nicht, sondern sah sich um. Offensichtlich suchte es nach einem Fluchtweg wie schon bei ihrem ersten Zusammentreffen. Angelica breitete die Arme aus und begann zu singen.

»Ich zeig dir was, einverstanden?«

Die Kleine drehte sich zu ihr um, Misstrauen und Unsicherheit spiegelten sich in ihren klugen, verängstigten Augen.

»Du hast keine Angst vor den Bienen, oder?«

Eine winzige Falte trat auf die Stirn des Mädchens und verriet seine Gedanken. Nein, sie hatte keine Angst vor Bienen, allein die Vorstellung erschien ihr lächerlich. Trotzdem duckte sie sich wieder hinter den Bienenkorb.

Angelicas Gesang vermischte sich mit dem Zwitschern der Vögel und dem Rauschen des Windes. Eine geheimnisvolle Melodie erfüllte die Luft und drang bis in ihre Seele. Das Kind kam neugierig aus seinem Versteck und machte ein paar Schritte auf sie zu. Als die Bienen sich auf Angelica zu setzen begannen, war die Kleine ganz in ihrer Nähe.

»Versuch es ruhig auch mal, streck die Arme aus und singe, es ist gar nicht schwer.«

Wie verzaubert schaute das Mädchen sie an. Sie verzog

das Gesicht und senkte den Kopf. Dann drehte sie sich um und rannte davon.

»Halt, nicht weglaufen.«

Angelica wollte ihr folgen, als sie bemerkte, dass unter den Bienen Unruhe aufgekommen war. Sie drehte sich um und bemerkte Nicola am Wiesenrand, der sie aufmerksam betrachtete.

»Geht es dir gut?«

»Ja. Hast du gesehen? Da war ein Mädchen. Ich habe sie schon an Abend getroffen, als ich hier angekommen bin.«

Nicola blickte sich nachdenklich um und streckte ihr die Hand entgegen. »Ja, schon, aber ich weiß auch nicht, wer sie ist. Komm, lass uns wieder reingehen.«

Angelica ergriff die ausgestreckte Hand. »Ich bleibe«, sagte sie, ohne den Blick von ihm abzuwenden. Wollte sie ihn herausfordern?

Nicola gab sich ungerührt. »Sicher?«

»Ja. Ich bleibe.«

Hand in Hand verharrten sie eine Weile reglos, ohne etwas zu sagen, jeder in seine eigenen Gedanken versunken.

17.

Löwenzahnhonig (Taraxacum officinale)
Intensiver, durchdringender Geruch nach Heu und getrockneter
Kamille. Gilt als Honig der Leichtigkeit und der Fantasie, vertreibt Anspannung und Angst. Man fühlt sich in eine Wiese
unter blauem Himmel versetzt. Bernsteinfarben, kristallisiert fein.

»Jetzt ist sie doch zurückgekommen.« Der Schlosser packte
sein Werkzeug wieder ein, nachdem er die Schlösser der
Haustür, des Gittertors und der Terrassentür ausgetauscht
hatte.

Nicola streifte sich die Handschuhe ab und schüttelte
ihm die Hand. »Ein schönes Fleckchen Erde. Das findet sie
wohl auch, denke ich.«

Fabio Ortu blickte sich um. »Allerdings, da hast du recht!
Als ich frisch verheiratet war, sind wir in die Stadt gezogen, weil Carla dort eine Stelle hatte. Ich habe ohnehin genug Arbeit, ein guter Handwerker ist immer gefragt. Nach
einem Jahr sind wir zurückgekommen. Hier verdienen wir
zwar weniger, aber alles ist entspannter. In der Stadt hat es
Zeiten gegeben, da habe ich meine Frau nur nachts im Bett
gesehen. Versteh mich nicht falsch, wir waren schlagkaputt
und hundemüde, an was anderes als Schlaf war nicht zu
denken.«

Fabios Vertraulichkeit entlockte Nicola ein Lächeln. Als Kinder waren sie befreundet gewesen, und das hatte sich über die Jahre auch nicht verändert. Einmal Freund, immer Freund.

»Was bin ich dir schuldig?« Nicola zog seinen Geldbeutel heraus. Er wollte unbedingt zu Angelica ins Haus zurück.

»Komm im Büro vorbei, Carla macht dir die Rechnung fertig. Ich muss das erst noch ausrechnen.«

»Wie du willst. Wie geht es ihr?«

Fabio lächelte. »Na ja, dafür, dass sie im siebten Monat ist, recht gut.«

Sein Gesichtsausdruck berührte Nicola tief. Fabio strahlte vor Glück und Stolz.

»Und du? Willst du nicht auch langsam mal heiraten?«

Er schüttelte den Kopf. »Nein. Ich bin für die Ehe nicht gemacht.«

Sie schwiegen.

»Nicola, weißt du, ihr Leute mit Geld denkt viel zu viel nach und verpasst deshalb eine ganze Menge. Pass auf dich auf, und grüß mir Angelica. Warum sie zurückgekommen ist, weiß Gott allein. Ich hätte das ganze Dorf zum Teufel gejagt und das Haus an einen Papageienzüchter verkauft, dann wäre richtig Leben in der Bude gewesen.«

Die Vorstellung war so aberwitzig, dass Nicola den Kopf schüttelte. »Du hast echt eine blühende Fantasie.«

Fabios Lächeln wurde breiter. »Ich habe gehört, dein Bruder hat einiges vor.«

Nicola wurde stockfsteif. »Die Leute reden viel.«

Sein Freund reagierte nicht auf den unterschwelligen Vorwurf, sondern zuckte nur mit den Schultern. »Wenn du der einzige Schlosser weit und breit bist, ist es ganz normal, dass du alles mitbekommst. Wenn du zum Beispiel beim Bürgermeister ein Schloss auswechseln musst, dann kannst du dir ja keine Stöpsel in die Ohren stecken, damit du nicht mithörst, wenn er am Telefon davon schwärmt, wie sein Dorf in Zukunft aussehen wird. Ich zitiere: ›Ein Golfplatz nach internationalem Standard und der modernste Hafen von ganz Sardinien.‹ Der wäre sogar für den America's Cup attraktiv.«

»Du machst Witze, oder?«

»Sehe ich so aus?«

Nein, nicht wirklich. »Grüß Carla von mir«, sagte Nicola und klopfte Fabio auf die Schulter. »Ich komme gegen Abend vorbei.«

»Ich richte es ihr aus. Und bereite dich auf ein paar unangenehme Fragen vor.« Er deutete auf das Haus.

Nicola verzog das Gesicht. »Vergiss es!«

»Ich hab dich jedenfalls vorgewarnt«, Fabio winkte und stieg in den Transporter.

Als Nicola ihm noch etwas nachrief, kurbelte Fabio das Fenster herunter, und sie unterhielten sich noch einige Minuten, dann schüttelten sie sich nochmals die Hand. Nicola beschloss, ins Haus zurückzugehen. Er klopfte und öffnete die Tür.

Er mochte dieses Haus, es war ein einladender, heiterer Ort. Die gelben, rosa und türkisfarbenen Wände, die trotz ihres Alters keinerlei Spuren von Feuchtigkeit zeigten, die mehrfach überstrichenen Möbel. Die Schäferin aus Porzellan, die wie eine Dame gekleidet war, zu ihren Füßen ein Lamm, das eher wie ein Pudel aussah. Heilige und Engel, alle ordentlich in einer Reihe. Daneben ein rustikaler Terracottakrug.

Im Haus seiner Eltern war alles ganz anders gewesen. Luxus, wohin man schaute, dunkle Möbel, Designersessel, Gemälde von berühmten Künstlern. Claudio war fast immer beruflich unterwegs gewesen, sein Vater hatte im Arbeitszimmer gesessen oder war in der Stadt gewesen. Seine Mutter hatte unzählige Stunden damit verbracht, für wohltätige Zwecke Pullover zu stricken. Sie hatte das mondäne Leben gehasst. Einmal im Monat hatte sie alles zu Margherita Senes gebracht. Wer weiß, was die Alte mit all den Pullovern gemacht hatte.

Dann bemerkte er Angelica, oder besser gesagt, ihre Blicke trafen sich. Nachdenklich saß sie am Küchentisch und hatte einige Papiere vor sich ausgebreitet.

Nicola kniff die Augen zusammen. »Alles erledigt. Hier sind die neuen Schlüssel.«

Sie streckte die Hand danach aus. »Es tut mir leid, dass ich dir den ganzen Vormittag ruiniert habe.«

Sanft strich er ihr über die Handfläche und ließ die Schlüssel hineingleiten. Jetzt erst bemerkte er, dass ihre Hände zitterten. Er setzte sich neben sie.

»Es war doch ein Notfall, oder?«, fragte er. »Aber falls du alles nur erfunden haben solltest, um mich mitten in der Nacht zu dir zu locken, nehme ich dir das auch nicht übel.«

Angelica zog entrüstet die Augenbrauen hoch. »Wie bitte? Wie kannst du auch nur im Geringsten glauben, dass ich …«

»Das war ironisch gemeint, Angelica. Ich wollte dich nur ein bisschen aufziehen.«

Ihre Lippen zitterten. Als im nächsten Moment ein Lächeln ihr Gesicht erhellte, hielt Nicola den Atem an. Sie schaute ihm tief in die Augen, dann strich sie ihm über die

Wange. Ihre Finger waren feingliedrig und zart, rochen nach Seife und Bienenwachs.

Und sie brannten.

Er bemühte sich, etwas Witziges zu sagen, aber sein Hals war wie zugeschnürt. Ihm wollte nichts einfallen, er konnte kaum atmen.

»Ich bin froh, dass du da bist.«

»Ich weiß.«

Mit einem Lächeln nahm er ihre Hand in die seine. Als er die Lippen darauf drückte, war er überrascht, dass sie die Hand diesmal nicht zurückzog.

»Danke, dass du hergekommen bist.«

Nicola hielt ihre Hand jetzt ganz fest, als wollte er sie nie wieder loslassen. Er hätte ihr danken sollen.

Aber er wollte diesen Gedanken nicht zu Ende führen, sondern sich auf etwas Naheliegendes konzentrieren, zum Beispiel darauf, sie anzusehen.

Ihre Nähe zu spüren.

Sie war da, sie saß vor ihm, aber das war nur eine Momentaufnahme, ein Zustand. Der schnell wieder Vergangenheit sein konnte.

»Entspann dich. Es ist vorbei.«

Es würde ganz sicher nicht wieder passieren, darum würde er sich persönlich kümmern.

In diesem Augenblick musste er an Claudio denken. Die Gelegenheit musste er nutzen. Angelica war müde, erschöpft und verängstigt. Wenn er sie jetzt ein wenig drängte, würde sie das Haus vielleicht verkaufen. Dann wäre dieses Intermezzo zu Ende, und ein jeder würde wieder seiner Wege gehen.

Er fuhr sich mit der Hand übers Gesicht und zog eine

Grimasse. Seine Gedanken rasten. Wenn Angelica sein Angebot annahm, dann würde sie wieder gehen, dorthin, wo sie hergekommen war. Alles wäre dann wieder wie immer ...

Nein.

Es nicht zu tun widersprach jeder Logik. Aber er war kein logisch denkender Mensch. Nicht mehr.

Er sah sie weiter an, ihre Finger schienen einer imaginären Spur zu folgen. Mit ruckartigen Bewegungen und trotzdem zielgerichtet. Diese Seite an ihr hatte ihn schon immer fasziniert.

Plötzlich schien sie eine andere zu sein, sie wirkte jetzt ganz ruhig. Als hätte sie ihre Krise überwunden. Dabei war er sicher, dass sie sich nur verkroch. In ihrer eigenen Welt würde sie so lange bleiben, bis es wirklich vorbei war. Er wusste es deshalb so genau, weil er früher der Einzige gewesen war, dem sie sich anvertraut hatte, wenn es ihr schlecht ging und ihr alles sinnlos schien.

»Du kannst es mir ruhig sagen.« Seine Stimme war nur ein Flüstern, das niemand außer ihnen beiden hören konnte.

Angelica zuckte zusammen und sprang auf. Das Geräusch des über den Boden rutschenden Stuhles störte die Stille im Haus. Nicola erreichte sie erst, als sie schon an der Tür war, und packte sie am Arm, damit sie sich umdrehte.

»Lass mich los!«

Er gab sie frei, blieb jedoch dicht bei ihr stehen. Als sie den Kopf gegen die Wand lehnte und in Tränen ausbrach, verharrte er an Ort und Stelle, ohne sie zu berühren, so lange, bis sie sich mit dem Handrücken über die Wangen gewischt hatte.

»Besser?«

Angelica nickte. Sie atmete tief durch. »Entschuldige,

ich weiß auch nicht, was in mich gefahren ist, ich bin pathetisch.« Dann setzte sie sich auf die unterste Stufe der Treppe, die zu ihrem Zimmer hinaufführte.

Nicola neigte den Kopf. »Darf ich mich zu dir gesellen?«

Sie rutschte etwas zur Seite, damit er auch Platz hatte. Danach vergrub sie das Gesicht in den Händen. »Ich weiß wirklich nicht, was in mich gefahren ist.«

»Na ja… Ein Unbekannter schlägt dir mitten in der Nacht die Tür ein, und bevor er flüchtet, legt er dir nahe, um es mal freundlich auszudrücken, dein Haus zu verlassen, das noch dazu für dich besonders wichtig ist, weil du es von einem über alles geliebten Menschen geerbt hast. Nein, du hast recht, da gibt es wirklich nichts, was einen beunruhigen könnte.«

Sie musste lachen. Wie sehr er dieses Lachen liebte! Er hatte es so vermisst. Und nicht nur das.

»Darf ich dich etwas fragen?«

Angelica seufzte. »Bitte.«

»Warum bist du damals nicht zurückgekommen?«

Sofort wurde sie stocksteif. Ihr Instinkt sagte ihr, dass jetzt die beste Gelegenheit wäre, Nicola ein für alle Mal loszuwerden. So wie sie es mit allen Männern gemacht hatte, die ihr zu nahe gekommen waren, die ihr Fragen gestellt und Antworten darauf erwartet hatten. Sie hätte ihm irgendetwas erzählen können, sich etwas Gemeines einfallen lassen können. Dann hätte er sie verachtet und für immer in Ruhe gelassen. Sie kannte dieses Spiel nur zu gut. Sie hatte es oft genug gespielt.

Aber Nicola war nicht wie die anderen.

Er verstand sie.

Er war hier, saß neben ihr und lächelte sie an.

Nein, sie würde ihn nicht wegschicken, das wurde ihr in diesem Moment bewusst. Er sollte sie nicht verachten. Das würde sie nicht ertragen.

Davon abgesehen wollte sie nicht schon wieder verlassen werden.

Sie wollte nicht länger alleine sein.

Angelica fuhr sich mit der Zunge über die Lippen, suchte nach den richtigen Worten. »Meine Mutter ist völlig überraschend bei Margherita aufgetaucht, das weißt du ja. Ich konnte nicht mal meinen Koffer packen. Sie wollte nicht, dass ich etwas mitnehme.«

Nicola presste die Zähne zusammen. »Und warum hast du nie auf meine Briefe geantwortet?«

»Welche Briefe?«

»Na die, die ich dir geschrieben habe.«

Stille. »Die habe ich nie bekommen. Ich habe nicht mal Jaja geschrieben. Meine Mutter hat mir damals erzählt, sie wäre tot.«

»Was? Das darf doch wohl nicht wahr sein!«

Als sie nicht antwortete, schüttelte er den Kopf. Sie blieben, in ihre Erinnerungen versunken, sitzen und sprachen kein Wort.

»Aber ich habe dich angerufen.«

»Wie? Wann denn?«

Angelica zögerte. »Etwa eine Woche später. Dein Bruder war dran.«

Claudio. Dieser … »Er hat mir nichts davon gesagt.«

»Vielleicht hat er gedacht, es wäre nicht weiter wichtig. Nur eine deiner vielen Freundinnen.«

Verdammt, natürlich hatte sein Bruder gewusst, wie wichtig der Anruf für ihn war.

»Damals warst du meine einzige Freundin, Angelica, das hättest du wissen müssen.«

Er betonte jedes einzelne Wort. Sie würde das Gesagte abspeichern und seine Bedeutung später erfassen, wenn sie zur Ruhe gekommen war. Im Moment war sie zu aufgewühlt, ihre Gedanken fuhren Karussell. Gedanken, für die sie sich später schämen würde.

»Stimmt, das hätte ich wissen müssen.« Sie hielt inne. »Ich konnte das Leben in Rom nicht ertragen. Ich konnte nichts essen, nicht schlafen. Ich weiß nicht, ob ich jemals so verzweifelt war. Ich habe wie in einer Blase gelebt. Ich war innen, und die anderen waren außen.«

Nicola konnte sie fast bildlich vor sich sehen, gerade mal fünfzehn, einsam, ohne Freunde, ohne all das, was ihrem Leben Sinn gegeben hatte. Er ließ sich Zeit für dieses Bild, es bereitete ihm Unbehagen.

Als er Sardinien verlassen hatte und nach Mailand gegangen war, war er fast zwanzig. Claudio war damals bei ihm. Sein Bruder studierte bereits am Politecnico, an dem auch er sich eingeschrieben hatte. Er stellte ihm viele Leute vor, trotzdem war es nicht leicht für ihn, sich zurechtzufinden. Er erinnerte sich noch gut an die langen Nachmittagsspaziergänge, allein in der anonymen Großstadt, in der es von Menschen nur so wimmelte. Er hatte sich so einsam gefühlt wie nie zuvor.

Er küsste ihr die Hand, und als sie den Kopf an seine Schulter legte, nahm er sie fest in den Arm und verschränkte ihre Finger mit den seinen, wie früher, wenn sie besonders glücklich gewesen waren.

»Ich komme wieder«, sagte er und stand auf.

Angelica lächelte. »Das klingt wie eine Drohung.«

Er lächelte zurück. Einen Moment lang, einen Wimpern-
schlag nur, kam es ihm so vor, als sei er wieder der Junge
von früher, der das schönste Mädchen zur Freundin hatte,
jenes ganz besondere Mädchen, das ihm das Gefühl gegeben hatte, ein Riese zu sein. Dass jede Minute, die sie miteinander verbracht hatten, eine besondere Minute gewesen
war.

Aber die Realität sah anders aus.

Sie waren keine Kinder mehr, sondern zwei erwachsene
Menschen, jeder mit seinem eigenen Leben, seinen eigenen
Problemen. Schweren Herzens ließ er sie allein.

Während er zu seinem Land Rover ging, dachte er an
das, was er ihr nicht gesagt hatte. An das Angebot, das er
ihr nicht gemacht hatte.

Claudio würde außer sich sein.

Er straffte den Rücken. Geduld. Mit seinem Bruder
würde er schon fertigwerden, er würde sicher eine andere
Lösung finden.

Das war schließlich sein Job. Lösungen zu finden.

Das letzte Gespräch mit Claudio kam ihm in den Sinn.
Einen verdammten Idealisten hatte sein Bruder ihn genannt.
Es stimmte. Er war ein Idealist gewesen. Er war damals
Ingenieur geworden, um etwas zu schaffen, um Dinge zu
verbessern, Alternativen zu finden. Das war sein Ziel gewesen. In gewissem Sinne hatte er es auch erreicht. Selbst
später als Controller. Davon profitiert hatten allerdings nur
sein Bankkonto und die Tecnovit.

Jetzt war die Situation eine andere. Jetzt wusste er, welch
verheerende Konsequenzen eine übereilte Entscheidung
haben konnte. Er beschloss, der Sache auf den Grund zu
gehen.

Nicola bog von der Straße ab und blieb auf dem kleinen Platz stehen. Das Meer unter ihm war eine unendliche blaue Fläche, die nahtlos in den Himmel überging. Ihm war schlecht.

Nie wieder würde er eine Entscheidung treffen, die das Leben eines Menschen zerstören konnte. Claudio würde sich damit abfinden müssen. Sie würden einen anderen Weg finden. Gemeinsam.

Er fuhr sich übers Kinn. Eigentlich hätte er nach Hause fahren und sich rasieren sollen. Aber er blieb einfach stehen, in Gedanken versunken, und suchte nach etwas, das er nicht greifen konnte. Er dachte an die Frau, die wieder einmal seine Welt auf den Kopf gestellt hatte.

Damals hatte er es akzeptieren können. Sie waren beide sehr jung gewesen, fast noch Kinder. Heute lagen die Dinge anders. Im Grunde waren sie zwei Fremde.

Als ihm klar wurde, dass er keine rationale Erklärung für seine Gefühle finden würde, gab er die Grübelei auf. Er beschloss, die Nacht auf dem Boot zu verbringen, er musste den Kopf freibekommen, das Meer um sich spüren.

Nicola konnte es einfach nicht begreifen. Wie war es möglich, dass Angelica nach all den Jahren eine so große Macht auf ihn ausübte? Dann wurde ihm klar, dass es anders war. Oder besser gesagt, dass es gar nicht um Anziehungskraft und Faszination ging. Ihn verwirrte vielmehr die Tatsache, dass er sich in die Vergangenheit zurückversetzt fühlte. In jene Zeit, als alles noch einen Sinn gehabt und er voller Träume und Pläne gesteckt hatte.

18.

Kleehonig (Trifolium spp.)
Riecht nach frischem Gras und Wiesenblumen. Er gilt als Honig der Feinfühligkeit und regt die Fantasie an. Sein Geschmack erinnert an Banane und Milchkaramell. Er ist elfenbeinfarben, fast weiß, und kristallisiert fein.

An diesem Morgen war viel los in Abbadulche. Angelica spürte die Blicke, die ihr folgten. Ab und zu grüßte jemand, sie grüßte zurück und lächelte den Kindern zu. Als sie die Bäckerei betrat, kam es ihr vor, als sei es ein ganz normaler Morgen in einem ganz normalen Dorf. Sie fühlte sich leichter.

»Was darf es sein, bitte?«

»*Pane carasau*, bitte.« Das Brot ihrer Kindheit hatte sie nicht vergessen. Mit Margheritas Honig würde es wunderbar schmecken, überlegte sie, während die Verkäuferin die dünnen Fladen auf die Waage legte.

»Angelica Senes? Bist du's wirklich?«

Sie wandte sich zu der Frau um, die gerade den Laden betreten hatte.

»Erinnerst du dich? Ich bin Silvia Perra, wir sind zusammen zur Schule gegangen.«

Natürlich erinnerte sie sich. »Ciao!«

Silvia kam auf sie zu, umarmte sie und drückte ihr zwei herzhafte Begrüßungsküsse auf die Wangen. »Ich hab schon gehört, dass du wieder da bist, aber dich hier im Laden zu sehen... Was für eine schöne Überraschung! Möchtest du einen Kaffee? Wie geht es dir? Bist du verheiratet, hast du Kinder? Stimmt es, dass du im Haus von Margherita Senes wohnst? Willst du bleiben?«

Normalerweise hätte Angelica in einer solchen Situation die Flucht ergriffen, um den Fragen aus dem Weg zu gehen. Aber sie tat es nicht, sondern ertrug Silvias Wortschwall.

»Ja, ich bleibe in Abbadulche«, sagte sie fast euphorisch. Endlich hatte sie einen Platz gefunden, an dem sie bleiben wollte, eine Perspektive, eine Zukunft.

»Das hier ist mein Laden«, Silvia zeigte auf die bunt bemalten Wände. »Ich habe ihn vor einigen Jahren übernommen, und er läuft gut. Und du? Was machst du?«

»Honig. Ich arbeite mit Bienen.«

Überrascht riss Silvia die Augen auf. »Hast du schon angefangen? Viele Kunden fragen hier nach Honig, vor allem im Sommer. Die könnte ich zu dir schicken. Mit Margherita habe ich das immer so gemacht.«

»Habt ihr zusammengearbeitet?«

»Aber nein, das ist alles ganz locker gelaufen, über Mund-zu-Mund-Propaganda. Ich backe Brot, Margherita hat Honig gemacht, Alberta und Cinzia weben Tischdecken und Servietten. Und dann gibt es da noch Pina, sie ist besonders...«

»Ja, sie wohnt mit ihrer Mutter in dem Haus oben auf dem Hügel.«

»Ja, genau die. Gigliola webt wunderbare Stoffe, und Pina bemalt Keramik. So etwas habe ich noch nie gesehen.

Sie ist ein bisschen seltsam, eine arme Haut, aber das, was sie macht, ist großartig.«

Angelica nickte. »Ich habe die beiden schon kennengelernt.«

»Nun ja, man hilft sich hier, so gut man kann.«

Mit Taschen und Tüten beladen, kam Angelica zu Hause an, es waren Einkäufe, aber auch Geschenke darunter.

Es hatte ihr Freude bereitet, mit Silvia zu plaudern. »Weißt du noch?« Die Frage hatte sich wie ein roter Faden durch ihr Gespräch gezogen. »Weißt du noch?« Wirklich überrascht hatten sie nur Silvias Worte beim Abschied.

»Darf ich dich mal besuchen? Das alte Haus hat mich schon immer interessiert, aber ich habe mich nie getraut, Margherita zu fragen.«

»Wirklich?«

»Ja.«

»Das hast du mir nie gesagt.«

Silvia hatte sie angelächelt. »Du warst so unnahbar.«

Dieses Geständnis hatte Angelica sprachlos gemacht, sie musste noch den ganzen Tag darüber nachdenken. Ja, sie hatte die anderen auf Abstand gehalten. Anders wäre es nicht gegangen. Die Grundschule war ein einziger Albtraum gewesen. Sie hatte die Mitschüler nicht verstanden, die sich über sie und ihre handgenähten Kleider mit den aufgestickten Lämmern, Bienen und Blumen lustig machten. Sie konnten auch nicht verstehen, wie man die Muscheln essen konnte, die Signorina Adele hin und wieder vorbeibrachte. Und sie verstanden den Wind nicht, der Geschichten erzählte, oder die Düfte, die Geheimnisse bargen. Angelica war anders als die anderen, die sich ein Leben ohne Telefon und Fernseher nicht vorstellen konnten.

Im Laufe der Zeit hatte sie sich angepasst und war trotzdem allein geblieben. Ohne es zu merken, hatte sie nach und nach den Rest der Welt aus ihrem Leben verbannt. Zu ihrer großen Überraschung war ihr erst im Gespräch mit Silvia bewusst geworden, dass viele Klassenkameradinnen sie nett gefunden, ja sie sogar beneidet hatten. Manche, weil sie die Freundin von Nicola gewesen war, dem attraktivsten und reichsten Jungen der Insel, andere, weil sie in einer alten Villa gewohnt hatte, die voller Geheimnisse war. Das Haus einer alten Frau, die alle mit Respekt und Ehrfurcht betrachtet hatten.

Noch etwas anderes hatte sie beeindruckt: Silvias Leidenschaft für ihre Arbeit und ihr Mut, ihre Träume zu verwirklichen. Ohne Angst, ohne Bedauern, ohne Zögern. Diese Frau liebte ihre Arbeit. Sie hatte große Pläne, mit dem Ziel, das Brot wieder zu dem zu machen, was es mal war.

In diesem Augenblick war Angelica das Honigtagebuch wieder eingefallen, in dem Margherita auch etwas über Brot notiert hatte. Sie würde die Passagen heraussuchen, versprach sie der Frau, die als Kind ihre erste Freundin in Abbadulche gewesen war, wie ihr erst jetzt bewusst wurde.

Als Nicola später anrief, brannte sie darauf, ihm alles zu erzählen. Sie wollte gerade ansetzen, da hörte sie die Müdigkeit in seiner Stimme, seinen mühsamen Atem.

»Alles in Ordnung?«

»Ja, danke. Wollen wir uns morgen Abend treffen?«

Selbstverständlich wollte sie. Wenn es nach ihr gegangen wäre, hätte er auch sofort vorbeikommen können. Aber vielleicht hatte er noch etwas zu erledigen. Der Gedanke schmälerte ihre Freude ein wenig.

»Wenn du magst.« Sie bemühte sich, kühl zu klingen.

Nachdem er aufgelegt hatte, ärgerte sie sich jedoch darüber. Wie war es möglich, dass Nicola ihr Denken so sehr bestimmte? Was war nur mit ihr passiert?

Konnte sie sich auf ihn verlassen? Auch wenn sie sich es noch so sehr wünschte, es war vorbei. Er war nicht mehr der unschuldige Junge von früher, der unsterblich in sie verliebt war. Er war ein Mann. Ein Unbekannter.

Sie musste etwas tun, um sich abzulenken. Den ganzen nächsten Vormittag durchstöberte sie das Haus, jede Ecke und jeden Winkel, schrieb eine To-do-Liste mit den Dingen, die für das Haus, den Garten und die Bienenstöcke wichtig waren. Dann wanderten ihre Gedanken zu dem Mädchen, das sie unter dem Feigenbaum getroffen hatte. Sie sprach auch mit Sofia darüber, als ihre Freundin anrief. Von dem Einbruch und den Drohungen erzählte sie ihr hingegen nichts.

Angelica wollte nicht daran denken, sie wollte nicht, dass der Eindringling sich in ihrem Leben festsetzte. Nicht mal eine Minute ihrer Aufmerksamkeit wollte sie ihm schenken.

Dann wanderten ihre Gedanken zu Nicola. Obwohl sie sich vorgenommen hatte, Distanz zu ihm zu halten, sah sie jedes Mal, wenn sie abschweifte, sein Gesicht vor sich. Sah sein Lächeln, hörte seine Stimme.

Um sich zu zerstreuen, ging sie später zu den Bienen. Die Waben waren prall gefüllt. Angelica hob sie mit dem Haken an, bohrte den Finger hinein und kostete den Honig. Blütenhonig, mit Affodill im Vordergrund. Sie zählte die Rahmen. Mehr als dreißig, eine gute Ernte. Die Wabenrähmchen der anderen Bienenstöcke hatte sie bereits in den Schuppen gebracht, wo früher Margheritas Imkerwerkstatt gewesen war.

Sie erinnerte sich. Jaja hatte den Honig aus den Waben gelöst, woraufhin eine Pumpe das Honig-Wachs-Gemisch durch einen Gummischlauch in eine Auffangwanne aus Edelstahl transportierte. Dort wurde das Gemisch getrennt. Das Wachs stieg nach oben, der schwerere Honig sammelte sich unten im Behälter. Wenn dieser Prozess abgeschlossen war, musste man den Honig nur noch in Gläser füllen.

Den Honig der ersten Ernte, den Jaja immer verschenkte, gewann sie jedoch aus den Waben, die die Bienen instinktiv bauten, wenn sie zu viel davon produziert hatten, zum Beispiel während des Schwarmtriebs. Das fest gewordene Wachs teilte sie in Stücke und bewahrte sie in großen Gläsern auf.

»Das ist für Dottor Nieddu und das hier für Don Piludu, mit ein bisschen Honig klingt selbst sein Gesang bei der Messe süßer.«

»Du gehst doch nie zur Messe, Jaja.«

»Stimmt, aber der Priester braucht das. Mit Honig geht vieles leichter. Ein bisschen für die Stimme, ein bisschen für die Seele, vergiss das nicht, Angelica. Der Honig macht alles süßer, ohne andere Aromen zu verdrängen. Mit Öl und Salz vermischt, verliert er seinen Eigengeschmack und entwickelt ein besonderes Aroma. Honig ist eine wunderbare Zutat für viele Gerichte.«

Ein Geräusch drängte sich zwischen ihre Gedanken. Sie lächelte, drehte sich jedoch nicht um. Sie wusste, wer das war. Endlich. Dass das Mädchen zu ihr und zu den Bienen zurückkehrte, erfüllte sie mit Freude. Nach dem Einbruchsversuch tat ein bisschen Freude gut.

Sie wartete, bis die Kleine näher kam und sich sicher fühlte, dann begann sie zu singen. Die Bienen umschwirrten sie, ein Bild voller Harmonie. Es war noch warm an diesem Abend, der Duft des weißen Affodills erfüllte die Luft, süß und ungestüm wie der Eifer des Mädchens. Die Blätter unter den kleinen Füßen raschelten. Angelica spürte, wie sie näher kam, aber sie spürte auch ihr Zögern. Die einzelnen Schritte verrieten ihr die Gefühle des Mädchens und den Moment, als es sich entschloss, ihr zu vertrauen. Angelica arbeitete einfach weiter.

»Verehrte Königin, meine lieben Bienen, ihr wart wirklich großartig. Der Honig, den ihr produziert habt, ist wunderbar.«

Sie riss ein Stück Wabe ab und hielt es vorsichtig zwischen den Fingern. Dann wandte sie sich ein wenig zur Seite, die Hand in Richtung der Kleinen ausgestreckt, die sie misstrauisch, aber auch neugierig beäugte. »Nimm, er ist lecker. Du kannst ihn heraussaugen.«

Das Herz schlug ihr bis zum Hals. Eine Minute, noch eine. Als das Mädchen sich entschied, die perlfarbene Wabe zu ergreifen, freute sie sich und wandte sich wieder ihrer Arbeit zu. Sie musste Geduld haben, sie wollte die Kleine nicht überfordern.

»Du musst den Bienen etwas davon anbieten, weißt du? Wenn man etwas, das man besitzt, mit anderen teilt, dann lächeln die Engel, und alle sind glücklich.« Diese Lebensweisheit hatte Angelica von Jaja.

Sie deutete auf das Innere des Bienenstocks und redete einfach weiter. »Das hier ist das Nest. Hier muss man besonders gut aufpassen. Das Nest ist das Herz des Bienenstocks. Dort lebt die Königin mit ihren Arbeiterinnen und der Brut.«

Die Kleine kam noch näher. Ein Schritt nach dem anderen, und auf einmal stand sie neben ihr. Angelica wagte, sie anzusehen, und ihr Herz schlug noch schneller. Die Kleine musste etwa sieben sein und hatte wieder das gelbe T-Shirt mit dem Dreckfleck in der Mitte an. Aber die Haare … Die Haare waren eine Katastrophe!

»Ich wette, du bist zum Strand runtergekugelt«, sagte Angelica in komplizenhaftem Ton. »Am lustigsten ist es, wenn man im Matsch landet, oder?«

Das Mädchen wirkte überrascht, und als es lächelte, erkannte sie eine Zahnlücke. Angelica hielt den Atem an. Ein warmes Gefühl stieg in ihr auf, wie eine zärtliche Berührung. Konnte man jemanden so schnell ins Herz schließen? Hatte Jaja bei ihr genauso empfunden?

»Ich bin Angelica und du?«

Die Kleine schwieg und betrachtete die Bienenkörbe. Dann streckte sie eine völlig verklebte Hand aus.

»Du kannst es behalten, es ist deins.«

Der Blick des Mädchens flackerte. Der Honig tropfte von ihren kleinen Fingern auf den Boden, und Angelicas Blick hellte sich auf.

»Soll ich dir was zeigen?« Sie brach ein Stück Bienenwabe ab, legte es dem Kind auf die Hand und begann zu singen. Die Bienen flogen heran und saugten den Honig aus der Wabe.

»Sehr gut, genau so«, sagte sie zu dem Mädchen, das ihre Handbewegung nachgeahmt hatte.

Sie hatte keine Angst. Im Gegenteil, sie hob das Händchen ein Stück höher, um den Bienen die Arbeit zu erleichtern. Angelica verspürte einen Stich in der Brust und hörte auf zu singen. Die Vergangenheit wies ihr den Weg. Die Erinnerung entsprang ihrer Seele, breitete sich im Körper aus und erreichte schließlich das Herz. Sie näherte sich der Kleinen, kniete sich hin, damit sie auf Augenhöhe waren. Es fiel ihr leicht, sie wusste, was zu tun war. Natürlich hatte Jaja nicht ihr ganzes Wissen an sie weitergeben können, da Maria sie viel zu früh nach Rom geholt hatte. Viele, zu viele Dinge wusste sie nicht. Das Gefühl, etwas verpasst zu haben, unwissend zu sein, hatte sie nie ganz losgelassen. Aber vielleicht war manches von dem, was sie nicht wusste, als Bild in ihren Erinnerungen verankert. Hatte sich in ihrem Unterbewusstsein festgesetzt, war langsam in sie eingedrungen und hatte von innen ihr Handeln bestimmt.

Im Haus war es still. Pepita hatte sich auf einem Kissen neben dem gemauerten offenen Kamin in der Küche zusammengerollt. Die Katze hatte sich schnell an die neue Umgebung gewöhnt, als ob sie schon immer hier gewesen wäre. Angelica streichelte ihr über das Fell, dann setzte sie Wasser auf, wählte einen Kräutertee aus und ließ ihn ziehen. Unterdessen ging sie in Jajas Schlafzimmer. Sie öffnete den Kleiderschrank und schaute hinein. Auf den Regalbrettern standen fünf Kartons, von denen sie einen herauszog und öffnete. Er war bis oben voll mit losen Blättern, die mit zierlicher Handschrift fein säuberlich beschrieben waren. Während sie die Notizen durchsah, spürte sie Jajas Geruch, als ob sie in ihrer Nähe wäre. Angelica lächelte und dachte an den Nachmittag und den Abend, die sie mit Nicola verbracht hatte.

»Jaja, du würdest es nicht glauben. Nicola Grimaldi und ich wieder vereint, stell dir vor. Sein Vater würde sich im Grab umdrehen.«

Sie erinnerte sich noch genau, wie sie Guido Grimaldi kennengelernt hatte. Es war im Hof vor Margheritas Haus gewesen. Er hatte seine Frau begleitet, die etwas vorbeibringen wollte. Maria Antonia war eine zierliche, zarte Person. Sie hatte Nicola den Ausdruck ihrer Augen vererbt, während er sonst eher seinem Vater ähnelte mit der stolzen Haltung, dem athletischen Körperbau und dem durchdringenden Blick.

Während die Frau lächelte und aus dem Stapel Pullover, die sie für Jaja gestrickt hatte, den schönsten aussuchte und ihr schenkte, hatte Guido Grimaldi sie keines Blickes gewürdigt. Er lud die Kiste mit den Pullovern aus, tippte mit dem Zeigefinger an den Rand seines Hutes und stieg dann wieder ins Auto, um auf seine Frau zu warten.

In diesem Moment hatte Angelica die Bedeutung des Wortes Verachtung begriffen. Verachtung heißt, dass jemand dir nicht eine Sekunde seiner Zeit schenkt, um dich anzusehen, weil du ihm nicht einmal das wert bist.

Das Blatt zitterte in ihren Händen, dann verblasste die Erinnerung langsam wieder, und sie las weiter. Mit den Jahren hatte sie gelernt, dass Menschen einen nur dann verachten konnten, wenn man es zuließ. Sie hatte die Unterwürfigkeit, die seit Kindertagen in ihrem Kopf verankert war, inzwischen abgelegt. Dafür hatte sie Jajas Regeln verinnerlicht. »Jeder Mensch ist einzigartig, es gibt keine zwei identischen Menschen auf der Welt. Alle verdienen den gleichen Respekt.« Dieses Konzept von Individualität und Identität hatte ihr Margherita Senes vermittelt. Und: »Niemand kann dich zwingen, an einem Ort zu bleiben, an dem du dich nicht wohlfühlst. Niemand kann einen anderen Menschen ändern. Denn Menschen änderten sich nicht.«

Angelica las weiter. Geschichten und Legenden über die Janas, die sardischen Feen, die Gold webten und nach ihren Regeln für Gerechtigkeit sorgten. Sie war ganz ruhig. Ihr Blick wanderte zu Jajas Bett, dann zu den hohen Wänden mit den Blumengemälden und zurück zum Schrank mit seinem kostbaren Inhalt.

Jetzt hatte auch sie ein schönes Haus und eigene Bienenstöcke. Jetzt hätte Signor Guido auch sie mit seinem Aristokratenblick bedacht. Allerdings wäre das für sie nicht mehr wichtig. Bei dieser Erkenntnis huschte ein Lächeln über ihr Gesicht. Auf ihrem Lebensweg hatte sie gelernt, sich vor allem auf sich selbst zu verlassen und den Dingen die richtige Bedeutung beizumessen. Äußerlichkeiten interessierten sie nicht. Wichtig war, was sich dahinter verbarg. Eine alte Decke vom Flohmarkt war für sie genauso wertvoll wie eine nagelneue aus Seide. Denn bei einer Decke zählte einzig und allein die Wärme, die sie spendete, und nicht die Schönheit des Gewebes oder die Art der Herstellung. Das war die einzige Wahrheit, die für sie zählte, das hatte Jaja ihr beigebracht.

Die Janas kamen ihr wieder in den Sinn. Auf Sardinien gab es einen Wald, der sich zum Ufer des Tirso hin öffnete und bis zum Castello di Sanluri führte. Im Herzen dieses Waldes tanzten und sangen kleine Frauen in fließenden Gewändern, auf denen sich das Sonnenlicht spiegelte. Sie lebten in Höhlen, die in den Fels geschlagen waren. Die Menschen verehrten sie wie Priesterinnen.

Was für eine schöne Geschichte, dachte Angelica. Sie nahm die eng beschriebenen Blätter, legte sich auf Jajas Bett und las dort weiter. So lange, bis die Buchstaben vor ihren Augen verschwammen, die kleinen Feen herausgekrochen kamen und sie entführten, zu den Blumenwiesen, den würzig duftenden Mastixsträuchern und den knotigen Wacholderbäumen. Der Wind, der nach Meer und Honig roch, riss sie mit.

19.

Luzernehonig (Medicago sativa)
Intensives Aroma nach Gras und Heu. Gilt als Honig der guten Laune und der Geselligkeit. Hilft dem Geist, wieder Kraft zu finden. Er riecht nach Most und neuem Wein, nach Volksfesten und Volkstänzen. Von sehr heller Farbe, kristallisiert fein.

»Lorenzo? Warum wimmerst du, mein Hundeschatz? Ganz ruhig, ich werde dich nicht wieder an die Kette legen, das habe ich dir versprochen, weißt du denn nicht mehr?«

Sie flüsterte, aber da das Winseln nicht aufhörte, streckte Angelica die Hand aus und tastete nach dem Hund. Das war nicht Lorenzos Fell, sondern die kalte Bettdecke. Sie öffnete erst das eine, dann das andere Auge und setzte sich auf.

»Was ist hier los?«, fragte sie sich und sah sich um.

Lorenzo bellte und knurrte, Pepita hatte sich mit gesträubtem Fell und in die Luft gerecktem Schwanz auf die Kommode geflüchtet. Angelica sprang aus dem Bett, schlüpfte in die Schuhe und rannte fluchend in Richtung Tür. Da draußen musste jemand sein.

»Dieses Mal rufe ich gleich die Polizei«, murmelte sie und griff aufgeregt nach dem Handy. Wenn ihre Hände doch nur nicht so zittern würden…

Der Hund bellte weiter, als Angelica bemerkte, wie sich die Türklinke nach unten bewegte. Er wird es nicht schaffen, sagte sie sich und wich zurück. Nicola hatte alle Schlösser auswechseln lassen und außerdem die Tür- und Fensterrahmen kontrolliert. Sie waren stabil, das hatte er ihr versichert. Wer auch immer dort draußen ist, er hat keine Chance, wiederholte sie sich immer wieder. Dann blieb sie stehen. Ihr Atem wurde hektischer, die Beine wurden schwer wie Blei. Während sie wie gebannt auf die Tür starrte, wusste sie, dass derjenige auf der anderen Seite nichts Gutes im Schilde führte, was auch immer es sein mochte. Ihr wurde schwindlig, alle Konturen verschwammen und verloren sich schließlich ganz.

Lorenzos Bellen riss sie aus ihrer Starre. Sie atmete tief durch. Der Unbekannte würde sie nicht einschüchtern können, denn sie würde sich nicht einschüchtern lassen. Angelica starrte weiter auf die Türklinke, die sich nun nicht mehr bewegte. Die Zeit schien den Atem anzuhalten. Sie konnte nicht einfach hier stehen bleiben und nichts tun, sie konnte nicht zulassen, dass irgendwer sie terrorisierte. Außerdem wurden ihre Füße kalt. Energisch machte sie einen Schritt nach vorn, umklammerte das Handy und zwang sich zur Ruhe. Sie musste den Eindringling erst erkennen, bevor sie Hilfe holte. Sie schluckte, sie war bereit. Vorsichtig zog sie den Vorhang auf, ein kleiner Spalt würde reichen, sie musste nur den richtigen Moment erwischen.

Nachdem sie eingeatmet und bis drei gezählt hatte, knipste sie das Außenlicht an und zog den Vorhang ein wenig weiter auf. Sie wollte mit eigenen Augen sehen, wer da draußen stand. Wer sie aus Jajas Haus vertreiben wollte. Aus ihrem Haus.

Doch sie erkannte nichts weiter als einen fernen Schatten, die schemenhafte Silhouette eines großgewachsenen Mannes. Er verschwand gerade zwischen den Oleanderbüschen, kurz darauf hatte ihn die Dunkelheit verschluckt.

»Du Feigling, du verdammter Feigling!«, brüllte sie, den Türgriff schon in der Hand.

Dann hielt sie inne. Was sollte sie tun? Lorenzo würde ihm sicher folgen. Was, wenn er eine Waffe hatte?

Angelica ließ den Griff los, als wäre das Metall glühend heiß. Der Hund knurrte weiter, die Pfoten kratzten am Holz der Tür, das Bellen wurde wütender. Sie wich langsam zurück. Als sie hinter sich die Treppenstufen spürte, setzte sie sich hin. Noch immer ging ihr Atem stoßweise, und ihr war übel. Sie hatte ihn gesehen, er war wieder da gewesen, dieser Verbrecher, der es schon einmal versucht hatte. Er wusste genau, dass sie zu Hause war, der Campingbus stand vor der Tür, aber das hatte ihn nicht abgehalten. Hatte er ihr eine zweite Nachricht hinterlassen? Wieder ein »Hau ab!«?

Sie versuchte, den bitteren Geschmack der Angst herunterzuschlucken. »Denk nach, verflucht noch mal!«, murmelte sie.

Vertreiben lassen würde sie sich von hier nicht, das würde sie nicht zulassen. Sie musste die aufgestaute Angst nutzen, um zu reagieren, um sich der Gefahr zu stellen. Genau das tat sie. Sie holte die Angst aus den tiefsten Winkeln ihrer Seele und verwandelte sie in Wut.

Ihr erster Gedanke galt Nicola. Ihre Finger glitten über das Handy, und sie wählte seine Nummer, brach dann aber ab. Sie fuhr sich mit der Hand übers Gesicht. Das konnte sie nicht machen. Sosehr sie es sich auch wünschte, sie konnte nicht. Die Polizei? Sie tippte die Nummer ein und starrte auf das Display. Die Gefahr war vorbei, sie konnte die Anzeige auf morgen verschieben. Heute Nacht musste sie alleine zurechtkommen. Aber war das nicht immer so?

Zusammengekrümmt saß sie auf den Stufen, den Blick fest auf den Boden gerichtet, und versuchte gleichmäßig zu atmen, um sich zu beruhigen.

»Ich geh hier nicht weg, hast du verstanden? Ich geh hier nicht weg!«, fing sie an zu schreien, so lange, bis ihr die Stimmbänder versagten.

»Angelica, mach auf. Ich bin's. Verdammt! Mach auf!«

Die Stimme von Nicola ließ sie zusammenzucken, seine Faust donnerte gegen das Holz. Sie rannte zur Tür und riss sie auf.

»Nicola!«, rief sie erleichtert und warf sich in seine Arme.

Er umarmte sie fest. »Gott, ich danke dir«, sagte er leise. »Alles in Ordnung? Du hast ihm nicht aufgemacht, oder?« Er hielt sie an den Schultern fest, seine Augen suchten sie ab, seine Finger betasteten ihre Haut, strichen ihr über die Haare. Sein Gesichtsausdruck glich einer Maske.

Angelica ließ die Berührungen zu. Es war so leicht, sich gehen zu lassen, so leicht, sich in seinen Armen zu verlieren. Genau das tat sie. Sich von ihm zu lösen und einen Schritt zurückzutreten kostete zu viel Anstrengung.

»Woher wusstest du …? Wie hast du …?«

Er sah sie an. »Der Alarm wurde ausgelöst.«

»Was? Welcher Alarm?«

Nicola antwortete nicht, sondern hielt sie weiter fest. »Du hast eine Alarmanlage installieren lassen, an meinem Haus?«, fragte Angelica.

»Es gab keine andere Möglichkeit.«

»Wie soll ich das verstehen?«

Er antwortete wieder nicht, blickte ihr nur fest in die Augen. Was hätte er auch sagen sollen? Dass die Pläne schon zu weit gediehen waren, um sie noch stoppen zu können? Er hatte es versucht. Er hatte mit Claudio hart verhandelt, doch bei diesem Tourismusprojekt waren zu viele Interessen im Spiel, zu viele Leute beteiligt, die zu allem bereit waren, um Angelica von hier zu vertreiben. Bliebe sie stur, hätte das katastrophale Folgen: der Zusammenbruch der Firma, der Verlust vieler Arbeitsplätze.

»Und dir ist nicht mal der Gedanke gekommen, mich darüber zu informieren?«

»Das hätte ich schon noch getan.«

»Wann denn?«

»Du stellst vielleicht Fragen.«

Was war denn das für eine Antwort? »Wieso warst du so schnell hier?« Er schwieg. »Hast du den Alarm bei dir zu Hause gehört? Von dort brauchst du eine halbe Stunde. Unmöglich.«

»Ich war auf dem Boot.«

Erst in diesem Augenblick fiel Angelica auf, dass Nicola halb nackt war. Er trug nur Jeans und Schuhe, als wäre er aus dem Bett gesprungen und hätte sich bloß das Nötigste übergestreift. Das erklärte alles. Sie musterte ihn, dann verstand sie. »Seit wann schläfst du auf dem Boot?«

»Ist das wichtig?«

»Du warst auf dem Boot, um mich im Auge zu behalten?«

»Ich wohne dort.«

»Wie bitte?«

»Es ist mein Zuhause. Ich wohne auf der *Maestrale*.«

Sie glaubte ihm kein Wort. »Ich brauche keinen Bewacher, ich kann sehr gut auf mich selbst aufpassen.«

»Das habe ich nie bezweifelt.«

»Lügner.«

Allmählich verlor Nicola die Geduld. Der Adrenalinschub, der Angelica hochgeputscht hatte, würde bald nachlassen. Und das Danach wollte er lieber vermeiden. »Willst du mich noch länger vor der Tür stehen lassen, oder darf ich reinkommen?«

Sie trat einen Schritt zurück und drehte sich um. »Wie du willst. Ich gehe jedenfalls wieder ins Bett.«

Wie in Zeitlupe setzte sie einen Fuß vor den anderen, ihr Herz war bleischwer, der Kloß im Hals drohte sie zu ersticken. Auf halber Treppe verharrte sie und blickte zurück.

Sie bemerkte nicht mal, dass sie weinte, bis er zu ihr kam und ihr mit den Fingerspitzen übers Gesicht strich. Sie wollte ihn zurückweisen, aber Nicola war schneller. Er nahm sie in die Arme. Sein Körper war warm, während sie vor Kälte zitterte. Er küsste sie, ganz behutsam und zärtlich.

»Lass uns nach oben gehen. Über alles andere reden wir morgen.«

20.

Lindenhonig (Tilia spp.)
Sein Duft erinnert an die Blüten, aus denen er gewonnen wird,
frisch und aromatisch. Er gilt als Honig der Entschiedenheit
und Willenskraft. Er schmeckt nach Minze und mineralreichem
Wasser, das in tiefen Flüssen fließt. Intensiv goldfarben,
kristallisiert grob.

Der Briefträger brachte ein Einschreiben. Es stammte von
einem gewissen Notar Ruina aus Sant'Antioco. Was der wohl
von ihr wollte? Sie ging in die Küche zurück, und nachdem
sie den Brief geöffnet und gelesen hatte, war sie aufgebracht.
Anfangs hätte sie am liebsten gelacht, aber der Wunsch verging schnell wieder. Mit dem Brief in der Hand ging sie nach
draußen. Sie hatte den schmiedeeisernen Gartentisch unter
die duftenden Glyzinen gestellt. Die Blumenbeete hatte sie
genau so gelassen, wie Jaja sie angelegt hatte, nicht akkurat,
sondern ein bisschen verwildert. Der Weg war frisch geharkt.
Dieses Haus ist wunderschön, dachte sie, wirklich wunderschön. Und es war ihr Haus. Ihr wurde wieder schwindelig.
Mit einem Mal schien alles sinnlos. Sie sah erneut auf den
kurzen Brief. Der Wind, der vom Meer kam, frischte auf.

»Warum lassen die mich nicht einfach in Ruhe?«, flüsterte sie.

Dann griff sie nach dem Handy und wählte die Nummer des Notars.

»Hier ist Angelica Senes«, meldete sie sich, nachdem Signor Ruina abgenommen hatte. »Ich habe hier Ihr … Wie wollen Sie es nennen?«

»Ich bin sehr froh, von Ihnen zu hören, Signorina. Es handelt sich um einen Vorschlag, nicht mehr und nicht weniger. Meine Mandanten würden sich gerne mit Ihnen treffen. Sie haben sich um Signora Senes gekümmert und sind enttäuscht, dass sie nach ihrem Ableben vom Erbe ausgeschlossen sind. Ohne jede Erklärung. Ihre Enttäuschung ist verständlich, denke ich.«

Angelica atmete tief durch. »Mein Cousin hätte mir all das auch persönlich sagen können, als wir uns getroffen haben. Wir hätten das unter uns regeln können.«

»Wie schön zu hören, dass Ihnen Ihre Verwandten am Herzen liegen. Ich bin sicher, diese missliche Situation lässt sich zum Wohle aller Beteiligten aus der Welt schaffen.«

Sie antwortete nicht gleich, sondern starrte auf die Straße, wo Autos und Menschen vorüberkamen. »Tatsächlich?«

»Aber sicher. Sie werden sehen, Signorina Senes, am besten schließen Sie sich der Vereinbarung an, der die Familie Fenu bereits zugestimmt hat. Sie wird für alle Beteiligten von Vorteil sein.«

Der überfreundliche Tonfall des Notars gefiel ihr gar nicht. Angelica hatte in der Vergangenheit die Erfahrung gemacht, dass jemand immer dann so mit ihr redete, wenn er etwas von ihr wollte, etwa wenn ein Auftraggeber sie davon überzeugen wollte, dass es eine Ehre sei, für ihn arbeiten zu dürfen.

Ihre Hände zitterten. »Wann und wo?«

»Morgen gegen elf? Am besten bei Ihnen, dann kann alles ohne weitere Verzögerungen gleich vor Ort erledigt werden.«

»Gut, wir sehen uns morgen.«

Nachdem sie aufgelegt hatte, starrte sie noch eine Weile auf ihr Handy. Und jetzt? Was sollte sie tun?

Sie wählte Sofias Nummer. »Ciao, wie geht's?«

»Ach, das ist ja lustig. Ich wollte dich gerade anrufen. Was gibt's Neues?«

Angelica seufzte. »Meine entfernte Verwandtschaft wünscht sich ein Treffen mit mir. Ein Notar wird dabei sein, und ich fürchte, die Situation könnte außer Kontrolle geraten.«

Sofia verzog das Gesicht. »Also alleine würde ich nicht… Hast du keine Freundin vor Ort, niemanden, der dir zur Seite stehen könnte?«

Angelica hatte tatsächlich einen Freund. Oder war er inzwischen mehr als das? Sie wusste nicht, wie sie die Beziehung zu Nicola bezeichnen sollte. Er kam jeden Tag vorbei, manchmal sogar mehrmals, sie unterhielten sich, sahen sich intensiv in die Augen und hatten Spaß. Doch keiner erwähnte die Nacht, die sie nach dem Einbruchsversuch miteinander verbracht hatten.

Die Ereignisse hatten Angelica geradezu überrollt. So etwas hatte sie noch nie erlebt. Nie zuvor hatte sie sich einem Mann so verbunden gefühlt, hatte sie sich ganz ohne Angst fallen lassen können. Es war nicht einfach nur schön gewesen. Ihre Gefühle waren so intensiv, dass sie noch immer hochkochten, wenn sie nur daran zurückdachte. Sie begehrte Nicola. Sie wollte dieses Gefühl noch einmal erleben.

Sie wollte ihn berühren, küssen, seine weichen Lippen auf den ihren spüren.

Und er?

Was wollte er?

Memma kam den steilen Weg herauf, erstaunlich schwungvoll für ihr Alter. An ihrem langen schwarzen Rock blieben die Samenschirmchen der Pusteblumen haften. Sie hielt kurz an und rückte den Korb auf dem Kopf zurecht, dann ging sie weiter. Gut gelaunt schwelgte sie in der Vergangenheit, denn von der Zukunft hatte eine Frau ihres Alters nicht mehr viel zu erwarten. Aber diese Erkenntnis stimmte sie nicht traurig. Sie waren alle schon verstorben, Margherita hatte sich den April ausgesucht, um der Welt den Rücken zu kehren. Sie war die Letzte, die noch übrig war. Ihre Gedanken wanderten zu ihrer treuen Freundin. Sie war im Frühling gegangen, wann sonst? Margherita war das Sinnbild dieser Jahreszeit: Blumen, Blüten, Bienen, Neubeginn und Vielfalt. Memma hatte im Laufe ihres Lebens viele Menschen kennengelernt, aber niemand war wie Margherita gewesen, nicht einmal die alte Elodia.

»Ein großes Herz«, sagte sie leise. Aber nicht naiv, weiß Gott nicht.

Seitdem sie niemanden mehr hatte, dem sie ihre Geschichten erzählen konnte, hatte Memma begonnen Selbstgespräche zu führen. Das war gar nicht so schlecht, schließlich wusste man selbst am besten, was gemeint war. Sie blieb stehen, um wieder zu Atem zu kommen. Ungewöhnlich für sie, dass sie so viele Pausen machen musste.

»Üble Sache, das Alter«, brummte sie.

Fast war sie oben, das letzte Stück war eine Qual gewesen. Sie setzte sich auf einen Stein. Vor ihr erhob sich das weitläufige Haus, das der Turm in der Mitte einzigartig machte. Er war das in den Himmel ragende verbindende Element zwischen den zwei eingeschossigen Flügeln. Das Haus von Margheritas Mutter Elodia Senes war wahrlich etwas Besonderes. Es war das größte und schönste von ganz Abbadulche. Niemand sonst hatte ein solches Haus, nicht mal die Grimaldis. Man wusste nicht genau, wer es ursprünglich gebaut hatte. Es hieß, es sei eine Fremde gewesen, eine *istrangia*, die nur die Sommer hier verbracht hatte, gemeinsam mit vielen Frauen, immer nur Frauen. In vertrauensvoller Atmosphäre hatten sie gemeinsam gewebt, Brot gebacken, gestickt, es hatte sogar einen Raum mit einer Töpferscheibe gegeben. Memma hatte die Frau nur ein einziges Mal gesehen. Margherita und sie waren damals noch kleine Mädchen gewesen. Elodia Senes hatte nie geheiratet, ihre Tochter war unehelich geboren worden. Aber sie war reich, und wenn reiche Menschen bestimmte Dinge taten, waren sie nicht mehr ganz so schlimm.

Margherita hatte wenig von der Schönheit ihrer Mutter geerbt. Um ihre Schönheit zu erkennen, hatte man ganz genau hinsehen müssen. Hauptsächlich vermittelten ihre großen, gutmütigen Augen ihrem Gegenüber Herzenswärme und ein tiefes Glücksgefühl, Gleiches galt für ihr Lächeln. Margherita war eine starke und geschickte Frau. Viele Männer hatten ein Auge auf sie geworfen. Aber sie war immer bei Elodia geblieben, hatte alle Anträge abgelehnt. Memma hatte das nie verstanden. Auf einen Mann, auf eine Familie verzichten? Das war doch nicht normal.

Sie hatte zu Guglielmo sofort ja gesagt. Miteinander waren sie sehr glücklich gewesen, auch wenn sie keine Kinder bekommen hatten. Die einzigen Kinder, die sie je hatte in den Arm nehmen durfte, waren die ihrer Schwester. Das war das Einzige in ihrem Leben, das sie bedauerte, denn im Gegensatz zu Margherita war sie nicht glücklich damit, andere glücklich zu machen. So selbstlos war sie nicht.

Gedankenverloren sah sie zum Himmel hinauf.

»Gegen das Schicksal ist einfach kein Kraut gewachsen«, murmelte sie.

Liebe zu geben konnte man nicht lernen, genauso wenig wie Liebe anzunehmen. Die Senes' waren anders, sie waren etwas ganz Besonderes.

Irgendwie mochte sie Angelica. Sie war eine, die immer einen Kanten Brot in der Tasche hatte... eine seltsame Redensart. Aber es traf den Nagel auf den Kopf. Angelica war eine, die sich nicht einschüchtern ließ, auch wenn sie vor Angst fast starb, und sie war eine, die den Unterschied zwischen den Dingen kannte. Außerdem hatte sie Margheritas Gabe, für die Bienen zu singen. Nicht zuletzt war sie verschwiegen. Sie hatte ihr nur das Nötigste erzählt. Auch das war gut, denn Klatschmäuler hatte Memma noch nie gemocht. Schau oder hör zu und schweig, auch das hatte ihre Mutter ihr beigebracht. Es war ein guter Ratschlag gewesen, so lebte es sich angenehm. Möglichst alles in den eigenen vier Wänden halten. Das war eine der Lebensweisheiten, die Memma von ihrer Freundin unterschieden hatte. Besser erst mal misstrauisch und vorsichtig sein, als hinterher zittern zu müssen, lautete ihre Devise.

Margherita dagegen hatte ihr Herz und ihr Haus allen geöffnet. Sie teile nun mal gerne, hatte sie ihr eines Tages gesagt. Das, was sie besaß, bewahrte sie nur auf, um es irgendwann an einen anderen Menschen weiterzugeben.

Darin bestand für sie der Sinn des Lebens. Margherita hatte noch eine andere Lebensphilosophie: Wenn jeder Einzelne versuchen würde, mit ganz kleinen Schritten und ebenso kleinen Gesten seine eigene Welt zu verändern, dann würde sich die ganze Welt verändern. Ob sie damit recht hatte? Wer wusste das schon.

Es war so viel leichter, sich einfach treiben zu lassen …

Memma blieb noch eine Weile auf dem Stein sitzen und betrachtete den Horizont, ohne ihn wirklich wahrzunehmen, tief in Gedanken versunken. Dann nahm sie eine Flasche aus dem Korb, trank einen Schluck Wasser, befeuchtete ihr Taschentuch und danach ihre Stirn. Jetzt atmete sie wieder ruhig. Schließlich stand sie auf und ging auf das Haus zu. Sie würde Angelica Senes im Auge behalten.

Nach dem Telefonat mit dem Notar konnte Angelica an nichts anderes mehr denken. Sie fragte sich zum tausendsten Mal, was die Fenus von ihr wollten. Dass Jaja sie zur Alleinerbin bestimmt hatte, war ihr unangenehm. Sie hatte sogar daran gedacht, Giuseppe ein Stück Land abzutreten. Aber die Fenus schienen entschlossen zu sein, das Testament anzufechten, um zumindest einen Teil des Besitzes zu bekommen.

Sie seufzte, vielleicht war es besser so. Dann wären endlich alle zufrieden.

Sie hatte begonnen, die Bienenstöcke auf die Schubkarre zu laden und in den Schuppen zu transportieren, einen nach dem anderen. Wieder war das Mädchen aufgetaucht. Anfangs war sie nur zwischen den Bienenkörben hin und her gerannt, dann war sie neugierig geworden und ihr gefolgt. Mit Abstand natürlich, immer auf der Hut. Jedes Mal wenn Angelica versucht hatte, sich ihr zu nähern, wich sie zurück. Sie hatte offensichtlich Angst, wovor wusste Angelica nicht. Aber dieses Gefühl war ihr vertraut. Das Mädchen hatte bestimmt schlechte Erfahrungen gemacht und stand allem Unbekannten skeptisch gegenüber. Gebranntes Kind scheut das Feuer, hieß es doch. Dieses Misstrauen kannte sie nur zu gut. Es hatte sie von allem und allen ferngehalten. Außer von den Bienen, Margherita, ihrer Mutter und Nicola.

Nicola hatte ihr von Anfang an gefallen, zu ihm hatte sie sich sofort hingezogen gefühlt. Instinktiv. Zu ihm hatte sie Vertrauen, mit ihm war sie glücklich gewesen.

Man hatte ihn nicht oft zu Gesicht bekommen in Abbadulche, da er in Cagliari zur Schule ging. Aber wenn er da war, kam Leben in den Ort. Er hatte damals schon polarisiert. Die einen hassten ihn, die anderen hätten alles getan, um in seiner Nähe zu sein. Nicola Grimaldi war das genaue Gegenteil von Angelica Senes. Vielleicht waren sie gerade deswegen unzertrennlich geworden. Gegensätze ziehen sich bekanntlich an.

Sie schüttelte den Kopf und ging wieder an die Arbeit. Die Bienenkörbe waren gar nicht so schwer, wenn man sie einzeln transportierte. Als Angelica die Karre den Weg entlangschob, schmerzten ihre Arme, aber sie war glücklich, besonders weil die Kleine neben ihr herhopste.

»Hast du schon mal eine Honigschleuder gesehen?«, fragte sie das Mädchen. »Das ist eine Maschine, die sich ganz schnell dreht. Dadurch wird der Honig aus den Bienenwaben geschleudert. Das nennt man Zentrifugalkraft. Wenn die Waben leer sind, gibt man sie den Bienen zurück, damit sie sie mit neuem Honig füllen können. Nicht nur der

Honig, auch das Bienenwachs ist wertvoll, deshalb muss man gut darauf aufpassen.«

Das Mädchen hörte aufmerksam zu. Angelica entspannte sich.

»Die Bienen brauchen ganz viel Honig, damit sie genug Kraft haben, um das Wachs zu produzieren.«

Der Gesichtsausdruck des Kindes verriet jetzt großes Verständnis, und Angelica musste lachen. »Eines Tages wirst du mir sicher antworten.«

»Das bezweifle ich«, sagte eine wohlbekannte Stimme.

Angelica hob den Kopf. »*Buongiorno*, Memma, wie geht es Ihnen?«

Die Alte verzog das Gesicht, während sie mit dem Korb in der Hand auf sie zukam. »Es ging mir schon mal besser, aber auch schon schlechter, will heißen, mir geht's gut.«

Angelica suchte nach dem Mädchen, das sich hinter der Schubkarre versteckt hatte. »Ich verstehe nicht, warum sie so ängstlich ist.«

Memma folgte Angelicas Blick. »Sie hat keine Angst. Sie ist argwöhnisch und vertraut nur Dingen, die sie versteht. Das gibt ihr Kraft.«

»Sie kennen die Kleine?«

Memma nickte. »Natürlich. Das ist Anna, die Tochter von Giuseppe Fenu. Also eine entfernte Großnichte von dir, oder?«

Angelica wusste nicht, was sie darauf sagen sollte.

Das Wasser rann über seine sonnengebräunte Haut, bis es sich schließlich in der Mulde sammelte, die er mit seinen schwieligen Händen geformt hatte. Giuseppe starrte seine Hände an, ohne sie wirklich wahrzunehmen. Andere Bilder standen vor seinem inneren Auge. Andere Menschen. Dann war da noch dieser Schmerz, diese Abscheu. Er schloss für einen Moment die Augen, dann öffnete er sie wieder. Er nahm die Hände auseinander, das Wasser ergoss sich in das Waschbecken, und er tauchte den Kopf hinein. Als er ihn wieder hob, blickte er in die traurigen Augen seiner Tochter.

»Anna, verflucht noch mal. Wo warst du?«

Die Kleine reagierte nicht. Sie würde ihm nicht antworten, das wusste er. Giuseppe spürte eine vertraute Wut in sich aufsteigen. Am liebsten hätte er sie geschüttelt. Aber das hätte nichts genutzt und sie nur noch tiefer in diesen Ort eintauchen lassen, an den sie sich nach dem Tod ihrer Mutter geflüchtet hatte. Dennoch kam es ihm vor, als läge in ihren Augen, die denen seiner geliebten Mara so sehr glichen, ein tief empfundenes Missfallen.

»Bist du nicht gerne hier?«, fragte er sanft und ging auf sie zu.

Anna sah ihn weiter an. Giuseppe streckte die Hand nach ihr aus, aber die Kleine zuckte zurück, und nach einem weiteren langen Blick rannte sie zur Tür. Er folgte ihr. Das Wasser lief ihm übers Gesicht wie Tränen. Doch er spürte keine Trauer in seinem Herzen, sondern Wut, eine so intensive Wut, dass sie brannte wie Feuer. Er war zutiefst verzweifelt.

Das Kind kauerte auf dem Kopfsteinpflaster, dreckig, barfuß, eingeschlossen in seine kleine Welt mit derart hohen, dicken Mauern, dass Giuseppe sie nicht überwinden konnte. Eine Welt, zu der er niemals gehören würde.

»Da bist du ja! Wo hast du dich denn rumgetrieben?«, fragte Mirta verärgert.

Die Kleine hob nicht einmal den Kopf. Sie warf Steinchen in die Luft und fing sie geschickt wieder auf.

Die Alte beobachtete sie eine Weile, dann kniete sie sich auf das Pflaster und nahm Anna mit einer raschen Handbewegung die Steinchen weg. »Wenn du sie wiederhaben willst, musst du mitkommen.«

»Behandle sie nicht so«, sagte Giuseppe zu seiner Mutter, »das hätte Mara nicht gewollt.«

»Mara ist tot.«

Er zuckte zurück, als hätte sie ihn ins Gesicht geschlagen. »Lass Anna in Ruhe, hab ich gesagt, ich kümmere mich um sie.« Er zog das Mädchen weg und ignorierte Mirtas Protest. »Vielleicht war es ein Fehler, wieder hierherzukommen«, murmelte er und wischte ihr einen Schlammspritzer von der Nase. Anna starrte nur stumm auf die Hand ihrer Großmutter, die ihr die Steinchen weggenommen hatte.

21.

Thymianhonig (Thymus capitatus)
Aromatischer, frischer und markanter Geschmack, erinnert
an Walnuss, mit einem Hauch Kampfer. Er gilt als Honig des
ungestümen Temperaments und der Begeisterung. Hilft gegen
Angst und die Gefahr, sich von Gefühlen mitreißen zu lassen.

An diesem Morgen war Angelica bereits sehr früh aufge-
wacht. Nach dem Frühstück hatte sie beschlossen, die Unterlagen über Margheritas Imkertätigkeit herauszusuchen.
Erleichtert stellte sie fest, dass alles in Ordnung war, selbst
das Labor verfügte über eine Genehmigung. Sie dachte über
ein Etikett für die Gläser nach, ein Thema, das ihre Laune
hob.

Bisher hatte sie noch nicht entschieden, was sie mit den
Bienen machen wollte, aber ihr war klar, dass sie ein regel-
mäßiges Einkommen brauchte, wenn sie in Abbadulche
bleiben wollte, zumindest so viel, wie sie früher als Wanderimkerin verdient hatte.

Das hieß, sie musste das Honiggeschäft besser organisieren, sonst hätte sie keine Chance. Zum einen würde sie
ihre Produkte von zu Hause aus verkaufen, zum anderen
auf den Märkten in der Nähe. Fielen die Erträge besonders hoch aus, könnte sie sogar Sofia beliefern, zumal sich

das Problem mit dem Geschäft in Avignon gelöst zu haben schien. Martin hatte ihr nun doch eine Pachtverlängerung angeboten.

Nachdenklich klopfte Angelica sich mit dem Zeigefinger auf die Unterlippe. Sie wusste zwar nicht, was zwischen den beiden vor sich ging, aber sie hatte den Eindruck, dass Sofia ihr nicht alles über ihre Beziehung zu dem Hausbesitzer erzählt hatte. Mit einem Seufzen räumte sie die Papiere wieder an ihren Platz. Dann ging sie in die Küche, füllte einen Korb mit einigen Keksen, einem Glas Honig und einem Glas Blütenpollen, schloss die Tür und schlug den Weg zum Hügel hinauf ein. Der intensive Duft nach blühendem Klee erfüllte die Luft und drang in Wellen an ihre Nase. Die Bienen flogen von Blüte zu Blüte und gaben ihr durch ihr sanftes Brummen ihre innere Ruhe zurück. Vor einer Weggabelung blieb sie stehen und blickte zum Wald hinüber, über dem sich die Berge erhoben. Nicola hatte ihre erzählt, er habe in den Baumwipfeln Schwärme wilder Bienen gesehen, dem musste sie auf den Grund gehen. Vielleicht kamen sie ja von dort. Das würde durchaus Sinn ergeben. Vielleicht von einem herrenlosen Stock, den sie bisher nicht entdeckt hatte. Jajas Brief kam ihr wieder in den Sinn. *Der alte Baum... die Quelle... suche danach... Wenn du sie gefunden hast, ist dein Weg zu Ende.*

Während sie darüber nachdachte, kamen ihr noch einige andere Bilder in den Sinn. Der Honig, den Margherita in kleinen Gläsern aufbewahrt und an Menschen verschenkt hatte, die Mut, Zuspruch oder eine Portion Glück brauchten. Der schwarze Honig, der schöne Träume schenkte und glücklich machte, wie Pina und Gigliola ihr erzählt hatten.

Was, wenn das alles irgendwie zusammenhing?

Sie schaute wieder zum Wald. Morgen würde sie einen Spaziergang dorthin machen und Nicola bitten, sie zu begleiten. Ja, das würde sie tun. Sie würde sich trauen, ihn zu fragen, ob er mitkäme.

Wie lange hatten sie sich jetzt nicht gesehen? Höchstens ein paar Tage. Die kamen ihr allerdings wie Wochen vor. Er fehlte ihr, er fehlte ihr so sehr. Sie wollte mit ihm reden, ihm alles erzählen. Wenn sie ehrlich war, wollte sie sogar noch mehr...

Angelica hatte immer gedacht, dass ihr Vagabundenleben, als sie mit dem Campingbus kreuz und quer durch Europa gezogen war, ein Abenteuer gewesen war. Aber nichts war mit dem zu vergleichen, was sie in den letzten Wochen erlebt hatte. Wie es schien, hatte dieses sardische Dörfchen an der äußersten Südspitze der Insel mit kaum tausend Einwohnern mehr Action und Gefühle zu bieten, als ihr lieb war.

Als sie vor dem Haus ankam, saßen die beiden Bewohnerinnen im Hof an einem Holztisch. Zuerst reagierten die Katzen und liefen auf sie zu.

»Ciao, was gibt's?« Pina wirkte gut gelaunt, Überraschungen wie diese schienen sie aber aus dem Konzept zu bringen.

Obwohl Angelica die beiden nun schon wiederholt besucht hatte, blieb Pina misstrauisch. Sie war nicht böse auf die Besucherin, sie hatte einfach nur kein Vertrauen in die Welt und die Menschen. Angelica konnte sie gut verstehen. Wer wusste schon, was geschehen war und sie so vorsichtig hatte werden lassen.

»Ciao, Pina. Ich habe deiner Mutter Blütenpollen mitgebracht. Weißt du, wie man sie einnimmt?«

Die Sardin schüttelte den Kopf.

Angelica nickte Gigliola zu und kam dann näher. »*Buongiorno*, Gigliola, wie geht es dir?«

»Viel besser, danke für die Medikamente.«

»Gib jeden Morgen einen Esslöffel Blütenpollen in ein Glas, und füll es mit Fruchtsaft oder Kräutertee auf. Milch geht auch. Du musst warten, bis die Pollen sich darin aufgelöst haben, bevor du es trinkst. Und stell sie bitte in den Kühlschrank. Du wirst sehen, bald fühlst du dich kräftiger. Blütenpollen sind ein großartiges Stärkungsmittel.«

»Danke, mein Kind. Du bist genau wie Margherita.«

Ihre Worte berührten Angelica tief und erfüllten sie mit Freude. Während Pina weiter die Keramikvase bemalte, unterhielt sie sich noch ein wenig mit Gigliola. Es stellte sich heraus, dass die beiden Margherita oft bei der Honigernte geholfen hatten.

»Wenn es mir besser geht, komme ich vorbei und helfe dir«, versprach die Ältere.

»Das wäre wundervoll.«

Wenn Gigliola und Pina sie unterstützen würden, könnte sie noch mehr Bienenstöcke bewirtschaften. Die vage Idee, einen richtigen Imkereibetrieb aufzubauen, wurde mehr und mehr zu einem konkreten Projekt.

Nachdem Angelica sich von den Frauen verabschiedet hatte, entschied sie sich, mit Nicola darüber zu sprechen. Er war von Anfang an offen für ihre Ideen gewesen, hatte ihr zugehört und sie in ihrer Absicht bestärkt. Häufig hatte er das Thema sogar von sich aus angeschnitten. Von Bienen verstand er nicht viel, meist stellte er Fragen und hörte ihr dann interessiert und staunend zu. Eines Abends hatte er sie gefragt, wie viele Bienenstöcke man für ein Einkommen brauche, das den Lebensunterhalt sichert, wie viele Steuern man zahlen müsse und wie viele Arbeitskräfte man benötige. Es hatte ihr Spaß gemacht, ihm zu antworten, auch wenn er nur schweigend zugehört hatte. Danach hatte er nachdenklich und in sich gekehrt gewirkt.

Der Morgen war frisch, typisch für Abbadulche im Juni. Die Luft war klar, die Landschaft voller Farben und Gerüche. Später, wenn die gleißende Sonne die Luft aufheizte, würde sich alles verändern.

Angelica war schon fast zu Hause, als sie sich spontan entschied, noch einen kleinen Spaziergang zu machen. Besser, als ungeduldig auf das Treffen mit dem Notar und den Fenus zu warten.

Sie ging zum Strand. Das ruhig daliegende tiefblaue Meer zeigte sich in seiner ganzen Pracht. Aber die Ruhe war trügerisch, das wusste sie. Das Meer war ein schlafender Riese, der in einem Moment ruhig atmete und im nächsten ungestüm alles hinwegfegte. Immerhin hatte sie das wilde Aufbäumen der Wellen oft genug erlebt. Sie streifte die Schuhe ab, rannte auf den Steg hinaus und sprang, so wie sie war, in Shorts und T-Shirt, ins Wasser.

Als sie mit den Füßen den sandigen Boden berührte, stieß sie sich ab und kam wieder an die Oberfläche. Während sie zwischen schnellen Armstößen Luft holte, wurde ihr bewusst, dass sie sich Sorgen machte. Vielleicht sogar mehr als das. Sie hatte Angst. Das war es. Langsam entfernte sie sich vom Ufer, auf der Suche nach Trost, den ihr nur das Meer geben konnte. Als sie weit genug hinausgeschwommen war, hielt sie inne.

»Ich will nicht von hier weg.« Sie flüsterte die Worte und klammerte sich mit aller Kraft daran. »Ich will nicht von hier weg.«

Nachdem sie Abbadulche verlassen hatte, hatte sie sich nirgendwo zu Hause gefühlt. Jetzt hatte sie diesen Ort gefunden, Jaja hatte ihn ihr zurückgegeben, und niemand würde ihr die Heimat wieder wegnehmen können. Das würde sie nicht zulassen. Egal ob die Dorfbewohner ihr freundlich gesinnt waren oder nicht. Das war im Leben eben so: Den einen mochte man, den anderen nicht.

Ihre Gedanken kehrten zu den Fenus zurück.

Das Kaufangebot des Baukonzerns, von dem Giuseppe ihr erzählt hatte, interessierte sie nicht. Sie würde Margheritas Erbe nicht veräußern. Das stand außer Frage.

Nur was wollten die Fenus dann von ihr? Sie wusste es nicht, und das beunruhigte sie. Aber natürlich! Sie war ja so naiv: Geld, was sonst? Sie wollten Geld. Es ging doch immer nur ums Geld.

Wie viel hatte sie auf der hohen Kante? Sie wusste es selbst nicht genau. Eigentlich hatte sie überlegt, ihre Ersparnisse für den Aufbau der Imkerei zu verwenden. Der Gedanke, dass sich ihr Traum von etwas Eigenem so schnell in Luft auflösen könnte, erfüllte sie mit Trauer. Sie würde es trotzdem schaffen. Wenn das Geld nicht für neue Bienenstöcke reichte, dann würde sie eben Holz kaufen und selbst welche bauen. Und die Wabenrähmchen auch. Sie würde ihre Pläne nicht aufgeben. Das Träumen hatte sie sich lange genug verboten.

Noch etwas war ihr nämlich klar geworden: Das war ihr erster Traum seit Kindertagen. Sie hatte gelernt, nichts vom Leben zu erwarten, kein Wunder bei den vielen Enttäuschungen.

Was, wenn die Fenus doch einen Beweis in der Hand hatten? Wenn das Testament ungültig war?

Ein Schauer überlief sie. Nein, das war unmöglich. Der Notar hatte gesagt, es sei alles in Ordnung. Niemand konnte ihr Jajas Haus wegnehmen. Es gehörte jetzt ihr, der Traum war in Erfüllung gegangen. Hier würde ihr Leben noch einmal beginnen.

Trotzdem blieben Zweifel. Sie tauchte wieder unter, ließ das Salzwasser die sinnlosen Tränen wegspülen, dann schwamm sie langsam zum Steg zurück.

Nicola begann mit dem Landemanöver. Er warf den Anker und schaute erneut auf die Kontrollanzeige. Seine Miene war ausdruckslos. Er hatte in diesen Tagen einige wichtige Entscheidungen getroffen. Sich von Angelica fernzuhalten war eine davon. Jedenfalls so lange, bis endgültig Klarheit herrschte. Eines war jedoch sicher: Angelica war wichtiger als alles andere.

Das Schiffstau um die Hand geschlungen, betrachtete er das Haus auf dem Hügel. Der Augenblick war gekommen. Er hatte seinen Bruder davon zu überzeugen versucht, das Projekt aufzugeben. Aber Claudio hatte nichts davon wissen wollen.

»Es ist zu spät«, hatte er mit zusammengebissenen Zähnen gesagt. Die Worte hatten Nicola getroffen wie Hammerschläge.

Es war immer so, alles hatte irgendwann ein Ende. Wie die Auszeit, die er sich genommen hatte, wie die magischen Momente mit Angelica. Ihm war klar, dass die Balance zwischen ihnen sich verändern würde. Aber es gab Dinge im Leben, die gemacht werden mussten, und es war nicht wichtig, ob ihm das gefiel. Darüber gab es keine Diskussion.

Er atmete noch einen Moment lang die salzige Luft ein,

dann ging er an Land. Nach wenigen Schritten blieb er stehen. Angelica musste in der Nähe sein, das spürte er, obwohl er sie nicht sah. Wieder fragte er sich, welches seltsame unerklärliche Band zwischen ihnen bestand, für das es keine rationale oder logische Erklärung gab. Es war einfach da, so wenig greifbar wie der Wind, aber umso hartnäckiger.

Er drehte sich um. Da entdeckte er sie auf der obersten Sprosse der Leiter zum Steg.

»Was…? Du warst in Klamotten im Meer?«

Angelica fuhr sich mit der Hand übers Gesicht, ihr Herz schlug wie wild. Sie war überglücklich, ihn wiederzusehen. Spontan rannte sie auf ihn zu und warf sich in seine Arme.

»Was für eine Begrüßung!« Nicola strich ihr über die Schultern und hob dann mit den Fingerspitzen ihr Kinn an. Das Funkeln in seinen Augen verriet das kurze Aufwallen seiner Gefühle. Sie war beunruhigt, das spürte er.

»Was ist los? Ich hätte früher zurückkommen sollen…« Er konnte Angelicas warmen Atem spüren. Vorsichtig nahm er ihr Gesicht in beide Hände. Das hätte ich besser sein lassen sollen, dachte er noch, da beugte er sich auch schon nach unten, suchte ihre Lippen und tat das, was er eigentlich nie wieder hatte tun wollen. Ein wunderbares Gefühl. Genau das, was er sich sehnlichst gewünscht, was er all die Jahre vermisst hatte.

Sie presste sich an ihn, voller Hingabe, als wolle sie ihn nie wieder loslassen. Er küsste sie noch einmal, ihre Lippen schmeckten nach Salz und nach Frieden.

So fühlte sich Glück an.

Ohne Sinn, ohne Nachdenken. Es überraschte ihn immer wieder, wie gut er sich mit ihr fühlte. Als würde ihn eine innere Stimme leiten.

Angelica schmiegte sich an ihn. Wie konnte es sein, dass Nicola noch immer eine solche Wirkung auf sie hatte? Sie war kein Kind mehr, sondern eine erwachsene Frau, ein himmelweiter Unterschied zu früher. Ihr wurde bewusst, dass sie ihn nicht loslassen konnte, nicht loslassen wollte. Die Augen schließen, das schon. Die Augen schließen und sich in seinen Armen verlieren. Sie wollte nicht länger allein sein. Sie wollte nicht... Bei diesem Gedanken geriet sie in Panik. Menschen kamen und gingen. Menschen verändern sich, sagte sie sich, sie treten in dein Leben und verlassen dich wieder.

»Entschuldige, jetzt ist dein Hemd ganz nass. Ich habe wohl ein Talent dafür, dir die Klamotten zu ruinieren.« Sie bemerkte, dass sie stotterte, so sehr zitterte sie. Sie musste sich beruhigen, ehe sie vor Anspannung und Angst nicht mehr klar denken konnte. Auf keinen Fall wollte sie vor ihm in Tränen ausbrechen.

Nicola hielt sie weiter fest und streichelte ihr übers Gesicht. »Alles wird gut, du wirst sehen.«

Angelica runzelte die Stirn. Dann betrachtete sie ihn genauer. Er trug ein weißes Seidenhemd, dunkle lange Hosen, blank geputzte Schuhe. »Du bist sehr elegant...« Sie redete nicht weiter, ein Schauer lief ihr über den Rücken. Dann befreite sie sich aus seiner Umarmung und schob ihn von sich. »Was hast du eben gesagt?«, murmelte sie. »Woher weißt du...?« Ein schrecklicher Verdacht keimte in ihr auf und drohte ihr den Boden unter den Füßen wegzureißen.

Er machte einen Schritt nach vorne und streckte den Arm nach ihr aus, aber Angelica wich ihm aus.

»Du darfst keine Angst vor mir haben, nicht du. Niemals.«

Was meinte er damit?

»Was machst du hier, Nicola?« Sie sah ihn prüfend an, als ob sie in seinem Gesicht nach Antworten suchen würde. Ihr Atem brannte wie Feuer in der Kehle. Sie wollte ihren Zweifeln, die ihre Hoffnungen auslachten, keine Beachtung schenken. Nicht jetzt, nicht bei Nicola.

Er ließ sich Zeit. Erst blickte er in die Ferne, dann zu Margheritas Haus. »Heute ist das Treffen …« Er beendete den Satz nicht, musste er auch nicht.

Lange stand Angelica reglos da, dann drehte sie sich um und rannte davon. Sie glaubte nicht, dass sie es schaffen würde. Mit letzter Kraft erreichte sie das Haus. Nicola war deswegen hier. Woher wusste er von dem Termin? Sie hatte ihm nichts davon gesagt. Kein einziges Wort. Dafür konnte es nur eine Erklärung geben. Er war in die Sache verwickelt.

Sie konnte es nicht glauben. Nicola spielte eine Rolle in dieser Geschichte um Margheritas Erbe. Warum und wie auch immer. Sie war ja so dumm. Hektisch schlug sie die Tür hinter sich zu, stürmte die Treppe hoch ins Bad und stellte sich, so wie sie war, unter die Dusche. Sie drehte den Wasserhahn auf, lehnte sich gegen die Kacheln, ließ sich dann zu Boden gleiten und kauerte sich zusammen. Der warme Wasserstrahl traf ihre Haut, spritzte an die Wände der Duschkabine und lief daran herunter. Während sie den Rinnsalen nachblickte, suchte sie nach einer Erklärung.

Schließlich begriff sie.

Sie hatte es nicht verstanden, aber vielleicht hatte sie es auch nicht verstehen wollen. Nach einer Weile zog sie sich hoch und streckte das Gesicht dem Wasserstrahl entgegen. Als sie den Eindruck hatte, sich wieder unter Kontrolle zu haben, stieg sie aus der Dusche und zog sich an. Sie war schon mit ganz anderen Dingen konfrontiert gewesen und damit zurechtgekommen. Bevor sie nach unten ging, warf sie einen Blick in den Spiegel. Ihr Gesichtsausdruck war hart und entschlossen. Auch wenn sie innerlich zitterte, niemand sollte es ihr anmerken.

In Jajas Schlafzimmer öffnete sie die Schublade der Kommode und zog die Kopie des Testaments heraus. Es war alles in Ordnung, klar und deutlich, unanfechtbar. Dann suchte sie den Brief und hielt ihn einen Moment lang in der Hand. Einem Impuls folgend, faltete sie ihn zusammen und steckte ihn in ihre Tasche. Sie wollte ihn bei sich haben, er würde ihr Mut machen, um für die Herausforderung gewappnet zu sein, die ihr bevorstand.

Als es eine Stunde später klingelte, öffnete sie die Haustür. Draußen stand Giuseppe, neben ihm ein Mann um die vierzig in einem eleganten Anzug, der einen Aktenkoffer trug. Hinter den beiden bemerkte sie eine Frau unbestimmten Alters. Der Blick, den die Frau ihr zuwarf, gefiel ihr gar nicht, ebenso wenig wie ihr hochmütiges Auftreten.

»*Buongiorno*, Signorina Senes, ich bin Sergio Ruina, der Notar. Danke, dass Sie uns so spontan Ihre Zeit schenken. Der Herr zu meiner Rechten ist Giuseppe Fenu, ich nehme an, Sie kennen sich bereits, und die Dame ist Mirta Fenu, seine Mutter. Die beiden Herren dahinten sind Claudio und Nicola Grimaldi.«

Angelica nickte nur und musterte die Besucher schweigend. Sergio Ruina streckte ihr die Hand entgegen, die sie flüchtig ergriff, dann wandte er sich ab. Nicola stand etwas abseits im Garten und streichelte Lorenzo. Am liebsten hätte Angelica ihn vom Hof gejagt, aber sie schluckte und hielt tapfer seinem Blick stand.

»Kommen Sie doch bitte herein.«

In diesem Moment erst bemerkte sie Claudio Grimaldi.

»Ciao, Angelica, schön dich zu sehen.«

»Ach, wirklich?«

Claudios Lächeln verlor an Glanz. »Du warst schon immer ein schwieriges Mädchen.«

»Hör auf«, zischte Nicola seinem Bruder zu. Er ging auf Angelica zu und stellte sich an ihre Seite.

»Ich brauche deine Hilfe nicht«, sagte sie, ohne ihn eines Blickes zu würdigen.

»Das wird sich zeigen.«

Sie verkniff sich eine Antwort, ließ die beiden stehen und ging ins Wohnzimmer. Nach einigen Minuten kamen Ruina und Claudio herein, als Letzte nahm Giuseppes Mutter auf dem Sofa Platz.

»Ein wirklich schöner Raum«, sagte Mirta begeistert und betrachtete die Holzdecke.

Ein Blick ihres Sohnes ließ sie verstummen, aber sie achtete gar nicht auf ihn und nahm alles in Augenschein, die Gemälde und Gobelins an den Wänden, die Teppiche. Die Gier in ihrem Gesicht war so offensichtlich, dass Angelica am liebsten alles zugedeckt hätte. Sie musste sich zwingen, sich von Mirta abzuwenden und ihre Aufmerksamkeit dem Notar zu widmen.

»Beruhigen Sie sich bitte, Signorina Senes, wir sind hier, um die bedauerliche Situation, in die Sie unwissentlich geraten sind, in beiderseitigem Einvernehmen und zur Zufriedenheit aller Beteiligten zu bereinigen. Schließlich kennen wir alle die Eigenarten von Margherita Senes.«

Dieser Mann gefiel ihr nicht, genauso wenig wie die Situation und Claudio Grimaldi.

»Kommen Sie bitte zum Punkt.« Angelicas Antwort war brüsk. Alle Augen richteten sich auf sie. »Mein Gemütszustand dürfte Sie wenig interessieren, denke ich. Ich bin ruhig, das kann ich Ihnen versichern. Und Sie möchten nicht wissen, wie es ist, wenn ich nervös bin.« Damit setzte sie sich in eine Ecke.

»Ich wollte Ihnen nichts unterstellen, ich wollte nur die Wogen glätten.«

»Besten Dank für Ihre Fürsorge, aber ich habe viel zu tun und bitte Sie daher, sich kurzzufassen.« Allgemeine Verblüffung machte sich breit. Ein solch selbstsicheres Auftreten hatte niemand erwartet. Außer Nicola, der still in sich hineinlächelte.

Ruina räusperte sich. »Sehen Sie, Frau Senes, Sie wissen es vielleicht nicht, da Sie viele Jahre nicht in Abbadulche gelebt haben ...« Der Notar betonte jedes Wort, mit einem gekünstelten Lächeln, das ihm Angelica gerne von den Lippen radiert hätte. »Margherita Senes ging es sehr schlecht, bevor sie gestorben ist. Meine Mandanten haben sich um die alte Dame und ihren Besitz gekümmert.«

Stille.

»Fahren Sie fort.«

»Margherita Senes hat in ihrem letzten Wille weder die meinen Mandanten in diesem Zusammenhang entstandenen Kosten berücksichtigt noch die Zeit, die er und seine Mutter geopfert haben.«

Angelica fuhr sich mit der Zunge über die Lippen. »Ihr Vorschlag?«

Ruina beugte sich nach vorn. Er stellte den Aktenkoffer auf den Tisch und zog ein Dokument heraus, von dem er an alle Anwesenden eine Kopie verteilte. »Das hier ist ein

Kaufangebot der Gebrüder Grimaldi für das gesamte Anwesen. Die gleiche Offerte haben die Herren auch Signora Margherita Senes unterbreitet. Stellvertretend für die alte Dame haben Mirta und Giuseppe Fenu die Vereinbarung unterschrieben und bereits einen Vorschuss erhalten. Falls Sie, verehrte Signorina Senes, den Vertrag akzeptieren, den die Fenus in dem guten Glauben abgeschlossen haben, die rechtmäßigen Erben zu sein, darf ich Ihnen Folgendes vorschlagen: Die Fenus behalten den Vorschuss, während Sie die Restsumme ausbezahlt bekommen. Eine schnelle und unbürokratische Entscheidung, wie Sie sehen.«

Angelica begann den Vertrag zu lesen. Nach einigen Seiten hob sie den Kopf und fragte schockiert: »Sie wollen das Haus abreißen?«

»Bitte konzentrieren Sie sich auf den Teil der Vereinbarung, der Ihre Person betrifft. Was meine Mandanten später damit vorhaben, ist für Sie von untergeordneter Bedeutung.«

»Das sagen Sie.«

Angelica umklammerte das Dokument. Sie musste sich zwingen weiterzulesen, den überwältigenden Schmerz, den sie in der Kehle spürte, sollte niemand bemerken. In diesem Moment wusste sie nur eines mit Sicherheit: Sie war allein. So allein wie noch nie zuvor.

Sie blickte die Anwesenden einen nach dem anderen an. Nur Nicola nicht. Ihm wollte sie nicht in die Augen sehen.

Alle wirkten zufrieden und trugen ein Lächeln auf den Lippen. Zutiefst davon überzeugt, dass sie unterschreiben würde. Diese Leute wussten gar nichts von ihr, und sie wussten auch nichts von Margherita.

Sie konzentrierte sich wieder auf die Papiere. Neben dem Vertrag lagen diverse Diagramme und die Planskizze eines

Touristendorfes mit Luxusbungalows. Der ganze Hügel sollte zu einem Golfplatz nach internationalem Standard werden. Das Projekt war offensichtlich bereits bis ins kleinste Detail ausgearbeitet. Alles würde dem Erdboden gleichgemacht, inklusive des Hauses, in dem Pina und Gigliola lebten. Angelica warf Mirta einen flammenden Blick zu. War sie es gewesen, die die beiden Frauen bedroht hatte? Wenn dem so war, würde sie dafür büßen.

Der in ihr lodernde Zorn schwoll zu einer Woge unbändiger Wut an. Sie alle hatten nicht das geringste Interesse an Jajas Hab und Gut. Es ging ihnen nur um Profit. Sie würden alles zerstören, allein des Geldes wegen.

»Sie haben vorhin erwähnt, dass Margherita über Ihr Angebot informiert war. Wie stand sie dazu?«

»Ich verstehe nicht, was das …«

»Die Unterlagen tragen das Datum von vor einem Jahr. Sie haben behauptet, Margherita hätte sie gesehen. Ich möchte wissen, was sie darüber gedacht hat. Wie lautete ihre Antwort?«

»Sie war damals schon krank«, hakte Mirta ein, »sogar im Krankenhaus. Sie hatte nicht mehr viel Zeit. Das Angebot, das wir ihr gemacht haben, war mehr als großzügig. Sie hätte sich mit dem Geld ein schönes Leben machen können. Ich hätte sie sogar bei mir aufgenommen.«

Angelica zitterte. Ihre Jaja war schwer krank gewesen, und sie hatte nichts davon gewusst, gar nichts. Sie atmete ein paarmal tief durch, um das Bedürfnis zu unterdrücken, zu weinen und ihren Schmerz laut herauszuschreien.

Der Notar wedelte mit den Papieren. »Ich möchte Sie nochmals darauf hinweisen, dass das Angebot mehr als großzügig ist.«

Angestrengt verschränkte Angelica die Finger ineinander, denn sie wollte, sie durfte nicht zittern. »Das interessiert mich nicht. Ich möchte wissen, wie Margherita darüber gedacht hat.« Sie betonte jedes einzelne Wort, die Hände jetzt zu Fäusten geballt, die Augen zu Schlitzen verengt.

Giuseppe sprang auf. »Was sie darüber gedacht hat, spielt keine Rolle. Sie ist tot.«

Angelica musterte ihn. Er war Annas Vater. Wie konnte es sein, dass in diesem Mann so gar nichts von dem war, was sie in seiner Tochter erkannt hatte?

»Und die Bienen?«

Giuseppe zeigte auf den Vertrag. »Die siedeln wir um, das habe ich dir doch schon gesagt.«

»Wenn die Wiesen zerstört sind, von was sollen sie sich dann ernähren?«

»Auf dem Golfplatz wachsen genug Blumen.«

»Bis jemand auf die Idee kommt, dass es lukrativer ist, ihn zuzubetonieren oder Insektenvernichtungsmittel zu sprühen, damit die Feriengäste nicht von Ungeziefer belästigt werden. Wohin sollen sie dann?«

»Du willst es einfach nicht verstehen.« Seine Stimme klang wütend.

»Nein! Du bist es, der nichts versteht!«, schrie Angelica.

Raus! Alle raus aus ihrem Haus.

Nicola lehnte sich gegen die Wand und sah sie an.

Sie hielt ihm den Vertrag hin. »Du hast es gewusst.« Es war keine Frage. »Natürlich hast du es gewusst. Ihr gehört alle zu dem gleichen … Was seid ihr eigentlich, ein Unternehmen?«

»Es gibt Dinge, von denen du nichts weißt, Angelica.« Nicolas Stimme war entschieden, genau wie sein Blick.

Warum hörte sie ihm überhaupt zu? Wie hatte sie sich nur so einwickeln lassen können?

Dann wurde ihr klar, dass sie die Antwort auf diese Frage kannte. Sie hatte sich von der Vergangenheit beeinflussen lassen. Sie hatte ihren Gefühlen aus einem früheren Leben erlaubt, ihre Urteilskraft zu trüben. Sie hatte sich vorgestellt, sich gewünscht, die Zeit zurückdrehen zu können. Verrückt, eine Illusion. Immer das gleiche Spiel.

Claudio räusperte sich. »Dieses Projekt wird hier im Dorf mehrere Probleme gleichzeitig lösen. Es schafft Arbeitsplätze, dauerhafte Einkünfte und damit Wohlstand und Bildung. Ich weiß nicht, ob es der Signorina schon aufgefallen ist, aber die Dinge in der Gegend laufen nicht gut. Die Menschen haben keine Perspektive, keine Zukunft. Das bisschen Landwirtschaft reicht nicht, um eine Familie zu ernähren.«

Angelica war so fassungslos und aufgebracht, dass sie kaum sprechen konnte. »Sklaven, das ist es, was die Einwohner von Abbadulche werden.« Ein Wutschwall schwappte durch ihren Körper. Sie wusste, was passieren würde. Wenn ein Gebiet, ein Ökosystem erst einmal zerstört war, dauerte es viele Jahre, um es wiederherzustellen. Wie oft schon hatte sie Ähnliches erlebt? Wie oft schon hatte sie die Folgeschäden reparieren müssen? »Die Menschen haben dadurch Einkünfte, die zum Überleben reichen, das stimmt«, ihre Stimme klang jetzt schneidend, »aber das Land, die Erde, die sie ernährt, wird nachhaltig zerstört. Ihre Kinder und Kindeskinder werden keine Existenzgrundlage mehr haben. Für die künftigen Generationen wird euer Vorhaben nur eines sein: ein Paradebeispiel für Missbrauch und Verschwendung. Sparen Sie sich Ihre Sprüche vom Wohlstand, denn der wirkliche Wohlstand von Abbadulche sind der unbelastete Boden, die intakten Wälder, der Blumenreichtum und das saubere Meer. Tourismus kann es auch dann geben, wenn die Umwelt respektiert wird und alles bleibt, wie es ist. Nur so ist eine Wendung zum Besseren möglich. Das solltest gerade du besser wissen als alle anderen!«

Nicola wurde blass. Seine Emotionen kochten hoch. Er musste sich zwingen, den Mund zu halten. Das war weder der geeignete Moment noch der richtige Ort für Erklärungen.

Aus einer Ecke des Raumes war höhnischer Applaus zu hören. »Bravo. Schade nur, dass das alles Utopien sind. Wenn dieses Land im Stande ist, seine Bewohner zu ernähren, warum ist deine Mutter dann mit dir weggezogen? Weißt du, wie viele Einwohner Abbadulche in den letzten zehn Jahren verloren hat? Die Hälfte, mein gutes Kind. Also erzähl mir bitte nichts von Blumen und Bienen, davon werden die Leute nicht satt.«

»Oh doch. Ihr seid bloß zu blind, um das zu verstehen, und nicht willens, euer Profitstreben einer intakten Natur unterzuordnen.«

Spannungsgeladene Stille erfüllte den Raum. Nur die Atemgeräusche der Anwesenden waren zu hören. Dann ergriff der Notar das Wort.

»Ich verstehe Ihr Anliegen, das Land und die Wiesen zu erhalten, das ist äußerst ehrenwert. Aber ich kann Ihnen versichern, dass alles unter strikter Einhaltung der gesetzlichen Vorgaben ablaufen wird.«

Alles, was Jaja aufgebaut hatte, ihr gesamtes Erbe, würde verschwinden und damit auch die Erinnerung an sie. Angelica sah erst Giuseppe und dann seine Mutter an. Ihre

Stimme wurde zu einem Flüstern. »Anfangs hatte ich ein schlechtes Gewissen, weil ich alles geerbt habe. Ich dachte, es sei ungerecht, weil auch euch ein Teil zustände. Ich war entschlossen, mit euch zu teilen. Doch jetzt habe ich verstanden, warum Margherita euch in ihrem letzten Willen nicht bedacht hat.« Sie stand auf, zog die Kommodenschublade auf, nahm das Testament heraus und reichte es dem Notar. »Wie Sie sehen, handelt es sich um ein ordnungsgemäß beglaubigtes Dokument. Aber ich möchte gerne, dass Sie Ihre Aufmerksamkeit auf das Datum richten. Der achte Mai zweitausenddreizehn. Vor einem Jahr also. Anfang Mai haben Sie ihr das Projekt vorgestellt.« Angelica hielt inne. »Sie hat euch zum Teufel gejagt, nicht wahr?«

Blankes Entsetzen hatte sich unter den Anwesenden breitgemacht.

Giuseppes Mutter sprang auf. »Du bist eine Betrügerin. Margherita hatte kein Recht, dir alles zu hinterlassen, du bist gar keine Senes, du bist nichts als ein Bastard.« Angelica schluckte und schleuderte ihr dann einen eiskalten Blick entgegen. »Das mag sein, Tante Mirta, aber die Dinge sind, wie sie sind. Margherita hat eure Absichten durchschaut und sich deshalb entschlossen, ihren gesamten Besitz mir zu hinterlassen. Denn ich werde niemals zulassen, dass diese Mauern niedergerissen werden und alles zerstört wird, was sie aufgebaut hat.«

»Sie sind sehr aggressiv und feindselig, Signorina, und scheinen nicht verstanden zu haben …«

Mit einer Geste schnitt Angelica dem Notar das Wort ab. »Oh nein, Sie haben die Situation nicht verstanden, genauso wenig wie Ihre Mandanten. Das Testament ist rechtsgültig. Dieses Haus, die Äcker und Wiesen, die Bienen und alles andere, was mir Margherita vererbt hat, bleiben in dem Zustand, wie sie sind.«

Sie schaffte es, nicht zu zittern und jedem Einzelnen dabei in die Augen zu sehen, obwohl ihr das Herz bis zum Hals schlug und sie am liebsten in Tränen ausgebrochen wäre. »Der Besitz von Margherita Senes wird nicht angerührt.«

22.

Borretschhonig (Borago officinalis)
Mild aromatischer Duft nach grünem Gras. Gilt als Honig der
Hoffnung, vertreibt negative Gedanken. Hell, geschmeidig und
lieblich wie die Sternchenblüten, aus denen er gewonnen
wird. Kristallisiert fein.

Seit Jahren schon lebte Angelica im Zyklus der Jahreszeiten.
Mit den Bienen verdiente sie nicht nur ihr Geld, vielmehr
war es ihr in Fleisch und Blut übergegangen, ihrem Rhythmus zu folgen, sie waren ihr Kalender. Wenn der Januar
vorbei war, begann die Bienensaison, die Luft wurde mil-
der, ein neuer Frühling kündigte sich an. Der laue Wind, die
Sonne, die jeden Tag einen höheren Bogen beschrieb, die
Blumen, die in neuer Pracht erblühten. Nur eines war anders als sonst: Diesmal waren es Jajas Bienen, denen sie folgen würde. Ihre Bienen. Nun wusste sie auch, warum. Die
Antwort, nach der sie seit ihrer Ankunft in Sardinien gesucht hatte, das Motiv, das Margherita dazu bewegt hatte,
sie als Alleinerbin einzusetzen, war nun kein Geheimnis
mehr.

An diesem Morgen hatte sie früh mit der Arbeit begonnen. Sie hatte die ganze Nacht wach gelegen, es ergab wenig
Sinn, noch länger im Bett zu bleiben. Die Stunden im Dun-

keln, als sie die Sterne und den Mond betrachtete und Trost im Rauschen des Meeres suchte, hatte sie genutzt, um sich zu erinnern. Sie konnte der Konfrontation mit der Vergangenheit nicht ausweichen.

Was war aus Nicola geworden? Was hatte ihn zu einem gefühlskalten Spekulanten gemacht? Was war aus seinen Träumen geworden? Früher war er voller Leidenschaft gewesen, mit innovativen Ideen, um die Welt zu retten und Strategien zu entwickeln, damit er seine Ziele erreichte. Er hatte nie aufgegeben. Angelica wusste das, weil er jeden Gedanken, jeden Traum mit ihr geteilt hatte.

Die Bienen flogen geschäftig umher, und der Duft nach Honig verbreitete sich überall. Angelica schluckte, doch der Knoten, den sie im Hals spürte, wollte nicht weichen, sie nicht in Ruhe lassen.

Sie nahm den Deckel von einem Bienenkorb ab und begann die Wabenrähmchen herauszuholen. Die Bienen krochen ihr über die Finger, das Gesicht. Bald spürte sie ihren Trost in den sanften Bewegungen, den vibrierenden Flügeln auf ihrer Haut, die ihr Demut und Glück vermittelten. Ihr Blick verlor sich in dem Gewusel, und einen Moment lang kam es ihr vor, als würde sie all das sehen, was die Bienen auch sahen. Glänzend grüne Blätter, prall gefüllte Knospen, farbenfrohe Blüten, die sich vor Nektar bogen. Ebenso roch sie den betörenden Duft, hörte das Singen, verstand die Sprache. Mit ihrem Duft riefen die Blüten nach den Bienen.

Nur zu gern hätte sie es Anna erzählt, das hätte ihr bestimmt gefallen. Sie vermochte nicht zu sagen, woher diese Sicherheit rührte, sie wusste es einfach. Vielleicht weil sie als Kind Jajas Geschichten so sehr geliebt hatte und annahm, dass es dem Mädchen genauso ging. Als sie Blätter rascheln hörte, hob sie den Kopf und lächelte. Sie war zurück, sie war wieder da.

»Ciao, Anna.«

Das Mädchen kam zögernd näher. Obwohl sie immer noch sehr vorsichtig war, wirkte ihr Gesicht entspannt, und ihre Augen glänzten. Angelica lächelte sie an, dann kniete sie sich vor ihr auf den Boden. Sie hätte das nicht tun sollen, sie durfte die Kleine nicht zwingen, das wusste sie. Aber sie war mit den Nerven am Ende und fühlte sich unendlich einsam.

Das Kind kam noch ein Stück näher. Als sie die kleine Hand auf den Kopf legte, schloss Angelica die Augen. Dann schlang Anna die dünnen Ärmchen um ihren Hals. Einen Moment lang verharrten sie in dieser Position.

»Ich bin sehr glücklich, dich zu sehen, weißt du?«

Anna schaute sie an, dann öffnete sie die Hand. Ein glänzender weißer Stein lag darin, der aussah wie eine große Perle.

»Der ist wunderschön.«

Das Mädchen hielt ihn Angelica hin.

»Ist der für mich?«

Als das Kind nickte, strahlte Angelica sie an. »Danke, mein Schatz.«

Nachdem sie wieder aufgestanden war, fühlte sie sich leichter. Glück gab Kraft, das war in der Tat so. Jetzt ging es ihr besser. »Möchtest du die Bienen beobachten?«

Die Kleine nickte, und Angelica reichte ihr die Hand. Nach einigem Zögern umschloss Anna ihre Finger, Hand in Hand gingen sie zu den geöffneten Körben.

Dort wimmelte es von Bienen, viele von ihnen trugen ein neues Kleid.

»Siehst du, wie pelzig sie sind? Das sind die Neugeborenen. Und die Glänzenden mit den dunklen Farben, das sind die Ältesten. Sie sind sehr viele, aber jede einzelne von ihnen hat ihre Aufgabe, und sie arbeiten alle gemeinsam. Das ist ihre große Stärke, die Gemeinschaft. Deshalb nennt man sie auch soziale Insekten. Alleine könnten sie nicht leben, sie bilden alle zusammen einen einzigen großen Organismus. Wenn sie klein sind, nennt man das Zellen, wenn sie größer werden, Volk.«

Konzentriert betrachtete Anna die Bienen, die über ihre Hand liefen. Angelica fragte sich, an was sie dabei dachte.

»Heute kontrollieren wir die Bienenstöcke und versuchen, einen Ausgleich zwischen den einzelnen Völkern zu schaffen, damit in der Blütezeit alle die gleichen Chancen beim Nektar- und Pollensammeln haben. Deshalb räumen wir die Honigwaben mit der Brut von den stärkeren in die schwächer besetzten Bienenstöcke. Das ist doch eine gute Idee, oder?« Sie wartete, bis die Kleine das Konzept verstanden hatte, dann fuhr sie ihr über den Kopf. »Viele Leute halten nichts davon, aber ich finde es wichtig, dass man sich gegenseitig hilft. Was meinst du?«

Anna wiegte den Kopf hin und her, dann nickte sie.

»Sehr schön. Ich wusste, dass du genauso denkst wie ich.«

Sie unterhielten sich weiter auf ihre besondere Art und Weise, mit wenigen Worten, ein bisschen Gesang und viel Stille. Die Bienen schwirrten fröhlich um sie herum. Auch sie spürten den nahenden Sommer. Von den Affodillstauden, deren Blüten die Hügel von Abbadulche zu Frühlingsbeginn weiß färbten, waren nur noch die inzwischen vertrockneten Stängel übrig. Das war das Wesen der Natur, ein Kreislauf: Beginn, Ende, Wiedergeburt.

Angelica schlenderte über die Wege, die Margherita vorgezeichnet hatte, wobei sie mit den Händen über die Blüten streifte, sodass die Pollen an den Handflächen kleben blieben. Die kleine Anna ahmte ihre Bewegungen nach. Die Bienen bemerkten es und landeten auf den Händen der beiden, um die kostbaren Körnchen einzusammeln. Ihr Weg war lang, sie schritten zügig voran, die Nase immer im Wind. Als Anna das Läuten der Kirchenglocken hörte, schaute sie zum Himmel und lief davon.

Dieses Mal strahlte Anna ihre Freundin zum Abschied an und winkte ihr zu.

Den Rest des Tages verbrachte Angelica damit, das Haus zu putzen, aber als sie spürte, wie sie in die zwanghaften Automatismen ihrer Mutter verfiel, ging sie ins Labor. Erst dort, zwischen den Rahmen und Honigwaben, umhüllt vom Duft nach Honig und Wachs, fand sie ihre Ruhe wieder.

Sie war entschlossen, nicht an Nicola zu denken und ihn von sich fernzuhalten. Doch als ihr klar wurde, dass ihr das nicht gelingen würde, räumte sie das Werkzeug wieder an seinen Platz und ging nach draußen.

Vom Meer zog ein warmer Wind den Hügel hinauf. Angelica blieb vor jedem Busch, vor jeder Blume stehen. Sie hätte alles getan, um sich abzulenken und nicht an ihn denken zu müssen, an das, was er ihr angetan hatte. Wie er sie hintergangen hatte. Die maßlose Enttäuschung brannte noch immer in ihr. Bei jedem Atemzug spürte sie ein bleiernes Gewicht auf sich lasten. Auch wenn sie davon überzeugt war, richtig entschieden zu haben, hatte nichts mehr einen Sinn, wenn sie an Nicola dachte. Ihre Gedanken verflüchtigten sich, und sie war außer Stande, irgendetwas zu verstehen.

Sie fühlte sich nur noch leer, leer und dumm.

Als ein Tropfen auf ihrem Gesicht landete, streckte sie die Hand aus, die Handfläche geöffnet. Der eben noch klare türkisblaue Himmel hatte sich mit dichten weißgrauen Wolken gefüllt, die an Baumwolle erinnerten. Sie sah zum Meer. Der Drang, sich ans Ufer zu setzen und dem Rauschen der Wellen zuzuhören, war übermächtig. Entschlossen ging sie weiter. Wenn ein Gewitter heraufziehen würde, könnte sie sich immer noch irgendwo unterstellen.

Der Weg öffnete sich zum Strand hin. Angelica spähte zum Steg hinüber, und als sie bemerkte, dass niemand da war, seufzte sie erleichtert auf.

Sie ging weiter, den sich immer höher aufbäumenden Wellen entgegen. Das Unwetter kam näher, mehr als eine halbe Stunde blieb ihr bestimmt nicht.

Sie ließ ihren Gedanken freien Lauf. Morgen würde sie mit einem Unternehmensberater besprechen, welche Schritte nötig waren, um sich als Imkerin selbstständig zu machen. Das Labor war auf dem neusten Stand, was das betraf, würde es keine Schwierigkeiten geben.

Angelica hatte vor, eine Imkerei zu eröffnen. Sie würde in Abbadulche bleiben und Margheritas Arbeit fortführen. Sofia wäre ihr dabei sicher eine große Hilfe, sie würde die Freundin später anrufen und um Rat fragen. Sofia hatte gute Kontakte zur Bienen- und Honigszene, und es wäre gewiss kein Problem, ihre Produkte auch außerhalb von Sardinien zu vertreiben.

Wieder musste sie an Jajas Geheimnis denken, an den schwarzen Honig des mysteriösen Baumes. Wenn sie ihn finden würde und der Honig für diese Insel charakteristisch wäre, dann würde sie ihn typisieren lassen und damit an nationalen und internationalen Wettbewerben teilnehmen.

»Honig und Blumen ernähren die Menschen nicht? Das Gegenteil ist der Fall!« Claudio Grimaldi würde noch lange an seinen Worten zu knabbern haben.

Nicola spielte bei ihren Überlegungen keine Rolle, sie wollte nicht einmal an seinen Namen denken.

Ein Donnergrollen ließ Angelica erstarren. Und jetzt? Hier draußen konnte sie nicht bleiben, am Strand schon gar nicht. Sie drehte sich um und begann zu rennen, als ein grellweißer Blitz über den Himmel zuckte. Ihr Herz hämmerte. Es hatte stark zu regnen begonnen, der Himmel war jetzt lilaschwarz. Sie versuchte die aufsteigende Panik in den Griff zu bekommen, das war nur eine Erinnerung, mit der Angelica von heute hatte das nichts mehr zu tun. Schon lange hatte sie ihre Angst vor Gewitter unter Kontrolle. Doch die drohende Gefahr siegte über ihre guten Vorsätze, die gewaltigen Wellen, die sich am Steg brachen, der gleißend helle Blitz zwischen den nachtschwarzen Wolken. Als würden sich die lange Zeit verschlossenen Tore zu ihrer Gefühlswelt öffnen und die Erinnerungen alles mitreißen, was sich ihnen in den Weg stellte. Sie schleppte sich den Steg entlang, als eine knisternde Flammenzunge über den Himmel zuckte.

Da erkannte sie die kleine Höhle, den Unterschlupf unter dem Felsen. Dort hatte sie als Kind immer gespielt, an diesem Ort hatte sie sich oft mit Nicola getroffen. Völlig durchnässt, erreichte sie das Versteck, die Haare klebten auf ihrem Gesicht, das Wasser lief ihr in die Augen. Sie schlang die Arme um den Oberkörper, um das Zittern in den Griff zu bekommen, sie konnte kaum noch durchatmen.

»Ciao, Angelica.«

Sie fuhr herum. »Was machst du denn hier?«

Nicola saß da, den Rücken an die Wand gelehnt. Er

zeigte auf die Öffnung der kleinen Höhle, die der prasselnde Regen wie ein Vorhang verschloss. »Das Gleiche wie du, nehme ich an.«

Angelica antwortete nicht und ging auf die Öffnung zu, hier konnte sie nicht bleiben. Doch ein ohrenbetäubender Knall ließ sie zusammenfahren. Automatisch wich sie zurück, während der Donner in der Höhle widerhallte. Sie zwang sich, die Arme seitlich an den Körper zu pressen, obwohl sie sich am liebsten die Ohren zugehalten und sich in die hinterste Ecke der Höhle geflüchtet hätte.

»Wenn ich verspreche, dass ich dir nicht zu nahe komme, bleibst du dann hier?« Nicolas Stimme war ruhig und freundlich.

Sie wandte ihm den Rücken zu, während sie nach einer Fluchtmöglichkeit suchte. Entweder er oder der Gewittersturm. Schließlich blieb sie, wo sie war.

»Es hat keinen Sinn, meine Anwesenheit zu ignorieren. Ich bin hier, ob es dir gefällt oder nicht.«

Warum ließ er sie denn nicht in Ruhe? »Aber ich will dich nicht sehen. Für mich existierst du nicht mehr.«

Er lachte bitter. »Lügen war noch nie deine Stärke.«

Ihre Geduld war am Ende, ihr letzter Rest Selbstkontrolle dahin. Sie stürzte auf ihn zu. »Dafür bist du ein echter Meisterlügner!«

Nicola richtete sich auf, packte sie an den Schultern und schüttelte sie. »Wann bitte habe ich dich belogen?«

Angelica riss sich los. »Du hast mich in allem belogen. Zum Beispiel, was das Haus...«

Er unterbrach sie mit einer ungeduldigen Handbewegung. »Haben wir jemals über das Haus gesprochen? Habe ich dich auch nur einmal unter Druck gesetzt, es zu verkaufen? Habe ich dir jemals nahegelegt, von hier zu verschwinden?«

Nein, das hatte er nicht. Trotzdem war Angelica fuchsteufelswild. »Die Alarmanlage ...«

Nicola schüttelte den Kopf. »Das haben wir doch schon geklärt. Lass dir was anderes einfallen.«

»Was ist mit den Fenus? Und Margherita? Du hast bestimmt gewusst, dass sie euer Angebot abgelehnt hatte.«

»Wieder falsch. Darüber war ich nicht informiert. Ich wusste überhaupt nichts, bis zu dem Tag, als wir uns das erste Mal getroffen haben.«

»Das glaube ich dir nicht.«

In Nicolas Blick trat ein schmerzlicher Ausdruck, er sah sie lange an, dann setzte er sich wieder. »Du willst mir nicht glauben, und das ist etwas ganz anderes. Dabei weißt du genau, dass es stimmt.«

Angelica wich zurück. Sie wollte ihm nicht in die Augen sehen, wollte den Schmerz akzeptieren, den sie in sich spürte. Sie ging zum Höhleneingang und biss sich auf die Unterlippe, ihr Blick verlor sich in der grauen Dunkelheit.

»Ich habe mich aus der Sache rausgehalten. Bei dem Termin war ich nur dabei, um mich davon zu überzeugen, dass alles mit rechten Dingen zugeht. Ich bin auf deiner Seite.«

Es war mehr ein Flüstern, sie hörte es trotzdem und fuhr herum. Er saß in der Ecke, in die er sich verkrochen hatte, den Kopf in den Nacken gelegt, die Augen geschlossen, die Arme um die Knie geschlungen. Er wirkte erschöpft.

»Wie meinst du das?«

Nicola öffnete die Augen. »Du hast mich sehr wohl verstanden.« Er sagte es ganz ruhig und sachlich.

Der Regen hatte nachgelassen, der Donner war jetzt weiter entfernt. Bevor Angelica hinausging, drehte sie sich noch einmal um. Sie sahen sich lange an, zwischen ihnen all das, was sie nicht aussprechen konnten oder wollten. Ohne ein Wort des Abschieds trat sie in den gleichmäßig fallenden Regen hinaus.

Nicola schloss die Augen. Als er sie wieder öffnete, schwappten die Wellen schon bis an den Eingang der Höhle. Die Flut stieg, bald würde ihn das Wasser erreichen. Er seufzte und öffnete die Faust. Die winzige Blechbüchse, die er mit Angelica vor vielen, vielen Jahren ganz hinten in der Höhle versteckt hatte, war mit Rost überzogen. Von der ehemals glänzenden emaillierten Oberfläche war fast nichts mehr zu erkennen. Eine Erinnerung aus der Kindheit. Es war leicht, in die Vergangenheit zurückzukehren, in jene Zeit, als er noch ein Junge war und sein Herz stürmisch klopfte, wenn er Angelica auch nur sah.

»Was ist, bist du fertig?«

»Nein, glaubst du, das ist so einfach?«

Angelica hatte ihn angelächelt und genickt. »Klar.«

»Zeig her«, hatte er gesagt und die Hand nach ihr ausgestreckt. »Was hast du geschrieben? Was ist dein Wunsch?«

»Vergiss es.«

Sie lief weg und hopste den Kanal entlang, der sich an stürmischen Tagen mit Wasser füllte. »Das ist ein Geheimnis, das ist Magie. Wenn du ihn laut aussprichst, dann wird er nicht wahr. Weißt du nicht, dass man geheime Wünsche nicht verraten darf?«

Nein, das wusste er nicht. Das hatte ihm nie jemand gesagt. Mit seinem Vater oder mit Claudio hatte er nie über solche Dinge gesprochen. Er versuchte sie einzuholen, aber sie war schneller, obwohl sie beim Rennen immer wieder Luftsprünge machte. Und lachte. Er hätte ihr stundenlang zusehen und zuhören können.

»Wenn du mir deinen Wunsch verrätst, dann verrate ich dir meinen.«

Sie blieb stehen, ihr Lächeln war verschwunden. »Nein.« Dann zeigte sie ihm den gefalteten Zettel. »Da steht, was ich später mal machen werde, wer ich sein werde. Wenn ich es dir verrate, geht es nicht in Erfüllung.«

Nicola wurde wütend. »Dann verrate ich dir meinen Wunsch auch nicht. Du wirst niemals herausfinden, was ich machen werde. Das bleibt mein Geheimnis.«

Angelicas Lachen war von den Wänden der Höhle widergehallt und hatte ihn zusammenzucken lassen. »Aber das weiß ich doch längst. Du wirst die Welt retten.«

Man musste nur auf den Deckel drücken, um ihn aufspringen zu lassen. Da lag er immer noch, sein Zettel. Einmal zusammengefaltet, nur wenige Worte in einer ausdrucksstarken Handschrift. Auch ihr Zettel war noch da. Wie lange hatten ihre geheimen Wünsche dort gelegen?

Sorgsam schloss Nicola den Deckel wieder und schob die Blechbüchse dorthin zurück, wo er sie gefunden hatte. Er nahm den Stein, der das Versteck in der Felswand verschloss, und legte ihn an seinen Platz.

Als er die Höhle verließ, war noch fernes Donnergrollen zu hören. Sanfte Wellen umspülten seine Beine, seine Schritte waren schwer. Er ging weiter bis zur Mole und hob das Gesicht. Der Regen war kalt. Und hart.

Er ging die ganze Mole entlang und sprang dann ins Meer, in der Hoffnung, dass die Strömung ihn davontragen würde, zusammen mit seinen Gedanken.

23.

Efeuhonig (Hedera helix)
Kräftig und süß, riecht nach Kandiszucker, frischem Gras
und jungen Blättern. Er gilt als Honig des Verzeihens und
der Geduld, hilft, Schmerzen und Leid zu überwinden.
Mittelbraun, geschmeidige Konsistenz.

»Heute ist also der große Tag?«

Sofias Stimme am Telefon klang heiter. Zu heiter. Angelica beschloss herauszufinden, was los war. Es sofort anzusprechen würde allerdings nichts bringen. Sofia war eine selbstbewusste Frau, für die es Ehrensache war, ihre Probleme selbst zu lösen.

»Ja, alles fertig. Sie werden bald da sein.«

»Ich bin froh, dass du dort Freundinnen gefunden hast.«

Mit dem Handy in der einen und einer Schüssel mit Keksen in der anderen Hand schaute sie sich um, unsicher, wo sie sie hinstellen sollte. Schließlich entschied sie sich für die Mitte des Tisches. Honigkekse mit Nüssen, ein Rezept von Memma. Sie hatte sie zusammen mit Gigliola gebacken, Pina hatte die Serviettenringe bemalt.

»Es war leichter als gedacht, hat sich einfach so ergeben. Das hat mich überrascht.«

»Wieso das?«

Angelica zuckte mit den Schultern, dann überprüfte sie, ob sie den Kessel mit Wasser gefüllt hatte. »Das ist mir vorher noch nie passiert.« Sie hielt inne. »Dieses Haus hat mich verändert, glaube ich.«

»Ich glaube, an den Ort deiner Kindheit zurückzukehren hat dir den Teil von dir zurückgegeben, den du vergessen hattest.«

Sofias Worte berührten sie. Sofort fühlte sie sich besser, wenn auch noch nicht wirklich gut. Endlich hatte sie ein Ziel, einen Traum.

»Erzähl mir von dir. Wie geht es mit deinem Laden weiter?«

Sofia seufzte. »Sagen wir, die Dinge nehmen ihren Lauf...«

»Aber?«

»Wieso aber?«

Angelica zuckte mit den Schultern. »Keine Ahnung, ich habe den Eindruck, dass du mir etwas verheimlichst.«

Sofia lachte. »Ich habe mich von Martin einladen lassen. Er ist... Ach, ich weiß auch nicht, wie er ist. Ich versuche, mir darüber klar zu werden.«

»Du... was? Mit Martin? Das ist nicht dein Ernst, oder?«

»Ja und nein. Der Mann hat mich überrascht, weißt du?«

Angelica wollte erst etwas dazu sagen, doch dann hielt sie inne. Sofia hatte ihr eigenes Leben. Vorsichtig fuhr sie mit den Fingerspitzen über eine von Jajas Rosen in der Vase. Der Duft der Blumen war sanft und entspannend. Sie erinnerte sich daran, wie oft sie und Jaja mit vielen anderen um diesen Tisch gesessen hatten.

»Hör mal, Sofia, magst du nicht für ein paar Tage zu mir kommen?«

»Wirklich? Warum?«

»Sonne tanken, ein bisschen ausspannen. Und mir beim Aufbau der Imkerei helfen.«

»Ich weiß nicht recht, obwohl… für ein paar Tage? Warum nicht? Ich werde Martin bitten, mich zu vertreten.«

Angelica konnte ihre Freundin förmlich vor sich sehen, wie sie über ihre Worte sinnierte. Eine Strähne ihres langen, dunklen Haares um den Finger gewickelt, mit nachdenklichem Gesichtsausdruck.

»Gib dir einen Ruck, Sofia. Komm nach Sardinien. Du wirst es nicht bereuen, glaub mir.«

»Lass mir ein paar Tage Zeit. Ich muss erst noch das eine oder andere organisieren, dann kann ich es einrichten.«

»Schick mir eine Mail mit deinen Flugdaten, ich hole dich dann ab.«

»Okay, Küsschen. Pass auf dich auf.«

Nachdenklich legte Angelica auf. Sie hatte immer noch das dumpfe Gefühl, dass ihr Sofia nicht alles erzählt hatte. Nun denn, wenn sie endlich da wäre, würde sie sich ihr bestimmt anvertrauen. Aber sie wäre auch eine große Hilfe. »Zwei Köpfe denken besser als einer«, hatte Margherita immer gesagt. Und sie hatte noch viel mehr getan. Mit ihren Frauentreffen hatte sie bewiesen, dass Einigkeit stark macht. Angelica hatte nur selten daran teilgenommen und dann meist still dagesessen und die anderen beobachtet. Aber es hatte ihr gefallen. In den Jahren danach hatte sie Jajas Engagement für Frauen fast vergessen, erst als sie das Honigtagebuch gelesen hatte, hatte sie sich wieder daran erinnert. Einsame Frauen, Frauen in Schwierigkeiten, Frauen auf der Suche nach ihrem eigenen Weg.

Inspiriert von Margheritas Notizbuch, war Angelica auf die Idee gekommen, diese Tradition wieder aufleben zu lassen. Silvia und nicht zuletzt auch Pina und Gigliola hatten ihren Teil dazu beigetragen.

Seitdem sie die beiden kennengelernt hatte, war sie fast jeden Tag zu dem Haus auf dem Hügel gegangen. Anfangs waren es nur kurze Besuche gewesen, doch als sie spürte, dass sie ein gern gesehener Gast war, blieb sie oft mehrere Stunden. Sie mochte es, Pinas verschrobenen Geschichten und Gigliolas bedeutungsschwerem Schweigen zu lauschen. Jedes Mal bewunderte sie die herrlichen Farben, die die alte Frau aus Pflanzen herstellte. In der Mitte des Raumes stand ein Webstuhl, das gleiche Modell, das auch Margherita hatte. Gigliola webte darauf die Teppiche, die Francesca Murru in ihrem Geschenkeladen verkaufte. Die Einnahmen daraus hielten die beiden Frauen zusammen mit einer kleinen Rente über Wasser. Die gewebten Stoffe waren außergewöhnlich, die Farben strahlten Wärme und Vitalität aus und passten sich perfekt an die Umgebung an. Noch nie zuvor hatte Angelica ein solches Blau auf einer Wand gesehen, das in Intensität und Strahlkraft dem Sommerhimmel über Sardinien in nichts nachstand. Auch das satte Grün wetteiferte mit dem nahen Wald.

Nicht nur die Wände und Decken waren in natürlichen Farben gehalten, auch die Kleider der beiden Frauen faszinierten durch ihre herrlichen Farben. Alles, was sie taten, taten sie aus Liebe, für sich selbst, für die Menschen, für die Welt. Nicht zuletzt auch aus Respekt und Wertschätzung vor der Natur.

Als es klingelte, ging Angelica rasch zur Tür und öffnete. Silvia stand davor, in Begleitung zweier Frauen. Die eine war Alessandra, eine entfernte Verwandte von Margherita, wie sie wusste, die andere kannte sie nicht.

»Ciao, sind wir zu spät?«

»Nein, nein, kommt rein.« Angelica trat zur Seite und führte sie in die Küche. »Ich habe Kekse gebacken, setzt euch doch.« Während die Frauen sich umsahen, bemerkte sie, wie nervös sie war.

»Das ist Sara. Sie möchte etwas übers Imkern erfahren.«

»Wenn das für dich in Ordnung ist«, ergänzte die Frau rasch. Angelica gab ihr die Hand. Saras offener, freundlicher Blick gefiel ihr. »Hast du dich bisher mit Bienen beschäftigt?«

»Ja, ich habe schon mal einem Imker bei der Arbeit zugeschaut und vorsorglich einen Bluttest gemacht, um eine Allergie auszuschließen. Außerdem habe ich alles über Bienen gelesen, was ich in die Finger bekommen habe.«

»Genau wie ich damals, aber am meisten hat mir die Zusammenarbeit mit Margherita geholfen«, schaltete sich Alessandra ein.

Ihre Stimme klang noch genau so, wie Angelica sie in Erinnerung hatte, und auch äußerlich hatte sie sich kaum verändert. Sie war immer noch zierlich, mit filigranen Gesichtszügen, als ob sich die Natur bei ihr besonders viel Zeit genommen hätte. Die schwarzen Augen und das schwarze Haar bildeten einen starken Kontrast zu der schneeweißen Haut. Am meisten beeindruckte Angelica jedoch ihr freundlicher Blick und ihre Zurückhaltung. Sie hätten Schwestern sein können. Aber Alessandra stammte aus einer großen, intakten Familie, im Gegensatz zu ihr. Es gab noch einen Grund, warum sie keine Freundinnen waren: Alessandra war mit den Fenus verwandt.

»Hast du bei ihr gearbeitet?«, fragte Angelica nachdenklich.

»Ja. Margherita hatte mir einen Saisonvertrag gegeben. Zum Honigschleudern kam außerdem noch ein Student, und Pina und Gigliola haben auch mitgeholfen.«

»Wie genau habt ihr das gemacht?«

Alessandra begann zu erzählen. »Ich war das Mädchen für alles, von den Kontrollen der Bienenstöcke bis zur Belegung der Königinzellen habe ich alles gemacht. Ich habe auch beim Schleudern geholfen, weiß also, wie es funktioniert und was es dabei zu beachten gibt. Und ich habe den Honig in die Gläser gefüllt.«

Angelica überlegte. »Könntest du dir vorstellen, auch für mich zu arbeiten?«

Auf Alessandras Gesicht trat ein strahlendes Lächeln. »Oh ja, sehr gerne.« Sie zögerte kurz, dann sagte sie: »Anfangs hatte ich Angst vor den Bienen. Margherita hat nur gelacht und gemeint, das legt sich. Die Arbeit an der frischen Luft würde mir guttun. Sie hatte recht, mein Leben war danach nicht mehr das gleiche.«

»Warum?«

Alessandra seufzte zufrieden. »Ich habe vorher jahrelang in der Buchhaltung gearbeitet. Ich habe damals gut verdient und war immer chic gekleidet. Im Sommer war es kühl, im Winter warm. Trotzdem habe ich jede Minute gehasst, die ich eingeschlossen im Büro verbracht habe, gefangen von all den Zahlen.«

Sara nickte und streichelte ihre Hand. »Du hättest lieber etwas anderes gemacht, hm?«

»Ich wollte etwas tun, das mich glücklich und zufrieden macht.«

»Bei meinem Mann Luca war es genau umgekehrt«, sagte Sara. »Er hatte früher auf dem Land gelebt, kam aber auch in der Stadt gut zurecht.« Sie biss in einen Keks. »Aber ich war unzufrieden und wollte noch mal neu anfangen. Schau dir Silvia an, sie hat ihren eigenen Laden aufgemacht. Auch ich will in der Zukunft etwas tun, das Sinn hat. Wir besitzen ein Stück Land, und wir haben einen Traum: einen Lehrbauernhof, auf dem Stadtkinder erfahren können, wie man auf dem Land lebt. Auf unseren Feldern soll es nach Strohblumen duften, nach Minze und Rosmarin. Wir wollen am Morgen die Bienen summen hören, wenn sie Nektar und Pollen sammeln, und das essen, was wir selbst angepflanzt und geerntet haben. Ich glaube, eine solche Zufriedenheit findet man sonst nirgends.«

Angelica war überrascht. Offenbar gab es außer ihr in Abbadulche auch noch andere Menschen, die etwas verändern und mit der Natur in Einklang leben wollten. So wie Margherita gelebt hatte, die die Leute zwar respektiert, von der sie aber auch Abstand gehalten hatten. Das hatte Angelica zumindest immer gedacht.

»Ich habe mich entschieden, Margheritas Imkerei weiterzuführen, zu expandieren und neue Geschäftsideen zu entwickeln, zum Beispiel einen Online-Shop zu eröffnen. Noch besser wäre es natürlich, wenn wir kooperieren und unsere Produkte unter einem gemeinsamen Namen vermarkten würden.« Ihre Stimme klang ruhig. Sie hatte sich das alles gut überlegt und spürte, dass die Frauen am Tisch interessiert waren.

»Ich habe gerade eine Packmaschine angeschafft«, sagte Silvia, »die könnte man auch für Süßigkeiten umrüsten.«

»Ich weiß nicht recht.« Alessandra war noch nicht so richtig überzeugt. »Aber ich kenne eine Firma, die mehrsprachige Webseiten erstellt. Mit denen habe ich schon mal zusammengearbeitet.«

»Könntest du dir da einen Kostenvoranschlag machen lassen?«

»Klar. Allerdings muss die Seite auch verwaltet werden.«

Angelica lächelte. »Darüber denken wir später nach. Ein Teil meines Hauses könnte unser Firmensitz werden.«

»Eine wunderbare Idee. Wenn wir Fotos vom Haus auf der Webseite präsentieren, sind die Leute sicher begeistert.«

Sara schlug vor, in Vergessenheit geratene alte Pflanzensorten zu kultivieren. Silvia hatte die Idee, das sardische Festtagsbrot anzubieten, das sonst nur zu besonderen Anlässen gebacken wurde, mit kunstvollen Verzierungen, die Blumen, Blätter und Kiebitze darstellten. »Das Brot muss natürlich traditionell hergestellt werden, in Handarbeit.«

Angelica schaltete sich ein. »Darüber habe ich etwas in Margheritas Unterlagen gefunden.« Sie sprang auf, ging in Jajas Zimmer und kam mit dem Honigtagebuch zurück. Sie zog ein Blatt Papier heraus. »Hier, das ist ein Brief, den ihr vor vielen Jahren eine Freundin geschrieben hat.« Einen Moment lang war sie gerührt, dann begann sie ihn vorzulesen.

Liebe Margherita,

die Süßigkeiten haben sie liegen lassen, aber das Brot haben sie mitgenommen. Sie meinten, es sei ein echtes Kunstwerk. Ich fange um Mitternacht mit dem Backen an und bin beim ersten Glockenschlag fertig, wie im Märchen der Janas.

Hier gibt es auch viele Kirchen, weißt du? Während ich den Teig knete, lausche ich den Glockenschlägen und zähle die Stunden. Ich komme mir vor wie zu

Hause. Dann muss ich immer daran denken, dass er dort ist, und bin froh, so weit weg zu sein. Wenn ich zu Hause geblieben wäre, hätte ich mich zugrunde gerichtet. Damit hattest du recht. Es war ein Geschenk, dass du mich weggeschickt hast. Alleine hätte ich niemals die Kraft dazu gehabt.

Ich frage mich, wie Menschen so herzlos sein können und wieso andere alles über sich ergehen lassen, weil sie sich für wertlos halten. Aber dann ist mir klar geworden, dass ich das gar nicht gedacht habe, sondern dass er meinen Willen gebrochen hat. Mit jedem Wort, mit jeder Geste. Ich weiß jetzt, dass er eigentlich ein armer Wicht ist und dass mein Leben in meinen eigenen Händen liegt.

Bevor ich dich kennengelernt habe, liebe Margherita, hatte ich keine Ahnung, wozu meine Hände fähig sind. Wenn ich mit den selbst geflochtenen Blumensträußen in ein Geschäft komme, sind alle begeistert. Sie sagen: Oh! und Ah!, und trauen sich kaum, sie anzufassen. Du hast mir auch beigebracht, Brot zu backen, und damit verdiene ich jetzt mein Geld, gutes Geld. Und es gibt noch etwas, das ich dir sagen will. Ich bin glücklich, wenn ich in der Backstube stehe. Außerdem bin ich eine gute Bäckerin, und das macht mich stolz.

Nachdem sie geendet hatte, war es still. Jede der Frauen hing ihren eigenen Gedanken nach.

»Das ist ja wunderbar. Was ist das genau?«, wollte Sara nach einer Weile wissen.

Angelica reichte ihr das Buch. »Es ist eine Art Notizbuch mit Anmerkungen, Aufzeichnungen und Briefen.«

»Einfach großartig.« Silvia setzte sich neben Sara. »Die Frau hat die Legende des Festtagsbrotes aufgeschrieben. Das reine Quellwasser, das gemahlene Korn als Sinnbild der Erde, das Feuer, mit dem das Brot gebacken wird, die Luft, durch die der Teig aufgeht. Stellt euch das nur mal vor! Und wie sie es schreibt… Ich frage mich, wer diese Frau sein mag.«

Ihre ausdrucksvollen Mienen sprachen Bände. Jede Einzelne fand sich in den Worten dieser Frau wieder, auf die eine oder andere Art, in ihren Träumen, in ihren Ängsten und in ihrem Mut. Voller Begeisterung schmiedeten sie weitere Pläne und arbeiteten Strategien aus. Dieses Projekt musste ein Erfolg werden. Es war eine Herzensangelegenheit.

Angelica hatte für jede ein paar Gläser Honig vorbereitet. »Wenn wir uns kommende Woche wieder treffen, dann sagt ihr mir, was ihr davon haltet, in Ordnung? Wie wäre es mit nächstem Montag?«

Sie hätte die Frauen gerne noch eine Weile um sich gehabt. Das wunderte sie, denn in solchen Runden hatte sie sich sonst nie richtig wohlgefühlt.

»Für mich passt das«, sagte Silvia. Ihr strahlendes Lächeln war Ausdruck ihrer Zufriedenheit.

Auch die anderen waren einverstanden. Angelica beschloss, ihnen noch das Haus zu zeigen. Alle waren begeistert, von den hohen Wänden, dem Geruch nach Kräutern, Bienenwachs und alten Möbeln, den mit duftenden Kräutern gefüllten Kissen, den Bildern. Wie verzaubert gingen sie von Raum zu Raum.

»Es gibt auch noch ein Zimmer mit einer Töpferscheibe und die Backstube.«

»Wirklich? Weißt du eigentlich, wer das Haus gebaut hat und wann?«

»Es soll eine Frau gewesen sein, eine Fremde. Angeblich zu Beginn des achtzehnten Jahrhunderts. Sie muss sehr reich gewesen sein und hat hier gemeinsam mit anderen Frauen ihre Ferien verbracht. Irgendwann ist sie hierhergezogen und hat ein Mädchen aufgenommen, dem sie alles hinterlassen hat.«

»Eine *fill'e anima*, eine Seelenverwandte. Das war in Sardinien früher keine Seltenheit, vor allem bei wohlhabenden Familien ohne Erben. Sie haben sich ein Kind ausgesucht und es wie ihr eigenes aufgezogen.«

Die Frauen waren fast schon am Tor, als Alessandra Angelica eine Hand auf die Schulter legte. »Lass dir von den Fenus keine Angst machen. Ich sollte das eigentlich nicht sagen, da sie mit mir verwandt sind, aber ich bin auf deiner Seite. Dieses Touristendorf wäre nicht gut für uns.«

Angelica fuhr überrascht herum. »Woher...?«

»Ganz Abbadulche spricht darüber.« Silvia schürzte die Lippen. »Es heißt, sie wollen dich verklagen. Am liebsten würden sie dich zum Teufel jagen.«

Angelica fuhr sich mit der Hand übers Gesicht. »Ich weiß. Aber sie werden keinen Erfolg damit haben. Das Testament ist unmissverständlich, und ich werde niemandem erlauben, das Haus abzureißen.«

Sara nickte. »Das wäre ein Verbrechen, der unwiederbringliche Verlust einer wunderbaren Welt.«

»Es wird nicht passieren, das kann ich dir versichern.«

Sara schaute noch einmal zum Haus hinüber, ihr Gesichtsausdruck wurde sanft. »Das war immer schon das Honighaus. Das hat mir meine Großmutter erzählt, weißt du? Der Honig der Senes-Frauen war einzigartig. Mit ihm hatte man ganz besondere Träume.«

Angelica zuckte zusammen. »Weißt du, welchen Honig genau sie gemeint hat?«

»Nein. Ich weiß nur, dass sie sich einmal im Jahr, Ende Juni, getroffen haben und in den Wald gegangen sind, um ihn zu sammeln.«

»Wirklich? Und wo?«

Sara hob bedauernd die Hände. »Keine Ahnung, sie haben mich nie mitgenommen. Das war eines von diesen magischen Dingen, die an einem bestimmten Tag erledigt werden mussten, ein Ritual, wie das Gebet, das man beim Teigkneten oder Plätzchenbacken sprechen muss.«

Sie schwiegen einen Moment, dann stahl sich ein Lächeln auf Alessandras Gesicht. »Hör mal, Angelica, hast du schon über ein Logo für deinen Honig nachgedacht? Ein Etikett? Ein unverkennbares Zeichen für den globalen Markt? Außerdem müsstest du dein Produkt schützen lassen. Die Region Sardinien stellt dafür finanzielle Mittel zur Verfügung. Das wäre eine wertvolle Starthilfe.«

»Meinst du?«

»Ich glaube, das wäre ein wichtiger Schritt.«

Angelica dachte einen Moment nach. »Es gibt auch Honigwettbewerbe, zum Beispiel ›*Grandi Mieli d'Italia*‹ oder ›*Tre gocce d'oro*‹ oder ›*BIOLMIEL*‹ …«

Alessandra nickte. »Versuch's doch einfach mal. Schick Margheritas Honig hin, am besten unter dem Namen ›Abbadulche-Honig‹.«

24.

Vogelkirschenhonig (Prunus avium)
Delikates, dezentes Aroma, das an Kirschkerne und Mandeln erinnert. Gilt als Honig der Aufrichtigkeit und der Gerechtigkeit, stärkt den Geist und verändert den Blickwinkel. Er ist bernsteinfarben und kristallisiert fein.

Angelica war klar, dass der Moment gekommen war. Sie musste diesen besonderen Honig finden, von dem alle sprachen, aber niemand wusste, woher er kam. Und sie musste den Baum finden, den Margherita ihr anvertraut hatte.

Sie musste in den Wald gehen.

Von dort kamen auch die goldenen Bienen. Die Wälder auf Sardinien waren der Schatz der Insel, ihr pulsierendes Herz. Angelica fragte sich, ob die Menschen in Abbadulche sich bewusst waren, welcher Segen es war, an einem besonderen Ort leben zu dürfen, umgeben von einer weitgehend unberührten Natur mit üppiger Vegetation, blühenden Wiesen und reichen Ernten. Und dass die Bienen ihren Teil dazu beitrugen.

Die Menschen nahmen das alles als selbstverständlich hin. Erst wenn etwas verloren war, wurden sie sich seines Wertes bewusst. Sie dachte an ihre Mutter. An Nicola. Die

Wut auf beide war verflogen, hatte einer tiefen Trauer Platz gemacht. Und einem Gefühl der Ohnmacht.

Sie schob ihre Gefühle beiseite und konzentrierte sich auf ihr Ziel. Zunächst musste sie Margheritas Aufzeichnungen noch einmal durchschauen. Hatte sie wirklich nirgends einen Hinweis auf diesen Wunderbaum hinterlassen? War er nur ein Sinnbild? Oder eine Metapher? Noch etwas verstand sie nicht. Warum hatte Jaja ihr keine klaren Anweisungen hinterlassen?

Obwohl, im Grunde war das typisch für Margherita.

Bemüh dich nicht, mein Kind, du wirst die Antworten auf deine Fragen finden, wenn du dazu bereit bist. Nicht eine Minute früher. Vorher würde es keinen Sinn ergeben, du würdest sie nicht verstehen.

Das war ihre Philosophie, auf diese kryptische Art und Weise hatte Jaja sie in ihre Geheimnisse eingeweiht.

Angelica, du musst dein Herz und deine Seele öffnen. Nur dann kannst du wirklich sehen.

Ein Lächeln trat auf ihr Gesicht. Sie musste nachdenken, abwägen. Mit Schwung ließ sie sich aufs Bett fallen und starrte an die Decke. Die massiven Holzbalken fesselten ihre Aufmerksamkeit. Es waren acht, und wenn man die beiden mit den Pferdewappen abzog, nur sechs. Die Balken zu zählen war entspannend, das war schon früher so gewesen. Es machte den Kopf klar.

Sie stand auf und ging zum Fenster. Ihr Blick suchte das Meer. Der Himmel hatte sich zugezogen, die Wolken spiegelten die Sonnenstrahlen wider und färbten sich bedrohlich violett. Ein schlechtes Omen? Erneut kramte sie in ihren Erinnerungen, konzentrierte sich, doch sie fand nichts, was ihr weiterhalf. Sosehr sie sich auch bemühte, sie konnte sich nicht entsinnen, dass Jaja ihr gegenüber jemals einen besonderen Baum erwähnt hatte. Nichtsdestotrotz verspürte sie einen inneren Drang in Richtung Wald, eine unbezähmbare Neugier, als gäbe es dort etwas Wichtiges zu entdecken, das ihr nur gerade nicht einfallen wollte. Genau, das war es.

Ein Geräusch ließ sie zusammenzucken. Pepita hatte über ihre Tasche springen wollen und war hängen geblieben, der Inhalt verteilte sich auf dem Boden. Angelica fasste nach dem Vorhang, genau wie sie es als Kind immer getan hatte, wenn sie ein Problem hatte. Dann blickte sie auf den Fußboden. Der Vorhang bauschte sich auf und fiel wieder in seine alte Position zurück. Angelica bückte sich, schob alles zur Seite und griff nach dem Honigtagebuch.

Behutsam löste sie das Lederbändchen, schlug das Buch auf und entdeckte einen weiteren Brief. Die Schrift war flüssig und leicht zu lesen, verziert mit diesen Schnörkeln, die man früher machte, wenn man Zeit und Muße hatte.

Liebe Margherita,

es ist schwer, die Menschen hier zu verstehen. Sie sagen Worte, die du zu kennen glaubst, die jedoch einen ganz anderen Sinn haben. Sie schauen dich an und warten. Ich weiß nicht, was ich sagen soll, also schweige ich. Sie halten mich für dumm, das ist mir klar. Das ist im Grunde gar nicht schlecht, denn dann lassen sie mich in Ruhe.

Ich brauche die Stille noch, muss mich noch ein bisschen verstecken. Ich brauche Zeit, um zu verstehen, zu entscheiden, auszuwählen. Ich fühle mich wie ein weißes Blatt. Jetzt kann ich noch mal

ganz von vorne beginnen, und ich alleine entscheide,
was auf das Blatt kommt. Wenn ich daran denke,
fühle ich mich leicht. Wie neu geboren. Aber lassen
wir das ...

Heute hat eine Frau ein Glas Honig bei mir
gekauft. Ich kann das Gefühl dabei kaum in Worte
fassen. Es war pures Glück, wie als Kind, dieses
Glücksgefühl ganz ohne Grund. Es war nur ein
einziges Glas, doch es ist ein Anfang. Als ich das
Glas in der Hand hielt, habe ich mich gut gefühlt,
nützlich, akzeptiert. Die Käuferin war nicht viel
älter als ich, ihre Augen waren leuchtend klar, genau
wie ihr Lächeln. Ich frage mich, ob ich das Leben
in einigen Jahren auch mit einem solch klaren Blick
betrachten werde ...

Deine Cecilia

Angelica hörte auf zu lesen und steckte den Brief zurück,
um noch ein bisschen weiterzublättern. Zwischen den Seiten fand sie einen Thymianzweig, einen Lavendelzweig, ein Veilchen und eine getrocknete rote Rose. Außerdem weitere Briefe.

Liebe Margherita,
ich habe die Orangenschalen winzig klein geschnitten und mit Honig karamellisiert. Sie sind ganz weich geblieben, und als ich die gerösteten Mandeln dazugegeben habe, sahen die Plätzchen aus wie ein Nest. Margherita, das musst du auch einmal probieren, ein Nest aus Honig und Mandeln. Es hat mich an die Fel-

der im Frühling erinnert und an den Duft der Man-
delblüten. Dieser zarte Duft, mit einem Hauch Bit-
terorange, der dem Konfekt den letzten Schliff gibt.
Ich danke dir und umarme dich.
Ein Gruß aus Marseille
Agata

Angelica las weiter und forschte in den Briefen der unbekannten Frauen nach Stellen, die ihr weiterhelfen konnten. Aber sie fand nichts, was mit einem Baum oder einem
Honig zu tun hatte, der einen träumen ließ. Irgendwann
schlug sie das Buch zu und ließ es auf dem Bett liegen.

Auf dem Weg nach unten kam ihr eine Idee. *Ein Platz
für jedes Ding und jedes Ding an seinem Platz.* Das hatte
ihr Maria einst beigebracht. Sie hatte ihr auch gezeigt, wie
man ein Haus in Ordnung hält. Im Grunde war es jedoch
eine Metapher, die für alles im Leben galt. Sie musste nur
ihre Gedanken in Ordnung bringen, dann würde sie es verstehen.

Das, was sie suchte, würde sie am Ende des Flurs finden,
in Margheritas Zimmer. Sie ging hinein, öffnete die Fenster
und die Fensterläden. Das diffuse Morgenlicht hatte einem
strahlend blauen Himmel Platz gemacht, die gleißenden
Sonnenstrahlen fielen auf den Boden und beleuchteten die
türkisfarbenen Teppiche. Der Wind bewegte die Leinenvor-
hänge.

Der intensive Geruch nach Meer war überall, aber hier,
in Margheritas Zimmer, herrschten ihre Düfte vor, Bienenwachs, Honig, Leinöl, Zitrone und Lavendel.

Das Bett hatte einen schlichten Rahmen, doch die Decke,

die darauf lag, war ein Meisterwerk. Angelica ging näher, sie erkannte den Wert des handgearbeiteten Bettüberwurfs, bei dem jedes bestickte Quadrat eine Geschichte erzählte: die Kiebitze, die Meer- und Pflanzenmotive, ja sogar die Bienen und Kinder, die sich an der Hand hielten, ebenso wie die Mutter, die mit ihrem Kind tanzte, und die Frauen im Ringelreihen.

Mit den Fingerspitzen fuhr sie über jedes einzelne Quadrat, dann sah sie sich im Raum um. Eine Truhe, eine kleine Kommode und ein hoher Schrank aus massivem schwarzem Holz mit eingelegten andersfarbigen Holzstückchen. Die herrlichen Intarsien strahlten den Charme der Vergangenheit aus, einer Zeit, als die Dinge noch für die Ewigkeit gedacht waren und von Generation zu Generation weitervererbt wurden. Es war gar nicht so leicht, den Schrank zu öffnen, aber irgendwann bewegten sich die Scharniere doch.

Die Schrankfächer, die Schubladen, alles war ordentlich eingeräumt. Auch hier roch es nach Vergangenheit, nach getrockneten Kräutern, Lavendelpulver und Zitronenblättern. Das war es jedoch nicht, was ihre Aufmerksamkeit fesselte, sondern fünf Schachteln. Sie waren mit buntem Papier beklebt, mit Rosen-, Veilchen-, Streifen- und Fliedermotiven, die schon ziemlich vergilbt waren. Angelica kannte die Schachteln, oder besser gesagt, sie erkannte sie wieder. Jaja hatte eine Schwäche für Kästchen und Schachteln in den verschiedensten Größen und Formen gehabt, in denen sie alles Mögliche aufbewahrte.

Angelica teilte diese Schwäche.

Erst überlegte sie, doch dann wählte sie zufällig eine Schachtel aus, öffnete sie und starrte verwundert auf die akkurat beschriebenen Blätter. Verschnörkelt und verziert, wie die Schrift eines Menschen, der alles mit Hingabe und Liebe tat. Jedes Wort war ein Kunstwerk.

Ohne Brot geht es nicht. Das Brot ist das Herz, die Seele. Du musst es berühren, es spüren. Brot muss man riechen, anfassen, klingen hören und voller Respekt verzehren. Brot spendet Freude und Glück. Ohne Brot geht es nicht. Denn das Brot spricht zu dir, es erzählt dir von dem Feld, auf dem das Korn gewachsen ist, und von dem Ort, wo es gebacken wurde. Brot braucht Mehl und Wasser, Zeit und Harmonie. Bevor man es in den Ofen schiebt, müssen Mehl und Wasser sorgsam mit den Händen vermischt werden, dann sorgen Luft und Wärme dafür, dass der Teig aufgeht. Später dann wird das Brot mit den Händen gebrochen.

Angelica war gerührt. Ein Grundnahrungsmittel wie das Brot war in diesen Zeilen so poetisch beschrieben, als wäre es eines der Geheimnisse für wahres Glück. Sie nahm ein anderes Blatt heraus und überflog den Inhalt. Es ging ebenfalls um Brot, wann und wo man es aß, um die Sorten und die Anlässe, zu denen spezielle Brote gebacken wurden: Brot für Brautleute, Osterbrot, Hochzeitsbrot und Brot, um die Toten zu ehren. Zu den Texten gab es auch Zeichnungen. Sie würde das alles Silvia zeigen, für sie waren die Rezepte sicherlich wertvolle Anregungen.

Vorsichtig klappte sie die Schachtel wieder zu und öffnete eine andere. Darauf war das Bild eines Kindes zu sehen. Aber nein, bei näherem Hinsehen erkannte man, dass es ein Elf war. Kein Kind hatte so spitze Ohren. Sie setzte sich auf den Teppich vor dem Schrank und begann zu lesen.

In der tiefschwarzen Nacht, wenn der Atem stockt, brin-
gen die Träume das Unheil. Schuld daran ist S'ammutadori,
ein schrecklicher Elf, der den Menschen die Ruhe und den
Atem raubt und Furcht und Schrecken verbreitet.

Vage erinnerte Angelica sich daran, dass sie als kleines Mädchen schon mal davon gehört hatte. Sie las weiter. Jaja hatte
einen Spruch unter den Text geschrieben, mit dem man die
Kreaturen vertreiben konnte. Sie wusste, dass diese Sprüche
Brebus hießen, magische Worte.

Wahllos zog sie ein anderes Blatt heraus, diesmal ging es
um die Janas.

»Sie sind seit fünfhundert Jahren verschwunden«, murmelte sie beim Lesen. »Ob sie jemals existiert haben?«, fragte
sie Lorenzo, der jede ihrer Regungen aufmerksam verfolgte.

Sie legte die Aufzeichnungen zurück in die Schachtel,
stand jedoch nicht auf. Die Gedanken wurden zu Worten,
nahmen nach und nach Gestalt an und fanden zueinander.
Auf einmal waren es ganze Sätze, die zu ihr sprachen und
sie an das erinnerten, was sie vergessen hatte. Wieder blickte
sie auf die Schachteln.

»Jaja, was hast du bloß gemacht?«

Dann verstand sie. Margherita hatte alles aufgeschrieben,
alles, was sie wusste und in Erfahrung gebracht hatte. Keine
große Literatur, sondern die Geschichten einfacher Menschen, ihre Hoffnungen, ihre Träume, ihre Rezepte. Alles
über Land und Leute, Traditionen, die mündlich weitergegeben wurden. Margherita hatte es schriftlich festgehalten,
um es der Nachwelt zu erhalten.

»Hast du noch andere Überraschungen für mich, Jaja?«

Sie schob die Schachteln in den Schrank zurück, ließ aber

das Fenster offen. Dieses Zimmer brauchte Licht und Luft statt Dunkelheit und Vergessen. Auf dem Weg in die Küche fragte sie sich, welche Schätze sie wohl noch finden würde.

Bei diesem Gedanken musste sie lächeln. Spontan ging sie hinaus in den Hof und betrachtete den Himmel. Sie wusste eigentlich nicht viel über Jaja und fragte sich, wie es möglich war, dass Menschen zusammenlebten, ohne sich wirklich zu kennen.

Nicola kam ihr in den Sinn, doch sie schob diesen Gedanken rasch und entschieden zur Seite. Sie wollte sich nicht damit belasten, ein andermal vielleicht. Irgendwann würde sie sich darüber im Klaren sein, was sie noch für diesen Mann empfand. Irgendwann. Ihr wurde klar, dass Nicola immer wieder in ihren Gedanken auftauchen würde, sosehr sie sich auch bemühte, ihn aus ihrem Leben zu verdrängen. Warum nur?

Angelica war davon überzeugt, dass es nicht der Nicola von heute war, der sie nicht zur Ruhe kommen ließ. Was sie nachts um den Schlaf brachte, war vielmehr eine Erinnerung, ein Idealbild ihrer ersten großen Liebe. Eine Illusion. Sie sagte sich das immer wieder. Selbst als sich die Stimme ihrer Mutter zwischen ihre Gedanken schob, die stets betont hatte, dass nichts nur schwarz oder weiß sei. War es wirklich so? Waren es nicht die Arme dieses Mannes gewesen, in denen sie gezittert hatte? Seine Kraft, die ihr Halt gegeben, sein Blick, der sie fasziniert hatte? Sie musste aufhören, darüber nachzudenken.

Energisch lenkte sie ihre Schritte in Richtung Wald. Es galt, den Baum zu finden, das war wichtiger als alles andere.

Die Renovierung war abgeschlossen.

Nicola betrachtete sein Zuhause mit kritischem Blick. Es war schöner geworden als erwartet, er konnte stolz auf sich sein. Er blickte auf seine Hände. Kaum zu glauben, dass er das alles ohne fremde Hilfe geschafft hatte. Schritt für Schritt, mit Ruhe und Beständigkeit.

Als er ein Auto hörte, drehte er sich um, und sofort wurde sein Blick hart. Zögernd ging er seinem Bruder entgegen. Er wollte nicht mit ihm sprechen, nicht nach der Szene mit Angelica.

»Was willst du hier?«

Claudio machte eine ausholende Geste. »Kompliment. Das Haus ist richtig schön geworden, sogar schöner als vorher. Wie hast du das bloß gemacht?«

»Komm zur Sache. Das Haus ist dir doch egal, es hat dich nie interessiert.«

»Du hast recht. Was soll ich damit, die Stadtwohnung ist viel praktischer.«

»Also, was willst du?«

Claudio fuhr sich mit dem Handrücken über die Stirn. »Ich wollte dir nur sagen, dass ich ein anderes Gelände für das Touristendorf gefunden habe. Du kannst deine Freundin beruhigen, an ihrem Besitz bin ich nicht mehr interessiert.«

Eine Welle der Erleichterung überlief ihn. »Diese Insel ist etwas ganz Besonders. Ich bin froh, dass du zur Vernunft gekommen bist. Hier zu bauen ist kein Fortschritt, sondern eine Sünde.«

»Übertreib nicht«, sagte Claudio leicht genervt. »Ich habe nur gesagt, dass ich Angelicas Grund und Boden nicht mehr brauche. Nicht dass ich das Projekt nicht durchziehe.«

»Dann hast du also noch immer nichts verstanden.«

»Nicola, du verstehst es nicht. Du bist ein Idealist, ein Theoretiker, der das reale Leben ausblendet, den Alltag, die täglichen Herausforderungen.«

Nicola biss sich auf die Lippe. »Das ist doch leeres Geschwätz. Damit kannst du die anderen täuschen, vielleicht auch noch dich selbst, aber du machst einen Fehler. Es geht um das große Ganze, um die Zukunft der Region, nicht um kurzfristigen Profit. Probleme kann man nur mit Bedacht und auf lange Sicht lösen. Du dagegen sorgst dafür, dass eine Region, die schon genug Probleme hat, neue hinzubekommt. Angelica hat recht.«

Ein langer Seufzer, dann ein gezwungenes Lachen. »Unterschätze niemals die Macht einer Frau. Sie hat dir offenbar eine Gehirnwäsche verpasst. Ist sie so gut im Bett, dass du nicht mehr klar denken kannst?«

»Du Drecksack!«

Einen Moment lang fürchtete Claudio, sein Bruder würde auf ihn losgehen. Doch bevor Nicola umsetzen konnte, was ihm ins Gesicht geschrieben stand, wich er einen Schritt zurück. »Ich bin nicht hier, um zu streiten. Lass das.« Er zögerte kurz, ehe er weiterredete. »Kann es sein, dass dir nicht klar ist, dass ich das alles bloß für uns tue? Irgendwann musst du dich entscheiden, welche Rolle du in der Firma spielen willst. Du bist ein Grimaldi. Es ist deine Pflicht.«

Claudio hatte Nicola noch nie verstanden. Die Entscheidung seines Bruders, die Tecnovit zu verlassen und nach Sardinien zurückzukehren, war ihm von Anfang an ein Rätsel gewesen.

Als Nicola ihn mitten in der Nacht völlig außer sich anrief, hatte er alles versucht, um ihn davon abzubringen. »Nimm dir Urlaub, du bist erschöpft. Wenn man vierzehn Stunden am Tag arbeitet, ist der Akku irgendwann leer.«

»Hast du überhaupt zugehört? Hast du auch nur ein verdammtes Wort von dem verstanden, was ich gesagt habe? Wegen mir hat eine Frau versucht sich umzubringen. Sie hat sich vor meinen Augen die Pulsadern aufgeschnitten, in meinem verdammten Büro!«

»Hör auf zu schreien, und beruhige dich. Es ist doch nicht deine Schuld, dass die Firma sie entlassen hat.«

»Ich habe sie entlassen, verstehst du? Ich!«

»Du hast nur deinen Job gemacht. Wenn sie wirklich hätte sterben wollen, dann hätte sie sich eine andere Methode und einen anderen Ort ausgesucht. Die Frau ist bestimmt depressiv oder psychotisch. Auf jeden Fall ist sie psychisch krank.«

Nicola blieb stumm. Claudio atmete auf, erleichtert, dass er seinen Bruder zur Vernunft gebracht hatte. Bis er dieses Geräusch hörte. Ein leises Wimmern. Ihm war das Blut in den Adern gefroren. Nicola weinte.

»Dieses Blut ... überall Blut. Ich kann es immer noch an meinen Händen spüren. Ich habe ihr Handgelenk festgehalten und versucht die Blutung zu stoppen, ich habe ...«

Er hatte Nicola nicht unterbrochen, sondern ihn sich alles von der Seele reden lassen. Er hatte nur gefragt, wo er ihn finden konnte, und dann den ersten Flug nach Mailand genommen. Doch bei seiner Ankunft war Nicola schon weg gewesen. Er hatte gekündigt und war seitdem spurlos verschwunden.

Es hatte Monate gedauert, ihn ausfindig zu machen, die drei längsten Monate seines Lebens.

Dabei war Nicola hier gewesen.

In Abbadulche.

Die ganze Zeit, während er seinen Bruder verzweifelt gesucht hatte, hatte Nicola auf diesem verfluchten Boot rumgehockt.

Claudio packte ihn an den Schultern. »Du warst zu jung, hast den Erfolg nicht verkraftet. Das ist alles. Jetzt liegen die Dinge anders. Gemeinsam können wir alles erreichen, die Firma wieder an den Punkt bringen, an dem sie einmal war. Wenn wir an einem Strang ziehen, können wir sogar unseren Vater übertreffen.«

Nicola trat zur Seite. »Das ist dein Traum, Claudio, nicht meiner.«

»Sag so was nicht.« Es klang wie ein Aufschrei. »Sag das bitte nicht. Hast du kapiert? Ich habe alles versucht, um dir entgegenzukommen. Du hast mich gebeten, deine Freundin nicht zu bedrängen, das habe ich gemacht. Durch den Verzicht auf ihr Grundstück habe ich nicht nur eine Menge Geld verloren, sondern auch das Vertrauen meiner Geschäftspartner. Ich musste einige andere Immobilien verkaufen, um den Verlust auszugleichen.«

Claudio wandte sich wütend ab und vergrub die Hände in den Taschen. Einen Moment lang dachte er darüber nach, Nicola nach seinem Traum zu fragen. Falls er überhaupt einen hatte. Dann verwarf er diesen Gedanken wieder. Ihre Beziehung hing an einem seidenen Faden, was ihn mit Bitterkeit und Trauer erfüllte. Nicola war sein einziger Bruder, der einzige Mensch, den er von ganzem Herzen liebte.

Schweigend gingen sie nach draußen.

Claudio saß schon im Auto, da ließ er noch einmal das Fenster herunter. »Die Kommune hat mir ein Stück Land aus Staatsbesitz überlassen. Ich habe eine Vereinbarung mit dem Bürgermeister unterschrieben.«

»Was heißt das? Von welchem Land sprichst du?«

»Ich werde das Ferienzentrum nun am Hang des Hügels bauen.«

Nicola riss die Augen auf. »Aber das geht nicht. Da ist der Wald.«

Claudio zuckte mit den Schultern. »Die Bäume wachsen wieder. Das haben sie schon immer getan.«

Der Schwarm hatte sich in den Zweigen eingenistet, und zwar ziemlich hoch. Die Hand schützend über die Augen gelegt, blickte Angelica nach oben und beobachtete die Arbeiterinnen, die zum Nest zurückflogen. Ihr Herz klopfte vor Aufregung schneller. Wie lange hatte sie kein wildes Bienenvolk mehr gesehen? Heutzutage waren die Wildbienen fast ausgestorben, eine Folge von Pestiziden und Umweltzerstörung.

Sie trat einen Schritt zurück, um die Größe des Volkes besser einschätzen zu können. Die Bienen hatten ihre Waben ins Geflecht der Zweige integriert. Eine beeindruckende Ingenieursleistung. Großartig und wunderschön. Mit wachen Augen und geschärften Sinnen ging sie tiefer in den Wald hinein, hin und wieder geblendet von den durch die Baumkronen blitzenden Sonnenstrahlen. Als sie den Rand einer kleinen Lichtung erreichte, entdeckte sie den zweiten Schwarm. Auch er hing hoch in den Ästen der Bäume, von der Sonne beschienen, deren Strahlen die Bienen zum Leuchten brachten. Da waren sie, ihre goldenen Bienen.

Zufrieden ließ Angelica den Blick schweifen. Sie hatte den ganzen äußeren Rand des Wäldchens abgesucht, als ihr auffiel, dass die Bienenvölker von einem zentralen Punkt strahlenförmig ausschwärmten und so das ganze Gebiet abdeckten. Sie blickte ins Tal, wo sich unter ihr Abbadulche ausbreitete. Von hier oben bis zum Meer dürften es Luftlinie einige Kilometer sein. Das war der Aktionsradius der Schwärme. Wenn sie sich aufteilten, vermochten sie weite Bereiche der Insel abzudecken.

Ihr kam ein Gedanke.

Langsam drehte sie sich in Richtung Berg um. Dort wurde der Wald dichter, fast wie ein Dschungel. Mittendrin gab es jedoch eine baumfreie Fläche, das wusste sie, weil Jaja sie als Kind manchmal dorthin mitgenommen hatte. Auf dieser Lichtung entsprang die Quelle jenes Baches, der dem Dorf seinen Namen gegeben hatte.

Suchend drehte sie sich einmal im Kreis, dann stieg sie, einem Impuls folgend, bergan und erkannte die Flugkorridore der Bienen. Sie blieb stehen, das Gewimmel faszinierte sie.

»Woher kommt ihr, meine Schönen?«, fragte sie, während eine leise Ahnung in ihr aufstieg.

Gerade als sie in das Dickicht eintauchen wollte, hörte sie es hinter sich schlurfen und knacken, wie trockenes Gras, das unter Schuhen raschelt. Sie zuckte zusammen und fuhr herum.

Ein ätzender Geruch hing in der Luft, bedrohlich. Chlor, Bleichmittel und etwas anderes, das sie nicht zuordnen konnte. Dann entdeckte sie Anna, die hinter einem Busch auftauchte und mit gesenktem Blick zögernd auf sie zuging.

»Hallo, meine Kleine, alles in Ordnung?«

Das Mädchen blieb stehen und rieb sich mit den Händen die Augen, wobei es dunkle Spuren auf dem Gesicht hinterließ.

»Was ist denn passiert?«, fragte Angelica. Sie ließ ihre Tasche zu Boden sinken und ging behutsam näher.

Anna ließ sie nicht aus den Augen, und als sie zurückwich, blieb Angelica stehen.

»Mein Schatz, ich bin's doch.«

Die Kleine trug ein weißes Spitzenkleid mit einem großen Fleck auf der Brust. Ihre Haare waren so straff gescheitelt, dass man die Kopfhaut sehen konnte. Sie wirkte verwirrt. Unvermittelt öffnete sie den Mund, und Angelica hielt den Atem an. Das hatte Anna noch nie getan. Aber sie sagte nichts, sondern warf sich in Angelicas Arme, die sich auf den Boden gekniet hatte.

»Alles wird gut, meine Kleine, ganz ruhig.«

Anna hatte schon einige Male geweint, nur noch nie so heftig. Ihr kleiner Mund war weit aufgerissen, dennoch kam kein Laut über ihre Lippen. Kein Schluchzen, kein Wimmern. Panik stieg in Angelica auf, und einen Moment lang fürchtete sie, selbst weinen zu müssen. Die Kleine wand sich in ihren Armen und stieß sie abrupt von sich. Bevor sie reagieren konnte, rannte das Mädchen in Richtung Dorf.

»Was haben sie nur mit dir gemacht?«

Angelica eilte ihr nach, doch als sie die Kleine erreicht hatte, wich sie zurück. Anna lehnte an einem der Bäume, auf denen die goldenen Bienen sich eingenistet hatten, und schien nach oben klettern zu wollen. Plötzlich rutschte sie am Stamm herunter, kauerte sich zusammen und schaukelte vor und zurück. Angelica riss sich aus ihrer Erstarrung und wollte sich ihr nähern, aber sofort erhob sich das Mädchen, breitete die Arme aus und öffnete den Mund.

Es war jedoch kein Gesang zu hören, sondern nur das Summen der Bienen.

»Wie kann ich dir helfen? Schau mich an, bitte.« Sie war bereit, alles zu tun, um Anna zu verstehen.

In diesem Moment erkannte sie die Schlinge. Mit wachsender Angst ging sie auf das Mädchen zu. An Annas Handgelenk war das Ende einer Hundeleine befestigt. Sie erblasste und hatte einen Moment lang nur noch dieses Bild vor Augen. Die Gedanken schwirrten ihr nur so durch den Kopf. Sie nahm die Hand und hob sie vorsichtig an. »Wer war das? Wer hat dir das angetan?«

Die Kleine wich abrupt zurück. Angelicas Beine wurden schwer wie Blei. Sie begann zu zittern. Anna riss sich los und flüchtete erneut.

»Anna, warte, Anna!« Ihre Schreie verhallten im Dämmerlicht.

Sie rannte dem Mädchen hinterher, konnte es jedoch nicht einholen. Erschöpft stützte sie irgendwann die Arme auf die Knie und versuchte wieder zu Atem zu kommen.

»Wo bist du nur?« Ihre Angst wuchs.

Instinktiv schlug Angelica den Weg nach Hause ein. Dort war niemand, das Tor war verschlossen. Sie wandte sich um, schwer atmend, leichenblass, voller Angst. Dass jemand Anna etwas angetan haben könnte, krampfte ihr den Magen zusammen. Sie schlug sich die Hand vor den Mund, um nicht laut aufzuschreien, während Entsetzen und Übelkeit in ihr aufstiegen. Die Straße war eine diffuse Linie, deren Ränder verschwammen.

Und jetzt? Was konnte sie für die Kleine tun? Sie hatte sich mit Annas Vater und ihrer Großmutter überworfen. Das Gefühl der Ohnmacht lastete auf ihr wie ein Eisblock. Sie musste etwas unternehmen. Immerhin wusste sie, wo Mirta Fenu wohnte.

Sie müsste zur gegenüberliegenden Seite des Dorfes, bis fast zum Meer hinunter. Eilig überquerte sie die Straße und begann zu rennen. Die neugierigen Blicke der Passanten waren ihr egal. Angelica rannte und rannte, ihre Kehle brannte wie Feuer. Aber sie musste mit Giuseppe sprechen.

Das Haus der Fenus stand dort, wo sie es vermutet hatte. Am Ende der Straße leuchtete das Meer glutrot, angestrahlt von der versinkenden Abendsonne. Während sie mit der Faust an die Tür hämmerte, hörte sie den Wind durch die Ritzen der Fensterläden pfeifen.

»Mach auf, Giuseppe, oder du wirst es bereuen, das schwöre ich dir!«

Das Haus war einst ein prächtiger Palazzo gewesen. Die Fenster und die Türen waren mit einem verwitterten Schmuckfries umrahmt, doch die Feuchtigkeit war im Lauf der Jahre in die Wände gedrungen. Den abgeplatzten Putz hatte jemand achtlos an den Straßenrand gekehrt.

»Mach auf, verdammt!«

Angelica hämmerte weiter gegen die Tür, bis eine Frau im Nachbarhaus das Fenster öffnete. »Da ist niemand. Der kommt erst später.«

»Haben Sie das Kind gesehen?«

»Wen?«

»Seine Tochter, Anna. Etwa acht, ungefähr so groß, helle Haare, grüne Augen.«

»Ich weiß, wie Anna aussieht.« Die Frau verzog das Gesicht. »Ich hatte nur den Namen nicht verstanden.«

»Also? Haben Sie das Mädchen gesehen?«

Die Frau zuckte mit den Schultern. »Sie wird am Strand spielen. Ihre Mutter ist tot, die Großmutter tut, was sie kann. Der Vater arbeitet viel.«

Angelica ging Richtung Meer, bis zum Ufer war es weniger als eine Minute. Ihre Hoffnung schwand schnell, denn am Strand war nur ein Mann, der mit seinem Hund spazieren ging. Sonst war weit und breit niemand zu sehen. Sie rannte zum Haus zurück. Da hielt ein Auto neben ihr.

»Was willst du?«

Sie fuhr herum. »Wo ist Anna? Was hast du mit ihr gemacht?«

Giuseppe erblasste. Er stieg aus, wobei er den Motor laufen und die Tür offen ließ. Als er sie an der Schulter packte, stand ihm Panik ins Gesicht geschrieben. »Was ist mit meiner Tochter?«

Angelica befreite sich. »Sag du es mir. Sie war angebunden. Als ich sie gesehen habe, hatte sie eine Hundeleine ums Handgelenk. Sie war verzweifelt und hat geweint. Wie konntest du nur so etwas tun?«

Empört blähte Giuseppe die Nasenflügel und schlug mit der Faust gegen die Hauswand. Dann stieß er Angelica zur Seite. »Hau ab! Verschwinde von hier. Geh in deine Welt zurück. Na los, hau ab!«, brüllte er ihr entgegen.

Sie musterte ihn kurz. »Bist du etwa bei mir eingebrochen? Hast du die Nachricht an meine Tür geschrieben?«

Giuseppe zuckte zusammen, dann ging er zum Auto. Nachdem er es geparkt hatte, kam er zurück, stieg die Stufen hoch und sagte zu Angelica: »Ich weiß nicht, wovon du sprichst.«

»Oh doch. Du weißt es sogar sehr genau.«

»Wie willst du das beweisen?«

Diesmal ließ Angelica sich nicht einschüchtern. »Verstehst du denn nicht, dass alles, was Margherita mir hinterlassen hat, auch für Anna ist? Warum hast du sie geschlagen? Warum hast du sie festgebunden?«

»Was redest du denn da? Ich habe niemals…« Er brach ab.

Bevor Angelica reagieren konnte, stieß er sie zurück, so heftig, dass sie die Stufen hinunterstürzte.

Beim Fallen schrammte sie sich die Handflächen auf, sie brannten wie Feuer. Da spürte sie eine Hand an ihrem Arm.

»Dieser brutale Kerl. Komm, mein Kind, steh auf. Setz dich, ich bring dir ein Glas Wasser.« Die Frau, bei der sie sich vorher nach Anna erkundigt hatte, ging ins Haus und kam kurze Zeit später mit einem Glas in der Hand zurück. »Hier, mein Kind, trink.«

Völlig durcheinander und zitternd, saß Angelica da. Das Glas an ihren Lippen war kalt. Sie trank einige Schlucke und fühlte sich gleich besser. Auf einmal tauchte Giuseppe wieder auf, seine Tochter auf dem Arm.

»Geht's dir gut?«, fragte Angelica die Kleine.

Anna antwortete nicht, sondern starrte sie nur mit großen Augen an. Sie hatte die Arme fest um den Hals ihres Vaters geschlungen, ihr Kopf ruhte an seiner Schulter.

»Natürlich geht's ihr gut. Du hast einen Haufen Unsinn geredet. Niemand hat sie geschlagen. Behaupte so was nie wieder. Du hast kein Recht dazu, du hast keine Ahnung.«

Die Aggressivität ihres Cousins verwandelte Angelicas Angst in eiskalte Wut. »Dann erklär mir bitte, was das sein soll. Eine neue Methode der Kindererziehung?«

Giuseppe griff nach dem Arm seiner Tochter, und als er die Leine entdeckte, entfuhr ihm ein Fluch.

»Du hast es nicht gewusst.« Angelicas Stimme war nur noch ein Flüstern. »Du hast es nicht gewusst.«

Als er seiner Tochter über den Kopf streichelte, lag in dieser Geste unendliche Zärtlichkeit. »Du weißt nichts von mir, nichts von uns.«

Angelica blickte sich um und schließlich wieder zu ihm. »Ist es wegen deines Jobs? Kannst du dich deshalb nicht um sie kümmern?«

Giuseppe wollte sich abwenden, doch Angelica packte ihn am Arm. »Ich kann auf sie aufpassen, wann immer du willst. Anna kann bei mir bleiben.« Ihre Stimme klang fast flehend.

In diesem Moment tauchte Mirta auf. »Da bist du ja, du böses Kind. Und du, was hast du hier zu suchen?«, fuhr sie Angelica an. Dann wandte sie sich ihrem Sohn zu. »Was ist hier los?«

Als Antwort hob er Annas Arm hoch. Mirta entgleisten die Gesichtszüge, doch sie hatte sich sofort wieder im Griff. Nervös rückte sie das verknotete Taschentuch auf ihrem Kopf zurecht. »Sie verschwindet immer wieder. Ich wasche sie, ziehe sie an, und kaum habe ich mich umgedreht, ist sie weg. Ich bin es leid, ihr ständig hinterherzurennen. So habe ich sie besser im Griff.«

»Wie konntest du nur? Bist du denn völlig von Sinnen?«

Mirta funkelte Angelica hasserfüllt an. »Das ist alles deine Schuld. Wenn du dich nicht quergestellt hättest, wäre Anna jetzt bei den richtigen Ärzten in Behandlung. Und geheilt.«

»Wie bitte?«

»Du hast schon richtig verstanden. Das Geld von Margheritas Grund und Boden war für das Kind.«

Angelica wusste nicht, was sie darauf erwidern sollte. Nach einer Weile sagte sie zu Giuseppe, der Anna noch fester an sich gedrückt hatte: »Komm morgen zu Margheritas Haus.«

Ihr Cousin antwortete nicht, er beachtete sie nicht einmal.

»Komm bitte. Und bring Anna mit, ich will dir was zeigen.« Damit streichelte sie dem Mädchen übers Haar und ging nach Hause.

Ihre Schritte waren schleppend und schwer. Sie war müde, unendlich müde. Kurz vor ihrem Ziel spürte sie Wärme und Zärtlichkeit, als wolle Jajas Haus sie herzlich willkommen heißen. Sie schloss die Tür hinter sich, ging nach oben, legte sich aufs Bett und griff nach dem Handy. Ohne nachzudenken, sonst würde sie es sich vielleicht anders überlegen. Sie wählte eine Nummer, und als sie die Stimme am anderen Ende hörte, brachen alle Dämme. Die Tränen, die sie die ganze Zeit zurückgehalten hatte, strömten ihr nur so übers Gesicht.

»Mamma.«

»Ciao, mein Kind.«

»Es tut mir schrecklich leid.«

»Ich weiß, ich weiß …«

»Komm bitte her, Mamma. Ich brauche dich.«

25.

Orangenhonig (Citrus spp.)
Sehr blumig, erinnert an Orangenblüten. Gilt als Honig der
Liebe und der Freude. Er wärmt das Herz und verbreitet
Glück. Er riecht nach reifen Orangen mit einer leichten Bitter-
note der weißen Blüten. Sehr hell, kristallisiert fein.

Angelica wachte vom Summen der Bienen auf. Sie hatte am
Vorabend das Fenster offen gelassen, und nun schwärmten die Tiere hinein, flogen im Zimmer herum und landeten
überall, wo Platz war, auf den Schränken und Kommoden
und sogar auf den Bildern. Angelica beobachtete sie aufmerksam, von der gelben Zeichnung der Körper bis zu den
surrenden Flügeln. Die Bienen bewegten sich graziös wie
Tänzerinnen. Diese Anmut hatte ihr schon immer gefallen,
zart und gleichermaßen bestimmt.

Wann hatte ihre Liebe zu den Bienen eigentlich begonnen?

Bisher hatte sie noch nie darüber nachgedacht. Für sie
waren die Bienen die Erweiterung ihrer Seele, sie hatte
einfach gespürt, dass sie zusammengehörten. Sie hob eine
Hand, wartete geduldig, bis einige Bienen sich daraufsetz-
ten, und führte die Hand dann vors Gesicht. Eine nach der
anderen flog davon. Nur eine blieb.

Angelica traute ihren Augen nicht. Was da auf ihrem Handrücken krabbelte, war eine blutjunge goldfarbene Königin. Die Linien auf dem Unterleib waren noch kaum ausgeprägt, doch schon bald würde sie ihren Hochzeitsflug machen und in den Stock zurückkehren. Dort würden die Arbeiterinnen sie hegen, pflegen und verwöhnen, während sie Eier ablegen und so neues Leben schaffen würde. Ihr Leib wäre dann so dick, dass sie nicht mehr fliegen könnte. Ohne sie gäbe es zwar kein Leben im Bienenstock, aber ohne die Hilfe der Arbeiterinnen würde sie keine Stunde überleben. Als die junge Königin davonflog, blieb Angelica tief gerührt zurück.

Nachdem sie noch einen Moment durch das Fenster ins Freie geblickt hatte, ging sie nach unten.

Sie war gerade mit dem Frühstück fertig, als es klopfte. Sie wusste, wer das war, und überlegte kurz, es zu ignorieren. Es gab nur einen Menschen, der von dieser Seite zu ihr kam, vom Meer her. Als sie die Tür öffnete, schlug ihr Herz schneller.

»Nicola, was gibt's?«

Er war einen Schritt zurückgetreten und hatte die Hände in den Taschen vergraben. »Ciao, Angelica. Ich muss mit dir reden.« Er war sportlich gekleidet, trug Trekkingschuhe, und auf seinem Gesicht lag ein ruhiger, aber kühler Ausdruck.

»Über was denn?«

»Komm mit, dann wirst du's sehen.«

»Warum sollte ich?«

»Warum nicht?«

Dafür gibt es tausend Gründe, dachte Angelica. »Ich bin nicht sicher, ob das eine gute Idee ist.«

»Ich schon. Das, was ich dir…« Er räusperte sich. »Ich möchte dir etwas zeigen.«

Vor ihnen erstreckte sich der Hügel in sattem Grün, das Meer am Horizont schien aus flüssigem Silber zu bestehen. Der Himmel war so klar, dass er fast durchsichtig wirkte. Angelica hatte bequeme Kleidung gewählt, genau wie Nicola. Hin und wieder überlief sie ein Zittern. Am Vorabend hatte das Wetter umgeschlagen, es war frisch geworden. Der Nordwestwind würde mindestens drei Tage lang wehen, wie immer beim Mistral. Angelica schaute auf den weißen Schaum auf den Wellenkämmen. Als Nicola ihre Hand nahm, ließ sie es zu. Sie wusste nicht, warum sie mit ihm gegangen war. Irgendetwas in seinem abwesenden Blick hatte sie dazu bewogen.

»Ist dir kalt?«

Sie schüttelte den Kopf. Die beiden waren auf den Hügel gestiegen, die Berge im Hintergrund wirkten ganz nah. Obwohl sie gerne wanderte, spürte Angelica die Anstrengung.

»Dauert es noch lange?«

»Nein, wir sind da.«

»Was? Von was sprichst du?«

Nicola blieb stehen, und zum ersten Mal, seitdem er sie abgeholt hatte, blickte er sie direkt an. »Ich möchte, dass du es mit eigenen Augen siehst.«

Sie wollte spontan ablehnen, sich auf dem Absatz umdrehen und gehen. Sie war noch immer wütend. Auf ihn, auf sich selbst.

Außerdem hatte sie Angst. Wie war es möglich, trotz allem, was zwischen ihnen vorgefallen war, dass sie sich danach sehnte, ihn zu treffen, seine Stimme zu hören?

»Na gut, ich hoffe, es ist wirklich wichtig.«

Ein leichtes Lächeln schlich sich auf Nicolas Lippen, doch er drehte sich nicht um, sondern ging weiter. Er wusste, dass Angelica ihm folgen, dass sie die Herausforderung annehmen würde. Er wusste so vieles über sie, viel mehr, als er gedacht hatte. Im Grunde hatte sie sich nicht verändert, ihr Charakter war der gleiche geblieben. Und das war gut so.

»Komm, hier ist es.«

Der Hügel fiel leicht ab, eine Felsnase begrenzte ein Gestrüpp aus Wacholderbüschen, an das sich der Wald anschloss. Darüber thronte der Berg, das Herz der Insel.

»Sieht aus, als wäre er vom Himmel gefallen«, sagte Angelica, der schroffe Felsen faszinierte sie.

Nicola nickte. »Wie ein Wegweiser, erkennst du es?«

Verblüfft stellte sie fest, dass er recht hatte. »Wo deutet er hin?«

»Komm, ich zeige es dir.«

Sie folgte ihm. Aus der Nähe erkannte man deutlich, dass der Fels einen Riss hatte. Als Nicola in die Spalte schlüpfte, ging sie erst nach kurzem Zögern hinterher.

»Tritt dahin, wo ich auch hintrete.«

Der Modergeruch kitzelte sie in der Nase, die Dunkelheit um sie herum verschluckte alle Geräusche. Angelica hatte Angst, aber sie war auch neugierig. Mit den Fingern tastete sie sich zwischen den Felswänden voran, als sich unverhofft ein riesiges Areal vor ihr öffnete. Die Sonne fiel schräg von oben durch die Felsöffnung und beleuchtete einen kleinen See mit türkisfarbenem Wasser, der sich zwischen den Felsen gebildet hatte. Auf der einen Seite wurde das Gewässer von weißem Sand begrenzt, auf der anderen von einem halbkreisförmigen Gewölbe aus Tuffstein, das zahlreiche quadratische Öffnungen aufwies.

»Mein Gott!« Angelica war überwältigt. »So etwas habe ich noch nie gesehen.«

Nicola ließ ihr Zeit, diesen Anblick in sich aufzunehmen, jedes Detail, jedes Geräusch, jede Geruchsnuance. Dann deutet er nach vorne. »Das ist noch nicht alles«, sagte er.

Er ging voraus und achtete bei jedem Schritt darauf, dass sie nicht ins Leere trat. Zwischendurch verlangsamte er das Tempo und gab ihr Zeit, sich umzusehen. Immer wieder hob Angelica den Kopf und spähte in den Himmel, der zwischen den Felswänden gefangen zu sein schien und sich in dem See spiegelte. In dem Tuffsteingewölbe gab es mehrere runde Öffnungen, möglicherweise frühere Feuerstellen, außerdem bemerkte sie die Reste einer Steinmühle, einer Wasserrinne und einer Tränke.

»Hat etwas von einem antiken Dorf.«

»Dafür ist es viel zu klein. Komm, ich möchte dir was anderes zeigen.«

Wieder folgte Angelica ihm, bis Nicola vor einer etwas größeren Öffnung stehen blieb. Mit der Hand fuhr er über einen Stützbalken, wobei er vorsichtig die eingeritzte Doppelspirale streifte.

»Wunderschön«, murmelte sie.

Die archaischen Verzierungen symbolisierten das Wasser und die Sonne. Die Muttergöttin in all ihrer Strahlkraft.

»Schau, sie hatten auch Bienen. Das sind die Stöcke.«

Nicola kam vorsichtig näher. »Wirklich? Für mich ist das nichts als wirres Gestrüpp.«

»Nein, das sind eindeutig Reste von Bienenkörben, die die Menschen in dieser Region in früheren Zeiten benutzt haben. Jaja hatte noch einige davon. Die Zweige hier haben die leichte Konstruktion aus Binsen gestützt, die zu einem Zylinder geflochten waren. Darin hat das Bienenvolk gelebt wie in einem ausgehöhlten Baumstamm. Hier ist der Boden, das ist der Deckel. Die Behälter hat man mit Riemen auf einem Holzbrett befestigt, damit man sie wie einen Rucksack tragen konnte. Das hat den Transport erleichtert.«

»Ich wusste gar nicht, dass es vor so langer Zeit bereits Imkerei gegeben hat.«

»Über viele tausend Jahre lang war Honig das einzige Süßungsmittel, das es gab«, erklärte Angelica weiter. »Jede Familie hatte zumindest einen Bienenstock, ein Zeichen für Wohlstand und Ansehen. Aus dem Wachs machten die Leute Kerzen, den Honig haben sie zum Süßen und als Stärkungsmittel verwendet, die Propolis als Medizin gegen Krankheiten. Was sie nicht selbst brauchten, haben sie verkauft oder eingetauscht, um mit dem Erlös die Aussteuer, den Brautschmuck und das Hochzeitskleid zu finanzieren. Das war Tradition.«

Nicola hörte Angelica gerne zu, ihre sachliche Art gefiel ihm, die Präzision, mit der sie ihre Gedanken darlegte, freundlich, klar und voller Leidenschaft.

»Könnte das ein Tempel oder eine religiöse Kultstätte gewesen sein?«, erkundigte sich Angelica.

Die Frage verblüffte ihn. »Wie kommst du darauf?«

»Keine Ahnung, es ist vor allem ein Gefühl. Schau dir die Struktur an. Alles ist um den See herum angeordnet, als ob ihn jemand bewachen oder beschützen wollte.«

»Ich weiß nicht recht, sicher war es ein Zufluchtsort. Ein Versteck, von dem nur wenige wussten. Wahrscheinlich sind die Menschen immer wieder hierhergekommen, wenn sie sich bedroht fühlten. Irgendwann ist die Existenz dieses Ortes in Vergessenheit geraten.«

»Warum sollte jemand in einer Felshöhle leben wollen?«

»Aus den verschiedensten Gründen. Zum Beispiel weil es hier sicher war. Bis Anfang des vergangenen Jahrhunderts haben häufig Piraten die Insel heimgesucht. Sie haben Frauen und Kinder entführt und das wenige Hab und Gut der Leute geraubt. Man gewöhnt sich an alles, wenn es ums Überleben geht.«

Sein gelassener Tonfall erstaunte sie. Sie beobachtete, wie er hochkonzentriert mit den Fingern über die Gravuren im Stein fuhr. Wenngleich die Geste auf den ersten Blick banal wirkte, sagte sie viel über ihn und seinen Charakter aus.

»Komm, lass uns zurückgehen.«

Angelica wandte sich ab, doch es war zu spät. Ihr Blick war ihm nicht entgangen, und er hielt ihn schweigend mit seinem fest. Sie erreichte den See, ohne sich auch nur einmal umzudrehen, immer in dem Bewusstsein, dass Nicola hinter ihr war, im Bewusstsein all der unausgesprochenen Gedanken und der Spannung, die zwischen ihnen herrschte und alles so schwierig machte. Jetzt schien die Sonne heller, sie stand hoch über dem Gewässer, das ihre Strahlen reflektierte.

»Es ist Süßwasser, eine unglaublich große Menge. Es schmeckt gut, ich habe es probiert. Es kommt von dort drüben.«

Aus einer der hohen Wände drang tatsächlich ein schmales Rinnsal. Es kam Angelica wie ein Wunder vor, dass daraus tatsächlich ein See werden konnte. Aber das Wasser floss ohne Unterlass.

»Ein perfektes Versteck.«

Nicola sammelte das herumliegende Holz, legte es in die Vertiefung eines Steins und entzündete ein Feuer.

»Komm, hier ist es wärmer.«

Angelica setzte sich neben ihn. »Wie hast du es entdeckt?«

Er hob den Kopf, und seine Augen strahlten. »Aus Zufall. Ich war im Wald und bin auf einen mit Moos bedeckten Felspfad gestoßen. Als ich hinuntergestiegen war, wollte ich meinen Augen kaum trauen. Wie im Paradies. Da habe ich sofort an dich gedacht. Ich wollte unbedingt, dass du herkommst. Warum, weiß ich auch nicht. Mir war nur klar, dass du es verstehen würdest und ich mit dir darüber reden könnte.«

Seine Worte rührten sie. In diesem Moment wurde Angelica klar, wie erschöpft sie war. Von der Wut, die sie Nicola gegenüber empfunden hatte, war kaum etwas geblieben.

»Ich möchte dir noch etwas anderes zeigen, hast du Lust, noch ein Stück zu gehen?«

»Ja, gerne.«

Daraufhin stiegen sie eine in den Fels gehauene Treppe hinauf, deren Stufen in der Mitte ausgetreten waren. Wer weiß, wie viele tausend Füße diese Treppe benutzt hatten, bis die Steine eine solche Form angenommen hatten. Nicola blieb von Zeit zu Zeit stehen und wartete auf sie.

»Wir sind fast da«, sagte er, als am Ende der Treppe eine Lichtung auftauchte. Die Gegend kam Angelica bekannt vor. Über dem Gestrüpp ragten die Bäume in den Himmel. »Wir sind im Herzen des Waldes.«

»Genau.«

»Ich glaube, hier war ich schon mal mit Margherita. In der Nähe ist die Quelle, oder?«

Nicola nickte. »Dort drüben.«

Natürlich war sie dort, wie eh und je. Angelica hörte schon das leise Plätschern des Wassers auf den Steinen, das nach ihr rief.

»Hier wollte ich schon seit langem herkommen. Hier müssen wild lebende Bienen nisten.«

»Ein Stück weiter steht ein riesiger Olivenbaum, vielleicht sind sie dort, der Stamm hat einen enormen Umfang.«

Es war tatsächlich ein riesiger Baum. Angelica spürte, wie eine Welle der Euphorie in ihr aufstieg. Was, wenn das der Baum war, von dem Jaja gesprochen hatte? Auf einmal ergab alles einen Sinn. Ein uralter Baum, in dem eine Kolonie von wilden Bienen Platz hatte, dicht genug, um sie im Winter zu schützen, und breit genug, um im Sommer die Waben zu beherbergen. Angetrieben von einer Eingebung und einem Hochgefühl, rannte sie los und kam sich vor, als ob sie flöge.

Das Erste, was sie sah, war die Quelle.

Das Wasser prasselte aus einer Felsspalte und sammelte sich schäumend in einer kristallklaren Pfütze, die sich zu einem Bächlein verengte. Sie kannte diesen Bach, er floss bis nach Abbadulche hinunter. Mit offenem Mund betrachtete sie den riesigen Olivenbaum mit den ausladenden Ästen, die über die ganze Lichtung ragten.

»Er ist wirklich gewaltig.« Ihr Flüstern verlor sich im Rauschen des Wassers.

Nicola trat an ihre Seite und streckte ihr die Hand entgegen. »Schau hier.«

Dort, wo die Sonne zwischen den Zweigen hindurchbrach, war ein Leuchten zu erkennen. Angelica wusste bereits aus der Ferne, was es war. Da waren sie! Die goldenen Bienen. Das war das wilde Bienenvolk, das über die ganze Insel schwärmte.

Das war Jajas Baum. Jener Baum, um den sie sich gekümmert und der sie beschützt hatte.

Langsam ging Angelica auf ihn zu, die Augen fest auf das silberfarbene Zweiggeflecht gerichtet, ihre Finger krallten sich in Nicolas Hand. »Da ist er.«

»Du hast von diesem Baum gewusst?«, fragte er ungläubig.

Sie nickte. »Zusammen mit dem Testament habe ich einen Brief von Margherita bekommen. Darin hat sie von einem Baum geschrieben, der der Anfang von allem gewesen sein soll. Dann hat sie noch ein Bienenvolk erwähnt. Hast du es bemerkt? Als wären sie aus Gold, einzigartig. Solche Bienen habe ich noch nirgendwo gesehen.«

»Trotzdem wirkst du überrascht.«

Das war sie in der Tat. Ihr wurde klar, dass sie an Margherita gezweifelt hatte. An ihr, an ihren Hoffnungen, an ihren Träumen.

Das war nun vorbei. Vergangenheit. Ihre ganze Aufmerksamkeit galt den goldenen Bienen, den singenden Wassern und dem Mann, dessen Hand sie umklammerte und der ihr Herz erwärmte.

Nebeneinander gingen sie zum Bach, versunken in die Betrachtung dieses Wunders der Natur. Dabei betrachteten sie die Konturen des knorrigen Baumstamms, die sich in der sanften Brise bewegenden Blätter, das Wiegen der Gräser.

»Dort ist etwas«, sagte Nicola.

Angelica blickte schräg nach oben. Staunend nahm sie den Olivenzweig direkt über der Quelle wahr, von dem dunkle Rinnsale nach unten liefen, die in der Sonne golden glänzten. »Das ist Honig.«

Er lächelte. »Abbadulche, das sardische Wort für ›süßes Wasser‹. Jetzt wissen wir, warum. Der Honig tropft ins Wasser und verleiht ihm einen süßen Geschmack. Das ist unglaublich, findest du nicht auch?«

»Ja, einfach unglaublich.«

Nicola zog sie an sich, langsam und sanft, und Angelica ließ es geschehen. Sie umarmten sich und ließen ihre Gesten für sich sprechen.

»Es ist atemberaubend schön hier.«

Nicola nahm ihr Gesicht zwischen die Hände. »Ja, atemberaubend.«

Als er sie küsste, wehrte Angelica sich nicht. Wut und Trauer waren verschwunden und hatten Platz gemacht für Freude, Glück und Frieden. War das die Magie dieses geheimnisvollen Ortes? Noch nie hatte sie so tief empfunden.

Sie blieben noch einen Moment am Ufer des Bächleins sitzen und beobachteten die Bienen, die wie sprühende Funken um sie herumschwirrten, dann schlenderten sie Hand in Hand ins Tal hinab.

Angelica spürte, dass sie noch etwas Zeit brauchte. Das, was sie vorhin für Nicola empfunden hatte, war spontan gewesen, dem Moment geschuldet. Und sie brauchte Erklärungen.

»Hast du tatsächlich nichts von Claudios Plänen gewusst?«

»Du kennst die Antwort bereits.«

»Warum?«

»Warum ich nicht informiert war?« Nicola legte den

Kopf in den Nacken. »Ich habe nie richtig zur Firma gehört. Oder besser gesagt, ich bin zwar Teilhaber, aber eher im Stillen, aktiv habe ich mich nie eingebracht. Es war immer Claudio, der die Entscheidungen getroffen hat. Ich habe in Mailand gearbeitet, als Ingenieur.«

»Jetzt etwa nicht mehr?«

Nicola versteifte sich. »Nein, nicht mehr. Momentan restauriere ich alte Häuser, suche nach besonderen Plätzen und bringe Touristen mit dem Boot dorthin.«

»An Ideen mangelt es dir jedenfalls nicht.«

»Nein, zu tun habe ich genug.« Er lächelte, aber er wirkte blass und mitgenommen.

Angelica schaute auf ihre Hände. Sie wusste so wenig von ihm. »Das hast du auch schon vor der Erbschaftssache gemacht?«, fragte sie spontan.

»Ja.«

»Der Lebensstil entspricht nicht gerade dem eines Bauspekulanten. Warum hast du dann deinen Bruder bei seiner absurden Idee unterstützt, Jajas Haus abzureißen?«

»Verschiedene Blickwinkel, Angelica. Deiner, meiner, der von Claudio. Wer sagt dir, dass ich nicht wegen dir bei diesem Treffen war? Was dir absurd erscheint, kann aus einem anderen Blickwinkel sehr wohl sinnvoll sein.«

»Wie kannst du nur so etwas sagen? Was zum Teufel machen wir dann hier?«

»Warum versteifst du dich darauf, dass es nur einen einzigen Weg gibt, der zum Ziel führt?« Er rieb sich über die Wangen. »Verstehst du es denn nicht? Kommst du wirklich nicht drauf? Du hast es doch gerade selbst gesagt. Er ist mein Bruder, er ist mir wichtig.«

Sie wich zurück. »Was willst du von mir, Nicola?«

»Alternativen, Angelica. Für dich, für Claudio. Ich versuche Alternativen zu finden. Für euch beide, von euch beiden. Wenn du das nicht verstehen willst und nicht bereit bist, über den Tellerrand hinauszuschauen, dann tut es mir leid, dass ich dich gestört habe.« Er hob abwehrend die Hände, seine Geduld war am Ende.

Die knisternde Spannung zwischen ihnen war förmlich zu greifen. Dann ließ er sie stehen. Nach anfänglichem Zögern folgte sie ihm, ihre Wut war verraucht, das Thema ausgereizt.

»Glaubst du, dass wir zwischen den Felsen die Domus der Janas gesehen haben, die Häuser der Feen?«

Nicola atmete tief durch. »Möglich, auf den ersten Blick würde ich sagen, ja. Aber es gibt auch Spuren von anderen Kulturen, und ich bin kein Experte, was das angeht. Rein hypothetisch betrachtet, könnten der Baum, die Quelle und der Hohlraum in den Felsen zusammengehören.«

»Wasser, Erde, Luft und Feuer. Jene Elemente, die die Menschen schon immer fasziniert haben. Ausgerechnet dort gibt es Honig und Bienen.«

»Wir müssen mit den Behörden Kontakt aufnehmen«, sagte Nicola. Und ich müsste mit Claudio darüber sprechen, fügte er in Gedanken hinzu. Dass sein Bruder genau dort bauen wollte, stand außer Frage.

Es würde ihm gewiss nicht gefallen, seine Pläne erneut zu ändern und einen anderen Standort für die Ferienanlage suchen zu müssen.

»Ich glaube, alles sollte bleiben, wie es ist.«

»Bitte, Angelica, denk doch mal nach. Das ist ein ganz besonderer Ort. Die Menschen haben ein Recht darauf, ihn kennenzulernen, dieser Ort gehört allen.«

»Nein, er muss geschützt werden.«

Sie blitzten sich an, jeder beharrte auf seinem Standpunkt, als würden sie sich duellieren. Nach einem langen Moment des Schweigens hielt er ihr die Hand hin, und sie schlug ein. Still standen sie da, dieser Augenblick sollte durch nichts zerstört werden.

Angelica spürte die Wärme, die sein Körper ausstrahlte. Seinen Geruch. Nicola hielt ihre Hand, wie er es schon so oft getan hatte, doch dieses Mal war es anders. Sie wussten, dass sie unterschiedlicher Meinung waren, in vielen Dingen. Das trennte sie. Aber ihre ineinander verschränkten Finger bildeten trotz aller Differenzen eine stabile Verbindung. Jeder wusste, dass er ohne den anderen nicht leben konnte.

In Gedanken versunken, gingen sie nach Hause zurück.

Bevor Angelica einschlief, wurde ihr mit brutaler Deutlichkeit bewusst, dass es nicht Nicolas Blicke oder seine streichelnden Hände waren, die ihr Angst machten. Auch nicht seine Küsse und Liebkosungen.

Nein. Es war vielmehr das Gefühl, mit ihm eins zu sein. Eine untrennbare Symbiose, ein Gleichklang der Emotionen. Jedes seiner Worte, jede Handlung, jeder seiner Atemzüge hallte in ihrer Seele wider.

26.

Gamanderhonig (Teucrium marum)
Durchdringender aromatischer Geruch. Gilt als Honig der
Harmonie und der Ordnung. Er schöpft seine Kraft aus der
Erde Sardiniens und hilft, einen verloren geglaubten Weg
wiederzufinden. Bernsteinfarben, kristallisiert mehr oder
weniger fein.

Angelica öffnete die Bienenstöcke, einen nach dem anderen.
Sie setzte den kleinen Metallhaken außen an und hob mit
einer ruckartigen Bewegung die Wabenrähmchen heraus.
Dieser Moment war jedes Mal wieder etwas Besonderes,
obwohl ihr die Prozedur seit vielen Jahren vertraut war.
Vor jeder Honigernte überkam sie auch jetzt noch ein ehr-
furchtsvolles Gefühl. Alles war bereit, nichts war dem Zufall überlassen, und trotzdem blieb Freiraum für Hoffnungen und Träume.

Als ihr der alte Miguel damals den Haken schenkte, hatte
er nicht viele Worte gemacht, sondern ihr das Werkzeug einfach in die Hand gedrückt und gezeigt, wie man es benutzt.
Angelica konnte sich noch genau an diesen Moment erinnern, an das Gewicht des Hakens, wie er in der Hand lag,
seine Beschaffenheit und das Gefühl dabei.

Sie arbeitete so lange weiter, bis jeder Stock neue Wabenrähmchen hatte. Zwischendurch fuhr sie sich mit dem Unterarm über die Stirn, und ein Blick zum Himmel sagte ihr, dass sie sich beeilen musste. Das eben noch blanke Firmament hatte sich blau gefärbt, kobaltblau wie das Meer. Die Wärme war rasch gekommen, und die Bienen würden sich in die Bienenstöcke flüchten. Dann könnte sie nicht mehr weitermachen.

Eine wunderbare Ernte, der Eukalyptushonig. Vorher war es Affodill gewesen, außerdem Distel- und Macchiahonig. Im nächsten Frühling wollte Angelica es mit Rosmarinhonig versuchen und die Bienenkörbe in die Nähe der Rosmarinsträucher stellen.

Der Honig floss ihr zwischen den Fingern hindurch, die Waben waren so prall gefüllt, dass selbst der Haken mit Honig überzogen war. Sie ließ ihn auf einer der Kisten liegen und rief nach den Bienen. Als sie sich auf dem Haken niederließen, lächelte sie.

Seit sie das letzte Mal für die Bienen gesungen hatte, war die Situation einfacher geworden. Auch die Beziehung zu Nicola hatte sich entspannt. Das gemeinsame Erlebnis bei Jajas Baum und den goldfarbenen Wildbienen hatte sie einander wieder nähergebracht. Nur eine Sache ließ sie nicht los: Giuseppe hatte ihr Angebot nicht angenommen, und seitdem hatte sie nichts mehr von Anna gehört. Wie es ihr wohl ging? Was sie wohl gerade machte? Es verging kein Tag, an dem Angelica sich nicht mit diesen Gedanken quälte. Mehrfach stellte sie sich die Frage, ob das Geld wirklich für die Heilung des Mädchens bestimmt war, wie Mirta behauptet hatte.

Sie glaubte nicht, dass Anna krank war. Vor dem schrecklichen Unfall ihrer Mutter hatte sie geredet, das hatte ihr

Memma erzählt. Das Mädchen konnte demnach sprechen, wollte aber nicht. Anna machte einen ganz normalen Eindruck, von der selbst gewählten Stille einmal abgesehen. Sie war intelligent, geschickt und lernte schnell. Angelica seufzte. Sie würde Giuseppe noch ein paar Tage Zeit geben und sich dann noch mal bei ihm melden. Sie wusste, dass er zu Hause war. Das hatte Alessandra ihr erzählt.

Seit ihrer ersten Zusammenkunft hatten die Frauen sich regelmäßig getroffen, und zu Angelicas großer Überraschung hatten sich sogar Pina und Gigliola dazugesellt. Die beiden arbeiteten mittlerweile fest mit ihr zusammen, kümmerten sich unter anderem um das Abfüllen und Verpacken des Honigs. Die Zahl der mit Amaryllis bepflanzten, bunt bemalten Blumentöpfe unter Angelicas Laubengang wuchs beständig, denn Pina war nicht nur eine begnadete Künstlerin, sondern auch äußerst großzügig. Ihre Geschenke waren ein Blickfang und zugleich ein Ansporn für Angelica. Was für ein Glücksgefühl, sich um eine Pflanze zu kümmern, sie wachsen, blühen und gedeihen zu sehen! Manchmal hatte sie sogar den Eindruck, die Blumen würden mit ihr sprechen.

Das Genossenschaftsprojekt, eine Art Frauenkooperative, kam gut voran. Sie hatten ihr den Namen »*Il Filo d'oro* – der goldene Faden« gegeben, wegen der Muschelseide. Die äußerst seltenen und überaus kostbaren Fäden standen sinnbildlich für die Solidarität und das Wir-Gefühl, das die Frauen verband.

Den Abend hatten sie mit Chiara Vigo verbracht, der letzten Meisterin der Kunst der Verarbeitung von Muschelseide. Sie lebte in Sant'Antioco und hatte ihnen den Namen vorgeschlagen. Außerdem hatte sie ihnen auch von ihrem

Handwerk erzählt. Einen »goldenen Faden« konnte man nicht kaufen, denn er war ein Geschenk des Meeres. Gesponnen wurde er von Pinna-nobilis-Muscheln, die sich mit den Fäden im Meeresgrund verankerten. Von Tauchern aus dem Meer geholt, kämmte und verarbeitete sie Chiara Vigo anschließend mit großer Hingabe. Ihre Kunst hatte ihre Wurzeln in der Antike und war von phönizischen Prinzessinnen an ihre sardischen Mägde weitergegeben worden. Chiara war ganz in ihrem Element gewesen und unterstrich die voller Leidenschaft erzählten geheimnisvollen Geschichten mit Gesten. Dabei fielen ihr die immer noch schwarzen Haare über die gebeugten Schultern. Jener Abend hatte Angelica dabei geholfen, ihre Ideen zu präzisieren und fantasievoll zu ergänzen.

Angelica kehrte nach Hause zurück und schaute auf ihr Handy. Hatte Nicola vielleicht doch angerufen? Er fehlte ihr. Sollte sie ihren Stolz beiseiteschieben und den ersten Schritt tun? Sie empfand eine große Leere, einen subtilen, tief in ihrem Innern versteckten Schmerz. Ein deprimierendes Gefühl, als ob den schönen Dingen die Strahlkraft genommen würde. Die Klingel riss sie aus ihren melancholischen Gedanken.

»Das muss Alessandra sein«, sagte sie zu Lorenzo, der an ihr hochsprang, und öffnete die Eingangstür.

Als der Hund nach draußen rannte, blickte sie ihm lächelnd hinterher. Lorenzo liebte diese Frau. Doch einen Moment später verschlug es ihr die Sprache.

»Du bist ja noch größer geworden, da lege ich die Hand ins Feuer. Was tust du dem Hund eigentlich ins Futter?«

»Mama?«

Maria tätschelte Lorenzo den Rücken. »Ciao, *filla mia.* Darf ich reinkommen?«

Angelica antwortete nicht, aber als ihre Mutter näher kam, ließ sie sich in ihre Arme fallen. »Du hast mir gefehlt.«

»Du mir auch, mein Schatz. Geht's dir gut?«

»Die Frage kann ich dir nicht beantworten«, sagte Angelica mit gezwungenem Lächeln.

Maria ließ den Blick über die gemauerten Ziegelsteinbögen, die die hohe Holzbalkendecke stützten, die mit Bildern und Gobelins geschmückten Wände, die schweren Möbel und den weiß gestrichenen Fußboden wandern. Als sie sich wieder Angelica zuwandte, zitterten ihre Lippen.

Die Stille zwischen Mutter und Tochter wog schwer. Auge in Auge standen sie sich gegenüber, wie vor einem Duell, vor dem Beginn eines Gesprächs, das sie längst hätten führen müssen und vor dem sie beide Angst hatten.

»Wie wär's mit einem Kaffee?«, durchbrach Maria das Schweigen, das lähmend im Raum lastete.

Angelica nickte und ging voran in die Küche. Der Tisch war noch nicht abgeräumt. Ihre Mutter sagte nichts, zog die Jacke aus und stellte die Tassen auf ein Tablett. Dazu Honig, Milch und Kekse. Ihre Bewegungen waren flink und zielgerichtet, sie wusste genau, wo alles zu finden war. Das Kinn in die Hände gestützt, beobachtete Angelica ihr Tun. Als sich aromatischer Kaffeeduft im Raum verbreitete, goss ihnen Maria eine Tasse ein. Angelica spürte den prüfenden Blick ihrer schwarzen Augen. Sie wollte mit ihr reden, sie tausend Dinge fragen, doch sie fand nicht die richtigen Worte. Maria räumte die Tassen weg und spülte sie ab. Dann setzte sie sich neben ihre Tochter an den Tisch.

»Als ich Margherita das erste Mal begegnet bin, war ich

dreizehn. Sie hat mir die Tür aufgemacht, genau wie du gerade eben.« Maria hielt inne. »Sie hat mich bei sich aufgenommen. Ich war mutterseelenallein auf der Welt. Jahre später hat sie mir erzählt, ich hätte so verhungert ausgesehen. Sie hätte mich nicht wegschicken können, das hätte ihr Gewissen nicht zugelassen.«

»Ich wusste gar nicht, dass ihr euch schon so früh kennengelernt habt.«

Maria faltete die Hände. »Nach einem Jahr bin ich weggelaufen und habe versucht, mich alleine durchzuschlagen. Aber jedes Mal wenn ich zurückkam, hat sie mich aufgenommen, mit offenen Armen und einem Lächeln …« Als ihre Stimme brach, räusperte sie sich und redete weiter. »Ihr Lächeln, es war das Wichtigste. Viele Menschen lächeln, aber ihre Augen strafen sie Lügen. Margheritas Augen nicht. Sie hat immer gesagt, was sie dachte, und das sah man ihr an. Sie war eben so.«

Angelica wischte sich die Tränen aus den Augen.

»Du tust gut daran, um sie zu weinen, *filla mia*. Sie hat es verdient.«

»Du hast sie nicht ertragen können, oder?«, erwiderte Angelica leise, fast besänftigend, ohne jeden anklagenden Unterton.

Maria sah sie mit großen, glänzenden Augen an. »Ich habe sie gehasst.«

Das Meer lag spiegelglatt vor ihm. Während er die Taue einholte, spürte Nicola, wie der vibrierende Motor seine Beine erzittern ließ. Nachdem er wieder sicher stand, setzte er das Segel, dann zog er Schuhe und T-Shirt aus. Der Wind war voller Gerüche, nach Salz, Fisch und verbrannter Erde. Er legte ab, kniff die Augen zusammen und warf einen letzten Blick zurück. Hinter der Landzunge lag Margheritas Haus. Dort war Angelica. Er wandte den Blick ab. Während sich das Boot immer weiter vom Land entfernte, spürte er, wie die Last auf seiner Brust noch schwerer wurde.

»Verdammt!«

Der Wind trug seinen Fluch davon. Nicola ging zum Mast, holte das Segel ein und drehte mit dem Heck durch den Wind.

Eine Stunde später tauchte wie aus dem Nichts die Isola Piana vor ihm auf, und die Feuchtigkeit, die der Wind mitgebracht hatte, war verschwunden. Die Sonne kam hinter den Wolken hervor. Als die Strahlen auf die Meeresoberfläche trafen, begann das Wasser zu glänzen, ein atemberaubendes Bild.

Fasziniert von diesem Naturschauspiel, vergaß Nicola alles um sich herum. In diesem Augenblick, im Bruchteil einer Sekunde, wurde ihm eines bewusst. Einen solchen Moment hatte er schon einmal erlebt, in seiner Jugend, damals war Angelica bei ihm gewesen.

Die Erinnerung wühlte ihn auf und erfüllte ihn mit Wut, mit Wut auf sich selbst. Warum nur bekam er diese Frau nicht aus dem Kopf?

Was gäbe er dafür, wenn er sich selbst belügen könnte, wie viele Männer es tun. Gerade jetzt wäre das von Vorteil. Sie einfach vergessen, die Gefühle über Bord werfen. An Frauenbekanntschaften mangelte es ihm weiß Gott nicht, er brauchte nur das Adressbuch seines Handys zu öffnen und eine Nummer zu wählen.

Ein kalter Schauer lief ihm über den Rücken, die Erinnerungen zogen ihn in die Vergangenheit. Natürlich hätte er das jederzeit tun können. Er konnte tun, was er wollte. Nur würde es ihm hinterher besser gehen? Er kannte die Antwort.

Mit beiden Händen umklammerte er die Reling. Nein! Das würde er nicht tun. Diesmal würde er nicht vor seinen Gefühlen fliehen. Ein Leben ohne Angelica erschien ihm unerträglich. Früher oder später würde er sich seinen Gefühlen stellen. Er musste sich nur dazu durchringen und herausfinden, wie das ging.

Auf einmal verstand er. Er neigte den Kopf und lachte. Was er für Angelica empfand, dieses tiefe Gefühl im Innersten seiner Seele, war unerschütterlich. Er hatte noch eine weitere Entscheidung getroffen. Er hatte nämlich mit seinem Bruder gesprochen.

»Übertreib's nicht, Nicola. Wir werden das Feriendorf wegen eines bescheuerten Baumes und vier verzierten Steinen ganz sicher nicht noch einmal an einen anderen Ort verlegen. Es ist mir völlig egal, ob das Nuraghen-Überreste, prähistorische Relikte oder Lebenszeichen von Aliens sind. Überspann den Bogen nicht, ich bin mit meiner Geduld am Ende.«

Claudio war unbeugsam gewesen und hatte keinerlei Bereitschaft gezeigt, seine Pläne noch einmal zu ändern. Eines stand fest: Wenn Claudio neben der Quelle bauen und den Bienenbaum beschädigen oder gar zerstören würde, wäre das für Angelica unerträglich.

Ich habe sie gehasst.

Wie konnte man jemanden hassen, der so viel Gutes für einen getan hatte? Die Worte ihrer Mutter hallten in Angelicas Kopf wider. Sie schmerzten, sie verwirrten.

»Warum?« Sie wollte es wissen, wollte verstehen.

Maria sah sich um, aber in diesem Raum gab es nichts, was ihr helfen konnte, jedenfalls nicht mehr. Sie wusste, was sie tun musste, es war eine Frage von Gerechtigkeit. Sie schuldete es ihrer Tochter, noch mehr jedoch schuldete sie es Margherita. Während ihrer Reise nach Sardinien hatte sie darüber nachgedacht, wie und wann sie es ihr sagen würde. Aber es war ein Unterschied, über etwas nachzudenken oder es wirklich zu tun. Sie sah ihrer Tochter fest in die Augen, fasste ihre Hand und drückte sie fest.

»Ich war wie du, eine einsame Biene.«

»Was willst du damit sagen?«

»Lass mich ausreden.« Marias Stimme klang fest, und in ihrem Blick lag Entschlossenheit. »Die Einsamkeit ist die Tochter des Schmerzes. Wir stürzen uns auf sie, ohne Hoffnung, weil sie das Einzige ist, was wir verstehen. Im vollen Bewusstsein, ohne Erwartung. Und ohne Erwartung kann man auch nicht enttäuscht werden.« Sie hielt inne und wartete ab, wie Angelica reagierte. Als sie deren finstere Miene sah, strich sie ihr flüchtig über die Hand, dann ging sie wieder auf Distanz. »Margherita war mit meinem Verhalten nicht einverstanden. Mit jedem Mal, das sie mich zu motivieren versuchte, mit jedem Zuspruch, jeder Aufmunterung und ihrem Optimismus wurde meine Sehnsucht nach Einsamkeit etwas kleiner. Sie war davon überzeugt, dass sich in allen Dingen Schönheit verbarg und dass man sich jeden Tag bemühen sollte, sie zu erkennen.« Ein leichtes Lächeln ließ ihr Gesicht weicher erscheinen. »Ich musste abends alles Schöne aufschreiben, was ich tagsüber erlebt hatte. Da war sie unnachgiebig. Und weißt du, was?« Ihre Augen begannen zu glänzen. »Sie hatte recht«, sagte sie leise. »Nach und nach wurde das Leben farbiger, lebendiger, intensiver. In dieser Zeit habe ich deinen Vater kennengelernt.«

»Warst du sehr jung?«

»Mein Schatz, schau mich an. Ich war schon immer so wie jetzt. Eine alte Frau.«

Angelica zwang sich, sitzen zu bleiben, und fixierte das Gesicht ihrer Mutter, auf dem sich unzählige kleine Fältchen abzeichneten. Hinter jedem einzelnen schien sich ein Geheimnis zu verbergen. Maria hatte sich offenbar entschlossen, reinen Tisch zu machen, hier und jetzt. »Warum sagst du das?«

»Weil das wahre Alter nichts mit dem Geburtstag in deinem Pass zu tun hat. Du wirst älter, wenn dir jemand das Herz bricht oder wenn dich jemand beschmutzt, wenn du die Hoffnung verlierst. Mich hatte der Hunger zu Margheritas Haus geführt, es hieß, dass dort eine Frau wohnt, die jungen Mädchen in Not hilft. Sie war meine letzte Rettung.«

»Hattest du denn keine Familie?«

Marias Lippen zitterten. »Nein, ich hatte niemanden.«

»Aber es klingt, als wärst du bei Margherita glücklich gewesen.«

Angelica zuckte unter dem Blick ihrer Mutter zusammen. Marias Augen wirkten wie zwei dunkle Löcher und waren mit so tiefer Verzweiflung erfüllt, dass es ihr die Sprache verschlug.

»Es ist der Schmerz, an dem sich das Glück bemisst, vergiss das nicht. Als du geboren wurdest, dachte ich, ich sterbe vor Glück. Dein Vater, er hat mir gezeigt, wie wunderbar die Welt sein kann. Wir hatten wenig, gleichzeitig fehlte es uns an nichts. Margherita hatte mir beigebracht, die Bienen zu hüten, zu weben und Stoffe zu färben. Ich hatte großes Talent, die schönsten Stoffe mit meinen Stickereien zu verschönern. Dein Vater war Fischer, und das Meer war sehr großzügig zu ihm. Wie hätte ich ahnen können, dass der Preis für unser Glück so hoch sein würde? Es kostete sein Leben, das Meer hatte ihn mir genommen. Nicht mal das Boot hat man gefunden.« Ihre Stimme war kaum noch zu hören, sie schien in der Erinnerung gefangen. »Margherita hat sich um uns gekümmert, ohne an sich selbst zu denken. Sie hat alle Schulden bezahlt und uns das Haus auf dem Hügel überlassen. Irgendwann gab es Streit mit deinem Großvater. Ich habe seine Worte noch heute in den Ohren, als er uns aus dem Haus geworfen hat. Schreckliche Worte, Anspielungen, Verdächtigungen.«

»Warum nur? Ich verstehe das nicht.«

»Natürlich nicht, das kannst du auch nicht. Ich hoffe wirklich sehr, dass das Leben es gut mit dir meint und du manches nie erfahren wirst.«

Angelica war hin- und hergerissen. Eben noch hatte sie geglaubt, die Worte ihrer Mutter zu verstehen, doch auf einmal schienen sie eine andere Bedeutung zu haben und sich in ihrem Kopf zu verlieren wie Rinnsale im Sand.

Maria redete weiter.

Nach dem Tod ihres Mannes hatte sie sich geschworen, ihre Tochter und sich mit ihrer eigenen Hände Arbeit durchzubringen. Sie konnte weben und sticken, auch viele traditionelle Handarbeitstechniken waren ihr vertraut. Aber ihre Seele hatte sich in eine Wüste verwandelt, trocken und verdorrt. Selbst am Webrahmen brachte sie nichts zustande, deshalb verkaufte sie ihn. Eines Abends, als sie besonders verzweifelt war, tat sie das, was sie nie wieder hatte tun wollen. Sie verkaufte sich.

Niemand hatte sie dazu gedrängt oder gar gezwungen, es war allein die Sorge um ihre Tochter, die sie diesen verzweifelten Schritt tun ließ. Nach einigen Monaten hielt sie es einfach nicht mehr aus und nahm jede noch so demütigende und schlecht bezahlte Arbeit an. Es ging einzig und allein um das Wohl ihrer Tochter. Sie war oft tagelang unterwegs, Angelica blieb dann alleine. Maria hatte ihr strikt verboten, sich Margherita zu nähern. Doch dann war Angelica in die Felsspalte gefallen.

»Du hattest gute Gründe, mich zu hassen.«

»Nein, Mama. Das habe ich nie getan.«

Maria wandte den Blick ab und ließ ihn im Raum umherwandern. Dann fuhr sie mit monotoner, beinahe abwesender Stimme fort: »Während dein Vater ein Sinnbild für Leidenschaft, jugendliches Ungestüm, Dynamik und Lebensfreude war, hat Gennaro Nüchternheit, Sicherheit und Freundlichkeit ausgestrahlt. Alle dachten, ich hätte ihn nur wegen dir geheiratet. Und sie hatten sogar recht. Aber niemand wusste, dass ich ihn wirklich geliebt habe, als ich seinen Antrag annahm. Auch das verdanke ich letztlich Margherita.«

»Wieso?«

»Sie hat mich zu Gennaros Haus geschickt.«

Marias Blick streifte erst Angelica, dann über die antike Kommode, auf der die Fotografien standen. »Du hast sie behalten«, sagte sie, »alles ist genau wie früher. Du hast nichts verändert.«

Angelica antwortete nicht, sie brachte nicht ein Wort über die Lippen. Die Tränen kamen völlig unvermittelt und schienen Spuren in die Haut zu graben.

»Weine nicht, mein Kind, ich bin nicht gekommen, um dir wehzutun.«

»Warum bist du hier?«

Maria streckte die Hände aus, um nach Angelica zu greifen. Sie drückte sie fest, dann stand sie auf.

»Damit du mir verzeihst, sonst kann ich nicht weiterleben.«

Memma klopfte an die Tür, und als ihr niemand öffnete, kam sie einfach herein.

»*Angelichedda*, ich bin wieder da«, sagte sie und betrat mit ihren schweren Schritten die Küche. »*Ite dimmoniu?* Maria? Was machst du denn hier?«

»Ciao, Memma, wie geht es dir?«

Die beiden Frauen musterten sich prüfend, auf ihren Gesichtern konnte man deutlich erkennen, was sie voneinander hielten.

»Ich bitte euch«, sagte Angelica leise.

Memma ging zu ihr und legte ihr die Hand auf die Schulter. »Komm, wisch dir das Gesicht trocken, die Arbeit erledigt sich nicht von selbst. Die Tränen kannst du dir aufheben, wenn Zeit dafür ist. Wir haben viel zu tun.«

»Wieso?«

»In der nächsten Woche ist das Fest des Schutzpatrons. Ich habe schon mit Silvia, Alessandra und dieser hübschen Fremden gesprochen, dieser Sara. Und mit dem Bürgermeister. Die Gemeinde hat uns einen Platz zur Verfügung gestellt. Wir feiern das Erntedankfest.«

27.

Johannisbrotbaumhonig (Ceratonia siliqua)
Durchdringender, komplexer Geruch nach Leder, Karamell
und Röstnoten. Gilt als Honig der Vernunft und der Logik.
Er verbindet Herz und Geist und hilft, Kompromisse zu finden.
Bernsteinfarben, kristallisiert grob.

Das war der richtige Ort. Nicola setzte den Rucksack ab
und befestigte die Kamera auf dem Stativ. Ein Auge auf den
Waldrand gerichtet, probierte er verschiedene Perspektiven
aus. Schließlich war es das Licht des Sonnenuntergangs, das
ihm den optimalen Standort zeigte. Das Rosa des Himmels
war in ein sattes Kobaltblau übergegangen, die Zweige der
Bäume hoben sich wie der Scherenschnitt eines Spinnen-
netzes davon ab. Angespannt stand er da, den Fotoapparat
fest umklammert. Bald würde die Nacht hereinbrechen, und
das war der Moment, auf den er wartete. Sein Blick verlor
sich im Nichts, in seinen Erinnerungen. Irgendwann ließ er
sich gegen einen Baumstamm sinken. Die Luft war lau und
voller Gerüche.

Er hatte vergessen, wie schön dieser Ort sein konnte, voller Magie. Als er das erste Mal hier gewesen war, hatte er
die Aussicht gar nicht beachtet. Damals hatte er verzweifelt versucht, die Lämmer zu verstecken. Sie aus dem Schaf-

stall seines Vaters zu treiben und hierherzubringen war Schwerstarbeit gewesen. Er hatte sie vor sich hergetrieben, bis sie alle in Sicherheit waren. Niemand würde sie finden, niemand. Weiter reichte sein Plan allerdings nicht, über die Konsequenzen hatte er nicht nachgedacht. Doch die Dinge hatten sich ganz anders entwickelt. Omero hatte die Lämmer in den Stall zurückgebracht und ihm eine Lektion erteilt, die er nie vergessen würde.

Das erste Licht tauchte auf, als die Dunkelheit über die Wiese kroch. Dann ein zweites, ein drittes. Mit angehaltenem Atem legte Nicola sich auf den Boden. Die winzigen Lichter hatten zu tanzen begonnen und verschwanden hinter den Zweigen und Blättern, um kurz darauf wieder aufzutauchen.

Seine Mutter hatte ihn als Kind spätabends mit in die Berge genommen, um ihm zu zeigen, wie sich die Welt veränderte, je nachdem aus welchem Blickwinkel man sie betrachtete. Maria Antonia hatte ihm beigebracht, wie man dank einer anderen Perspektive einen Ort, an den man schlechte Erinnerungen hatte – wie den gescheiterten Versuch, die Lämmer zu retten –, in ein anderes, ein freundlicheres Licht rücken konnte.

»*Sind das die Seelen der Janas, der Feen des Waldes, Mamma?*«

»*Ja, zumindest das, was von ihnen noch übrig ist, mein Junge. Vor langer Zeit sind sie um den großen Baum geflogen, dort sind ihre Häuser.*«

Nicola liebte die Geschichten seiner Mutter, die von alten Völkern handelten, die übers Meer gekommen waren, von Kriegern und steinernen Türmen. Ihr plötzlicher Tod hatte ihn verstört und voller Angst vor dem Leben zurückgelassen. Oft hatte sich er gefragt, was aus den Grimaldis geworden wäre, wenn Maria Antonia am Leben geblieben wäre.

Er machte mehrere Fotos. Je dunkler es wurde, desto heller leuchteten die Glühwürmchen. Sie hatten sich zu kleinen Gruppen zusammengetan und funkelten im Unterholz wie kleine Sterne. In seine innere Ruhe mischte sich ein Gefühl des Friedens.

In dieser Stille, in diesem Moment, als der Abend in die Nacht überging, wurde es Nicola bewusst, wie grundlegend sich sein Leben in den letzten Tagen verändert hatte. Nicht nur wegen Angelica. Er war ehrlich genug, sich das einzugestehen. Sie hatte ihn an seine Vergangenheit erinnert, an die Zeit, bevor er die Entscheidung getroffen hatte, die seine Zukunft verändern würde.

Nachdem er ein paar weitere Fotos gemacht hatte, setzte er sich an einen Baum, den Rücken gegen den Stamm gelehnt. Mit diesen Bildern und den anderen Aufnahmen, die er im Dorf und vom Baum der Bienen gemacht hatte, war einiges an Material zusammengekommen. Aber würde es reichen, um Claudio aufzuhalten?

Ein Rascheln schreckte ihn auf. Dann sah er, wie eine Frau mit ruhigen Schritten über die Lichtung ging, das Mondlicht ließ ihr Kleid silbern erscheinen. Er erkannte sie sofort. Wenn es noch einen anderen Menschen gab, der diesen Ort kannte, dann sie. Angelica. Einen Augenblick überlegte er, einfach sitzen zu bleiben und zu beobachten, was sie tun würde. Dann entschied er sich anders, stand auf und wartete, bis sie ihn in der Dunkelheit wahrgenommen hatte.

»He, ich bin's.«

Sie zuckte zusammen. »Du hast mich vielleicht erschreckt! Verdammt noch mal, Nicola!«

Er lächelte nur. »Wieso treffen wir uns immer an den unmöglichsten Orten?«

Angelica hielt inne. Nicola musste sich entscheiden. Entweder sie oder der Wald. Dabei wusste er im Grunde ganz genau, was er wollte. Sie sollte bleiben. Er ärgerte sich über sich selbst.

Sie ging auf ihn zu und setzte sich neben ihn, als wäre es das Selbstverständlichste auf der Welt. War es wirklich so leicht? Musste man sich etwas einfach nur fest genug wünschen, damit es eintraf? Nein, so simpel war es nicht.

»Vom Tanz der Glühwürmchen wissen außer uns sicher nur wenige. Und wir treffen uns immer an den Lieblingsplätzen unserer Kindheit. Ist das nicht logisch, dahin zurückzukehren?« Angelica lächelte und sah dann zu den Leuchtkäfern, die in der Dunkelheit umherflogen.

Warum war sie auf einmal so nett zu ihm?

Nicola antwortete nicht gleich, sondern schloss die Augen und genoss den Moment. »Ich hatte es schlicht vergessen«, sagte er dann.

Nach kurzem Zögern nickte sie. »Ich habe auch viele Dinge vergessen.«

»Die wichtigen nicht.«

Sie lachte leise. »Das kommt darauf an. Im Grunde ist die Bedeutung, die man einer Sache gibt, eine Frage des Standpunkts, wie alles andere auch. Deine Worte.« Sie hielt inne. »Was hast du vergessen, Nicola?«

Alles. Einfach alles. Auf einmal war es wieder wie früher, er wollte es ihr erzählen, sie sollte es wissen. »Als du weggegangen bist, konnte ich nichts dagegen tun.«

»Wir waren fast noch Kinder. Was hättest du auch tun sollen?«

»Lass mich ausreden.« Er atmete tief durch. »Ich habe mich ohnmächtig gefühlt, total hilflos. Nichts in meinem Leben war mehr so, wie ich es wollte. Ich hatte alles verloren.«

Das konnte Angelica gut verstehen. Denn ihr war es genauso ergangen, als sie Sardinien damals verlassen musste.

»Ich beschloss, ein anderer zu werden. Ich fing an, meinen Vater und Claudio zu beobachten. Wie sie sich verhielten, andere lenkten, die Regeln machten. So wollte ich auch sein, ich wollte Macht haben. Deshalb bin ich nach Mailand gegangen, auf dieselbe Uni wie Claudio.«

»Und du hast es nicht geschafft?«

»Ganz im Gegenteil, ich habe ein Prädikatsexamen hingelegt. Man hat mir schon als Praktikant eine feste Stelle angeboten.«

Angelica verstand nicht, warum er so bitter klang. Genauso wenig wie seinen versteinerten Gesichtsausdruck, die verkniffenen Lippen und den traurigen Blick. Als hätte die Dunkelheit seine Traurigkeit an die Oberfläche geholt. Das hatte sie in dieser Intensität bisher gar nicht wahrgenommen. Wie hatte sie es nur übersehen können? Erneut wurde Nicola von Trauer übermannt. Einen Moment lang war sie versucht, ihn zu berühren. Mit Gesten hätte sie ihm vielleicht eher vermitteln können, was ihr mit Worten nicht gelang. Das war ihre besondere Gabe. Deshalb vermied sie körperliche Berührungen und wurde auch nicht gerne angefasst. Aber bei ihm spürte sie das Bedürfnis bis in die Fingerspitzen. Langsam streckte sie die Hand aus, um ihm das zu vermitteln, was sie ihm nicht sagen konnte. Ihre Blicke trafen sich, er wandte sich ab.

»Der Beste zu sein hat dich sicher sehr stolz gemacht. Das war doch dein Ziel, oder?«

Er fuhr herum, seine Augen funkelten. »Du weißt nicht, was du da sagst, Angelica.« Seine Stimme erstarb. Mit abwesendem Blick griff er nach der Kamera. »Kannst du dir vorstellen, wie unerträglich ich geworden war? Weißt du überhaupt, was mein Job war?« Er wartete ihre Antwort nicht ab, sie sollte alles wissen, die ganze Wahrheit. »Ich habe Menschen zerstört, ihre Existenz, ihre Träume, ihre Hoffnungen.«

»Von was sprichst du?«

Er lachte bitter, den Blick auf die tanzenden Glühwürmchen gerichtet. In diesem Moment war ihm ihr Schauspiel egal, er empfand nichts als Gleichgültigkeit. »Das Unternehmen, für das ich gearbeitet habe, hat kleinere Firmen, Geschäfte und Betriebe aufgekauft. Ich habe die Bilanzen geprüft, die kritischen Punkte und Schwachstellen aufgespürt, etwa die Bereiche, die Verlust machten. Und dann habe ich eingegriffen.«

»Was ist daran so schlimm?«

»Ich habe unzählige Menschen entlassen, ihnen die Existenz geraubt.« Seine Stimme war nur noch ein Flüstern.

Angelica überlief ein Schauer. Sie waren seelenverwandt, damals wie heute. Als Kinder und auch später, als sie verliebte Blicke und zärtliche Gesten ausgetauscht hatten, hatten sie die Welt gleich betrachtet, die gleichen Geräusche gehört, die gleichen Gefühle gehabt. Das hatte sie unverbrüchlich miteinander verbunden.

Sie spürte Nicolas Verzweiflung, ganz nah, ganz tief. Nun wusste sie mehr von ihm als je zuvor.

»Und dann?«

Nicola zuckte zusammen, die Frage überraschte ihn. »Einmal hat mich eine Frau gebeten, es mir noch mal zu überlegen, sie hat mich regelrecht angefleht. Ihr Mann hatte sie verlassen, und sie hatte kein anderes Einkommen, nur einen minimalen Unterhalt. Sie hatte zwei Kinder, aber wir wollten auf sie verzichten ... Das Unternehmen brauchte sie nicht mehr. Ihre Fähigkeiten waren nicht mehr gefragt, sie hatte eine dieser überflüssigen Stellen inne, die nur Geld kosten und die Bilanz belasten.« Seine Miene wirkte wie versteinert. »Zuerst Kurzarbeit, dann Kündigung und Entlassung. Ich habe ihr einen anderen Arbeitsplatz vermittelt, doch sie wollte mir nicht mal zuhören. Sie hat vor meinen Augen versucht, sich das Leben zu nehmen.«

Angelica hielt die Luft an. Sie musste sich zwingen, Nicola nicht zu berühren. Sie wusste, dass er das jetzt nicht ertragen hätte. Er wollte nicht ihren Trost, er wollte ihre Verachtung.

»Du hast ihr einen anderen Job verschafft?«

»Das war das mindeste, was ich tun konnte. Sie war allein und hatte zwei Kinder zu versorgen.«

Das Gefühl, das sie überkam, war ganz leicht, wie jenes, das sie bereits in sich trug. Als Nicola sie ansah und ihr Urteil erwartete, zog sie die Augenbrauen hoch. »Glaubst du etwa, ich würde dich jetzt verachten und schockiert weglaufen?« Sie schüttelte den Kopf. »Dann müsste ich mich ja selbst verachten.«

»Hast du mir überhaupt zugehört? Wegen mir hat eine Frau versucht sich umzubringen.«

»Deshalb hast du alles stehen und liegen lassen und bist nach Sardinien zurückgekehrt?«

Er antwortete nicht gleich, sondern blickte suchend in

den dunklen Nachthimmel, als ob er dort die Antwort finden könnte. »Nein, sondern weil ich begriffen hatte, dass ich genau das schon immer tun wollte.« Er lachte, ein schrilles freudloses Lachen. Dann fuhr er sich über die Augen. »Ich hatte Macht, Prestige, ich habe Entscheidungen getroffen, hatte alles unter Kontrolle. Genau wie mein Vater, genau wie Claudio. Ich hatte ihr Verhalten übernommen.«

»Und dann?«

»Und dann habe ich die Wahrheit erkannt, und die hat mir nicht gefallen. Die Menschen hatten Angst vor mir, verstehst du?«

Sie schwiegen, was die Geräusche des Waldes um sie herum ohrenbetäubend laut erscheinen ließ.

Dann fuhr er fort: »Ich habe begonnen, alles und jeden zu hassen. Jeden Blick, jedes Kompliment. Ich habe mich sogar selbst gehasst. Es war schrecklich.«

Die Tiere kamen aus ihren Verstecken, ein Hase hoppelte ganz in der Nähe vorbei.

»Jaja hat immer gesagt, dass nur derjenige, der nichts tut, keine Fehler macht. Und dass derjenige, der andere deswegen verurteilt, es gerade nötig hat. Zu welcher Gruppe gehörst du?«

Nicola brauchte eine Weile, bevor er antwortete. »Margherita war eine sehr kluge Frau.« Er stand auf und lief in Richtung Wald.

Es war vorbei. Angelica wusste, dass der magische Moment vorüber war. Sie folgte ihm. Schweigend gingen sie nebeneinander den Hügel hinunter. Am Steg angekommen, sah Angelica die *Maestrale* nahe der Mole vor Anker liegen.

»Schläfst du immer noch auf dem Schiff?«

»Ich renoviere gerade unseren Gutshof.«

»Du hast also entschieden, wie es weitergehen soll?«

Nicola drehte den Kopf nach rechts und links, um seine verspannten Muskeln zu lockern. »Ja, ich bleibe in Abbadulche.«

Sie ärgerte sich über die Art, wie er das sagte, und erwiderte schmallippig: »Heißt das, dein Bruder verfolgt das Projekt mit dem Feriendorf weiter?«

»Er hat seinen eigenen Kopf.«

Es war, als habe sich plötzlich eine Mauer zwischen ihnen aufgebaut. »Er macht einen großen Fehler.«

Nicola antwortete nicht gleich. Langsam kam er näher, und als er vor ihr stand, verharrte er. »Nicht jeder kann die Dinge so sehen wie du. Du warst schon immer etwas Besonderes.« Mit den Fingerspitzen zeichnete er die Konturen ihres Gesichts nach. Dann ließ er die Hand sinken.

»Ich muss gehen«, sagte sie.

»Klar.«

Er blickte ihr nach, während sie, in ihre Wut und ihren Stolz verstrickt, den Weg zum Haus emporstieg. Dann ging er an Bord.

28.

Brombeerhonig (Rubus spp.)
Kraftvoll und energetisierend. Er riecht intensiv nach Blüten und Früchten, vor allem nach Geißblatt und frisch erblühten Rosen. Gilt als Honig der Reflexion, fördert die Meditation und öffnet die Türen zu emotionaler Erkenntnis. Er ist bernsteinfarben, kristallisiert schnell und grob.

Alles war bereit. In den vergangenen Tagen hatte Maria die Backstube gründlich geputzt, während Silvia den Sauerteig angesetzt und alle Zutaten vorbeigebracht hatte. Gigliola und Pina hatten hübsch verzierte Vasen getöpfert, um sie den Frauen aus Abbadulche zu schenken, als kleine Geste dafür, dass sie die alte Tradition des Brotbackens wieder aufleben ließen.

Für die Dauer des Festes zu Ehren des Schutzpatrons würden sie ihre Türen und Tore öffnen und den Touristen die alten Handwerkstraditionen der Insel vorführen. Das ganze Haus war geschmückt. Alles blinkte und blitzte. Tischdecken, Vorhänge und Teppiche, die in jahrelanger Arbeit gewebt worden waren, waren frisch gewaschen und gelüftet, die Möbel auf Hochglanz poliert worden.

In den letzten Tagen waren mehr Kunden gekommen als üblich, alle wollten Honig kaufen, die neue Ernte. Angelica war überglücklich. Wenn das Geschäft so weiterlief, waren die Vorräte bald aufgebraucht, und Sofia würde leider leer ausgehen. Die beliebtesten Sorten waren der Affodill- und der Distelhonig. Sofia hatte Margheritas Tipps auf die Etiketten drucken lassen, was zur Folge hatte, dass die Kunden beim nächsten Einkauf nach dem Honig der Kindheit, dem Honig der Reinheit, dem Honig des Atems oder dem Honig der Kraft fragten.

Von Margheritas Vorräten waren nur noch wenige Gläser übrig. Einige hatte Angelica für einen Wettbewerb eingeschickt, die letzten beiden wollte sie Nicola schenken. Beim Gedanken an ihn krampfte sich ihr Herz zusammen. Seit Tagen hatte sie ihn nicht gesehen, obwohl sie seit dem gemeinsamen Abend am Wald jeden Morgen am Strand gewesen war. Er war nicht mehr da, das Boot war weg.

»Bereit?«

Die Stimme ihrer Mutter klang wie früher, aber die knappen Befehle hatten einen sanften Unterton bekommen, den Angelica so nicht kannte. Maria hatte sich verändert. Waren es die langen Gespräche mit Memma, die ihr neuen Lebensmut gegeben hatten? Die beiden Frauen versuchten sich ständig gegenseitig zu überbieten, stritten über alles und jeden und waren trotzdem ein Herz und eine Seele. Angelica stand vor einem Rätsel. Jedes Mal wenn sie versuchte, schlichtend einzugreifen, wurde sie selbst zur Zielscheibe. Am besten, sie ließ den Dingen ihren Lauf.

»Ja.«

»Dann beeil dich, Memma hat schon den Ofen angeheizt. Bei ihrem Tempo kann es passieren, dass das Brot gebacken ist, bevor wir richtig in die Gänge kommen.«

Damit war sie auch schon durch die Tür, und Angelica

verdrehte prompt die Augen, aber sie lächelte dabei. Im Haus war jede Menge los. Nach langen Beratungen im Komitee, das sich spontan um Angelica, Sara, Alessandra und Silvia gebildet hatte, hatten sie beschlossen, das Erntedankfest in Margheritas Haus zu feiern.

Seit Tagen wechselten sie sich mit den anstehenden Arbeiten ab, eine kümmerte sich um das Brot, eine andere um das Gebäck. Pina war mit dem Garten beschäftigt und hatte ihre Pflanzkübel dekorativ neben dem Eingang platziert. Die Glyzine stand noch in voller Blüte, sie war bis zum Dach hinaufgewachsen, die verknoteten Zweige und dichten Blütentrauben schienen die Ziegel zu streicheln und die harten Linien weichzuzeichnen.

Angelica blieb vor der Tür stehen, eine Hand an den Pfosten gelehnt. Maria hatte die Haare mit einem Tuch nach hinten gebunden, sie trug eine weiße Schürze und knetete den Teig. Sie bearbeitete ihn mit den Fäusten, glättete ihn, faltete ihn zusammen und wendete ihn. Hin und wieder tauchte sie die Hände in eine Schüssel mit Wasser, um sich dann wieder dem Teig zu widmen. Sie arbeitete hochkonzentriert. Es war wie ein Dialog, jede Handlung ein Wort, jedes Streicheln ein liebevoller Satz. Der säuerliche Geruch des frischen Teigs vermischte sich mit dem harzigen Duft des Wacholderholzes, das im Ofen brannte. In Angelicas Kopf tauchten Erinnerungen auf, eine nach der anderen.

Jaja. Sie lächelte, sie sang, sie tauchte die Hände ins Mehl, um beim Backen zu helfen. Es waren noch andere Frauen in der Backstube, sie knieten rund um eine *pobina*, einen Terracottabacktrog, in dem das Mehl mit Wasser, Salz und dem Sauerteig verknetet wurde.

»Na los, probier's aus«, hatte Jaja sie ermutigt. Der

Raum war hell erleuchtet, die Luft war von einem ganz besonderen Duft und Holzfeuergeruch erfüllt.

Angelica wusste, dass es die Hefe war. Das Aroma weckte Erinnerungen und Gefühle, die sie damals empfunden hatte.

Jaja buk jede Woche Brot, und oft kamen andere Frauen aus dem Dorf dazu, um ihr zu helfen oder um ihr dabei zuzusehen und von ihr zu lernen. Die Bäcker aus der Umgebung lieferten täglich frisches Brot nach Abbadulche, aber das war etwas ganz anderes. Es hatte nicht den gleichen Geruch, nicht den unnachahmlichen Geschmack, vor allem aber trug es nicht die Geheimnisse und Träume der Frauen in sich. Jajas Brot war etwas Besonderes und schenkte jedem ein Lächeln. Wenn die Frauen nach Hause gingen, waren sie immer ein bisschen glücklicher als vorher, sie hatten Erfahrungen ausgetauscht und voneinander gelernt. Ihre Sorgen waren ein wenig kleiner, ihre Hoffnungen ein wenig größer geworden.

»Ich kann es auch«, sagte Angelica. »Ich kann's.«

Ihre Mutter lächelte. »Zeig mal.«

Angelica ging zu ihr, tauchte die Hände ins Wasser und begann, den Teig zu kneten. Die in ihr schlummernden Erinnerungen erwachten. Memma nahm Marias Platz an ihrer Seite ein, die Augen wachsam auf den Teig gerichtet. Bald würde auch sie einen anderen Platz einnehmen, so wollte es die Tradition. Eine Frau, eine andere Frau, Seite an Seite. Silvia prüfte die Hitze im Ofen und stellte dann die kunstvoll aus Binsen geflochtenen, mit rotem Samt ausgekleideten Teigkörbe in einer Reihe auf die handgewebten Leintücher auf dem Boden. Alles geschah mit besonderem Respekt, als wäre es eine heilige Handlung.

Alessandra kam herein. »Mmh, wie das duftet!«

»*E du creo* – das glaube ich gerne.«

Memmas Worte brachten Angelica zum Lachen. Es gab keinen besonderen Grund, aber wenn man glücklich und zufrieden ist, finden sich immer Anlässe, um zu lachen.

»Angelica, hier fragt jemand nach dir.«

»Ich komme sofort.« Wer könnte das sein?, überlegte sie, während sie sich am Waschbecken die Hände säuberte. Dann zog sie die Schürze aus und ging ins Wohnzimmer.

Die kleine Anna lief ihr entgegen.

»Mein Schatz!« Sie breitete die Arme aus und umarmte das Mädchen herzlich. »Wie geht es dir? Was für ein schönes Kleid!«

Anna lächelte und trat einen Schritt zurück, um ihre roten Sandalen zu präsentieren.

»Wir sind gekommen, um uns zu verabschieden.« Giuseppe stand in der Tür. Sein Gesichtsausdruck war entspannter als sonst, der Blick klar.

»Ihr fahrt weg?« Angelica umklammerte Annas Hand.

»Ich habe einen Arzt gefunden.«

»Oh, wie schön.« Angelica nickte. »Was ich dir über das Haus und alles andere gesagt habe, war ernst gemeint.« Sie wusste nicht, woher sie diese Sicherheit nahm, doch sie spürte, dass es die richtige Entscheidung war. »Warte, ich hab da noch was für dich«, fügte sie leise hinzu.

Sie ging in Margheritas Zimmer am Ende des Flurs, öffnete die oberste Schublade der Kommode und nahm die Schachtel heraus, in der sie Jajas Schmuck, das Geld, das sie mit dem Honig verdient hatte, und ihr Scheckheft aufbewahrte. Inzwischen hatte sie sich einen Überblick über ihre finanzielle Situation verschafft. Den auf Giuseppes Namen ausgestellten Barscheck hatte sie schon vor einer ganzen Weile vorbereitet. Sie riss ihn heraus, überprüfte ihn noch mal und ging dann ins Wohnzimmer zurück.

»Hier«, sagte sie und hielt ihrem Cousin den Scheck hin.

Giuseppe zog die Augenbrauen hoch. Angelica glaubte Margherita vor sich zu sehen, sie hatte den gleichen Gesichtsausdruck, wenn sie etwas nicht verstand.

Sie lächelte. »Nimm.«

Giuseppe streckte die Hand aus, öffnete den Mund und schloss ihn wieder. Einen Moment später gab er ihr den Scheck zurück. »Das kann ich nicht annehmen.«

»Warum denn nicht? Ich bitte dich, nimm ihn.«

»Ich löse meine Probleme selbst.« Er wurde verlegen, beugte sich zu Anna hinunter und fuhr ihr übers Haar. »Ich komme wieder. Wer weiß, vielleicht mache ich dir dann ein Angebot. Ich würde gerne mit den Bienen arbeiten. Außerdem habe ich schon eine Mitarbeiterin, nicht wahr, *ninnia*?«

Als Angelica den Kosenamen hörte, schlug ihr Herz sofort schneller. »So hat Margherita mich immer genannt.«

Giuseppe lächelte und sagte: »Ich muss los, der Weg ist weit, und unser Flug geht heute Abend.«

»Ich bringe euch noch raus.«

Am Tor blieb Giuseppe stehen. Anna saß schon hinten im Auto. Er blickte aufs Meer, dann zu Angelica. »Vertrau den Grimaldis nicht.«

Ein unangenehmes Gefühl breitete sich in ihrer Magengegend aus. »Warum? Weißt du mehr als ich?«

»Glaub mir einfach, vertrau ihnen nicht. Dieses Feriendorf wird trotzdem gebaut. Es gibt neue Geldgeber, wichtige Leute.« Damit stieg er ins Auto. Bevor er losfuhr, suchte er noch mal ihren Blick. »Ich hätte dich gerne unter anderen Umständen kennengelernt. Ich schäme mich für das, was ich gemacht habe, es tut mir sehr leid.«

Er ließ ihr keine Zeit zu antworten, sondern zog die Tür zu und fuhr davon.

Sie sah ihm nach, ihr Herz raste. »Was zum Teufel geht da vor sich?«, murmelte sie, ging zum Haus zurück und setzte sich auf die Treppenstufen.

Dort fand Maria sie. Nach einem kurzen Blick wusste sie, dass etwas nicht stimmte. »Was ist passiert?« Sie setzte sich neben ihre Tochter.

»Giuseppe Fenu... Er hat mich vor den Grimaldis gewarnt.«

»Sie haben aufgegeben und dich in Ruhe gelassen. Das Erbe ist amtlich beurkundet. Endgültig. Mach dir keine Sorgen, wo keine Probleme sind.«

Angelica stand auf. »Ich hatte aber schon den Eindruck, dass es da noch etwas anderes gibt, das mir nicht gefallen wird.«

»Mein liebes Kind, das Leben steckt voller Schwierigkeiten. Denk nicht auch noch über die nach, die es gar nicht gibt. Lebe im Hier und Jetzt, in diesem Moment, der so schnell vergeht. Wenn du ihn nicht bewusst wahrnimmst, sondern an etwas anderes denkst, kommt er nicht wieder.«

Die Worte ihrer Mutter waren so überzeugend, dass Angelica in ein befreiendes Lachen ausbrach. Sie ging in die Backstube zurück, wo die Frauen rund um den Tisch zusammensaßen. Die warme Luft war dampfig, von den abgedeckten Körben stieg der Duft nach frisch gebackenem Brot auf, darunter mischte sich das Teigaroma. Sie befolgte den Ratschlag ihrer Mutter und kostete diesen Moment aus, trotz allem, denn er war es wert, genossen zu werden. Sie wollte ihn nicht verlieren.

Als Angelica weiterarbeitete, dachte sie dabei an Anna, ihr glückliches Lächeln, an die kleine Hand, die sie voller Vertrauen in die Hand des Vaters gelegt hatte. Das Mädchen hatte sich verändert, genau wie Giuseppe.

Wie sie selbst, Nicola und Maria ...

Abbadulche hatte sie alle verändert.

29.

Korianderhonig (Apiaceae)
Intensiver Geruch nach Blüten und exotischen Früchten,
mit Kokosnuss-, Zitrus- und Gewürznoten. Gilt als Honig
der Großzügigkeit, fördert die Freude am Teilen. Er ist hell
und kristallisiert fein.

Angelica hatte Margheritas Haus noch nie so voller Leben
erlebt, so voller Menschen, die neugierig von Raum zu
Raum schlenderten. Sie nahm sich Zeit, die überraschten
Gesichter der Besucher zu betrachten, denen auf diese Weise
bewusst wurde, wie das Leben in Sardinien in einer nicht
allzu fernen Vergangenheit ausgesehen haben musste.

Anlässlich des Festes hatten einige Bauern aus der Nach-
barschaft einen Esel, mehrere Pferde und Ziegen in Margheritas Ställe gebracht.

Besonders fasziniert waren die Besucher von der raffi-
nierten Schlichtheit der mit aufgeschichteten Heugarben
kombinierten Blumenarrangements. Pinas Kreativität und
ihr Händchen für Extravaganz hatten den Garten in eine
farbenfrohe, verführerisch duftende Wunderwelt verwandelt.

Angelica war nervös. Nach einigem Zögern hatte Sofia
sich entschlossen, ein paar Tage bei ihr zu verbringen.

Ihre Freundin müsste jeden Moment eintreffen. Angelica konnte es kaum erwarten, ihr von dem Baum und den goldenen Bienen zu erzählen. Bisher hatte sie noch niemanden eingeweiht. Außer Nicola wusste kein anderer von der Existenz des Felsendorfs und dem jahrtausendealten Olivenbaum, der den kostbaren Honig lieferte. Sie hatte noch keine Zeit gehabt, dorthin zurückzukehren und den Honig zu ernten. Sie wollte es gemeinsam mit Sofia tun. Ihre Freundin war eine Expertin, sie würde ihr helfen, die Frage zu klären, von welchen Blüten dieser außergewöhnliche Honig stammte.

Der Honig der Träume und des Glücks. Sie ließ das Haus hinter sich und ging auf die Bienenstöcke zu. Gemeinsam mit den anderen Frauen hatte sie den Weg mit bunten Girlanden geschmückt, damit die Besucher sich nicht verliefen.

Nicola hatte sie auf die Idee gebracht, ein Zelt aus Moskitonetzen zu errichten, durch die man ihr bei der Arbeit mit den Bienen zusehen konnte.

Sie war gerade dabei zu prüfen, ob alles in Ordnung war, als sie Marias Stimme hörte.

»Schau mal, Angelica. Das hier ist gerade gekommen.«

»Was ist das?«

Ihre Mutter hielt ihr einen Zettel entgegen. »Ich habe meine Brille nicht dabei, aber ich denke, es hat etwas mit der Gemeinde zu tun. Alle haben es bekommen.«

Angelica begann zu lesen.

Der Bürgermeister von Abbadulche teilt mit, dass am 20. Juni eine Bürgerversammlung stattfinden wird …

Sie hielt inne. Das war unmöglich. Hektisch begann sie noch einmal von vorne, dann knüllte sie den Zettel zusammen. Kreidebleich im Gesicht stand sie da, ihre Hände zitterten, und sie konnte ihre Wut kaum bändigen. »Ich brauche einen Moment Ruhe, geht das?«

Maria stemmte die Hände in die Hüften. »Du bist nicht allein, das solltest du inzwischen wissen. Du kommst jetzt mit, wir gehen wieder rein, und du setzt dich hin, bevor du mir umkippst. Du bist ja leichenblass. Wir stehen das zusammen durch. Hast du etwa immer noch nichts begriffen?«

Angelica verlor die Geduld. »Mamma, das ist eine Riesensauerei. Die Grimaldis haben nicht aufgegeben. Jetzt wollen sie das Feriendorf im Wald bauen! Dieser Mann zerstört alles, was Margherita mit Liebe und Fleiß aufgebaut hat. Die Bienen, die saubere Umwelt, unsere Traditionen.«

Maria zuckte mit den Schultern. »Komm rein. Glaubst du, dass Familie und Freundinnen nur dazu da sind, die schönen Dinge miteinander zu teilen?«

»Und dann? Was, wenn ich vor den anderen in Tränen ausbreche? Was bringt das? Wenn ich Widerstand leiste oder mich offenbare, verschwindet dann mein Schmerz? Fühle ich mich dann besser?«

Maria biss sich auf die Lippen. »Du hast zwar deinen Campingbus im Schuppen abgestellt, mein Kind, aber deine Seele wohnt immer noch darin, jederzeit bereit zur Flucht.« Sie schüttelte den Kopf und ging zum Haus. Unvermittelt drehte sie sich noch einmal um. »Geteilte Freude ist doppelte Freude. Mit Schmerz und Leid ist es genauso. Werd endlich erwachsen, Angelica, in manchen Dingen bist du noch ein Kind. Du bist eine Bienenexpertin, wie oft habe ich gedacht, dass du sogar in deiner Seele eine Biene sitzen hast. Die Philosophie eines Bienenstocks hast du dagegen noch immer nicht begriffen. Dort lebt man zusammen und teilt. Zum Wohle aller.«

Die Worte brannten in ihr, während sie ihrer Mutter folgte. Angelica spürte ihre elementare Bedeutung. Als sie ins Haus kamen, stellte sich Memma neben Maria, Angelica ging auf sie zu.

»Ist alles bereit?«

»Ja. Aber was ist das für eine Geschichte mit der Gemeinde?«

Angelica warf ihrer Mutter einen Blick zu.

Memma bemerkte ihn und zog sie am Ärmel ihrer Bluse. »Also?«

»Keine Ahnung.«

»Was soll das? Du weißt es und dann doch wieder nicht?« Die alte Frau war verärgert. Ihr Rock schleifte über den Boden.

Kurz schloss Angelica die Augen, ehe sie erwiderte: »Die Grimaldis geben nicht auf. Dieses Mal haben sie bei der Gemeinde angefragt, ob sie Land kaufen können, um das Touristendorf zu bauen. Der Bürgermeister ist wohl dazu bereit.« Sie bedeckte das Gesicht mit beiden Händen. »Ich weiß nicht, wie ich das verhindern soll.«

»Du selbst nicht, ein Anwalt vielleicht schon.«

»Vermutlich.«

Memma nickte. »Gib nicht auf, du wirst sehen, es wird sich alles finden.«

»Gewiss doch.«

Die Alte ignorierte Angelicas sarkastischen Ton und holte einen Brief aus ihrer riesigen Rocktasche. »Den hier hat der Postbote gestern gebracht. Ich habe ihn entgegengenommen, weil du nicht da warst.« Sie setzte ihre Brille auf, und nachdem sie einen Blick auf den Absender geworfen hatte, reichte sie ihn Maria. »Mach du ihn auf, du bist ihre Mutter.«

»Na klar, damit die Privatsphäre gewahrt bleibt«, spottete Angelica.

»Genau.« Memmas Stimme klang ernst, dann warf sie Maria einen auffordernden Blick zu, die den Umschlag daraufhin mit einem Messer öffnete.

»Du hast gewonnen!«

»Was?«

Sara, die sie die ganze Zeit stumm beobachtet hatte, sprang auf und rannte auf sie zu. »Darf ich?« Ohne Marias Antwort abzuwarten, riss sie ihr den Brief aus den Händen und ließ kurze Zeit später einen Schrei los. »Du hast gewonnen! Du hast den *Tre gocce d'oro* gewonnen!«

»Den Wettbewerb?«

»Ja, schau. Hier steht es. Sehr geehrte Frau... Honig aus Abbadulche. *Tre gocce d'oro*. Blüten- und Affodillhonig. Alle beide! Gleich zwei Prämierungen! Juchhe! Angelicas Honig ist ausgezeichnet worden!«

»Zeig her!«

Alle Frauen des Komitees wollten einen Blick auf den Brief werden. Freude und Mitgefühl hatten die Traurigkeit verdrängt. Alle redeten wild durcheinander, ihre Begeisterung vereinte sich mit dem wiedergefundenen Optimismus, und sie schöpften neuen Mut. Es ging voran.

Endlich verstand Angelica, was Maria ihr zuvor hatte sagen wollen. Auf einmal war die lähmende Angst, die sie ergriffen hatte, als sie erfuhr, um welches Projekt es in der Bürgerversammlung gehen sollte, weit weniger schlimm.

»Da bin ich.«

Wie auf Kommando drehten sich alle um. Eine Frau mit langen schwarzen Haaren war in der Tür aufgetaucht.

»Ciao, Fremde.«

Angelica eilte ihr entgegen und umarmte sie. »Endlich!«

»Wie geht es dir, meine Süße?«

Sie konnte nicht antworten, sie war so gerührt, dass sie in Tränen ausgebrochen wäre. Nachdem sie ein paarmal geschluckt hatte, wandte sie sich an die anderen Frauen im Raum. »Das ist meine Freundin Sofia.«

Sofia nickte in die Runde und ging dann auf Maria zu, die ihr die Hand entgegenstreckte.

»Komm her, Sofia. Setz dich neben mich. Wisst ihr eigentlich, dass diese Frau alle Geheimnisse des Honigs kennt?«

»Geheimnisse? Hat Honig denn Geheimnisse?«

»Ich würde eher sagen, er hat geheime Kräfte.«

Saras Blick hellte sich auf. »Was meinst du damit?«

»Der Honig dringt bis in die Seele der Menschen und erfüllt sie mit Freude. Aber das ist nur ein Beispiel für seine Kraft. Er ist ein Konzentrat aus Wünschen und Gefühlen.«

Während die anderen Sofia aufmerksam zuhörten, stand Angelica auf und verließ den Raum. In Gedanken versunken, ging sie hinunter zum Meer, Lorenzo an ihrer Seite. Am Strand angekommen, starrte sie auf den leeren Steg. Auch heute war Nicola nicht zurückgekehrt. Sie neigte den Kopf und fragte sich, ob er wohl zur Bürgerversammlung kommen würde.

Plötzlich zerstoben ihre Gedanken in tausend glitzernde Splitter, all ihre Hoffnungen, ihre Träume verblassten. Die Angst schnürte ihr die Kehle zu, heiße Tränen der Wut brannten ihr in den Augen.

Der Baum der goldenen Bienen im Herzen des Waldes,

die Quelle, das verlassene Dorf – alles gehörte der Gemeinde. Ein Schauer überlief sie.

Sie war die Honigtochter. Sie würde nicht zulassen, dass dem Baum etwas geschah. Oder den Bienen.

30.

Apfelhonig (Malus domestica)
Gilt als Honig der Weisheit und der Urteilsfähigkeit. Er hilft,
sich selbst zu finden. Goldgelb, kristallisiert sehr fein.

Ein vermögender Bürger aus Abbadulche hatte der Gemeinde das Grundstück für das Bürgerhaus vermacht. Es
sollte fast zehn Jahre dauern, bis der Bau fertig gestellt und
eingeweiht war, die Gemeinde hatte sich finanziell weit aus
dem Fenster lehnen müssen. Es war ein funktionales Gebäude, bei dem es gelungen war, Tradition und Moderne
harmonisch zu verbinden. Auf Reminiszenzen an die Vergangenheit hatte der Bürgermeister nicht verzichten wollen,
davon zeugten die Rundbögen, Backsteine, Säulen und ein
weitläufiges Atrium. Dort konnten die alten Leute im Schatten sitzen und sich an einem Brunnen erfrischen, vor allem
an jenen Tagen, wenn der heiße Wind selbst die Augen aus-
trocknete.

Der Platz vor dem Bürgerhaus war zum zentralen Ort
der Kommunikation geworden, hier wurde diskutiert, ge-
lästert, geplaudert. So war es auch an diesem Abend, als
Angelica das Gebäude betrat. Die herumsitzenden älteren
Herrschaften tuschelten miteinander und gaben ihre Kom-
mentare ab. Nicht laut natürlich, das gehörte sich nicht.

Angelica ignorierte die Männer, Maria hingegen blieb bei einigen stehen und fixierte sie mit ihren dunklen Augen. Es gefiel ihr, dass sie erkannt wurde, sie genoss jedes Erzittern der früher so starken Schultern, jedes Seufzen, jedes Zusammenzucken. Altern war eine Gabe Gottes, es traf alle gleich, verschonte niemanden, und das verschaffte ihr Genugtuung.

»Komm, Mamma, wir gehen rein.«

Der Saal, in dem die Bürgerversammlung abgehalten werden sollte, lag im zweiten Stock. Während sie die Treppenstufen hochstiegen, wurden sie hin und wieder gegrüßt und grüßten freundlich zurück.

»Hier ist es.« Maria zeigte auf eine offene Tür.

Angelica atmete tief durch und lächelte. »Gehen wir rein.«

Sie waren etwas zu früh dran, aber der Saal war bereits gut besetzt. Auf der Türschwelle kam ihr Optimismus ins Wanken. Neben dem Bürgermeister ragte Claudio Grimaldi mit seinen eins neunzig empor. Die beiden Männer unterhielten sich locker und beiläufig, als würde sie das alles nichts angehen. In dieser Hinsicht war Claudio das genaue Gegenteil von Nicola. Obwohl sich die Brüder sehr ähnlich sahen, fehlte Claudio der Blick die Tiefe, das souveräne Lächeln. Auch Notar Ruina war zugegen. Er saß an einem Tisch, vor ihm ein Modell des geplanten Touristendorfes.

Einer nach dem anderen gingen die Leute achtlos daran vorbei, während Angelica vor Wut schäumte. Am liebsten hätte sie alles aus dem Fenster geworfen.

Maria drückte ihre Hand und schob sie sanft voran. »Am besten, wir setzen uns.«

»Ah, willkommen«, begrüßte sie der Bürgermeister aufgeräumt, als sie näher kamen. »Und Sie sind…?«, fragte er und streckte ihnen die Hand entgegen.

»Ich bin Angelica Senes, und das ist meine Mutter Maria Florinas.«

Das Lächeln des Bürgermeisters erstarrte. »Ah... natürlich. Die Erbin von Margherita Senes.«

Maria blies die Wangen auf. »Wie darf ich das denn bitte verstehen?«

Der Mann schüttelte rasch den Kopf, um die Wogen zu glätten. »Alles in Ordnung, das ist mir nur so rausgerutscht.«

»Gut, nachdem wir uns bekannt gemacht haben, können Sie zu Ihren Freunden zurückgehen. Wir setzen uns hierher.« Maria blickte sich um. »Da drüben sind Sara und Alessandra.« Die beiden Freundinnen saßen in einer Gruppe Frauen verschiedenen Alters.

Einige grüßten Angelica und ihre Mutter, andere musterten sie neugierig. Sie alle kannten Mutter und Tochter, entweder persönlich oder vom Hörensagen. Die Frauen von Abbadulche schätzten ihre Ideen und das, was die Kooperative »Il filo d'oro« bereits erreicht hatte. Angelica war die treibende Kraft der Initiative, sie hatte das Projekt ins Leben gerufen und gab die Richtung vor.

»Ah, da seid ihr ja. Herrje, hätten die das nicht im ersten Stock machen können?« Memmas Stimme hallte durch den Raum. Dann wandte sie sich an den Bürgermeister. »Was passiert mit den Grundstücken, die die Gemeinde an die Grimaldis abtritt? Was glaubst du, was die damit vorhaben? Tomaten pflanzen vielleicht?«, legte sie los, obwohl die Veranstaltung noch gar nicht begonnen hatte.

Der Bürgermeister lockerte den Knoten seiner Krawatte. »Nein, nein. Es ist alles zum Wohle der Gemeinde, Memma. Glaub mir, es dient einer guten Sache.«

»Wie soll diese Wohltat denn aussehen?« Sie kam ihm ganz nah, als wollte sie ihn mit Blicken durchbohren. »Ihr wollt doch nicht etwa den Wald abholzen, oder? Das könnt ihr euch gleich aus dem Kopf schlagen. Und ans Meer kommt das Ding auch nicht. Auf der Insel gibt's für so was keinen Platz, das seht ihr doch selbst.«

»Sie sind…?« Der Notar hatte sich von seinem Platz erhoben. Falls er gedacht hatte, dass er damit jemanden einschüchtern könnte, hatte er sich getäuscht.

Eine attraktive Frau um die vierzig stellte sich neben Memma. Sie hatte zwar keine Falten im Gesicht, und ihre Haare waren auch nicht grau, aber ihr Gesichtsausdruck war ebenso entschieden. »Ich bin die Nichte der Dame, mein Name ist Giulia Angioi. Ich bin die Anwältin der Kooperative ›*Il filo d'oro*‹ hier in Abbadulche. Haben Sie mein Fax nicht bekommen, Herr Bürgermeister?«

Angelica hatte noch immer Claudio im Blick, ihr Zorn war noch nicht verraucht. Hinter ihr füllten sich die Reihen. Sie entdeckte Silvia, die mit ihrer Mutter und ihren beiden Schwestern gekommen war, und winkte sie neben sich. Als sie Pina und Gigliola hereinkommen sah, fehlten ihr die Worte. Die beiden hielten sich an der Hand, sie wirkten verängstigt und verwirrt. Sofia begleitete die beiden. Angelica ging zu ihnen, von Rührung überwältigt. Sie alle waren gekommen, um Margheritas Erbe zu verteidigen.

Der Bürgermeister räusperte sich. »Wir wollen dann allmählich anfangen, bitte nehmen Sie doch Platz.« Mit so viel Interesse hatte er nicht gerechnet, er war sichtlich unruhig. Die Mienen der Frauen verhießen nichts Gutes. Er löste den obersten Knopf seines Hemdes.

Giulia Angioi zog einen Ordner aus ihrer Tasche und entnahm ihm einige Dokumente. Der Saal war brechend voll, der Gemeindediener musste weitere Stühle aufstellen, damit auch die nach wie vor hereinströmenden Bürger Platz fanden. Etwa zehn Minuten später eröffnete der Bürgermeister mit den üblichen Floskeln die Versammlung.

»Wie einige von Ihnen bereits gehört haben, hat die Firma Grimaldi Costruzioni einen Plan für ein Touristendorf eingereicht. Ein Projekt, das unserer Gemeinde Wohlstand, Arbeitsplätze und Zukunftsperspektiven verschaffen wird ... «

»Na klar!« Ein Zwischenruf aus dem Saal.

»Meine Damen, ich bitte Sie. Wenn ich nicht einmal den Anlass dieser Versammlung ungestört erläutern kann, was machen wir dann hier?«

»Das frage ich mich auch. Was machen wir eigentlich hier? Der junge Grimaldi treibt es diesmal zu weit, ihm geht's doch nur um Profit. Vielleicht hat er es ja vergessen, aber nicht mal sein Vater hat hier gebaut. Abbadulche muss so bleiben, wie es ist.« Memma, die aufgestanden war, unterstrich ihre Worte mit erhobenem Zeigefinger.

Ein Beifallssturm brandete auf. Memma reckte sich und setzte sich dann wieder.

»Die Prüfung des Umweltamtes hat keine Beanstandungen ergeben. Alles wird im Rahmen der gesetzlichen Bestimmungen errichtet. Sie wissen selbst, wie streng die Auflagen der Behörden sind.«

»Es wird gebaut? Wer hat das denn beschlossen?«

»Signorina Senes, hören Sie doch bitte mit diesen Feindseligkeiten auf. Ich habe Ihnen bereits gesagt, dass Ihre Aggressivität und Halsstarrigkeit zu nichts führen.«

»Aggressivität?« Memma stand wieder auf. »Soll ich dir

zeigen, was eine aggressive Frau ist?« Die Drohung in ihrer Stimme war unmissverständlich.

Aus dem Hintergrund waren Zwischenrufe und Gelächter zu hören.

»Würden Sie Ihrer Tante bitte sagen, sie möge sich nicht so aufregen?«, schaltete sich Notar Ruina ein.

Giulia Angioi wandte sich zu ihm um. »Die Dame hat lediglich eine Frage gestellt. Beruhigen Sie sich, Herr Kollege.«

»Ich war gerade dabei auszuführen, dass dieses Projekt rund dreihundert neue Arbeitsplätze bringen wird. Das bedeutet mehr Geld und mehr Wohlstand, genau das, was uns derzeit hier fehlt. Den Expansionsmöglichkeiten sind keine Grenzen gesetzt. Das Tüpfelchen auf dem i wird der Achtzehn-Loch-Golfplatz. Abbadulche ist dafür ideal, das Gelände erfüllt die internationalen Standards. Man muss nur die Hügel leicht anpassen, das Gestrüpp roden und Rasenflächen anlegen. Wir haben bereits einige Grassorten getestet, die nicht viel Wasser brauchen, nicht mehr jedenfalls als die heimische Vegetation«, setzte der Bürgermeister seine Ausführungen fort.

»Das Gestrüpp heißt Macchia und liefert im Gegensatz zu Ihrem Rasen Nahrung für die Bienen, hilft bei der Luftzirkulation und ist obendrein nützlich für Natur und Umwelt. Sie dagegen brauchen Insektizide und Unkrautvernichter, und diese giftigen Substanzen gelangen dann ins Grundwasser«, entgegnete Angelica kühl.

»Setzen Sie sich doch bitte wieder. Solche Argumente sind hier fehl am Platz.«

»Nein. Das ist die Realität. Ist Ihnen die Tragweite des Projekts überhaupt bewusst? Was sollen die Leute aus

Abbadulche nach dem Ende der Bauarbeiten tun? Welche Arbeitsplätze werden ihnen angeboten?«

Der Bürgermeister erhob sich. »Eine ganze Palette, Zimmermädchen, Putzfrauen, Gärtner, Elektriker, Maurer.«

»Und wer wird ihnen vor die Nase gesetzt?«

»Fachleute natürlich.«

»*Ma bairindi!*« Memmas Stimme übertönte das Gemurmel im Saal, als sie ihn zum Teufel wünschte.

»Meine sehr geehrten Herrschaften, ich bitte Sie. Der Bürgermeister hat sich vielleicht etwas missverständlich ausgedrückt. Die Ortsansässigen werden natürlich bevorzugt behandelt«, versuchte Ruina zu beschwichtigen.

Angelica war außer sich vor Empörung. Warum diskutierten sie hier überhaupt noch? Das war doch alles eine Farce. Die Entscheidung war längst gefallen, wie sollten sie daran noch etwas ändern können? Sie hätte Zeit gebraucht, aber die hatte sie nicht. Die letzten Wochen war sie nicht zur Ruhe gekommen, es galt die Frauenkooperative zu strukturieren und die Imkerei professionell zu organisieren. Sie hatte Claudio Grimaldi unterschätzt, ein schwerer Fehler.

»Für das Feriendorf werden gewaltige Flächen benötigt.«

Die Stimme kam aus dem hinteren Teil des Saals. Angelica erkannte sie sofort, es war Nicola, der mitten im Publikum und nicht neben seinem Bruder saß. Er war nicht an Claudios Seite.

»Ja, mehrere Dutzend Hektar an den Hängen der Hügel. Das Dorf soll dort entstehen, mitten im Wald. Die Umweltbehörde hat nicht die geringsten Bedenken«, antwortete der Bürgermeister.

»Ihr seid verrückt! Das könnt ihr doch nicht machen!«

Mit vor Wut funkelnden Augen baute sich Angelica vor ihm auf. Auf dem Areal stand der Baum der Bienen, er würde die Bauarbeiten nicht überleben, und mit ihm würden alle Wildbienen sterben. Die Insel würde ihr Herz verlieren.

»Haben Sie nicht zugehört, das Projekt bringt Arbeit und Wohlstand!«

Sie ignorierte die Worte des Bürgermeisters und sah zu Claudio hinüber. Er wirkte selbstsicher wie eh und je, als wäre alles längst unter Dach und Fach. Giuseppe hatte recht gehabt mit seiner Warnung. Claudio Grimaldi war ein Mann ohne Skrupel. Er würde sich durch nichts und niemanden aufhalten lassen.

Angelica machte auf dem Absatz kehrt und rauschte aus dem Saal. Sie hatte gerade die Tür passiert, als hinter ihr ein Tumult losbrach. Aber sie musste hier raus, sie konnte nicht mehr. Wie lange war es her, dass sie sich so ohnmächtig gefühlt hatte? Sie ging schneller und begann schließlich zu rennen. Sofia eilte ihr hinterher. Nicola rief ihr nach, doch sie war schon zu weit weg. »Verdammt!«, fluchend kehrte er in den Saal zurück. Er würde später nach ihr suchen. Jetzt kam sein Auftritt.

Den Aktenordner fest umklammert, ging er auf die Bühne zu, wo der Bürgermeister und die Gemeinderatsmitglieder saßen. »Ihr könnt nicht im Wald bauen, auch nicht in der Nähe der Quelle. Es gibt eine Auflage der Denkmalschutzbehörde. Das gesamte Areal wurde zur archäologischen Stätte erklärt.«

»Was redest du denn da für einen Müll?« Claudio war aufgesprungen.

Nicola achtete nicht weiter auf ihn. »Hier sind die Fotos und der Bericht des zuständigen Archäologen der Denkmalschutzbehörde. Das gesamte Gebiet rund um Abbadulche wird untersucht, es besteht absolutes Bebauungsverbot.« Er betonte jedes einzelne Wort.

Der Versammlungssaal glich jetzt einem Pulverfass.

»Ruhe!«

Nachdem sich der Tumult gelegt hatte, ergriff Claudio das Wort. »Euer zufriedenes Lächeln wird euch bald vergehen. Spätestens dann, wenn eure Kinder die Heimat verlassen und ihr zusehen müsst, wie sie sich woanders etwas aufbauen, weit weg von euch. Diese Insel kann ihnen nämlich keine Zukunftsperspektiven bieten. Dann werdet ihr euch an mein Angebot erinnern. Denkt nach und handelt jetzt! Mit eurer Unterstützung werde ich Mittel und Wege finden, diese Farce zu beenden. Eine Auflage der Denkmalschutzbehörde bedeutet noch lange kein Bauverbot.«

Nicola war wenig beeindruckt. »Unsere Ressourcen sind die Natur, das Meer, die Berge. Und die Quelle. Wenn wir es schaffen, Abbadulche und seine Umgebung zu schützen und seine Ursprünglichkeit zu erhalten, dann haben wir sehr wohl eine Zukunft. Wir müssen nur die Infrastruktur verbessern, touristische Ideen entwickeln und das Marketing besser organisieren. Dann werden das ganze Jahr über Urlaubsgäste kommen, und das bedeutet Arbeit und Wohlstand.«

Nicola schaute in die Gesichter der Menschen, die er von Kindesbeinen an kannte, seine Mitbürger. Das gab ihm neue Kraft. Ein Adrenalinstoß durchflutete ihn, wie schon so oft in der Vergangenheit, wenn es darum gegangen war, Schwierigkeiten zu meistern. Das war das Geheimnis seines Erfolgs.

»Es ist nicht weiter schwer, denn auf der Insel gibt es bereits einige Ressourcen. Anselmo, du hast ein Reisebüro,

Rosa, du betreibst ein Restaurant. Angelica hat die Bienen und damit Honig und andere Produkte der Imkerei, Silvia hat die Bäckerei, Franco und Laura vermieten Zimmer...«

Detailliert erläuterte er das Gemeinschaftsprojekt, seine Idee, in Abbadulche eine Kooperative zu gründen. Natürlich wären dafür auch Kapital und eine Führungspersönlichkeit nötig, die alle Fäden in der Hand hielt. Die Anwesenden hörten fasziniert zu. Nachdem er seinen Vortrag beendet hatte, herrschte Totenstille im Saal.

Zwar war das alles noch graue Theorie, die praktische Umsetzung erschien jedoch machbar.

Claudio hatte sich von der Wand gelöst. Er hatte den Worten seines Bruders mit wachsender Wut zugehört, die jedoch schnell abebbte und sich zu seinem eigenen Erstaunen in Stolz verwandelte. Er verließ den Saal, der Notar folgte ihm, das Modell des Touristendorfs in den Händen.

31.

Bohnenkrauthonig (Satureja montana)
Riecht nach Regen, Pilzen und langen Spaziergängen über
Blumenwiesen in der ersten Frühlingssonne. Gilt als Honig
der Güte und der Milde und schenkt die Fähigkeit, verzeihen
zu können. Er ist von intensivem Goldgelb und kristallisiert
gleichmäßig.

Der Abend war lau. Angelica war bis nach Hause gerannt,
wo sie sich auf den Boden gesetzt und den Kopf zwischen
den Knien vergraben hatte.

»Darf ich mich zu dir gesellen?«

Sofia stand vor ihr, ein leichtes Lächeln auf den Lippen.
Angelicas erster Impuls war, aufzustehen und wegzugehen,
sie wollte alleine sein. Die Last des Scheiterns drückte ihr
die Luft ab und erfüllte sie mit Scham. Sie war nicht in der
Lage, die goldenen Bienen und ihren Lebensraum zu schützen. Sie hatte versagt. Wie sollte sie das Sofia erklären?

»Wenn du willst.«

»Zuerst einmal ist es nicht deine Schuld.«

»Wirklich?«

»Ganz bestimmt.«

»Ich kann nicht mehr, Sofia. Allmählich verstehe ich,
warum Menschen verrückte Dinge tun.«

»Wie meinst du das?«

Sie fuhr sich durch die Haare, die sie wieder offen trug. »Diese Ohnmacht. Das ist es. Du siehst keinen Ausweg, keine Alternative. Irgendwann tust du das, was du tun musst. Claudio Grimaldi lässt sich durch nichts aufhalten. Er hat nicht nur Geld, sondern auch einflussreiche Partner. Er wird meinen Traum zerstören. Hast du diese Insel gesehen? Sie ist wunderschön, ein Paradies. Hast du den Himmel gesehen? Die Luft geatmet? Ich kann das nicht zulassen. Ich muss ihn stoppen, egal wie.«

»Dieser Mann denkt nur an seinen Profit, das ist schon richtig, aber du benimmst dich, als wäre das alles deine Schuld. Warum?«

»Ich habe ihn unterschätzt, obwohl ich schon öfter ähnliche Typen erlebt habe. Ich war naiv. Und warum? Weil ich die ganze Zeit auf seinen Bruder fixiert war.«

»Seinen Bruder? Soso. Warum das? Das hast du mir ja gar nicht erzählt«, sagte sie überrascht. »Was ist zwischen euch gelaufen?«

»Nichts.« Angelica war müde, schrecklich müde.

Sofia gab ihr einen Moment Zeit, dann strich sie ihr aufmunternd über den Arm. »Du warst auf ihn fixiert? Auf einen Mann?« Sie hielt inne. »Bist du etwa verliebt?«

Wenn sie nicht so deprimiert gewesen wäre, hätte Angelica gelacht. »Verliebt, was heißt das schon.«

»Verliebt, Angelica, heißt verliebt. Du bist so glücklich, dass dir alles um dich herum schöner und intensiver vorkommt. Dein Herz schlägt schneller, du fühlst dich lebendiger.«

»Hör auf, Sofia, ich weiß sehr wohl, was es heißt, verliebt zu sein.«

»Ach ja?«

Angelica schnaubte und äffte sie nach. »Oh ja.«

»Wann denn, wenn ich fragen darf? Wir zwei kennen uns seit Ewigkeiten, und ich kann mich nicht daran erinnern. Das solltest du selbst am besten wissen.«

»Und was ändert das?«

Sofia schwieg, sie war sicher, dass sich alles ändern würde, ihre Freundin weigerte sich nur, das zu verstehen.

Angelica stand auf. »Jedenfalls will ich nichts mit ihm zu tun haben.«

»Setz dich wieder, mein Schatz. Lass uns sachlich darüber sprechen. Jetzt, da wir das Problem kennen, finden wir auch eine Lösung.«

»Wie bitte?«

Sofia nickte. »Es geht doch nicht darum, ob du einen Fehler gemacht hast oder wer an was schuld ist. Die Frage, auf die du eine Antwort finden musst, lautet vielmehr: Zu was bist du bereit, um deine Insel zu retten?«

Claudio schaltete den Motor aus und schaute noch einen Moment auf sein Elternhaus. Er hatte es immer schon gehasst, deshalb hatte er nach dem Tod ihres Vaters auch darauf verzichtet und es Nicola überlassen.

Der Hügel dahinter endete in einer Klippe, mit weitem Blick über das Meer. Das Licht der untergehenden Sonne ergoss sich wie ein Lavastrom über die Wolken, die allmählich auf das ruhige Wasser der Bucht hinabsanken. Ein paradiesisches Bild, aber diese Art von Schönheit hatte ihn noch nie sonderlich berührt, und wenn doch, so erinnerte er sich nicht mehr daran. Er stieg aus und zündete sich eine Zigarette an. Den Rauch tief zu inhalieren, verschaffte ihm eine gewisse Befriedigung, die aber schnell wieder verschwand und einer inneren Leere Platz machte. Er warf die Zigarette auf den Boden und drückte sie mit dem Absatz seines Schuhs aus.

Hoffentlich war Nicola zu Hause. Am Morgen hätten sie sich fast geprügelt, nach dieser verfluchten Gemeindeversammlung hatten die Nerven blank gelegen. Nicola hatte ihn sonst wohin gewünscht, und er hatte ihm gedroht. Noch nie hatten sie sich so sehr gestritten, noch nie waren sie so voller Hass auseinandergegangen.

Er konnte alles ertragen, nur nicht das. Deshalb wollte er die Dinge klären. Er wusste, wozu sein kleiner Bruder im Stande war, trotz aller Meinungsverschiedenheiten hatte ihn Nicolas Auftreten mit Stolz erfüllt.

Er fand ihn im Büro, wo er in einer dunklen Ecke saß, ein Glas in der Hand.

»Bist du betrunken?«

Nicola hob den Kopf und lachte leise. »Dazu habe ich gar nicht genug Alkohol im Haus.«

Claudio setzte sich ihm gegenüber. »Du hast schon immer genervt, seit deiner Geburt. Du bist schlimmer als ein Splitter im Hintern, das schwöre ich dir.«

»Was willst du, Claudio? Ich denke, zwischen uns ist alles gesagt, das sollte es gewesen sein ... für dieses Leben zumindest.«

»Du bist mein Bruder, Nicola.« Seine Stimme brach.

»Sollte das eine Antwort sein?«

Seit Stunden dachte Angelica über Sofias Worte nach. Sie hatte schließlich verstanden, worum es wirklich ging. Was konnte sie konkret tun, um die Insel zu retten? Welche

Opfer war sie bereit, dafür zu bringen? Die Antworten gingen alle in eine Richtung. Sie brauchte Hilfe.

Nicht von irgendwem. Sie brauchte einen Partner, der das Ausmaß der Katastrophe ermessen konnte, wenn der Wald abgeholzt und damit der Bienenkolonie die Existenzgrundlage entzogen würde. Eine jahrhundertelange Tradition wäre ein für alle Mal zerstört, ein Traum ausgeträumt.

Sie konnte nicht einmal darüber nachdenken, ohne in Verzweiflung zu versinken. Es war, als würde Jaja ein zweites Mal sterben, und das würde sie nicht ertragen.

Die einzige Lösung hieß Nicola. Auch wenn es ein Spiel mit dem Feuer war, es gab keine andere Möglichkeit, Claudio doch noch umzustimmen.

Sie war an den Strand hinuntergegangen, aber dort war er nicht, das Boot war auch nicht da, und ans Handy ging er nicht. Sie durfte nicht länger zögern, sie musste handeln, und zwar sofort, denn sie wusste, dass sie ihren Stolz nicht mehr lange zügeln konnte.

Andernfalls würde sie sich verhalten wie immer, wenn sie etwas nicht erreichte. Sie würde sich zurückziehen, alles von sich wegschieben, alles und jeden aus ihrem Leben verbannen. Aber mit Nicola funktionierte das nicht.

Sie hoffte, dass sie diesmal den Mut haben würde, ehrlich zu sein, ihm alles zu sagen und zu erklären. Ohne Wenn und Aber. So wie er es bereits getan hatte.

Das Gespräch auf dem Hügel kam ihr wieder in den Sinn, seine eindringlichen Worte, seine Leidenschaft, sein Schmerz. Nicola würde sie verstehen, das wusste sie jetzt, sie konnte es spüren.

Sie war den ganzen Weg über den Hügel gerannt und erreichte bei Sonnenuntergang den Besitz der Grimaldis. Sie wollte gerade auf das Haus zugehen, als sie Claudios Auto davor bemerkte. Einen Moment lang überlegte sie, einfach wieder zurückzugehen. Aber war das nicht eine Chance? Damit konnte sie die Sache ein für alle Mal abschließen.

Die Eingangstür war nur angelehnt, und Angelica schob sie behutsam auf. Am Ende des dunklen Flurs war ein schmaler Lichtstreifen zu erkennen. Schon von weitem konnte sie die Stimmen der Brüder hören. Sie nahm all ihren Mut zusammen und ging weiter. Ihre Nerven vibrierten, sie glaubte das Blut in den Ohren rauschen zu hören.

Vor der Zimmertür blieb sie stehen. Was machte sie da eigentlich? Das war Hausfriedensbruch. Sie wollte gerade klopfen, als sie ihren Namen hörte.

Sie riss die Augen auf. Hatten die beiden sie etwa bemerkt? Sie atmete tief durch und drückte die angelehnte Tür ganz vorsichtig ein Stück auf.

Claudio und Nicola standen einander gegenüber, ohne sich dabei anzusehen. Trotz der Nähe mieden sie den Blickkontakt.

»Erinnerst du dich noch daran, als ich Papas Lämmer gestohlen habe?«

Claudios Gesichtszüge entspannten sich. »Klar, ich konnte es nicht glauben. Du hattest riesige Angst vor ihm, warst regelrecht in Panik. Du wusstest, dass er außer sich sein würde, trotzdem hast du nicht gezögert, sie vor dem Metzger zu verstecken.«

Nicola atmete tief durch. »Darum geht es mir nicht, Claudio.«

»Dann klär mich auf, das ist lange her.«

Nicola hob das Glas. »Du hast damals die Schuld auf dich genommen. Du hast behauptet, du wärst es gewesen.«

Sein Bruder zuckte mit den Schultern. »Du warst… wie alt? Sieben, acht? Du weißt, Vater war mit dem Gürtel nicht zimperlich.«

»Deshalb hast du dich für mich prügeln lassen?«

»Ich war stark genug, um es zu ertragen.«

Sie schwiegen beide.

Nicola ergriff schließlich als Erster das Wort. »War das wirklich der Grund? Die Lämmer haben dir gar nichts bedeutet?«

»Wie meinst du das?«

»Hast du nie darüber nachgedacht, wer du mal warst? Welche Träume du hattest? Hast du niemals die Gefühle aus dieser Zeit vermisst, die Hoffnung auf eine bessere Zukunft?« Er hielt inne. »Hast du später nie etwas aus Überzeugung gemacht? Weil es besser war? Nicht für dich, sondern weil es so sein musste? Weil es das Richtige war?«

Ein Anflug von Übelkeit stieg in Claudio auf. »Das ist doch alles philosophischer Schwachsinn. Treiben dich diese Fragen ernsthaft um? Ist es wegen Angelica? Als Kinder wart ihr unzertrennlich…« Er stockte. »Du willst mir doch nicht sagen, dass du sie immer noch liebst?«

Nicola sah ihn nur an, dann trank er das Glas aus.

»Das ist doch total verrückt. Du warst ein Kind damals, seitdem hast du Dutzende Frauen gehabt…«

»Du hast mir nicht geantwortet.« Nicolas Stimme war ernst, genau wie sein Blick. Ernst und unerbittlich.

Claudio seufzte. »Ich hatte schon als Kind keine Illusionen mehr, noch vor der Sache mit den Lämmern. Glaub mir, ich will darüber nicht reden.«

Eine Weile herrschte Stille, Angelica kam es wie eine Ewigkeit vor.

»Gib die Idee mit dem Feriendorf auf, lass Angelica in Frieden. Wenn du nicht in der Lage bist, einen Traum zu leben und in die Tat umzusetzen, dann lass wenigstens sie es tun. Es gibt andere Mittel und Wege, die Firma unseres Vaters zu retten.«

Claudio ließ den Drink in seinem Glas kreisen, dann hielt er es gegen die Stirn. »Wie fühlt es sich an, so verliebt zu sein?«

»Du könntest es ja mal ausprobieren.«

»Greta? Vergiss es. Sie ist nie zufrieden, will immer mehr.« Ein leises Lächeln trat auf seine Lippen. »Sie ist nicht wie Angelica, sie hat nicht diese Sensibilität, diesen klaren Blick. Ich verstehe dich. Angelica Senes ist etwas ganz Besonderes.«

»Ehrlichkeit.«

»Wie bitte?«

»Sie ist ehrlich, ihre Seele ist rein, genau wie die ihrer Bienen und Blumen. Was sie vorhat, ist authentisch, sie macht keine faulen Kompromisse oder lässt sich gar kaufen. Der Entschluss hierzubleiben ist ihr alles andere als leichtgefallen. Aber wenn sie sich einmal entschieden hat, dann kämpft sie für das, was sie für richtig hält. Das ist spürbar, wenn man in ihrer Nähe ist. Es steckt dich an, du fühlst dich gut neben ihr. Alles fühlt sich anders an, sogar man selbst.« Seine Stimme war nur noch ein Flüstern. »Sie ist die Beste von uns. Zwing mich nicht, mich zwischen euch entscheiden zu müssen, da kann es nur Verlierer geben.«

»Das hast du von ihr.«

Er wusste genau, wen Claudio meinte. Denn auch wenn ihre Mutter an einer Krankheit gestorben war, hatten sie miterleben müssen, wie sehr sie unter ihrem Mann gelitten hatte. Wie oft waren die beiden kleinen Jungen Zeugen der Konflikte zwischen ihren Eltern gewesen.

Nicola stöhnte. »Du weißt gar nicht, wie falsch du liegst. Ich bin wie unser Vater, ein Charakterschwein. Bloß im Unterschied zu ihm weiß ich, was ich tue. Ich habe die Gene von allen beiden geerbt, aber das spielt keine Rolle.« Er stand auf und ging zum Schreibtisch. »Das hier ist ein Prospekt für innovativen Tourismus. Dabei werden die vorhandenen Ressourcen erhalten und in das Gesamtkonzept integriert. Die Einheimischen vermieten Zimmer in ihren Häuschen, auf Wunsch kochen sie auch für ihre Gäste. Was hältst du davon? Investiere in dieses Projekt, und trage dazu bei, dass Abbadulche bleibt, wie es ist: ein unberührtes Stück Natur, authentisch und ursprünglich. Bezieh die Dorfbewohner ein, ebenso die Familien deiner Mitarbeiter, einfach alle, die dir helfen und dich unterstützen wollen. Du brauchst nur jemanden, der das Projekt koordiniert, kontrolliert und alle Fäden in der Hand behält.«

»Sag mir nur eins, seid ihr ein Paar?«

Nicola deutete auf die Unterlagen. »Vergiss Angelica, vergiss ihr Haus und ihr Land, vergiss den Wald.«

Claudio ging auf den Bruder zu. »Dann zeig mir mal dieses verrückte Projekt...«

Angelica schloss die Augen, sie musste sich an die Wand lehnen, ihre Finger suchten Halt. Dann tastete sie sich zur Tür, huschte hinaus und rannte den ganzen Weg zurück. Erst am Strand blieb sie stehen.

Alles um sie herum war finster, nicht ein Stern leuchtete am Himmel. Sie schloss die Augen und ließ sich zu Boden sinken. Das trockene Gras war nicht gerade bequem, aber das störte sie nicht. Nicolas Worte kreisten durch ihren Kopf, streichelten ihre Seele, drangen bis in ihr Herz.

Jajas Baum war gerettet, genau wie ihre geliebten goldenen Bienen. Sie hatte das Haus, den Garten und die Felder bekommen.

Ihn dagegen hatte sie verloren. Das Erlebte hatte sie für immer entzweit.

32.

Traubeneichenhonig (Quercus spp.)
Der durchdringende Geruch erinnert an Glühwein, der
Geschmack an Marmelade aus süßem Obst, begleitet von
einer Lakritznote. Er gilt als Honig der Freundschaft und
der Sympathie. Fördert positive Gefühle. Der dunkle Honig
kristallisiert schnell.

Unglaublich, wie groß die Kraft mancher Frauen war, nach
einem tiefen Fall wieder aufzustehen. Mit Hilfe ihrer neuen
und alten Freundinnen schaffte Angelica es, die innere Leere
zu überwinden und wieder genügend Luft zum Atmen zu
bekommen.

Da waren zum Beispiel Memma und zu ihrer Überraschung auch Maria, deren Blick ihr zu sagen schien: Ich
bin bei dir, mach dir keine Sorgen. Die Fürsorge der beiden
verschärfte allerdings nur das tiefe Gefühl der Verlorenheit,
das sie empfand.

Mit einem gemeinsam Mittagessen und einem Abendessen wollten sie den Abschluss der Ernte in Abbadulche
feiern. Sie hatten hart gearbeitet, und die letzten Bienenstöcke waren sicher im Schuppen untergebracht. Dort sollten
sie einige Tage bleiben, ehe sie geleert wurden. Alessandra
hatte bereits die Gläser und das Verpackungsmaterial be-

sorgt. Sara war für die Online-Bestellungen zuständig, Sofia kümmerte sich um die Ladeneinrichtung, danach wollte sie nach Frankreich zurückkehren. Martin konnte es kaum erwarten, die Dinge zwischen ihnen entwickelten sich sehr gut. Alles war bestens organisiert. Da sich ihre Mutter und Memma ums Essen kümmerten, hatte Angelica ein wenig Zeit für sich.

Sie ging in den Hof, wo bereits alles für das Fest vorbereitet war, selbst den langen Küchentisch hatten sie nach draußen geräumt. Einige Gäste waren schon eingetroffen, Kinder tollten durch den Garten.

»Das hätte dir gefallen, Jaja. Es hätte dir sogar sehr gefallen, so viele Menschen bei dir im Haus zu haben.«

Angelica schaute aufs Meer. Vor einigen Stunden war Claudio Grimaldi bei ihr gewesen. Obwohl sie wusste, was er ihr mitteilen wollte, hatte sie am ganzen Körper gezittert, als er sagte: »Ich habe meine Pläne geändert.«

Sie beschränkte sich auf ein Nicken und schluckte den scharfen Kommentar herunter, der ihr auf der Zunge gelegen hatte. Schließlich rang sie sich zu einem »Danke« durch.

»Nimm dich in Acht, Mädchen.«

Sie hatte darauf nicht geantwortet.

Richtig freuen konnte sie sich selbst jetzt noch nicht, der Schmerz in der Brust wollte nicht weichen.

Der Duft nach Tomatensauce zog durch den Garten, der Tisch war mit verschiedenen Antipasti, Käse und frisch gebackenem sardischem Hirtenbrot reich gedeckt. Doch Angelicas Magen war wie zugeschnürt.

Sie war auf dem Weg zum Meer, als sie ihn bemerkte. Er stand im Schatten und blickte sie an. Als er langsam auf sie zuging, pochte ihr Herz wie wild.

»Claudio war da.«

Er sah sie nur an.

»Danke«, flüsterte Angelica.

»Ich muss mich bei dir bedanken«, erwiderte Nicola.

»Warum?« Ihre Stimme klang schwach, fast flehentlich. »Warum bedankst du dich bei mir?«

Er hielt ihr die Hand hin. »Gehen wir ein Stück? Willst du?«

Natürlich wollte sie. Sie wollte sogar noch viel mehr, aber sie wusste nicht, wie sie ihm sagen sollte, was sie empfand. Sie wollte… Was eigentlich? Ihn in den Arm nehmen, seine Hände umfassen, mit ihm reden, alles von ihm wissen. Seinen Atem spüren, seine Haut unter ihren Fingern. Sie wollte diesen Mann, unbedingt, bedingungslos. Immer wieder fuhr sie sich mit der Zunge über die Lippen. Der Mut, den sie brauchte, war da, doch je mehr sie auf ihn zugreifen wollte, desto mehr verflüchtigte er sich. Trotzdem musste sie es schaffen, sie musste die Worte finden und aussprechen.

»Ich…«

»Ich wollte mich von dir verabschieden.«

»Was?«

Nicola strich ihr mit den Fingerspitzen zärtlich über den Unterarm. »Ich gehe weg von hier.«

»Warum?«

Er sah sie an. »Warum nicht?«

»Deine Marotte, Fragen mit Gegenfragen zu beantworten, macht mich verrückt.«

»Das ist doch nicht schwer zu verstehen. Warum sollte ich bleiben?«

»Verdammt, Nicola, das solltest du eigentlich wissen, oder?«

Sie hatten den Strand hinter sich gelassen und standen nun vor dem Eingang der kleinen Höhle.

Er starrte in die Finsternis. »Auch wenn man sich etwas von ganzem Herzen wünscht, hängt es nicht nur von einem selbst ab, ob es in Erfüllung geht.« Vorsichtig strich er ihr über die Wange. Dann beugte er sich zu ihr herunter und küsste sie flüchtig.

»*Addio*, Angelica.« Damit wandte er sich zum Gehen.

Sie war mit ihrer Kraft am Ende, ihre Kehle war wie zugeschnürt. Als Nicola sich noch einmal zu ihr umdrehte, hielt sie den Atem an.

»Hast du denn deinen Wunsch verwirklicht?«, fragte er.

Wunsch? Welchen Wunsch? Sie starrte jetzt ebenfalls in die Höhle. Auf einmal erinnerte sie sich daran, wie sie früher dort oft stundenlang gespielt hatten. Wunsch ...

Wie ein Blitz fuhr der Gedanke durch ihren Kopf und nahm dann Konturen an. Sie hatten damals ihre Wünsche auf Zettel geschrieben, sie in eine Blechdose gelegt und in einer Nische in der Felswand versteckt.

»Ja, habe ich.«

Nicola nickte. »Das freut mich für dich.«

Er wollte gerade losgehen, als sie ihm zurief: »Und du?«

Nicola sah sie lange an. Dann hob er die Hand und legte sie sich aufs Herz, sein Abschiedsgruß. »Ich wünsche dir nur das Allerbeste. *Addio*, Angelica.«

Nein, bitte geh nicht. Die Worte wollten ihr einfach nicht über die Lippen kommen. Sie sah ihm nach, unfähig, etwas zu tun.

Bald würde er auf dem Boot sein. Die *Maestrale* ankerte an ihrem üblichen Platz. Sie wandte sich ab, wollte ihn nicht sehen, das Bild nicht in Erinnerung behalten. Das Bild, wie er sie verließ. Er würde nicht zurückkommen, das hatte sie in seinem Blick lesen können.

Angelica ging auf die Höhle zu. Im silbernen Mondlicht hatte sie die kleine Öffnung in der Wand bald gefunden. Die Dose war noch da. Behutsam öffnete sie den Deckel. Ihr Herz raste. Sie nahm den ersten Zettel und faltete ihn auf.

Ich möchte in einem großen Haus wohnen, viele Tiere und ganz viele Bienen haben. Und ich möchte glücklich sein.

Erst als die Tränen ihre Lippen berührten, bemerkte sie, dass sie weinte. Sie wischte sich über die Wangen und faltete Nicolas Zettel auseinander.

Ich liebe dich, Angelica. Ich möchte mein ganzes Leben mit dir verbringen. Auch wenn du mich wütend machst und ich dir manchmal am liebsten den Hals umdrehen würde, weil du der dickköpfigste Mensch auf der ganzen Welt bist. Ich liebe dich.

Die Dose fiel zu Boden, Angelica begann zu rennen. Die *Maestrale* hatte gerade abgelegt, Nicola war dabei, die Segel zu setzen.

»Komm zurück, hörst du? Komm sofort zurück!«, brüllte sie, so laut sie konnte, und ruderte mit den Armen.

Nicola verstand kein Wort. »Hör auf, so herumzufuchteln, sonst landest du noch im Wasser, mein Gott!«, murmelte er.

Als sie fast das Gleichgewicht verlor, rannte er zur Bordwand und rief: »Hör auf, so herumzufuchteln, sonst landest du noch im Wasser!«

»Komm zurück, habe ich gesagt!«

Ihre Blicke trafen sich.

»Warum?«

Angelica konnte es nicht fassen. Schon wieder dieses verdammte Spiel?

»Weil ich dich liebe, kapiert?«

Nicola fuhr sich über das Gesicht. Das Herz in seiner Brust drohte zu zerspringen. Es würde nicht leicht werden. Sie waren grundverschieden, aber zwei Dinge hatten sie gemeinsam: Selbstbewusstsein und Narben. Nur was wäre die Alternative? Er hatte Angelica schon einmal verloren, und das war eine Katastrophe gewesen.

Statt zu antworten, ging er unter Deck. Angelica hörte, wie er den Motor startete. Ihre Hoffnung schwand, Tränen liefen ihr übers Gesicht. Wie paralysiert blieb sie am Ufer stehen, während sich das Boot immer weiter entfernte.

»Geh nicht, bitte geh nicht weg. Bleib bei mir.«

Ihre Worte verloren sich im Wind, der aufgefrischt hatte und ihren Rock bauschte, als wolle er mit ihr spielen. Da wendete die *Maestrale* und steuerte den Bootssteg an.

Angelica starrte weiter aufs Meer, auch als sie den Anker fallen hörte. Selbst dann noch, als Nicola die Leiter hinunterstieg und auf sie zukam.

Endlich zog er sie an sich und küsste sie, wie er es von Anbeginn hatte tun wollen, als ihm klar geworden war, wer sie war. Ein Teil seiner Seele.

Epilog

Ein Jahr später

An diesem Ort hatte es schon immer Altes und Neues gegeben, über viele Generationen hinweg. Jede Honigtochter hatte ihre Spuren hinterlassen. Ihre jeweilige Nachfolgerin hatte die Tradition bewahrt, mit eigenen Erfahrungen angereichert und für die Zukunft erhalten, um schließlich selbst zur Erinnerung zu werden.

Angelica war die Letzte in einer langen Reihe. Wie es schon die Frauen vor ihr getan hatten, saß sie an diesem Maiabend zu Füßen des uralten Olivenbaums, in dem die goldenen Bienen wohnten, und wartete geduldig. Neben ihr hatte die kleine Anna sich niedergelassen und beobachtete alles mit höchster Konzentration, mit jener Intensität, zu der nur Kinder fähig sind. Die Therapie war erfolgreich gewesen, sie hatte wieder zu sprechen begonnen, genauer gesagt, sie hörte gar nicht mehr damit auf. Aber jetzt schwieg sie. Nur hin und wieder flüsterte sie Lorenzo etwas ins Ohr. Er kauerte neben ihr und folgte dem Treiben der Bienen mit gemischten Gefühlen.

»Ist es so weit?«

»Ja, noch ein paar Minuten.« Angelica streichelte Anna über den Kopf, dann wandte sie sich wieder dem Baum zu. Als die silbernen Blätter sanft erzitterten, hörte sie das Summen. »Da kommen sie.« Sie stand auf. »Schau Anna, sie schwärmen aus.«

Die Bienen kamen zwischen den Zweigen hervor, so dicht hintereinander, dass sie wie lange goldene Bänder wirkten. Dann teilten sie sich und flogen in geordneter Formation davon. Jeder Schwarm im Gefolge einer jungen Königin, auf der Suche nach einem sicheren Ort auf der Insel, um dort ihr eigenes Volk zu gründen.

Als würde eine Wolke den türkisfarbenen Himmel verfinstern, übersät mit Myriaden goldener Sprenkel. Anna trat einige Schritte nach vorne, schloss die Augen und begann zu singen. Angelica fiel mit ihrer festen Stimme ein, ein harmonischer Kontrast zu der hohen Tonlage des Mädchens. Seite an Seite standen sie da, inmitten des Waldes, die Arme in Richtung Himmel gestreckt. Die Bienen umschwärmten sie und hüllten sie ein.

Am Rand der Lichtung wartete Nicola und betrachtete völlig fasziniert seine Frau. Nachdem die letzten Bienen verschwunden waren, griff Angelica nach dem Topf neben ihr. Pina hatte ihn gelb angemalt, die Farbe der Freude und der Hoffnung. Mit Anna im Schlepptau ging sie weiter und stellte sich unter den Baum, dort, wo die Äste am höchsten in den Himmel ragten. Es dauerte nicht lange, bis der Honig in goldenen Fäden in den Topf lief.

Das war Margheritas Geheimnis. Der Honig, der einen träumen ließ, der Honig, der glücklich machte. Angelica hatte herausgefunden, woraus er bestand: Johanniskraut, Drudenfuß sowie verschiedene Kräuter, die nur auf der Insel wuchsen, und zwar im Überfluss. Bald war der Topf voll. Der Honig lief ihr über die Hände, als sie den Deckel zuschraubte, und sie leckte sich genüsslich die Finger ab. Der

Honig schien magische Kräfte zu haben. Je mehr sich sein Geschmack in ihrem Mund ausbreitete, desto stärker wurde das Gefühl, dass alles um sie herum in einem neuen Licht erstrahlte. Die Farben waren kräftiger, die Blumen dufteten intensiver, das Summen der Bienen und das Gluckern des Baches waren überdeutlich zu hören. Ein tiefes Glücksgefühl hatte die Leere ersetzt, die sie so lange in sich gespürt hatte, es erfüllte jede Zelle ihres Körpers und ließ alles um sie herum leuchten.

Sie drehte sich zu Anna um, die beiden sahen sich tief in die Augen und tauschten eine stumme Nachricht aus. Anders als Angelica musste Anna den Baum nicht suchen, er würde sie ein Leben lang begleiten.

»Komm, Zeit, nach Hause zu gehen.«

Das Mädchen rannte mit Lorenzo davon, der um sie herumtollte. Angelica sah ihnen nach und lächelte. Dann hob sie den Blick und erkannte Nicola, der neben einer Gruppe Touristen stand, die das Naturschauspiel fasziniert miterlebt hatten und sich noch lange daran erinnern würden.

Er winkte ihr, sie winkte zurück. Das Beben in ihrem Herzen, das Bedürfnis, ihn zu berühren, war so intensiv wie eh und je. Sie warf ihm einen letzten Blick zu, dann machte auch sie sich auf den Rückweg.

Die Tür zu ihrem Haus stand offen, wahrscheinlich war ihre Mutter oder Memma vorbeigekommen oder beide. Sie ging in die Küche.

»Ciao, was macht ihr?« Angelica ging zur Spüle, um sich die immer noch klebrigen Hände zu waschen. Dann stellte sie den Honigtopf auf die Anrichte.

Memma und Maria saßen am Küchentisch, vor ihnen

ein ganzer Berg Dokumente, Blätter und Fotos. Ihre Mutter war blass, Memma seufzte ununterbrochen. Danach herrschte Stille.

Maria deutete auf einen Stuhl. »Wir haben heute die Zimmer neben dem Lager aufgeräumt, und in einem Schrank habe ich das hier gefunden.«

»Noch eine Schachtel? Jaja scheint ja ihr ganzes Leben in Schachteln aufbewahrt zu haben.«

Memma nickte. »Schau mal hier.«

Angelica nahm zwei Fotos. »Das bin ja ich! Mamma, das hast du bei meiner Abifeier gemacht und das hier am Ende der Unizeit.« Dann öffnete sie einen der Briefe. Nachdem sie ihn gelesen hatte, sagte sie: »Du hast ihr von mir erzählt und sie immer auf dem Laufenden gehalten ...«

»Das war die Abmachung. Margherita sollte sich aus deinem Leben raushalten, dafür musste ich ihr schreiben, wie es dir geht.«

Angelica schnappte nach Luft. »Warum, Mamma? Warum nur?«

Maria schien verwirrt, sie öffnete den Mund, schloss ihn jedoch wieder und sah ihr dann fest in die Augen. »Eines Tages, wenn es Gott gefällt, wirst auch du ein Kind haben, Angelica. Dann erst wirst du verstehen, was im Kopf und im Herzen einer Mutter vorgeht.« Als sie aufstand, wirkten ihre Bewegungen langsam und schwerfällig. Ohne ein weiteres Wort verließ sie den Raum.

Memma wartete noch ein Weilchen, dann räumte sie alles in die Schachtel zurück und gab sie Angelica. »Hier, *Angelichedda*. Maria hat bestimmt Fehler gemacht, aber ehe du voreilige Schlüsse ziehst, liest du erst die anderen Briefe, in Ordnung?«

Ihre Worte drangen kaum zu Angelica durch, deren Kopf voller Bilder war. Sie nahm die Schachtel und ging ans Meer. Erst dort bemerkte sie, wie wütend sie war.

Sie lief an den äußersten Rand und setzte sich. Die Horizontlinie war glasklar, genau wie das Wasser, das ihr über die Füße schwappte. Ungeduldig fuhr sie sich über die Augen, während in ihrem Innern die Gedanken tobten, den bitteren Geschmack konnte sie auf der Zunge spüren. Lange Zeit verharrte sie reglos.

»Möchtest du darüber reden?« Nicola setzte sich neben sie.

Angelica hatte ihn gar nicht kommen hören. »Sie hat an Margherita geschrieben und ihr Fotos von mir geschickt, während sie mir gegenüber so getan hat, als wäre sie tot!« Sie musste nicht erklären, von wem sie sprach. Auch wenn sich die Beziehung zwischen Mutter und Tochter verbessert hatte, schmerzte die Wunde nach wie vor.

Dann begann sie zu schluchzen, und Nicola nahm ihr die Schachtel aus der Hand. »Ist da dein Leben nach deiner Flucht aus Abbadulche drin? Alles, was ich verpasst habe?«

Langsam drehte sie sich zu ihm. »Ja.«

Vorsichtig öffnete er den ersten Brief und begann zu lesen.

»Warum lachst du?«, fragte sie nach einer Weile.

»Wer war dieser ungezogene und arrogante Kerl, der nie auf deine Anrufe reagiert hat?«

Angelica riss ihm den Brief aus der Hand. »Das hat sie doch nicht wirklich geschrieben?«

Nicola strich ihr zärtlich über das Gesicht. »Wie es aussieht, schon.« Er wühlte weiter in der Schachtel und betrachtete die Schnappschüsse von ihr als Jugendliche und als junge Frau. »Weißt du denn nicht, dass man lächelt, wenn man fotografiert wird?«

»Gib her.«

»Oh nein, das werde ich nicht.«

Während Nicola die Bilder kommentierte und einzelne Passagen der Briefe vorlas, musste Angelica erst lächeln und dann so herzhaft lachen, dass Nicola einstimmte.

»Eins ist klar, mein Schatz, deine Mutter hat dich immer geliebt, diese Briefe sind voller Stolz und Wärme. Vielleicht konnte sie es dir nicht richtig zeigen, aber sie hat dich über alles geliebt und tut es noch heute. Im Grunde hätte sie diese Briefe auch wegwerfen können, dann hättest du nie davon erfahren. Stattdessen hat sie es darauf ankommen lassen und sich deinem Urteil gestellt.«

Angelica schwieg.

Nicola wühlte weiter in der Schachtel, bis er auf ein mit einem Band zusammengehaltenes schmales Bündel stieß. Er nahm die Briefe heraus, zögerte, dann hielt er sie Angelica hin.

»Die sind für dich. Dreizehn Jahre zu spät.« Er war nun ernst, in seinen Augen malte sich tiefe Rührung.

Mit zitternden Fingern öffnete sie die Briefe, einen nach dem anderen. Alle begannen mit »Meine Liebste«.

»Wenn ich sie damals bekommen hätte, wäre ich aus Rom geflüchtet und zu dir zurückgekehrt.«

Nicola seufzte. »Ich denke, deine Mutter wusste das und hat sie dir deshalb nicht gegeben.«

Als sie Hand in Hand zum Haus zurückkehrten, trug Nicola die Schachtel unter dem Arm.

»Irgendwie seltsam.«

»Was?« Angelica drückte seine Hand und legte sie sich

dann auf die Wange. »Im Leben passiert so viel. Auch schreckliche Dinge, die sich von jetzt auf gleich verändern können. Düstere Perspektiven verwandeln sich in Chancen, in neue Möglichkeiten. Das Geheimnis dabei ist, sie zu erkennen.«

»Du nimmst sie erst dann als solche wahr, wenn du bereit dafür bist. Das hat mir Jaja immer gesagt. Keine Minute früher, keine später. Es ist wie ein Blitz, ein Moment, der dich die wahre Schönheit erkennen lässt.«

Abrupt blieb sie stehen. »Wärst du am Abend nach dem Erntedankfest wirklich weggegangen?«

Nicola nahm ihr Gesicht zwischen beide Hände. »Was meinst du?«

»Du hast mir versprochen, nicht mehr jede Frage mit einer Gegenfrage zu beantworten.«

»Hab ich das?«

Sie zog ihn an sich und küsste ihn. »Heraus mit der Sprache, wärst du gegangen?«

Ein Seufzer. »Angelica, ich habe vor langer Zeit aufgehört, mir Illusionen zu machen. Nach und nach ist mir klar geworden, dass sich Wünsche nur realisieren lassen, wenn man nicht nur daran glaubt, sondern auch daran arbeitet. Wenn man sich anstrengt, nicht aufgibt und zu allem entschlossen ist.« Er hielt kurz inne, ein versonnenes Lächeln umspielte seine Lippen. »Nein, ich wäre nicht gegangen. Aber das konntest du ja nicht wissen, oder?«

In diesem Moment begriff Angelica, dass ihre Suche nach dem Sinn des Lebens beendet war. Sie hatte ihn gefunden.

Honigtagebuch

Affodillhonig (Asphodelus microcarpus)
Duftet nach Mandelblüten, Rosen und Zitronenschalen.
Er gilt als Honig der Unbeschwertheit und zaubert einem
ein Lächeln auf die Lippen. Schmeckt ein wenig nach Zu-
ckerwatte und Mandelmilch, ist perlfarben und kristallisiert
fein.

In der Küche: ideal für Vinaigretten oder eine süßsaure
Sauce.

Akazienhonig (Robinia)
Duftet nach Vanille und frischem Gras. Wenn man die
Augen schließt, meint man, ein weißes Blütenmeer zu sehen.
Er gilt als Honig des Lächelns und schenkt Lebenskraft.
Sein Geschmack ist mild und unaufdringlich, die Kristalle
sind sehr klein.

Unterstützt die Wundheilung, einige Tropfen davon unter
das Pflaster geben.

In der Küche: als Süßungsmittel oder zum Glasieren.

Apfelhonig (Malus domestica)
Süß, blumig, riecht nach Unterholz und gekochten Früch-
ten. Er gilt als Honig der Weisheit und der Urteilsfähigkeit.
Hilft, sich selbst zu finden.

Goldgelb, kristallisiert sehr fein.

Bienenwachs

Kerzen: Das reine Bienenwachs im Wasserbad schmelzen, durch ein Sieb gießen, einen Löffel Honig hinzufügen und die noch warme Mischung in ein Glas oder eine Tasse gehen. Zuvor einen Docht in die Mitte setzen.

Gesichtscreme: Einen Esslöffel reines Bienenwachs im Wasserbad schmelzen, einen Löffel Honig sowie einige Tropfen Pflanzenöl oder Hydrolat hinzufügen.

Handcreme: Einen Esslöffel reines Bienenwachs im Wasserbad schmelzen, einige Tropfen Honig, einen Esslöffel hochwertiges Olivenöl und nach Wunsch ein bis zwei Tropfen Aromaöl hinzufügen (Vorsicht bei Allergien).

Bohnenkrauthonig (Satureja montana)
Riecht nach Regen, Pilzen und langen Spaziergängen über Blumenwiesen in der ersten Frühlingssonne. Gilt als Honig der Güte und der Milde. Schenkt die Fähigkeit, verzeihen zu können. Von intensivem Goldgelb, kristallisiert regelmäßig.

Blütenhonig
Jedes Glas ist einzigartig. Gilt als Honig des Miteinanders und der Einheit. Weckt den Geist und fördert die Reiselust. Er fängt den Geruch und den Geschmack eines Feldes oder einer Wiese ein, ein harmonisches Ensemble aus Blüten. Farben und Kristalle variieren je nach Sorte.

Borretschhonig (Borago officinalis)
Mild aromatischer Duft nach grünem Gras. Gilt als Honig der Hoffnung, vertreibt negative Gedanken. Hell, geschmeidig und lieblich wie die Sternchenblüten, aus denen er gewonnen wird. Kristallisiert fein.

Brombeerhonig (Rubus spp.)

Kraftvoll und energetisierend. Riecht intensiv nach Blüten und Früchten, vor allem nach Geißblatt und frisch erblühten Rosen. Gilt als Honig der Reflexion, fördert die Meditation und öffnet die Türen zu emotionaler Erkenntnis. Er ist bernsteinfarben, kristallisiert schnell und grob.

Distelhonig (Galactites tomentosa)

Würzig und blumig zugleich. Gilt als Honig der Reinigung, Regeneration und Stärkung. Sein Duft erinnert an Zimt, Curry und Chrysanthemen. Er ist bernsteinfarben und kristallisiert im Laufe eines Jahres.

In der Küche: passt gut zu Pecorino oder mit Semmelbröseln und Sardinen zur Pasta.

Efeuhonig (Hedera helix)

Kräftig und süß, riecht nach Kandiszucker, frischem Gras und jungen Blättern. Er gilt als Honig des Verzeihens und der Geduld, hilft, Schmerzen und Leid zu überwinden. Mittelbraun, geschmeidige Konsistenz.

Erdbeerbaumhonig (Arbutus unedo)

Eine bittersüße Rarität. Er gilt als Honig der Kraft, der bei schwierigen Entscheidungen hilft. Er schmeckt nach Bittermandeln und edlen Hölzern, aber gleichzeitig auch süß, mit Röstkaffee- und Kakaoaromen. Die Kristalle sind sehr fein, die Farbe ist haselnussbraun.

Wirkt antibakteriell und ist reich an Antioxidantien.

Erikahonig (Erica arborea)

Er duftet nach Äpfeln und Birnen. Er gilt als Honig der Schönheit und hilft, das innere Gleichgewicht wiederzufinden. Er schmeckt frisch und wirkt energetisierend. Die Farbe erinnert an Bernstein, kristallisiert rasch.

Eukalyptushonig (Eucalyptus spp.)

Aromatisch und balsamartig. Reinigt die Atemwege und schärft die Gedanken. Duftet nach Wald, Pilzen und gekochtem Zucker. Der bernsteinfarbene, leicht salzig schmeckende Honig kristallisiert schnell.

Gegen Halsschmerzen: Zitronensaft im Wasserbad erhitzen, zwei Esslöffel Eukalyptushonig einrühren und lauwarm trinken.

Gegen Husten: Einen Teelöffel Eukalyptushonig in Minztee rühren.

Als Haarkur: Zwei Esslöffel Eukalyptushonig mit zwei Esslöffeln Olivenöl und einem Teelöffel Zitronensaft vermischen. Die Lotion zwanzig Minuten ruhen lassen und anschließend in die Haare einarbeiten, danach ausspülen.

Gamanderhonig (Teucrium marum)

Durchdringender, aromatischer Geruch. Gilt als Honig der Harmonie und der Ordnung. Er schöpft seine Kraft aus der Erde Sardiniens und hilft, einen verloren geglaubten Weg wiederzufinden. Der Honig ist bernsteinfarben und kristallisiert mehr oder weniger fein.

Götterbaumhonig (Ailanthus altissima)

Sein intensiv aromatischer Duft erinnert an Muskattrauben. Er gilt als Honig der Widerstandskraft und der Hartnäckigkeit und hilft dabei, den Mut nicht zu verlieren. Leicht süß und von goldgelber Farbe, kristallisiert gleichmäßig.

Johannisbrotbaumhonig (Ceratonia siliqua)
Durchdringender, komplexer Geruch nach Leder, Karamell und Röstnoten. Gilt als Honig der Vernunft und der Logik. Er verbindet Herz und Geist und hilft, Kompromisse zu finden. Bernsteinfarben, kristallisiert grob.

Kastanienhonig (Castanea sativa)
Intensiver, leicht bitterer Geschmack. Er gilt als Honig der Konstanz und verleiht Mut bei Veränderungen. Duftet nach frischem Holz und Kamille. Fast schwarz, grob kristallig.

Kleehonig (Trifolium spp.)
Riecht nach frischem Gras und Blüten. Er gilt als Honig der Feinfühligkeit und regt die Fantasie an. Sein Geschmack erinnert an Banane und Milchkaramell. Elfenbeinfarben, fast weiß, kristallisiert fein.

Korianderhonig (Apiaceae)
Intensiver Geruch nach Blüten und exotischen Früchten, mit Kokosnuss-, Zitrus- und Gewürznoten. Er gilt als Honig der Großzügigkeit und fördert die Freude am Teilen. Hell, kristallisiert fein.

Lavendelhonig (Lavandula spp.)
Mild und heilsam. Hilft, das innere Gleichgewicht wiederzufinden. Duftet nach Blüten und Wildkräutern. Charakteristisch ist seine leichte Weihrauchnote im intensiven Nachgeschmack. Elfenbeinfarben, hauchzarte Kristalle.

Lindenhonig (Tilia spp.)

Sein Duft erinnert an die Blüten, aus denen er gewonnen wird, frisch und aromatisch. Er gilt als Honig der Entschiedenheit und Willenskraft. Er schmeckt nach Minze und mineralreichem Wasser, das in tiefen Flüssen fließt. Intensiv goldfarben, kristallisiert gelb.

Löwenzahnhonig (Taraxacum officinale)

Intensiver, durchdringender Geruch nach Heu und getrockneter Kamille. Er gilt als Honig der Leichtigkeit und der Fantasie, vertreibt Anspannung und Angst. Man fühlt sich in eine Wiese unter blauem Himmel versetzt. Bernsteinfarben, kristallisiert fein.

Reinigt den Organismus.

Luzernehonig (Medicago sativa)

Intensives Aroma nach Gras und Heu. Der Honig der guten Laune und der Geselligkeit. Hilft dem Geist, wieder Kraft zu finden. Er riecht nach Most und neuem Wein, nach Volksfesten und Volkstänzen. Von extrem heller Farbe, kristallisiert fein.

Reich an Blütenpollen, wirkt stärkend.

Mandelhonig (Prunus dulcis)

Erinnert an weiße Blüten und frisches Gras. Er gilt als Honig der Heiterkeit, erfrischt den Geist und hebt die Stimmung. Intensiv duftend, goldgelb, mit feinkörnigen Kristallen. Eine Rarität. Pur genießen.

Mispelhonig (Mespilus germanica)

Riecht nach Blumen, Blättern und Mandelmilch. Er gilt als Honig der Freundlichkeit, sanft wie seine pastellgelbe Farbe. Er beruhigt und stärkt zugleich. Sehr klar, hauchfeine Kristalle, besonders cremig.

Seltene Sorte, aufgrund der Erntezeit auch »Weihnachtshonig« genannt.

Orangenhonig (Citrus spp.)

Sehr blumig, erinnert an Orangenblüten. Gilt als Honig der Liebe und der Freude. Wärmt das Herz und verbreitet Glück. Er riecht nach reifen Orangen mit einer leichten Bitternote der weißen Blüten. Sehr hell, kristallisiert fein.

Ein Löffel Honig, gut vermischt mit zwei Löffeln Zitronensaft, wirkt am Morgen anregend. Ein Löffel Honig, aufgelöst in Kamillentee, wirkt am Abend beruhigend.

Rhododendronhonig (Rhododendron spp.)

Riecht nach Bergblüten, klarem Wasser und tiefen Tälern. Er gilt als Honig der Stabilität und der Harmonie, beseitigt Ängste. Seine Farbe changiert zwischen Elfenbein und Bernstein, er kristallisiert fein und cremig.

Rosmarinhonig (Rosmarinus officinalis)

Mild-aromatisch und zart. Er gilt als Honig des Neubeginns und der Klarheit und verleiht Mut zur Veränderung. Sein Geschmack erinnert an den Duft der Blüten, aus denen er gewonnen wird. Fast weiß und cremig.

Mit lauwarmem Wasser und Zitrone ein guter Durstlöscher.

Sonnenblumenhonig (Helianthus annuus)

Duftet nach Heu und exotischen Früchten. Er gilt als Honig der Leidenschaft und Sinnlichkeit, betört die Sinne und öffnet das Herz. Seine goldgelbe Farbe verdankt er der Sonne, die die Blüten der Sonnenblumen erstrahlen lässt. Kristallisiert fein, besonders süß.

Süßkleehonig (Hedysarum coronarium)

Riecht nach Blumen und frisch gemähtem Gras. Er gilt als Honig der Tatkraft und des Mutes. Seine besondere Note verdankt er den roten Blüten, aus denen er gewonnen wird. Elfenbeinfarben, kristallisiert zu einem hellen Amberton.

In der Küche: passt gut zu Keksen. Ähnlich wie der Blütenhonig weniger kalorienreich als andere Sorten.

Thymianhonig (Thymus capitatus)

Aromatischer, frischer und markanter Geschmack, der an Walnuss mit einem Hauch Kampfer erinnert. Er gilt als Honig des ungestümen Temperaments und der Begeisterung. Hilft gegen Angst und gegen die Gefahr, sich von Gefühlen mitreißen zu lassen.

Gegen Bauchschmerzen: Einen Esslöffel Thymian- oder Affodillhonig in Fencheltee auflösen.

Traubeneichenhonig (Quercus spp.)

Der durchdringende Geruch erinnert an Glühwein, der Geschmack an Marmelade aus süßem Obst, begleitet von einer Lakritznote. Er gilt als Honig der Freundschaft und der Sympathie und fördert positive Gefühle. Der dunkle Honig kristallisiert schnell, reich an Mineralien.

Vogelkirschenhonig (Prunus avium)

Delikates, dezentes Aroma, das an Kirschkerne und Mandeln erinnert. Gilt als Honig der Aufrichtigkeit und der Gerechtigkeit, stärkt den Geist und verändert den Blickwinkel. Er ist bernsteinfarben und kristallisiert fein.

Zistrosenhonig (Cistus spp.)

Sein Geruch erinnert an Tomatenmarmelade. Er gilt als Honig der Liebe und der Gefühle und befreit das Herz. Sein Geschmack ist intensiv, fast salzig. Er ist bernsteinfarben, fast braun, mit schillernden Schattierungen und kristallisiert rasch.

In der Küche: passt gut zu Frischkäse.

Anmerkung der Autorin

Meine Welt sind die Blumen und die Düfte. Ebenso der Honig, die Traditionen und eine bis heute lebendige Vergangenheit – Warnung und Trost zugleich. Die Geschichten, die man sich früher in meiner Familie am Feuer erzählt hat, sind zu neuem Leben erwacht, und der Gesang der Bienen meiner Vorfahren erfüllt wieder die Luft. Gemeinsam mit den alten Märchen, den Rezepten und Heilverfahren. Nicht zuletzt auch mit dem Honigtagebuch. Ich habe die Erinnerungen der Generationen vor mir gesammelt und nach meiner Ausbildung zur Imkerin damit begonnen, ihre Erfahrungen und Lebensweisheiten umzusetzen. Außerdem habe ich die Philosophie des Bienenstocks und die grenzenlose Liebe zu den Bienen zu meinem Lebensziel gemacht.

Sardinien ist eine schwer in Worte zu fassende Dame. Um die Geschichte von Angelica und den goldenen Bienen zu erzählen, habe ich die einzigartige Landschaft der Insel beschrieben, rau und hart, aber auch großzügig und sanft. Eine Landschaft, die ich im Herzen trage.

Abbadulche ist ein imaginärer, jedoch kein irrealer Ort.

Die vom Mistral umtoste Insel, auf der es noch wilde Bienen gibt, die sich um die Blumen und Blüten kümmern, könnte durchaus wieder entstehen. Das würde ich mir sehr wünschen.

Seien Sie im Umgang mit Bienen immer behutsam. Die

Tiere verdienen Respekt und vorsichtige Zurückhaltung, genau wie Sie selbst. Bevor Sie sich einem Bienenstock nähern, sollten Sie wissen, ob Sie allergisch auf das Gift der Bienen reagieren. Ich gehe davon aus, dass Sie sich von Ihrem gesunden Menschenverstand leiten und Vorsicht walten lassen. Falls Sie nicht die gleiche Gabe wie Angelica Senes haben, sollten Sie dabei immer Schutzkleidung tragen.

Der nationale Wettbewerb »*Grandi mieli d'Italia*« findet jedes Jahr im September in Castel San Pietro Terme statt. Dort werden auch die »*Tre gocce d'oro*« verliehen und nicht, wie im Roman, im Juni. Ich hoffe, meine Leser mögen mir diese künstlerische Freiheit verzeihen.

Last, but not least möchte ich meine Leser daran erinnern, dass ich zwar auf meine Erfahrungen als Imkerin zurückgegriffen habe, dass der Roman *Die Honigtöchter* aber ein Produkt meiner Fantasie ist und seinen eigenen Gesetzen folgt.

Allen, die mehr über Bienen, den Honig sowie meine Tätigkeiten als Schriftstellerin und Imkerin wissen wollen, empfehle ich, meine Facebook-Seite zu besuchen: www.facebook.com/Cristina-Caboni-autrice.

Schreiben Sie mir, ich werde Ihnen antworten.

Danksagung

»Erinnerst du dich noch daran,
wie du als Kind das Leben
voller Neugier betrachtet hast?
Das Leben war magisch, voller Gefühle,
und du konntest dich selbst
für die kleinen Dinge begeistern.
Dein Herz war voller Freude,
deine Vorstellungskraft kannte keine Grenzen.«

Rhonda Byrne, *The Magic*

Allen voran danke ich meiner Familie, die mich liebt, mir zuhört, mich unterstützt und ein außerordentlich emotionales Jahr mit mir verbracht hat. Ich danke meinem Mann dafür, dass er mich auf meinem Weg begleitet hat, und meinen Kindern. Ich danke meiner Mutter, die sogar ein Lied für die Bienen geschrieben hat, und meinem Bruder Francesco, der mir beigebracht hat, wie man die einzelnen Sinneseindrücke beim Honig besser wahrnehmen kann. Mögliche Ungenauigkeiten gehen alleine auf mein Konto.

Danke auch an Massimo Licini, der mir seine Honigrezepte anvertraut hat.

Des Weiteren danke ich Lory, Eleonora, Andreina, Anna und Antonella, die mein Leben heiter und beschwingter machen. Eure Freundin sein zu dürfen erfüllt mich mit Freude.

Von Herzen danke ich Stefano Mauri, der an mich und meine Geschichten geglaubt, mich bei Garzanti aufgenommen und mir gezeigt hat, dass ein Verlag weit mehr ist als nur ein Unternehmen, das Manuskripte kauft und Bücher veröffentlicht.

Ich danke Elisabetta Migliavada, meiner großartigen und geduldigen Lektorin, sowie Ilaria für ihre wertvolle Hilfe.

Mein Dank und meine Wertschätzung gehen auch an das gesamte Team, das an der Veröffentlichung dieses Romans beteiligt war, an Alba, an Cecilia, an Giulia und alle anderen. Ebenso an Chiara, Francesca und Franco von der Presseabteilung bei Garzanti.

Darüber hinaus danke ich meiner wunderbaren Agentin Laura Ceccacci, die mir gezeigt hat, dass Träume Wirklichkeit werden können, wenn man nur an sich und das Leben glaubt. Du bist großartig, Laura. Bleib, wie du bist.

Ich danke auch Angelica Senes und Omero Balestrucci, die mir freundlicherweise ihre Namen geliehen haben, damit diese Geschichte zu etwas Besonderem werden konnte.

Ich danke meinen Leserinnen und Lesern, deren Mails und emotionale Briefe jedem Wort, das ich geschrieben habe, einen Sinn geben.

Mein Dank gilt auch meinen Verlegern im Ausland und den Scouts, jenen geheimnisvollen Akteuren im Literaturbetrieb, die meinen Roman gelesen haben und zu dem Urteil gekommen sind, ihn zu empfehlen. Ich danke Ihnen von Herzen.

Zum Schluss noch ein ganz besonderes Dankeschön an die Buchhändler, die mein Buch in ihr Angebot aufgenommen und ihren Kunden ans Herz gelegt haben.

An euch alle richte ich das magische Wort »danke«.